하
얀
색
음
모

환상문학웹진 거울 20주년 대표중단편선 Vol.18

아작

차례

서문

2023년 거울 20주년,
거울은 지금 여기에 와 있습니다.

[내년이 거울 20주년이랍니다]

《그리고 문어가 나타났다》에 실을 원고를 한창 마무리하던 2022년 6월, 필진 게시판에 올라온 글의 제목을 보고 놀란 필진이 나만은 아니었을 것이다. 12주년 기념으로 12지신 특집호가 올라온 게 2015년, 거울 창간호가 발간된 게 2003년이니 2023년이 20주년이 맞았다. 하지만 7080에 태어난(혹은 그 이전) 사람들이 2000년 이후의 시간에 대한 감각이라는 게 대부분 그렇듯이, 숫자로야 $2023 - 2003 = 20$ 계산이 되더라도, 2003년이 벌써 20년 전이라는 건 그렇게 잘 실감이 나지 않았다. 위키백과를 켜고 2003년을 검색해봤다. 2003년 늦겨울 초봄 그사이 무렵에 우리나라는 대구 지하철 사고로 수많은 생명을 떠나보냈다. 9월에는 지금도 태풍 규모를 설명할 때 종종 언급되는 태풍 매미가 상륙해 큰 피해를 안겼다. 〈대장금〉이 첫 방송을 시작했다. 2003년에 일어난 일을 읽어보다 보면, 2023년의 지금과 20년 전이 그렇게 많이 바뀐 건 아니라는 생각도 들고, 새삼스럽게 이 일이 벌써 20년이나 됐다니, 그게 겨우 2003년의 일이라니, 낯선 감각이 들곤 한다.

몇 번이나 소개된 적이 있지만, 웹진 거울이 처음 만들어질 무렵은, 소위 말하는 '장르' 단편을 쓰고 발표할 곳을 찾기 어렵던 때였다. 2003년 최대 베스트셀러는 베르나르 베르베르의 《나무》였고, 활발히 신간이 나오는 해리포터 시리즈를 읽지 않는 10대가 드물었지만, 여전히 우리나라에서 SF, 판타지를 쓰는 사람들은 글을 공개할 곳도, 읽을 곳도 찾기 어렵던 때였다. 한국 작가의 장르 작품을 외국 작가의 작품보다 먼저 읽었고, 그런 글을 쓰고 싶어서 작가가 되기로 마음먹었다는 사람들도 보이는, 2023년에서 보면 그런 시절이 있었냐고 되물을지도 모르겠다. 그러나 한국의 조앤 롤링을, 한국의 스티븐 킹을 찾는다는 공모전이 생겨나고 또 사라지던 시기를 지나 장르 공모전은 더 이상 외국 베스트셀러 작가의 이름을 인용하지 않게 되었으며 우리나라 장르 작품이 베스트셀러가 되고, 이제는 장르 단편집, 앤솔로지만으로 서가를 채울 수 있는 시대가 됐다.

이런 시기에 웹진 거울의 존재를 처음 알게 되는 사람들은, 매년 나오는 거울 단편선을 처음 읽게 되는 사람들은, 조금 의아하게 생각할지도 모르겠다. 요즘 나오는 단편집에 비해서는 두껍고, SF를 읽다가 갑자기 판타지 세계에 던져지고, 호러가 있고, 처음 보는 스타일의 글도 있는 이 책이, 매년 책을 묶어왔던 웹진의 역사 속의 한 페이지라는 걸 느끼지 않으면, 어떻게 이런 작품들이 한 권으로 묶인 건지 이상하게 느껴질 수도 있겠다. 그리고 어쩌면 그런 의문을 가지고 웹진 거울 사이트를 찾아와서, '이 작가 작품이 여기 있네?'라고 놀랄 일도 있을지 모른다. 환상문학웹진 거울의 '환상문학'이 무엇인지 궁금해질 지도 모른다. 거울에 오시면 마침 20주년 기념 칼럼 〈거울 리뷰 작품을 중심으로 살펴본 환상문학의 역사(pilza2)〉가 올라와 있다. 거울이 다루는 작품이 어떤 것인지 잘 설명해주는 글이다.

이번 단편선의 12개 작품 역시, 다른 단편집에서 볼 수 없는 다양한 범주의 작품이 실려 있다. 그리고 특히 이번 거울 단편선은, 거울 '창작게시판'을 통해 처음 거울과 만난 작가가 12명 중 8명이나 된다. 필자는 이 작가들의 첫 작품을 기억한다. 더 많은 사람이 읽었으면 좋겠다고 바라던 작품이 책으로 묶여 나올 때의 기쁨, 낯선 자리에서 내가 좋아하는 작가의 이름을 들으며 설레는 마음을 알게 해 준 작품들이다.

첫 작품인 〈남쪽눈때기〉는, 2021년 창작 게시판에 게시되어 분기 우수작으로 선정된 작품으로 진정현 작가는 이 단편집의 작가 중 가장 최근 거울 첫글을 공개한 사람이다. 한 사람의 수다로 구성되어 마치 누군가의 수다를 옆에서 듣고 있는 것 같은 기분으로 즐겁게 읽을 수 있다. 주인공이 갑자기 갖게 된 힘이 무엇 때문인지 이유를 알지 못하더라도, 자신의 시간과 능력을 할애해서 타인을 위한 일을 하는 것이 얼마나 아름다운 일인가. 화자가 투덜대고 가끔 거친 말이 섞이더라도, 이런 사람이 실제 있으면 좋겠다고 바라게 된다. 누군가가 아무 관계도 없는 사람을 위해서 시간과 능력을 할애한다는 것은 무엇이든 아름답지 않은가. 이 글에서 그려지는 환상적인 힘이 아니더라도, 타인을 위한 선의의 아름다움이 비틀리지도 나쁜 결말로도 치닫지 않는 이야기는 마음을 따뜻하게 만들어준다.

〈파고들다〉의 지현상 작가는 2013년 창작 게시판에 〈완벽한 죽음을 팝니다〉, 〈내겐 너무나 아름다운〉을 게시하며 거울에 작품을 공개했다. 2018년에 필진으로 합류했고, 2023년에는 거울의 첫 공개작 〈완벽한 죽음을 팝니다〉를 표제작으로 하는 단편집을 펴냈다. 거울의 환상 문학 중 한 축을 차지하는 호러의 중심 작가이기도 하다. 〈파고들다〉는 고대 유적 탐사를 제안받은 연구자에게 일어난 일을 다룬다. 그 시대에 있을 수 없는 '오파츠'가 주는 신비로움과 공포가 강렬하다. 뒷골이 서늘해지는 호러 특유의 여운이 압권이다.

〈하얀색 음모〉의 김청귤 작가는 2019년 처음 창작 게시판에 〈찌찌레이저〉를 게시하고 이후에도 다양하고 개성적인 작품을 올렸으며 2021년에 필진으로 합류했다. 같은 날을 반복해서 살아가면서, 후회로 남을 수 있는 일을 하나씩 다 마무리하는 이야기가 마지막까지 깔끔하다. 끝없이 리셋되는 시간이 주어질 때, 사람이 선택하는 길은 최대한 더 좋은 내일이 될 수 있도록 준비하는 것과, 어차피 리셋될 시간이라고 일탈하며 허비하는 일, 둘 중 무엇이 될까. 주인공의 따뜻함을 따라가다 보면 마지막 순간 빙긋 웃게 될 것이다.

〈고양이를 좋아하세요〉의 남세오 작가는 2018년 창작 게시판에 처음 게시한 〈살을 섞다〉가 분기별 우수작이 되면서 거울 단편선의 표제작이 됐다. 2019년 〈만우절의 초광속 성간여행〉이 2019년 최우수작으로 선정되어 2020년 필진으로 합류했다. 남세오 작가는 한마디로 요약하기 어려울 정도로 작품의 폭이 넓다. 〈살을 섞다〉의 서늘한 우화, 〈만우절의 초광속 성간여행〉의 유쾌한 즐거움처럼 독창적인 설정을 바탕으로 다양함을 선보여, 새 작품이 올라올 때마다 이번 작품은 어떤 느낌일지 기대하게 되는 작가다. 〈고양이를 좋아하세요〉는 사람이 사람을 사랑하는 감정을 잊어버린 뒤 사람을 사랑하기 위해서 동물의 방식을 배워야 하는 세계를 배경으로 한다. 강아지, 토끼, 고양이를 전공한 사람을 만나는 방식에서 사람이 사람을 사랑하는 것이 무엇인지 생각하게 만든다.

〈커튼콜〉의 김산하 작가는 2020년 창작 게시판에 게시판 〈아웃백〉과 〈샌드위치 맨〉이 모두 분기우수작으로 선정되었고, 〈샌드위치 맨〉이 연간 최우수작으로 선정되며 필진으로 합류했다. 두 작품은 현대 사회의 문제점이 극대화된 세계를 배경으로, 사회적 재난이나 모순에 휘말리는 사람들을 생생하게 그려냈다. 이번 작품은 현대를 배경으로 하면서 장르적인 특징은 거의 보이지 않지만, 사회의 흐름에 휘청이는, 실제 인물을 모델로 한 것처럼 생생한 사람들을 그려낸다는 점에서는 같은 맥락을 보인다. 숏폼과 사이다 서사가 소비자의 욕구에 즉각적으로 부응하는 현대에서, 클라이막스와 롱괴르가 은은하게 이어져 하나의 서사를 이루는 균형을 추구하겠다는 웹진 편집자의 주관은 이상론일 뿐일까.

누군가는 편집자의 시점에 동조하면서 한숨을 쉬게 될, 또 누군가는 편집자를 향해 한숨을 쉬게 될, 인물과 배경 설정이 치밀한 작품이다.

〈피루엣〉은 2004년 9월 필진으로 합류한 필자 본인의 글이다. 가수 안예은 님의 곡 〈피루엣〉을 모티브로 쓴 단편이다. 여러 번 드라마나 영화에서 다룬 조선 왕조의 이야기도 살짝 섞여 있으나, 시간과 배경을 생각하지 않고 읽어도 괜찮은 글이었으면 한다.

〈제주 문어는 바다처럼 운다〉의 빗물 작가는 2021년 창작 게시판에 〈델릭타 그라위오라〉를 게시하는 것을 시작으로 사람들의 관계와 정서를 세밀하게 그려내는 단편을 공개했다. 〈제주 문어는 바다처럼 운다〉가 게시되었던 해 연간 최우수작으로 선정되면서 빗물 작가는 이 단편집에 참가한 작가 중 가장 최근에 필진으로 합류했다. 상처를 안고, 사람들 사이에서 너무나 큰 상처를 받으며 살아온 이들이 서로를 이해하고 기대며 치유하는 과정이 눈물겹게 아름답다. 어떤 작품은 마치 등장인물이 실존하는 사람인 것처럼 응원하게 되는데, 이 작품이 그렇다. 평생 함께 살 사람으로는 꼭 사랑받고 자란 사람이어야 한다는 말이 SNS에서 공감을 얻곤 하지만, 마치 이전 세기의 일인 것처럼 사람들이 말하곤 하는, 그러나 분명 현재도 존재하는 삶의 무게를 겪으며 살아온 두 사람의 연대가 눈부시다.

〈미정아파트〉의 고타래 작가는 2004년 필진으로 참여했다. 첫 작품 〈진화하는 장난감〉 이래 고타래 작가의 작품에서는 인물의 개성에 주목할 필요가 있다. 평범하고 정상적인 사람들이 보이는 비정상적인 면이 극대화된 시점이 그려진다. 오래 지내던 지역을 떠나온 뒤에도 지금 지내고 있는 지역의 풍습이 여전히 낯설 때, 예전에 살던 집이 그리울 수는 있다. 그 동네에 한 번쯤 가 보고, 옛집을 바라보는 것 정도는 할 수 있다. 하지만 고타래 작가는 여기서 술기운을 빌려 옛집에 들어가 자고 나오는 상황을 만들어낸다. 이 집의 새 주인은 이 상황에서 명백한 피해자지만, 상황은 다시 비틀린다. 완전한 결말을 보여주지 않는 리들 스토리가 주는 여운도 강력하다.

〈천국의 벌레들〉의 클레이븐 작가는 2019년 창작게시판에 〈마지막 러다이트〉, 〈포비아〉 〈컴플레인〉을 게시하며 거울에 작품을 발표했고, 〈마지막 러다이트〉와 〈컴플레인〉이 분기 우수작으로 선정되며 필진으로 합류했다. 우주 식민지에서 광산에서 자원 채굴이 한창인 미래 세계는 SF 독자라면 낯선 장면은 아니다. 작가는 독자가 충분히 상상할 수 있는 세계 위에서 일어난 사건이 점차 발전하면서 극단으로 치닫는 위기 상황을 생생하게 그려낸다. 압도될 만큼 강력한 사건이야말로 이 글의 주역이라 할 수 있겠다. 이야기가 끝나고 나면 전혀 다른 느낌으로 읽히는 제목 역시, 여운을 더한다.

〈이기적이다〉의 유이립 작가는 2015년 필진으로 합류했다. 실험적인 시도를 많이 하는 작가는 이번에는 타인에 전적으로 무심하면서도 온라인과 오프라인 상황을 분리해서 살아가는 '프라이빗타운'을 배경으로 기묘한 커플의 모습을 그려냈다. 등장인물 모두와 거리를 유지하면서 이야기를 풀어나가는 방식이 독특하다. 배경이나 인물 심리 묘사가 모두 절제되어 있는데 이야기 속의 장면이 독립영화를 보고 있는 것 같은 점도 특이하다. 작가의 작품을 아직 만난 적이 없다면, 다양한 엔솔로지에 참여한 개성 가득한 작품을 함께 읽어보기를 권한다.

TV에서도 활발하게 활동하며 괴물 전문가로, 대중을 위한 과학 교양서로 다양하게 독자들과 만나고 있는 곽재식 작가는 2005년 거울 필진으로 합류했다. 곽재식 작가는 그 외에도 은하행성서비스센터 시리즈, 회사원 또는 연구원의 고충 이야기 등등 다양한 시리즈를 오가며 왕성한 작품을 창작하고 있지만, 괴물 전문가인 작가의 소설 작품 중 한 축은 분명 〈영애〉와 같은 동양 배경 환상 소설이다. 고조선을 배경으로 펼쳐지는 장당강의 이야기는 우리나라 설화의 구조를 재현하면서 새로운 이야기를 만들어 낸다.

마지막 작품인 〈코로나 호캉스의 추억〉의 엄길윤 작가는 2009년 창작 게시판에 〈살인마〉 등록, 이후 활발하게 작품을 올리고, 2016년 필진으로 합류했다. 익숙한 상황에서 일어나는 공포를 멋지게 그려내는 작가는 2023년 지금도 생생히 사람들 기억에 남아 있는 코로나 방역 상황을 공포의 무대로 삼았다. 호캉스를 즐기려 했을 뿐인데 사람들의 방역 수칙 위반에 민감하게 반응하는 주인공은 방역 수칙 위반으로 계속해서 경고가 적힌 메모지를 받고, 낯선 인물의 낯선 반응을 만나는 등, 서서히 공포감이 거리를 좁혀 온다. 버스, 카페, 미술관 등 현실감 있는 배경 속의 현실감 있는 인물들이 속도감있게 잘 배치되어 공포 영화를 보고 있는 느낌을 준다.

20년간 웹진 거울의 사람들도 당연히 많이 바뀌었다. 2003년부터 줄곧 거울에 있는 필진도 있지만 20년이라는 기간 동안 거울에 새로 들어온 사람도, 떠난 사람도 있다. 필자처럼 몇 년 운영진을 맡았다가, 필진으로만 있다가, 다시 운영진이 된 사람도 있다. 2023년에도 독자우수단편을 통해 새 필진이 들어왔다. 그리고 아마도, 조만간, 거울보다 나이가 적은 필진이 들어올 것이다. 지금까지 그랬던 것처럼 앞으로도 다양한 필진들이, 거울이라는 공간에서 '환상문학' 안의 다양한 바리에이션을 보여줄 것이다. 그런 작가의 첫 작품을 만나는 기쁨을, 거울에서 함께 해보시길 바란다. 거울이 쌓아 온 작품은 아직 많다.

— 구한나리, 환상문학웹진 '거울' 필진

남쪽눈때기   진정현

첫 번째 인터뷰

안녕하세요! 일찍 오셨네요. 여기까지 또 오시느라 고생 많으셨어요. 그나저나 죄송합니다. 말씀드렸듯이 오후에 상담이 잡혀 있는데 그분이 워낙에 간곡한 터라 조정할 수가 없었어요. 아이고, 이런. 일단 앉으시겠어요? 저번에 왜 그 커피 있잖아요. 베로나 원두로 내린 거 말이에요. 그거 엄청 맛있다고 하셨던 게 기억나서 준비해놨거든요. 이번엔 아이스예요! 슬슬 더워지기 시작했으니까요.

아, 민석이요? 미술 학원 갔어요. 자기는 굳이 있을 필요가 없을 거 같다면서 나갔어요. 편하게 얘기하라고 그러더라고요. 걘 평소에도 시간 날 때마다 학원에 가요. 사람들한테 더 잘 그려주고 싶대요. 사람들이 그렇게 행복해하는데 지금 실력으로 들이미는 건 죄짓는 거나 마찬가지라면서.

후…… 근데 또 여쭤보는 거지만 진짜 괜찮으시겠어요? 제

이야기가 특이하긴 하겠지만 뭐랄까, 상품성이랄까 그런 게 있을지⋯⋯. 진짜 영화 보러 아무도 안 오는 건 아니겠죠? 네? 하하. 하긴 그렇네요. 맞습니다. 감독님이라면 걱정할 필요가 없겠네요. 저는 그냥 걱정이 돼서⋯⋯. 어쨌든 다른 오해는 마세요. 아셨죠? 음, 두 분 커피 더 드릴까요? 뭐 필요한 거 있으세요? 알겠습니다. 편하게, 편하게.

막상 시작하려니 어떻게 해야 할지 모르겠네요. 네, 그럴게요. 친구랑 수다 떨듯이.

아! 어쨌든 이 얘기는 '실화'라고는 안 밝히는 거 맞죠? '비밀 유지' 아시죠?

겨울, 그러니까 지난 12월 초쯤이었어요. 대학 졸업반이었던 저는 그해 하반기 공채에서 모조리 떨어지고 다음 해 상반기 공채를 준비하고 있었죠. 그날이 목요일인가? 아무튼 그랬는데 신촌에 영어 학원 갔다가 스터디하고 집에 들어가는 길이었어요.

안 그래도 팀원 중에 짜증 나는 애가 있어서 아니, 미국에서 대학을 나왔다는 녀언, 자애가⋯⋯. 여,자,애가 있었는데. 아니에요. 욕한 거 아니에요. 정말이에요! 아무튼 도대체 왜 토익 스피킹 학원에 다니는지 이유를 알 수 없는 개 때문에 자신감만 떨어져서 기분을 망친 상태로, 거기다가 비행기보다 배차 간격이 넓다는 그놈의 경의중앙선이 또 연착까지 해서 짜증이 엄청 난 상태로 문산역에 내려서 집으로 가고 있었거든요.

근데 역 앞 횡단보도를 건너고 난 직후부터 바람이 막 불더니 꽃향기가 엄청 나는 거예요. 그죠? 이상하죠? 겨울인데 말이에요. 그래서 기분이 잠시 나아졌는데 딱 거기까지였어요. 눈에 뭐가 들어갔는지 따갑고 뻑뻑하고 진짜 괴롭더라고요. 토익 스피킹을 따로 배워야 하는 그 미국 유학파 째려보느라 인공 눈물도 다 쓴 상태였기 때문에 완전 죽을 맛이었어요.

그래도 눈을 한참 동안 감고 있으면서 억지로 하품까지 몇 번 하니까 눈물이 조금 났고 효과가 있었는지 견딜 만하더라고요. 원래는 근처 약국에 들렀다가 마을버스 타려고 했는데 마침 또 버스가 오는 게 아니겠어요? 기다리기도 싫고 집에 가면 인공 눈물이야 충분히 있을 거라고 생각하고 그냥 탔죠. 그리고 집에 도착해서는 세수를 수십 번도 넘게 하고 눈물도 왕창 넣었어요. 괜찮더라고요. 다음 날 일어나기 전까지는요.

다음 날 일어나 보니까 세상에…… 두 눈 다 너무 아프고 눈곱도 엄청 많고 결정적으로 온 방이 뿌옇게 보이는 거예요. 놀라서 엄마랑 일단 가까운 안과로 갔죠. 백내장 증상이라고 하더군요. 그런데 그렇게 급속도로 여러 합병증 증상들까지 동반하는 건 처음 본다면서 큰 병원으로 가라고 했어요. 저는 겁이 나서 눈물이 벌컥 쏟아지고 엄마는 괜히 의사 선생님께 애가 나이가 몇인데 벌써 백내장이냐고 따지고 선생님은 백내장은 수술하면 문제없고 다만 급성에 합병증 증상이 있으니 큰 병원에서 정밀 검사까지 받으시라고 말씀드리는 거라고 당황하면서도 저흴 달래고 …… 난리도 아니었죠.

그래서 곧바로 일산 동국대 병원으로 갔어요. 제가 응급실 대기실에서 한참을 기다리는 동안 엄마는 내내 옆자리에 없었어요. 불안하게 말이에요. 나중에 어디 갔었느냐고 물어보니까 그냥 빨리 안 해주는 거 같아서 진상 좀 부렸으니 거기까지만 알고 있으라고 하더라고요. 원래 퇴원하는 날 엄마랑 응급실 간호사 언니들한테 사과하러 가기로 했었는데 그날 아침까지도 무슨 검사를 몇 개를 하는지, 퇴원 수속까지 하니까 지쳐서 바로 집으로 갔지 뭐예요. 그 뒤에 시간 내서 찾아가려니 아팠던 기억이 떠올라서 못 가겠더라고요. 그런데 이렇게 이야기하고 있으니까 아무렇지 않게 다녀올 수 있을 거 같아요.

아! 우리 아빠. 아빠는 그날 일찍 퇴근해서 제 짐 가득 챙겨서 저녁 시간 전에 병실로 뛰어왔어요. 평소엔 센 척하더니 그렇게 놀란 표정을 한 건 제 기억엔 거의 처음이었어요.

어쨌든 입원해서 검사받고 수술도 잘 받긴 했는데 대신 수술을 두 번이나 했고 정확히는, 눈 한 쪽씩 하니까 총 네 번이죠. 그리고 입원도 3주 정도나 했어요. 요새 백내장 수술은 한 시간도 채 안 걸리고 아, 진짜 특별한 경우 아니면 한 눈당 한 번만 하고요. 입원도 따로 안 하거든요. 하루하루 지날수록 저는 많이 나아진다고 느꼈는데 의사 선생님들은 최대한 조심스럽게 접근하시더라고요. 정말 흔치 않은 경우라면서. 네? 지금은 멀쩡해요. 아시겠지만, 너무 잘 보여서 탈이죠.

음, 음. 웬일이야. 말이 술술 나오네요! 저 물 좀 가져올게요. 물 드시겠어요? 커피?

저, 근데 치료받은 얘기가 너무 복잡하지 않았나요? 아. 그럼 다행이네요. 어쨌든……. 12월 말에 퇴원해서 새해로 넘어갈 때까지 집에서 또 쉬었어요. 의사 선생님이 조금만 더 참아서 확실하게 마무리하자고 말씀하셨거든요.

신정 다음 날, 지나치게 쌩쌩한 두 눈으로 병원에 가서 진찰을 받았어요. 이상이 전혀 없다는 확인 도장까지 받으니까 미친 듯이 개운하더라고요. 그런데 곧장 짜증이 났지 뭐예요. 강의 환불 받으러 신촌 영어 학원까지 직접 가야 했거든요. 병원에서 또 돈 들여서, 각종 서류까지 떼서, 학원에 보내서, 환불 승인은 받았는데 직접 와야만 카드 취소를 해준다는 건 무슨 말 같지도 않은 소린지. 난 온라인으로 신청했는데?

아무튼 학원 볼 일까지 다 끝내고 밀크티 한 잔 마시면서 진정을 좀 했죠. 서울까지 나왔으니 친구도 만나고 집에 갈까 했는데 무리하지 않으려고 그냥 전철 타러 갔어요.

일산 지나고 운정 지나서 월롱역을 막 떠난 참이었는데…… 그때, 보이기 시작했어요.

맞은편 남자분과 눈이 마주쳤을 때, 그분을 중심으로 어떤 다른 화면이 겹쳐 보이기 시작했어요. 증강 현실 화면처럼 말이에요. 아시죠? AR? 사실 당연한 일이겠지만 그 순간에는 AR이고 뭐고 생각도 안 났었죠. 나중에나 알았죠.

어쨌든 저는 너무 놀라서 미친 듯이 눈을 깜빡거렸어요. 겁이 나서 아무 소리도 못 냈죠. 그러다가 다시 눈이 마주쳤어요. 헛것이 아닌 게 분명하더라고요. 전 허겁지겁 가방을 뒤져 안약을 모조리 꺼낸 뒤에 통째로 들이붓다시피 했어요. 네, 맞아요. 그렇게 하면 안 되는데 그땐 제가 흥분한 저를 말릴 수가 없었어요.

맞은편 그분은 표정을 있는 대로 일그러트리면서 자리를 박차고 일어나 출입문이 닫히기 전에 뛰어나가 버렸어요. 다음 역인 파주역은 자기가 내릴 곳이 아니었던 거죠. 제 옆자리는 이미 비어 있었고요. 완전 이해해요. 뭔가 싶었겠죠. 엮이고 싶지 않았을 거예요. 다시 만날 수 있으면 좋을 텐데…… 상담에 식사까지 대접하고 싶어서요. 얼마나 불쾌했겠어요?

아, 네. 그게 어떤 화면이었냐면요. 제가, 이렇게 돌아서 말씀 드리면 이해하기 더 편하시겠죠?

그 남자분이 전철 의자에 앉아 있는데 의자 위로 나무색 평상이 겹쳐졌어요. 그러니까 마치 그분이 평상에 앉아 있는 듯했죠. 평상 오른쪽엔 한 아주머니가 나타났는데 쪼그려 앉은 채로 큰 바구니 속에서 뭘 꺼내고 있었어요. 옥수였나? 아무튼 엄청 굵었어요. 그다음 평상 왼쪽엔 조금 떨어져서 빗자루로 마당을 쓰는 아저씨가 있었어요. 아주머니보다 훨씬 흰머리가 많으셨어요. 세 사람 뒤로는 아담한 기와집이 보였고요. 그러니까, 화면 배경을 채운 셈이죠.

저는 문산역에 내려서 개찰구로 나가기 전에 플랫폼 의자에 앉아서 한참을 있었어요. 도대체 이게 뭔가 오랫동안 생각했어요. 수술이 잘못됐나? 부작용인가? 아닌데, 아침에 병원 갔다 왔는데, 아무 이상 없다고 했단 말이야. 근데 도대체 이게 뭐냔 말이야. 엄마 아빠한텐 뭐라고 해야 하지. 내 말을 믿어줄까? 인제 어쩌지? 중얼거리기까지 하면서요.

그렇지만 혼자 이런저런 생각을 한다고 답이 뚝딱 나올 리 없었죠. 대신 어느 순간 저는 맞은 편 남자분의 눈을 통해 보았던 장면에 대해 생각하기 시작했어요.

중간에 젊은 남자와 오른쪽과 왼쪽에 나이 드신 아주머니와 아저씨. 그들은 각자 할 일을 하고 있었지만 제가 느끼기에 그들 사이에서 어색함이나 위화감 같은 건 찾아볼 수 없었어요. 그냥 한 공간에 있어도 편안한 듯한 모습. 저는 아마도 세 식구 가족일 거라는 생각이 들었죠. 그리고 나무색인지 진짜 나문지 아무튼 마당에 놓인 평상에, 옥수수에, 기와집은 종합해보면 시골 마을 주택 같았고요. 다만 특이한 건요, 하하, 물론 이 자체가 특이하긴 하지만…… 아무리 시골이라 해도 그 평상에 아들 빼고 부모님 머리나 옷 스타일이 약간 칠팔십년대 느낌? 또 생김새는 아주 미묘하게 낯설었는데 중국인 같기도 했고요. 아니, 제 말은 스타일 말고 생김새를 말하는 건데 어쨌든 그럼 결론은 중국 시골집의 과거 모습인가? 내가 수술 부작용으로 중국의 과거를 보는 건가? 제가 문산역에서 미쳐가고 있더라고요.

그러고는 다시 원점으로 돌아갔죠. 도대체 이게 무슨 일이지? 하면서 말이에요.

어찌 됐든 안정을 취하려면 집으로 빨리 가야 했으니까, 게다가 사실 점심때가 지나서 배도 엄청 고팠거든요. 문산역을 나서서는 사람들하고 눈 마주칠까 봐 무서워서 피해 다니려는데 이상하게 그날따라 사람이 엄청 많은 거예요. 평일인데. 아예 안 마주칠 수는 없겠더라고요. 근데, 아무 일 없었어요. 마을버스 타고 동네까지 그리고 집까지 가는 동안 AR 화면 따위는 눈에 띄지도 않았거든요. 그다음엔 밥 먹고 저녁까지 푹 쉬었어요. 상반기 공채 계획 세우면서요.

적당히 생각을 안 하고 있었는데 엄마랑 아빠가 집에 오니까 대번에 그 가족이 생각나는 거 아니겠어요? 그래서 저는 점심을 늦게 먹어서 저녁은 생각이 없다고 하고 방에서 혼자 끙끙 앓았죠. 말할까 말까 하고. 그땐 왜 그렇게까지 고민했는지 진짜 잘 모르겠어요. 부모님은 나중에 그랬던 것처럼 시간이 좀 걸리더라도 지지해줬을 텐데. 그때 바로 털어놨더라면 어색하게 숨기는 일은 안 해도 됐을 텐데 말이에요. 음, 어쩌면 지겨운 병원에 또 가기 싫은 철없는 마음이 제 어딘가에 숨어 있었기 때문이었는지도 모르겠네요.

다음 날, 아빠에 이어 엄마까지 출근하자마자 저는 씻지도 않고 옷을 갈아입었죠. 홈플러스에 가려고요. 거기에 가서 테스트 해볼 참이었거든요. 맞다. 그 전에, 당연하게도 엄마 아빠는 아무런 반응이 없었죠. 아무튼 마트 개점 시간에 들어가서 몇 시간이고 돌아다니며 사람들 눈을 쳐다봤어요. 시비가 안 붙은 게 천만다행이었죠. 대신 점심시간이 지날 때쯤 되니까 보안 직원이 왠지 저한테 다가오는 느낌이 들어서 얼른 도망쳤어요.

테스트 결과요? 그 당시로선 완벽한 성공이었죠. 이상한 화면 따위는 아예 보지 못했으니까요.

그래서 저는 스스로 아무 이상이 없다고 결론 내리고 곧바로 전날 만나려고 했던 친구한테 연락했어요. 커피 한잔하자고요. 친구랑 커피 마시면서 수다 떨면서 깔끔히 잊어버리려고 했어요. 그런데…….

네? 아, 화장실이요? 이쪽으로 가셔서 끝에서 오른쪽으로 꺾으시면 있어요. 하하, 제가 너무 쉴 새 없이 떠들었죠. 원래 이렇게까진 말이 많지 않았는데 상담하면서 얘기를 계속하다 보니까 수다쟁이가 돼버렸지 뭐예요.

아. 네, 네. 맞아요. 이제 두 번째 일 말씀드리려던 참이었어요. 진짜 시간이 애매하네요. 그래도 제가 잘은 모르지만 투자자 미팅에 늦으면 안 되잖아요! 아이고, 천만에요. 얘기 잘 들어주셔서 고맙습니다. 참, 민석이 오면 소개해드리려고 했는데 오늘은 평소보다 시간이 더 걸리네요?

모레 오후요? 음, 마침 상담이 없네요! 좋아요. 근데 이번엔 제가 서울로 갈 거예요. 매번 여기까지 오시라고 할 순 없거든요.

괜찮으시죠? 어휴, 아니에요. 여기에만 있으면 답답하기도 하고 그래서요. 네, 그럼 조심히 가시고 모레 뵐게요!

두 번째 인터뷰

저, 안녕하세요! 근데 언제 오셨어요? 저는 저쪽 구석 자리에 계속 앉아 있었는데. 네, 서로 못 봤나 봐요. 잠깐만요. 짐 좀 챙겨 올게요. 아니에요, 저만 움직이면 되는데요 뭘. 잠시만요.

네? 맞아요. 이거 아메리카노예요. 아……. 그게 여기 시그니처 메뉴구나. 이름도 맘에 드네요! '홍대라떼'라니. 오, 정말요? 감사합니다! 사양 따윈 하지 않을게요.

와, 진짜 맛있네요!

제가 어디까지 말씀드렸어요? 아. 그래서 아무튼 친구랑 약속을 잡자마자 그대로 마을버스 타고 전철 타고 공덕역으로 향했어요. 서울 나가는 옷차림치고는 영 추레했지만 전 자신 있게 두리번거렸죠. 왜냐면 눈엔 아무 이상이 없었으니까요!

홈플러스와 마찬가지로 진짜로 그랬어요. 특히 그 화려한 배차 간격을 자랑하는 경의중앙선 열차에 꽉 들어찬 사람들하고 꽤 많이 눈이 마주쳤는데 정말 아무 일도 없었거든요. 그런데…….

또, 또 나타난 거예요! 그때 당시 감정으로 빌어먹을 환영(幻影)이요.

공덕역 근처에 옛날 주택을 개조한 이쁜 카페가 하나 있거든요. 추레고 뭐고 저는 친구랑 거기서 보기로 했어요. 제가 갑자기 연락한 탓에 친구는 좀 늦는다고 하더라고요. 먼저 도착한 저는 카페 외부 사진을 한 장 찍고 대문을 열고 들어갔는데 유명한 곳이라서 그런지 평일인데도 사람들이 줄 선 채로 기다리고 있었어요.

맨 뒤에 섰죠. 어휴, 줄이 안 줄어서 엄청 지루하더라고요. 빨리 커피 한잔 마시고 다 씻어 내버릴 참인데. 친구도 늦고 말이죠. 그래서 빵 메뉴랑 굿즈 검색도 하고 줄 안에서 이리저리 기웃거리면서 안쪽 구경하고 사진도 찍고 그러고 있었죠. 거긴 말씀드렸듯이 옛날 집을 개조한 곳인데 외형은 그대로 남아 있어서 본채 앞에 마당도 있고…… 아무튼 마당 쪽을 둘러보는데 누가 자꾸 눈에 띄는 거예요. 마당에도 테이블이랑 의자가 있거든요. 어쨌든 뭔가 알 수 없는 이유로 계속 그쪽으로 눈이 돌아가더라고요. 그러다가 줄이 조금 줄고 또 조금 줄자 그 사람하고 거리가 더 가까워졌고…… 눈이 마주쳤고, 환영이 나타났죠.

그 두 눈을 통해 본 모습은 이런 것이었어요. 언니, 나중에 알았죠. 저보다 두 살 언니더라고요. 암튼 언니 뒤로 노란 갈대밭이 펼쳐졌어요. 그보다 더 뒤엔 조그맣게 보이는 나지막한 산봉우리가 세 개쯤 솟아 있었고요. 위로는 구름 가득한 하늘이 있었죠. 언니는 카페 의자 대신 높고 큰 돌에 앉아 있었는데 옆에도 그만한 돌이 있고…… 누군가가 앉아 있었어요.

군인인 거 같더라고요. 그리고 그 젊은 군인은 언니가 앉아 있는 방향으로 상체를 튼 자세로 언니 얼굴을 빤히 쳐다보고 있었어요. 보자마자 알겠더라고요. 아, 커플이구나. 근데. 안 그래도 헛것이 보이는 판국에 돌아버리겠는데 그중에서도 이상한 점이 있었어요.

분명히 군인 같은데 옷 색깔이 갈색빛이더라고요. 모자도 엄청 크고 말이죠. 자세힌 몰라도 우리나라 군인은 아니구나 했죠. 그렇다면! 중국군인가? 역시 내가 이상해진 눈으로 중국의 모습을 보게 된 것인가? 아니 근데. 가슴팍에 저 빨간 배지는 뭐야. 헉. 혹시 김일⋯⋯. 또 미쳐가기 시작했죠. 저는 무의식적으로 들고 있던 휴대폰으로 사진을 막 찍었어요. 언니를 향해서요.

다행히 언니가 제가 완전히 미치는 걸 막아줬어요. 친절하게는 아니었죠. 갑자기 저에게 달려와선 저를 줄에서 끄집어내더니 마당 저 구석으로 끌고 갔어요. 체구가 큰 편이 아니었는데도 힘이 장난이 아니더라고요. 그러고서는 고래고래 소리 지르는 게 아니라 정말 무섭게 목소리를 쫙 깔아서 말하기 시작했어요.

나를 왜 그런 식으로 계속 쳐다보냐, 도대체 사진은 왜 찍은 거냐⋯⋯.

언니 말투엔 뭐랄까 약간 낯선 억양이 있었는데, 뭔가 조금 다른 서울말 같기도 했고요. 당연히 그게 잘못됐다는 말은 아니지만요. 어쨌든, 제 설명이 필요한 순간이었죠. 전 그때 친구가 오고 있다는 사실도 아예 잊은 채였어요.

그게 아니라⋯⋯. 저는 차근히 대답하기 시작했어요. 지난달 초에 난데없이 백내장 진단을 받았다, 그래서 거의 한 달을 병원에 있었다. 어제 드디어 완치 판정을 받긴 했는데 괴상한 일이 벌어졌다. 언니가 더 세게 노려보면서 쓸데없는 말은 모조리 집어치우라고 하더라고요. 어휴, 진짜 무서웠어요. 완전 센 언니한테 제대로 걸렸구나 싶었죠.

저는 카톡, 카톡, 울리는 줄도 모르고 바짝 움츠러든 채로 무의식적으로 언니라고 부르면서 눈을 봤을 때, 언니 눈을 봤을 때

다른 화면 그러니까, 어떤 다른 장면이 언니 주위에 나타났다, 나는 그걸 보고 있었다. 언니가 기가 찬다는 듯 표정을 일그러트리더라고요. 미친년, 어머, 죄송해요. 요새 스트레스 때문인지 가끔 욱해서요…… 아무튼 정신 나간 사람인 줄 알았겠죠. 실제로도 그렇게 저를 쳐다보고 있었고요.

그러곤 언니는 그만 됐고 자기 보는 앞에서 사진이나 지우라고 하더군요. 그런데 그 순간…… 너무 억울한 감정이 복받치는 거 아니겠어요? 사진이야 물론 싹 지우겠지만 제가 미친 건 아니잖아요. 눈에 보이는 걸 어쩌겠어요.

그래서 전 센 언니 앞에서 소심한 객기를 부렸죠. 죄송하고 당연히 사진은 깨끗이 지울 건데 혹시 그 장면이 궁금하진 않냐고. 그러면서 바로 그 군인분이 언니를 많이 아끼는 것 같았다고, 그런 표정이었다고 말했어요. 둘이서 나란히 갈대밭 앞에 앉아 있었다는 것도요.

왜, 우리가 보통 '하얗게 질린 얼굴'이라는 표현을 쓰잖아요? 실제론 표정만 굳어진 거지 피부색은 달라진 게 없는데도 쓰는 그 말이요. 근데 그땐 아니었어요. 진짜로 언니 얼굴이 외계인처럼 새하얗게 변하더라고요. 그러곤 잠시 멍하니 서 있었어요. 언니, 언니 하고 두어 번 불렀는데도 말이에요. 그 틈에 저도 뭔가 생각이 났어요. 저는 친구를 기다리고 있었다는 사실을요. 카톡이 엄청 와 있었어요. 그 전에 제가 알아차리지도 못한 메시지들이었죠. 대충 읽어 보니 이거더라고요. 기다리던 그 일이 갑자기 잡혔다, 미안하다, 네 남은 평생 마실 커피는 내가 다 산다. 저는 이지선 이 기집애, 잘 됐구나 했어요. 아, 친구 이름은 지선이고 걔가 프리랜서 디자이너인데 그 일을 진짜 하고 싶어 했었거든요.

아무튼. 곧 정신이 든 언니가 앞에 있는 테이블에 앉자고 하더
군요. 그러곤 대뜸 묻더라고요. 당신 정체가 뭐냐고. 저는 당황해
서 얼굴이 벌게졌고 그냥 취준생이라고, 말했듯이 백내장 수술
뒤로 이상한 게 보여서 혼란스러운 사람일 뿐이라고 말했죠.

잠시 뒤 언니는 머뭇거리다가 핸드백에서 사진 한 장을 꺼냈
어요. 제 눈으로 본 군인의 모습은 거의 옆모습이긴 했지만 네,
맞아요. 동일 인물이 확실했어요. 저는 그렇게 말해줬죠. 언니 눈
에 눈물이 맺히기 시작했어요. 저도 따라 슬퍼졌죠. 이리저리 마
음이 복잡하기도 했고요. 언니는 같이 울먹거리는 저를 보면서
그 사람은 세상에서 둘도 없는 사람이라고, 목숨 걸고 자기를 탈
북시킨 사람이라고 했어요. 그러고는 제게 일어난 일을 믿을 수
없지만 또 믿고 싶다고, 그리고 너무 보고 싶다고…….

그런데 그때 사진을 바라보고 있던 제가 조금 다른 점을 발견
한 거예요. 그 어깨에 견장 있잖아요. 그게 다르더라고요. 사진에
는 별이 네 갠데 제가 본 모습에는 약간 컸나, 아무튼 별이 하나
였거든요. 왠지 말해줘야 할 거 같아서 말했더니 언니가 글쎄, 껵
껵거리면서 펑펑 울기 시작하는 게 아니겠어요? 얼마나 희한한
그림이에요. 멱살 잡은 애가 이제는 멱살 잡힌 애 앞에 앉아서 꺼
이꺼이 울고 있으니.

울음을 겨우 그친 언니가 했던 말은 이거예요. 뭐, 그 당시만
해도 사실 여부를 떠나서 그렇게 믿고 싶어 한다는 느낌이 강하
게 들긴 했지만 어쨌든 더 큰 별 하나를 달고 있다는 건 작은 별
네 개 '대위'에서 더 큰 별 한 개 '소좌'로 진급했다는 뜻이라고, 그
렇다면 그 사람은 지금 잘 살아 있는 거라고 했어요. 그러곤 제
이름을 묻더니 혹시 소현 님이 '그곳'의 '현재' 모습을 본 게 아니

겠냐고, 또 보이는 게 있으면 말 좀 해달라고……. 저는 고개를 살
며시 저었어요.

순간, 언니와 저는 동시에 외쳤어요. 사진! 이라고요. 그런데
…… 사진엔 언니밖에 없더라고요. 정확히는 '서울'에 있는 '현재'
의 언니 혼자와 카페 마당 그리고 몇몇 다른 사람들이었죠. 아무
튼 언니의 그 사람과 갈대밭과 산봉우리와 구름 하늘은, 사진에서
찾을 수 없었던 거죠.

저흰 잠시 동안 울지도 않고 말도 안 하고 앉아 있었어요. 언니
는 언니대로 저는 저대로 무척이나 혼란스러운 시간이었죠. 조금
뒤 언니가 조심스럽게 연락처를 묻더라고요. 오늘은 너무 갑작스
러워서 또 만나고 싶다면서. 따지고 보면 제대로 혼란을 겪는 사
람은 저인 것만 같아서 제 마음은 영 내켜 하지 않았지만 제 손은
이미 전화번호를 알려주고 있더라고요. 저도 답을 찾아야 했기에
제 손이 나섰던 거 같아요. 그리고 헤어졌죠.

언니가 대문을 열고 카페에서 나가더라고요. 원래 저도 조금
기다렸다가 나가려고 했는데 뭔가가 정리가 안 된 채로 널브러진
거 같지 뭐예요. 뭐, 실제론 빵 냄새가 너무 나서 벗어나지 못했는
지도 모르겠지만요. 히히. 게다가 카페 자리만 쓰고 아니, 그 난리
만 치고 그냥 나가긴 좀 미안하잖아요. 어쨌든 배도 고프고 해서
빵이랑 커피를 주문한 다음 다시 그 테이블에 혼자 앉았어요.

빵 한 입과 커피 한 모금 후에 저는 생각하기 시작했죠.

한 사람과 눈이 마주쳤는데 그 사람 주위로 어떤 장면이 또 나타
났다. 가만있어 봐……. 이틀 연속에 똑같은 오후 시간이네. 그럼
앞으로 하루에 한 번씩 매일 이런다는 거야? 돌아버리겠네…….

엑스맨, 아니, 무슨 엑스위민이냐고. 안 될 말이지만 차라리 눈이 아프거나 해서 그냥 부작용 치료를 받으면 될 일인데 대체 이건 뭐지?

그리고. 탈북이라니. 와, 그냥 동네 언니 같았는데 탈북민이었어. 또. 빨간 배지 달고 소좌로 진급한 군인. 그래, 북한군 맞지 뭐……. 아무튼 언니를 위해 목숨을 걸었던 옆에 그 사람. 잠깐만. 이상하네. 뭔가 묘하네? 파주역에서 내린 그 남자. 세 식구. 부모님과 기와집의 모습과 갈색 군복 군인과 갈대밭의 모습, 언니와 파주역 그 남자……. 혹시 그 남자도 탈북민일까? 진짜 그들을 통해서 본 가족과 풍경은 현재 '북한'의 모습일까?

그런데 사진으로는 찍히지 않는다는 건 내 눈으로만 보인다는 건데…….

나한테 도대체 왜 이런 일이 생긴 걸까.

저는 어떠한 답이나 그 비슷한 것마저도 찾지 못한 채 남은 빵을 우걱우걱 씹어 삼키고 거의 다 식어버린 커피까지 모조리 목구멍에 쏟아부었어요. 무식하게 그러고 나서 나중에 집에 가는 길에 까스활명수를 사 먹을 수밖에 없었어요. 체하기도 했겠지만 스트레스가 심했던 거 같아요.

그럴까요? 잠시 쉬었다 할까요? 하하, 괜찮아요. 다 지난 일이고 그땐 거의 아무것도 몰랐지만 지금은 아니니까요. 그나저나 우산 가져오셨어요? 오늘 저녁부터 비 온댔는데. 그러게요, 그냥 지금 왕창 내리고 저희 마칠 때쯤에 딱 그치면 좋을 텐데 말이에요. 아, 저는 민석이가 파라솔만 한 우산 가져 나왔대서 같이 쓰고 가면 돼요. 마침 늦은 오후부터 저녁까지 이 근처에서 볼일이 있다고 하더라고요. 네? 무슨 말씀하시는 거예요, 대체. 저흰 철

저한 파트너라고요. 게다가 전 연하는 관심도 없어요!

그럼 계속할게요. 음……. 그런데 그 뒤로는요, 한 일주일 정
도요. 헷갈리게시리 정말 아무 일도 없었어요. 매일 이른 오후쯤
사람 많은 곳 한 군데 이상 찾아가서 재차 테스트 해봤는데 본 게
아무것도 없었어요. 진짜 황당하더라고요. 그래서였는지는 모르
겠지만 결국 그때도 부모님께 말씀드리지 못했어요. 지선이한테
도요. 믿든 안 믿든 간에 일단 내 편이니까 정말로 다 털어놓으려
고 했었는데 막상 또 며칠 동안 멀쩡하니까 말하려는 마음이 점
점 작아지더라고요.

사실, 중간에 탈북민들이 남한 사회 정착을 지원받는다는 하
나원까지 무작정 찾아가려고도 했었어요. 대충 본원이 안성에 있
다는 것만 알아내고 정작 일반 민간인은 방문할 수 없다는 중요
한 사실은 확인하지도 않고서 말이에요. 탈북민 아니, 제가 또 실
수했는데, '북한이탈주민'이 더 권장되는 표현이죠. 아무튼 그분
들과 어떤 관련이 있다는 사실에 어느 정도 근접했으면서도 다른
데만 빙빙 도는 건 저 스스로를 속이는 거였으니까요.

그래서 무작정 안성행 버스를 탔어요. 멍한 채로 버스에 몸을
맡기다 보니 어느새 안성 버스터미널에 도착했더라고요. 하지만
저는 바로 허탈해졌죠. 왜겠어요? 그제야 저는 그곳에 갈 수 없
다는 사실을 알게 된 거예요. 진짜 바보 같죠, 저.

저는 다시 버스터미널 안으로 들어가서 바로 돌아가는 티켓을
샀어요. 그런 뒤에 고속버스터미널에 내려서 전철을 타고 집으로
가다가 도중에 내렸어요. 공덕에 남북하나재단이 있다는데 혹시
거기로 가면 그분들을 만날 수 있을까 해서……. 그땐 정말 답답

했었던 것 같아요. 근데 뭐……. 결국에는 근처만 서성거리다가 집에 갔어요. 부모님이랑 제일 친한 친구한테도 말 못 하고 있는데 다짜고짜 어떻게 말할 수 있었겠어요?

그러다가, 언니와 만나고 정확히 일주일이 지난 날 아침에 언니로부터 전화가 왔어요. 며칠 동안 연락 없길래 아예 연락 안 할 줄 알았는데 말이에요. 그런데 일주일 전보다 마음이 더 불편하더라고요. 왜냐면 언니는 부탁이 있어서 전화한 거였어요. 자기가 있는 동지회 모임에서 따르는 분이 계시는데 정말 오랫동안 애절하게 남편 소식을 수소문하는 분이라면서, 또 소현 님도 이번 만남을 통해서 뭔가를 더 알아낼 수 있지 않겠냐면서 만날 수 있겠냐고 묻더군요.

전 연락하겠다고 말하고 전화를 끊자마자 소리쳤어요. 이 언니 뭐야! 진짜 개민폐 쩌네! 라고요. 하하, 맞아요. 욕도 시원하게 한 방 날렸죠. 그때까지도 꼬박꼬박 언니라고 부르면서 말이에요. 나중에 만나서 이름이랑 나이를 알게 됐을 때 진짜 두 살 언니여서 얼마나 다행이었는지 모르겠어요. 적어도 억울하진 않잖아요? 아무튼 그 전화를 받았을 때는 원망스럽기까지 했죠. 그렇게 혼란스러워하는 저를 분명히 봤으면서 또 다른 부탁을 하다니. 근데 또 생각해보니까 제 입장에서도 질질 끌어서 좋을 게 하나도 없겠더라고요. 그래서 바로 다음 날로 약속을 잡았죠.

저는 북한이탈주민인 아주머니 한 분과 마주 앉아 있었어요. 제 두 눈으로 아주머니의 두 눈을 빤히 쳐다보면서 말이에요. 그나마 사이에 놓인 테이블이 큰 편이어서 서로 약간은 더 떨어져 앉은 느낌이 들었기 때문에 어색한 분위기를 겨우 참아낼 수 있었죠. 어쨌든 이게 뭐 하는 짓인가 싶었지만 의사 선생님께 가서

"저는 그냥 생눈깔 두 개로 AR 화면 따위를 볼 수 있어요. 그것도 북한의 현재 모습을요."라고 말할 게 아니라면 제 나름대로 답을 찾아야 한다는 사실도 알고 있었죠.

그때였어요. 순간적으로 아주머니 두 눈이 차분하게 반짝이는 듯했고 마치 뭐랄까, 제 눈이랑 연결되는 느낌이랄까? 하여튼 그런 느낌이 들었고 나타났어요, 화면이요. 저는 사진을 찍으려고 휴대폰을 들었어요. 시간은 오후 2시가 갓 넘은 때였고 사진은 화면을 꾹 눌러서 몇십 장은 찍었을 거예요. 그리고 나타난 모습에 집중했죠.

다만, 화면이 나타난 그 순간에 전 깜짝 놀라서 진짜 괴상한 소리를 냈지 뭐예요. 저희가 딴 사람은 아무도 없는 카페 루프탑에 있었기에 망정이지 내내 사람들 시선을 끌 뻔했죠. 왜 그랬냐 하면요. 제 바로 앞에 있는 테이블 위로 병실 침대가 떡하니 나타난 거 아니겠어요?

뭐랄까, 느낌이 오더라고요. 좋은 소식은 전하지 못하겠구나 ……. 그때 전 최대한 침착한 표정을 지으려고 노력했는데 아주머니의 급격히 어두워진 낯빛을 보고 그렇게는 못 했다는 걸 알았죠. 저는 자리에서 슬며시 일어났어요. 병상에 누워 계신 분을 보려고요. 그러게요, 꽤 희귀한 모습이었겠죠? 그런데도 아주머니는 조용히 기다리시더라고요. 안타깝게도 체념한 얼굴로요.

병상에는 아저씨 한 분이 두 눈을 감은 채로 산소 호흡기를 끼고 누워 계셨어요. 환자용 침대가 작은 탓인지 아저씨 머리카락이 새하얀 탓인지 아저씨는 굉장히 야위어 보였어요. 마음이 너무 안 좋더라고요. 그 순간에는 저한테 일어나고 있는 일이며 뭐며 다른 건 아무 생각도 안 났어요. 아저씨는 아무래도 아주머니 남편 같고 상황은 안 좋은 거 같고……. 그래서 뜸을 들이려고 했는지 병상 주위를 훑어봤어요. 그제야 그 뒤로 좁은 병실의 모습이 보였고 몇 안 되는 장비가 있었어요. 무엇보다 '리' 씨 성을 가진 이름이 보이더라고요. 아, 진짜……. 눈물이 맺히는 거예요. 언니가 혹시나 해서 미리 아저씨 성함을 알려줬었거든요. 그러니까, 아주머니 남편분은 외롭게 아파하고 계시고 그 모습을 아주머니와 제가 양쪽에서 지켜보는 상황이었던 거죠. 저는 다리에 힘이 풀리는 거 같아서 자리에 다시 앉았어요.

아주머니는……. 한참을 머뭇거리다가 울먹대면서 말씀하셨어요. 뭐, 뭐가 보입네까?

그러면서 다시 쓰고 있는 서울 말투로 돌아와서 혹시 자기 남편을 보고 있느냐고, 살아는 있느냐고 물어보셨어요. 전 그때 눈물을 겨우 참아낸 직후였는데 그 말을 들으니까 이번엔 그냥 눈물이 주르륵 흐르더라고요. 그래서 아주머니와 저는 꽤 오랫동안 아무 말 없이 울기만 했어요.

어, 근데 생각해보니까 저는 대책 없이 울고만 있을 게 아니더라고요? 심호흡을 몇 번 하고, 아주머니께 말씀드렸죠. 그땐 장면이 사라지고 난 뒤였어요.

제 얘기가 끝날 즈음 아주머니도 눈물을 그치셨어요. 그러곤 또 뜸을 들이시더니 괜찮다면 짧은 얘기를 좀 들어줄 수 있겠느냐고 하셨어요. 그때쯤엔 아주머니와 저 사이에 뭐랄까, 어떤 연대의식이 생겼다고 해야 할까요? 아무튼 그런 게 생겨난 뒤였기 때문에 거절할 이유는 전혀 없었어요.

아주머니는 하마터면 아저씨와 결혼을 약속하고도 못 할 뻔하셨대요. 약혼 후, 결혼식을 몇 개월 앞두고 아저씨가 갑자기 폐결

핵에 걸리셨거든요. 안타깝게도 북한엔 특히 결핵 환자가 끊이질 않는데 그래도 비교적 건강했었던 아저씨가 걸릴 줄은 모르셨던 거죠.

정말 힘드셨대요. 치료를 받으려면 병원에 가기만 하면 되는 게 아니라 약을 구해서 가야 하니까. 그래도 두 분은 어찌어찌해서 이겨 내셨죠. 전염성이 진짜 높은데도 아주머니는 아저씨 곁을 지켰고, 그 정성 때문이었는지 감염으로부터 자유로운 그런 축복까지 받으셨다고 했죠.

십여 년이 지났을 무렵에 두 분은 그동안 준비했던 탈북을 실행할 참이셨대요. 그런데 그때, 아저씨 폐결핵이 재발한 거죠. 브로커한테 줄 돈이 모자라게 된 거예요. 그게 가진 돈 전부인데 그 중에서 얼마를 떼서 약값에 써야 했으니까요.

두 분은 일단 되는대로 약을 구해서 급한 불을 끄셨어요. 그러곤 며칠 뒤에 아저씨가 그러셨다는 거예요. 2주 안으로 아무개를 통해서 돈을 마련할 수 있을 거 같으니 먼저 출발하는 게 좋겠다. 이 브로커가 제일 뒤탈이 없고 이번 기회를 절대 놓치면 안 된다. 제일 고생 없이 가는 길이라고 했다. 웃돈 얹어서 조만간 나를 후발대로 나눠 보내는 거까지 얘기 다 끝냈고 그 전에 약도 더 구할 수 있을 거 같으니 아무 걱정하지 말라.

그게 아저씨와의 마지막이었대요. 그 뒤로 아주머니는 나름대로 갖은 수를 써서 연락을 시도해봤지만 되질 않았다고……. 아주머니는 아저씨를 찾는다고 찾긴 했지만 아마도 새로운 환경에 적응하려고 했던 자신이 적극적이지 않았던 탓이라면서 평생을 후회와 고통 속에 살아도 할 말이 없다고 하시더라고요.

저요? 그때 뭐, 눈물에 콧물에 질질 짜고 난리도 아니었죠. 도대체 이게 다 뭐라고 죄지은 것도 없는데 가족끼리 생이별을 하고 참나……. 근데 어쨌든 그때 아주머니가 결정타를 날리셨죠. 흰색 봉투를 딱 꺼내시는 거예요. 말만 들어도 돈이 들었다는 걸 아시겠죠? 그러면서 누가 뭐래도 자신은 믿을 수 있다고, 제 얘기를 듣는 도중에 말로 설명할 수 없는 어떤 감정을 느꼈다고 하셨어요. 무엇보다 남편이 이제 더는 아프지 않았으면 좋겠다고 하시면서 저에게 시간 내줘서 고맙다고, 너무 고맙다고……. 아니 무슨 막말로 위급 상황을 알린 거밖에 없는데 고맙다고 하시면서 돈까지 주시니까……. 아무튼 저야말로 그때 그 감정을 설명하기가 참 힘드네요.

돈이요? 받았어요. 돈 받고 더 펑펑 울었죠. 하하. 아니 그게 아니라, 제가 찬찬히 설명을 한번 드려볼게요! 아주머니가 봉투를 건네셨을 때 전 당연히 거절했어요. 솔직히 제 필요에 의해서 아주머니를 만난 게 컸으니까요. 그놈의 환영이 나타나는 현상을 파악하려고 말이에요. 근데 아주머니가 봉투를 다시 조심스럽게 건네시면서 이렇게 말씀하시는 게 아니겠어요? 이거는 고맙다는 내 마음의 작은 표시니까 그냥 받아달라. 지금 한창 직장을 구하는 중이라고 들었는데 몇 푼 안 되는 돈이지만 옆집 아줌마가 주는 용돈이라고 생각해달라. 또 소식에는 즐거운 소식도 있고, 슬픈 소식도 있는 법 아니겠느냐. 그렇다고 남편 소식에 마냥 슬프지만은 않다. 그냥 내 마음이 그렇다. 그리고 그저 한마디만 더 하자면 혹시 우리 탈북한 사람들 중에서 간절히 희망하는 사람이 있으면 너그럽게 살펴봐줄 수 있겠느냐고…….

이게요, 겉으로만 보면 정보를 제공하고 돈을 받은 거겠지만 글쎄요. 그땐 그 대가가 아주머니의 진심처럼 느껴졌고 거절하기는 내키지 않았거든요. 또 돈을 줄 테니 다른 사람도 잘 봐달라는 것처럼 보일 수도 있겠지만 그것도 글쎄요. 어쨌든 아주머니는 머릿속으로 뭔가를 계산하시진 않았다고 확신해요. 그래서 제가 여기까지 온 거고요.

그러곤 잠시 뒤에, 아주머니와 제가 자리에서 일어나려고 할 때쯤 언니가 왔어요. 온다는 말은 없었는데 못 만나면 어쩌려고 말이에요. 아무튼 좀 별난 그 언니가 와서 셋이서 간단히 대화를 나누다가 아주머니는 가셨어요. 언니는 그땐 또 눈치껏 아무것도 묻지 않았고 저도 마음속으로 아주머니가 잘 이겨내셨으면 하고 바랐어요.

언니가 진짜 언니가 맞는 줄은 그때 안 거예요. 그제야 제대로 통성명을 했거든요. 언니는 어찌 됐든 이런 부탁을 하게 돼서 미안하다고 사과를 하더군요. 근데 저한테도 나름 귀하다고 할 수 있는 시간이었으니까 괜찮다고 했죠. 정상 비정상을 떠나서 저한테 벌어지는 일의 어떤 메커니즘이랄까, 뭐 그런 것도 어느 정도 알게 됐고 말이에요. 그러곤 저희는 이런저런 얘기를 나눴어요. 제 편견으로 언니는 저랑은 꽤 다르게 지낼 줄 알았는데 들어보니까 사람 사는 게 거기서 거기더라고요? 그리고 그 별난 언니, 의외로 저랑 은근히 말이 통하더라니까요. 그렇게 오랜만에 수다 좀 떠는데 아주머니 사진 찍은 게 생각나서 봤어요. 역시, 사진엔 남지 않았더라고요.

와, 조금 이른 거 같은데 비 진짜 많이 오네요……. 이렇게까지 온단 말은 없었는데 말이에요. 저 근데 죄송하지만 오늘은 여기까지 해도 될까요? 오늘 우리 식구 다 같이 모여서 저녁 먹기로 했는데 늦으면 곤란해서요. 아빠가 긴 출장에서 돌아오는 날이거든요. 네, 맞아요! 비 오는 날 경의중앙선 타고 가려면 얼마나 빨리 나서야 할지 감이 오시죠? 게다가 퇴근 시간까지 겹치면 끝장이거든요. 헤아려주셔서 감사해요.

다음 인터뷰 일정은 각자 스케줄 확인도 해야 하니까 나중에 정해야겠죠? 알겠습니다. 연락 기다릴게요. 근데, 민석이 요놈은 왜 답장이 없는지 모르겠네요. 이때쯤이면 언제든지 연락하라고 했으면서. 아니 시간이 맞는지 안 맞는지 말을 해줘야 제가 어떻게 할지를 정하는데 말이에요. 어린 놈의 자식이 누나한테. 하하, 죄송합니다. 제가 어디서 건방을…….

에이, 저 그냥 가야겠어요. 편의점에서 우산 하나 사죠 뭐. 서두르려고 인터뷰도 좀 일찍 끝낸 마당에 얘 연락을 왜 기다리고 있겠어요. 아무튼 연락해주세요. 그때 봬요!

세 번째 인터뷰

어서 오세요! 더우시죠? 아직 한창 초여름인데 날씨가 진짜 제정신이 아닌가 봐요. 그래도 걱정 마세요. 수마트라 원두로 내린 아이스 커피가 기다리고 있거든요. 오늘은 쿠키까지 준비했어요! 실컷 드세요. 네? 제 기분이 좋아 보인다고요? 뭐 딱히 울상지을 만한 일이 없으니까요!

……그때 잘 들어갔냐고 묻지 않아 주시기를 간절히 바랐는데, 어쩔 수가 없게 됐네요. 분명 그게 정상적인 건데도 말이에요. 결론부터 말씀드리자면 최악의 귀갓길이었어요.

아니 제가 편의점에 우산을 사러 갔다가 혹시나 해서 삼각김밥 하나 먹으면서 연락을 그러니까, 민석이 그놈 연락을 아주 조금만 더 기다렸거든요. 그, 그게 아니라 한 오천 원 정도 우산이면 충분했는데 웬 난잡한 무늬가 덕지덕지 있는 만 오천 원짜리 우산밖에 없었단 말이죠. 돈 아깝잖아요. 그래서 심하게 가까이 있는 다른 편의점엘 갔어요. 거기도 대충 보니까 별 시답지도 않은 우산만 팔고 있더라고요. 물 하나를 사 먹었어요. 김밥 먹고 목이 메지 않았겠어요? 어쩔 수 없었죠. 제가 편의점 두 군데에서 그러고 있는 동안 우리 멋진 파트너한테서는 끝끝내 연락이 오지 않았어요. 그래서 저는 비를 잔뜩 맞고 수많은 퇴근자들과 함께 경의중앙선을 타고 집으로 갔죠. 역마다 정차해 문을 열어 줄 때 바깥 공기를 최대한 들이켜면서 말이에요. 기적처럼 감기는 안 걸렸어요. 그리고 당연히 아빠와의 약속은 못 지켰죠. 제가 도착했을 때 아빠 저 기다리면서 소파에서 졸고 있었어요. 물론 밥이야 그다음 날도 같이 먹을 수 있는 거지만 그게 또 느낌이 다르잖아요. 긴 출장에서 집으로 돌아온 당일하고 당일이 아닌 거하고.

아무튼 근데 민석이 이놈은 미안하다고만 하고 왜 연락을 안 했는지는 여태껏 얼버무리고 있어요. 아우, 김민석! 완전 고구마! 아, 걱정 마세요. 저희가 그래도 나름 프로 아니겠어요? 상담은 아무 문제 없이 잘하고 있으니까요. 하하, 이 정도면 입은 충분히 푼 셈이네요.

아마······. 아주머니 만난 얘기까지 한 거 같은데요. 그죠? 어쨌든 그 만남을 계기로 저한테 무슨 일이 벌어지는 건지 꽤 알게 됐죠. 하지만 당연한 건진 몰라도 그 이유는 전혀 몰랐으니 완벽할 순 없었죠. 지금도 물론 그렇지만요. 뭐, 이제나 앞으로나 정확한 이유를 알아내지 못한다고 해도 크게 상관없을 거 같아요. 여기서 느끼는 보람만으로도 벅차서 딴생각할 겨를이 없는걸요. 음, 사실……. 이유에 관해서 나름대로 정의한 게 있긴 한데 그건 좀 이따 말씀드릴게요. 뭐 별 건 아니에요.

근데 있잖아요. 재밌는 게 아니, 신기하다고 해야 하나 아무튼 그런 게 있는데요. 그게 뭐냐면 이게 진짜 희한하고 괴상한 일인데도 시간이 지날수록 저 자신도 모르게 적응해가더라는 거예요. 왜, 스파이더맨도 갑자기 거미에 물렸다가 자신의 능력에 차츰 적응해갔잖아요. 물론 저 같은 경우는 능력이라고 할 수 없겠지만.

그래서였는지 어떤 용기가 나길래 일단 지선이랑 주말에 보기로 약속을 잡았어요. 지선이도 한창 바쁘다 마침 시간이 난 때였죠. 전 거두절미하고 제게 일어나는 현상에 대해 말했어요. 지선인 골똘히 뭔가 생각하는 표정을 지으면서 한참을 있더라고요. 맞은편에 저도 따라서 그러고 있었어요. 무슨 말을 하려나 기다렸던 거죠.

지선이는, 솔직히 믿기 힘들지만 제가 한 말이니까 거짓말은 아니라고 확신한다고 말했어요. 그러더니 자기가 도울 일이 있으면 뭐든 말하라고 하더군요. 전 순간 아, 얘는 완전히 내 편이고 평생 갈 인연이라는 생각이 빡! 들었어요. 그리고 저희는 그것에 관해서는 별다른 얘긴 않고 지선이가 새로 시작한 일에 대해서 말하면서 다 식은 파스타를 먹었죠. 수다를 엄청 떨다가 나중에 헤어질 때 지선이가 그러더군요. 제가 부모님께 어떻게 말씀드려야 할지 자기도 고민해보겠다고요. 감동이죠? 제 친구? 이건 할 소리는 아니지만 만약에 제가 진짜 정신적으로 문제가 있었대도 개는 제 친구 계속했을 거예요. 그렇게 믿어요.

주말을 나쁘지 않게 보내고, 그러면서 한편으론 부모님 뒤에서 감기 기운 같은 불안함과 괴로움을 숨긴 채 새로운 한 주를 맞았어요. 전 자연스럽게 다시 취업 준비생이란 일상으로 돌아가야 한다고 생각하고 있었죠. 그런데 말이에요. 또 연락이 온 거 아니겠어요? 그 '애증의 언니'로부터요. 잠깐만요. 그때 생각이 나네요. 아으, 이 언니 진짜!

언니는 자기가 생각해도 엄청 미안했는지 쩔쩔매면서 말하기 시작했어요. 뭐, 어쨌거나 할 말은 다 했지만 말이죠. 아무튼 언니가 했던 얘기는 모레 있는 동지회 모임에 제발 한 번만 나와줄 수 없겠냐는 거였어요. 대뜸 모임이라 그러니 황당했죠. 근데 결국엔 갈 수밖에 없었어요. 그 이유는 언니가 이어 말하길, 자기가 그러려고 그런 건 절대 아닌데 어쩌다 보니 아주머니와 자기가 저를 만났던 얘기가 모임에 다 퍼져서 사람들 거의 모두가 절 당장이라도 보고 싶어 하는 데 안달이 났다고 했기 때문이에요. 그리고 또 덧붙이길, 그래서 자기가 소현 님 생각도 해야 한다고 했더니 사람들이 자제한다고는 하면서도 그 눈빛만은 도대체가 식질 않아서 이렇게 또 염치없이 부탁을 하게 됐다고 했기 때문이기도 하고요.

휴. 말이 되게 꼬이는 느낌이네요? 아! 그리고 무엇보다 그때 아주머니가 저한테 하신 말씀이 또렷이 기억났기 때문이죠. 아무튼……. 모임에 갔어요. 갔는데. 와, 그 표정, 언니와 아주머니를 빼고도 도움을 구하는 그 열세 쌍의 눈동자……. 순간 얼마나 궁금하실까 하는 생각이 밀물처럼 들이닥치더라고요. 엄마랑 아빠 생각도 잠시 났고요. 그렇게 모두와 지금은 '상담'이라고 부르고 있는 걸 시작했죠. 매일 2시경에 두 눈을 마주하고서 말이에요. 가족과 연인뿐만 아니라 형제와 친구까지 만났어요. 뭐, 재회의 법칙이 그렇듯 기쁘기도 하고 슬프기도 하고……. 2주가 걸렸죠.

하루하루가 지날 때마다 일어나는 일은 자연스럽게 저의 일부분이 돼 갔어요. 반면에, 도대체 나한테 이런 일이 왜 생기는가만큼은 여전히 알 방법이 없었죠. 그렇다고 대학 병원에 찾아갈 건 아니었으니까요. 눈이 충혈되는 것도 아니고, 눈곱이 엄청 끼는 것도 아니고, 눈이 붓는 것도 아니고 그저 정기적으로 신기한 일이 생기는 거뿐이니까 말이에요. 그렇잖아요, 스파이더맨도 손목에서 거미줄이 나올 때 아프단 소리는 안 하잖아요. 더더군다나 "의사 선생님! 제 손목에서 거미줄이 막 나오는데요, 이거 어쩌죠?"라고 하지도 않고 말이죠.

그런데 상담이 끝나갈 때쯤에 문득 이런 생각이 들었어요. 혹시 누군가가 나한테 이런 역할을 맡긴 걸까? 진짜로 신이 아니, 존댓말로 해야겠지. 어른이니까. 아무튼 신이란 분이 진짜 계셔서 나를 뭐 대리인 같은 걸로 지정하신 걸까? 희한하네. 난 종교 없는데. 라고 말이죠. 무신론자인 제가 이런 생각까지 했으니 얼마나 답답했었는지 아시겠죠? 글쎄요, 유독 이유가 궁금하더라고요. 흔치 않은 일이니까요. 어찌 됐든 그때 그런 생각이 드니까 마음은 좀 편해지더라고요. 그래서 이걸 바탕으로 누군지는 모르겠지만 아무튼 누군가가 제게 귀한 이 일을 부탁했기 때문이라고 그 이유를 나름대로 정의했죠. 하하, 좀……. 이상한가요?

그래도 진짜 이상한 사람은 따로 있었어요. 상담하신 분들 모두 말이에요. 글쎄, 한 분 한 분마다 상담이 끝나면 꼭 흰 봉투를 손에 쥐여주시는 거 아니겠어요? 봉투 끝에 '남쪽눈때기 동무'라고 적어서 말이에요. 눈때기가 그 귀때기 같은 거냐고 물으면 그냥 웃기만 하시고 말이죠! 그렇게 '남쪽눈때기'는 제 별명 아닌 별명이 되었어요. 네! 맞아요, 맞아요. 그 드라마엔 감청하는 북쪽 귀때기 동무가 나왔더랬죠. 대신에 저를 부르는 '눈때기'는 긍정적인 의미라고 나중에야 다들 말씀해주셨어요. 하하.

아무튼 다들 봉투를 주시는데 아주머니께 이게 어떻게 된 거냐고 자꾸 여쭤봐도 자기는 전혀 모르는 일이라고……. 전 일일이 다 거절했어요. 그런데도 그분들, 나중에 다 끝났을 때 한꺼번에 모아서는 모임장님 통해서 끝까지 주시더라고요. 아주머니 경우와는 느낌이 좀 달랐는데 어쨌든 어쩔 수 없이 일단 가방에 넣었죠. 이래도 되나 하면서요.

저, 잠깐 물 좀 가져올게요. 쿠키도요! 맛있죠, 그죠? 네?

어머, 영화 제목으로 〈남쪽눈때기〉라니. 진짜 딱이네요!

부모님은 그때까지 그러니까, 1월 말까지 별 의심 없이 제가 스터디 모임에 나가는 줄로 알고 계셨답니다. 아주 규칙적으로 지냈기 때문에 그러셨던 거 같아요. 근데 그 뒤부터 갑자기 또 제 생활 패턴이 약간씩 불규칙해지니까 취업 준비는 잘하고 있는지 특히 눈이나 다른 데가 아프지는 않은지 자꾸 물어보시더라고요.

저는 그분들을 만나고 나서부터 일상과, 당시 기준으로는 비일상 그 사이에서 어지러움을 느끼고 있었어요. 구체적으로 뭘 어떻게 해야 할지 알지도 못했으면서 말이죠. 그러다가 이 생각이 든 거예요. '말로만 할 게 아니라 그림을 그려 줘야겠다!'라고요. 저도 모르게 지금의 일상으로 빨려든 거죠.

그래서 파주에서 제일 크고 유명한 미술 학원을 골라서 건드리지도 않았던 돈 봉투를 든 채로 찾아갔죠. 전 입시생도 아니고 그냥 성인 취미반에 해당했어요. 아, 그렇다고 취미 생활을 낮게 본다는 말은 아니고요. 아무튼 다짜고짜 무슨 테스트 같은 걸 하더라고요? 그림을 그려보라고.

와, 그때 생각이 나네요. 진짜 빡치는 순간…… 이었어요. 앗. 죄송해요. 비속어까지 쓸 생각은 없었는데 말이에요. 제가 왜 이러냐면 그때 선생인지 누군지 하여튼 그 사람이 제가 그린 그림을 보고 지은 표정과 했던 한마디 때문이에요.

아니. 아무리 그래도 그렇지 대놓고 개똥 밟은 얼굴을 하다니, 그게 교육자로서 과연 올바른 행동일까요? 게다가 압권은 말이죠. 저한테 이러는 거예요. 보통 여자분들은 기본적으로 그림을 어느 정도 그리시는데 죄송하지만 선생님 같은 경우는 레벨이 매우 낮다나 뭐라나!

그죠? 제 말이 딱 그 말이에요. 그게 무슨 개뼈다귀 같은 소리냐 말이에요. 그림을 못 그리면 못 그리는 거지, 거기서 성별 운운하는 건 대체 어떤 정신머리를 가진 거냐고요. 그래서 전 고개를 빳빳이 들고 그 사람을 노려보면서 '꼰대의 늪'에서 빠져나왔어요. 참나. 안 그래도 그림을 못 그려줄 판인데 짜증나게시리!

그렇게 나름의 야심 찬 계획이 곧장 틀어지자 제 생활 패턴도 또다시 틀어질 기미를 보였어요. 근데 이상하게 왠지 계획을 포기하기가 싫더라고요. 그때 떠오르는 사람이 있었죠. 우리 애증의 언니 말이에요.

저는 언니와 만나서 조금 더 살을 붙인 계획에 관해 말하기 시작했어요. 어떤 방식일지는 아직 정확히 모르겠지만 사람들을 계속 만나면서 내가 볼 수 있는 것들을 얘기해주고 싶다. 그리고 얘기만 하는 게 아니라 그림으로도 남겨주고 싶다. 그런데 내 그림 실력이 형편없어서 그림을 기똥차게 잘 그리는 파트너를 구해야겠다. 언니는, 정말 반기는 표정을 짓다가 이내 그러더군요. 내 주위에 그림 잘 그리는 사람이 딱히 없는 거 같은데······. 저는 있을 거라고 했죠.

왜냐면 모임 사람들 중에 언니를 포함해서 젊은 청년이 네 명 있었는데 그중에 한 명에게서 본 장면이 기억에 남아 있었거든요. 그 사람을 빼닮은 한 남자가 어느 강가 언저리에서 그림을 그리다가 잠시 뒤를 돌아 컵에 물을 따르던 그 사람을 쳐다보고 있는 장면이었어요. 네, 그 사람이 바로 민석이었죠. 다른 한 남자는 민석이 동생이었고요.

언니는, 민석이는 평소에 그림과 관련된 이야기 자체를 한 적이 없을뿐더러 상담 이후에도 마찬가지였고 더구나 그림을 그리고 있었던 사람은 동생이지 않냐고 걱정스레 묻더군요. 하지만 그 예상은 화려하게 빗나갔죠. 민석이는 적어도 제가 보기엔 '레오나르도 다빈치'급이었거든요. 그리고 의외로 꽤 적극적으로 제게 이것저것 물었어요. 자기가 뭘 어떻게 하면 되느냐고요. 그렇게 저와 민석이는 한 팀이 되었어요.

상담을 완전히 공개적으로 할 수는 없었죠. 이건 쉽게 믿을 수 있는 일이 아니잖아요? 일단 언니가 동지회 모임에 공유했어요. 그리고 사람들이 각자의 은밀한 방식으로 희망자들을 모았죠. 꽤 되더라고요. 근데 저는 상담을 했던 모임 사람들 중에서도 아주머니와 같은 안타까운 경우가 아니라면 그림으로도 간직하고 싶어서 또 하겠단 분들이 많을 줄 알았는데 꼭 그렇지만도 않더라고요. 그땐 제가 어리석었죠. 낮은 공감력으로 함부로 넘겨짚었으니까요. 그래서 그 이후로는 어떤 감정이겠거니 하고 멋대로 판단하는 짓은 절대 하지 않으려고 노력했어요. 물론 지금도 마찬가지고요.

아무튼 상담은 그전과 일부분 비슷하면서도 한편으론 크게 달라져갔죠. 아니, 아예 바뀌어갔다고 하는 게 더 맞겠네요. 민석이가 그림을 잘 그릴 수 있게 하기 위해서라도 제가 그전보다 몇 배는 더 장면에 대해 자세히 설명하게 됐고 그러다 보니 표현력이 반강제로 엄청나게 늘었고요. 또 민석이가 마무리까지 하는 동안에 상담하는 분의 이야기를 많이 듣게 되니까 공감 능력까지는 모르겠지만 적어도 그들의 이야기에 쫑긋하고 귀를 기울이는 능력만큼은 향상됐죠. 예전의 저였다면 상대방의 이야기를 그렇게까지 들을 수도 없었을 거예요. 민석이요? 당연히 걔도 늘었죠. 제 기준으로는 당장이라도 피렌체로 가도 될 것 같았어요.

하지만 음……. 이 얘길 들으시면 아마도 답답하게 느끼실 텐데 사실 저나 민석이는 정말로 대책 없이 일을 벌인 셈이었어요. 저는 일자리를 찾는 상황이었고 민석이도 시간제 근무를 하던 중에 그만둬버렸고 이상 앞에서 현실적인 문제를 완전히 잊어버렸던 거죠. 언니도 그렇게까지 할 줄은 몰랐다고 나중에 그러더라고요. 그런데도 현실 문제에 무딘 상태로 있을 수 있었던 이유는 …… 돈이요, 돈. 무슨 말이냐면요. 처음에 미술 도구라든지 기타 활동비라든지 그런 것들은 제가 받았던 돈으로 썼고요. 이후에는 ……. 아니, 소문이 도대체 어떻게 돌았길래 사람들이 하나같이 봉투를 건네느냐 이 말이에요.

많든 적든 돈이 생기니까 솔직히 좋긴 좋았죠. 건마다 상담료처럼 꼬박꼬박 들어왔으니까요. 그렇지만 민석이랑 저는 "이건 아니다." 하면서 진지하게 고민을 했죠. 최소한 돈 때문에 시작한 건 아니었으니까요. 그때가 적절한 타이밍이었는지는 잘 모르겠어요. 그냥 더 늦으면 안 되겠다고 생각했죠.

그래서 저흰 진짜 무턱대고 '남북하나재단'을 찾아갔어요. 쉽게 말해서 미친 척하고 들이민 거죠. 생활안정부 박 대리님을 아, 지금은 박 과장님이신데. 하하, 다 저희 덕이죠. 어쨌든 박 과장님을 몇 명의 상담자들과 함께 서른 번 가까이 만난 끝에, 그분이 결국 믿어준 덕분에 지금의 '하나상담센터'가 생긴 거예요! 들으셨겠지만 대외적으론 북한이탈주민을 대상으로 하는 산하 기관 상담 센터로 돼 있고 실제로 이런 상담이 이뤄지는 건 아는 사람만 알죠. 교묘하게 운영해야 하지 않겠어요? 대부분에게 믿어지지 않는 얘기일 테니까요. 근데 뭐, 여태껏 조용했어요. 비판적인 말을 한마디 하자면 사람들은 통일, 통일 외치면서도 정작 구체적으로 할 일에 관해선 관심이 별로 없는 편이죠. 저도 뭐 다를 바 없고요. 반성합시다! 어머, 죄송해요. 놀라셨어요?

어쨌든 재단은 저희와 함께 이런 식으로 운영하고 있기 때문에 실화라고 밝히지 말아달라고 한 거예요. 상담을 원하는 북한이탈주민들에게 알리기 위해서 영화로 만드는 데 동의하면서도 말이에요. 사실 너무 무서워도 엄청난 무언가를 각오하고 세상에 알릴까도 했지만 최종 결론은 이거였어요. 실화라고 밝히지 않아도 간절히 원하는 사람은 알아볼 거라고요.

음……. 이제 이 얘기를 들려드리면 끝나겠네요.

이렇게 제 진로가, 거창하게는 제 삶의 방향이 완전히 달라졌을 때 더 이상은 도저히 미룰 수 없는 문제가 남아 있었어요. 바로 부모님이죠. 그전까지 부모님은 여러 번 제 컨디션과 취업 활동에 관해서 깐깐한 질문들을 하곤 했는데요, 뭐 엄마랑 아빠니까 그럴 수 있죠. 어휴…… 둘러대느라 엄청 고생했지만 저는 운 좋게도 그때마다 잘 넘어갈 수 있었어요. 왜냐면, 보세요. 겉으로 보기엔 학원을 알아보러 가고, 스터디원 김민석을 찾고, 다시 상담을 위한 규칙적인 생활을 하고, 박 과장님 만나느라 한 번씩 정장을 입고 나가고. 아, 두 번인가 용돈 달란 소릴 안 한다고 할 때는 조금 위태로웠지만 아무튼 결론적으론 별일이 없었죠.

하지만 말씀드렸듯이 부모님 모르게 상담사로서 출발할 수는 없었죠. 조금은…… 다른 성격의 상담사이긴 하지만요. 어쨌든 그래서 3월 중순쯤 상담 센터 계획이 확정됐을 때 부모님께 마침내 다 털어놓았어요.

제가 느끼기에 부모님은 누구보다 저를 믿는다는 표정을 지었어요. 그렇지만 그러면서도 걱정에 걱정을 거듭했죠. 5월이 올 때까지 말이에요. 사실 저는 지선이나 민석이나 언니나 심지어 동지회 모임 사람들과 박 과장님에게 좀 도와달라고 할 생각도 있었는데 그냥……. 기다렸어요. 왠지 그러면 될 것 같아서요. 5월, 그러니까 동네에 나무들이 푸른 잎사귀들로 덮이기 시작했을 때 느낌이 왔어요. '무한한 지지'를 받는다는 느낌이요. 제가 특별히 한 건 없어요. 그저 열심히만 했을 뿐인걸요.

근데 세상에, 그 뒤로 제게 놀라운 변화가 또 일어난 게 아니겠어요? 하루 중 오후에 한 번 AR 화면 같은 그분들의 장면이 보이는 일이 오전에도 한 번 더 생기기 시작했다 이 말이에요. 그래서 더 많은 사람들에게 소식을 전할 수 있게 됐죠. 살짝 부탁이 좀 과하지 않냐는 생각이 순간적으로 들기도 했지만······. 하하, 뭐 할 만하더라고요. 중간중간 상담이 없을 때도 있고 일정을 좀 조절해도 되고 말이죠. 대신에 민석이가 한마디 했어요. 하루에 세 번은 절대 못 하겠대요!

긴 시간 들어주셔서 고맙습니다. 감독님은 저희보다 훨씬 더 뜻깊은 일을 하시는 게 분명해요. 그런 뜻에서 약간 늦었지만 오늘 점심은 제가 책임질게요! 근데 왠지 한식이 땡기지 않으세요? 마침 조금만 가면 기가 막힌 냉면집이 있는데 거기가 딱일 거 같아요. 아마 지금 순간적으로 침이 엄청 고이셨을 텐데, 그죠? 그 가게가 바로 그런 곳이거든요.

어, 벌써 왔네? 근데 뭘 들고 오는 거야. 액자야? 이상하네요. 오늘따라 민석이가 유독 낯을 더 가리네요. 그래도 밥 먹으러 같이 가야겠죠? 혼자서 라면이나 먹으라고 할 수는 없잖아요.

글쎄요······. 저는 제대로 못 봤는데······. 진짜 제 얼굴이 맞아요? 잘못 보신 거 아니에요? 저도 모르겠어요! 갑자기 왜 제 초상화를 그려 왔는지 말이에요. 네? 무슨 말씀하시는 거예요. 제가 언제 웃었다고, 막 그러시는 거예요? 시원한 냉면이나 드시러 가시죠. 그럴 생각까진 없었는데, 디저트까지 바로 이 남쪽눈때기가 맡을게요. 풀코스로 모시겠습니다! 그냥······ 갑자기 그러고 싶어졌어요. 날씨가 심하게 좋잖아요?

진정현

어느 날 아무런 대책도 없이 소설을 쓰기 시작했다.

그러한 이유로 나름대로 엄청난 에너지를 쏟아부으며 소설을 하나씩 써내고 있고 〈남쪽눈때기〉는 그중에서도 특히나 '고군분투'한 결과다.

지금 이 순간에도 최소한 독자들의 시간을 뺏지 않는 것을 목표로 고군분투하며 소설을 쓰는 중이다.

파고들다 지현상

살면서 꽤 많은 수의 비밀유지 서약을 맺었다고 장담한다. 고 고학자라는 직업 덕이기도 했고, 위험을 즐기고 호기심을 못 참 는 성격 탓이기도 했다. 남들은 상상도 못 할 많은 의뢰와 탐사를 진행하는 게 내 일상이었다. 하지만 글쎄. 이렇게 위험한 냄새가 나는 의뢰는 나로서도 처음인 것 같았다.

정보국의 요원들이 나를 찾아온 건 불과 이틀 전의 일이었다. 그들은 마치 다 알고 왔다는 듯 내가 혼자 있는 시간에 우리 집 현관문을 두드렸다. 딩동. 인터폰 너머로 웬 동네 아저씨들이 모 여 있었다. 요원들의 분장은 그만큼 완벽했다. 하지만 개중엔 내 가 아는 얼굴이 하나 껴 있었고, 그가 무슨 일을 하는지 뻔히 아 는 나는 그들을 집 안으로 불러들였다.

나는 뭔가 위험한, 혹은 재밌을 만한 일이 벌어지고 있음을 직 감적으로 알아챘다. 정보국의 의뢰를 받는 것도 벌써 수 차례째.

그 의뢰 도중 만났던 나이 많은 선배가 농담처럼 던진 말이 불쑥 기억났다.

"이봐. 이 사람들이 정말 비밀스러운 일을 맡길 땐 말이야, 혼자 있는 시간에 불쑥 찾아와 사람을 데려간다고."

흠. 정확히 기억나진 않지만 분명 그런 맥락의 말이었다.

그들은 자리에 앉자마자 자신들의 요원증과 두꺼운 서류 뭉치를 꺼내 내 눈앞에 들이밀었다. 서류는 의뢰에 대한 내용인 줄 알았건만 되레 나에 대한 내용이 가득했다. 그건 내가 언제 어디서 무얼 하고, 누굴 만나고, 무얼 좋아하는지 등의 사생활 정보가 빼곡히 담긴 보고서였다. 나는 건네받은 서류를 조용히 덮으며 확신했다. 그들은 일을 맡기기 위해 은근히, 혹은 대놓고 나를 협박하고 있었다. 내가 자신들의 손바닥 위에 있다는 걸 보여주면서.

"이번엔 섭외 방법이 좀 거치시네요. 거긴 프라이버시라는 게 없나 보죠?"

"죄송합니다. 사안이 사안이라서요."

나와 안면이 있는 요원이 나름 사람 좋은 미소를 지으며 대답했다.

"예전부터 내려오는 관례 같은 거라, 저도 어쩔 수 없었습니다."

"뭐…… 됐습니다."

나는 질린다는 표정으로 요원에게 서류를 돌려주었다.

"이번엔 무슨 일을 맡기려고 이렇게까지 하는 겁니까?"

"여기서 설명드리기엔 좀 그렇습니다. 아시다시피 저희 일은 보안이 생명이니까요."

요원은 어깨를 으쓱하며 서류를 회수했다.

"다만, 의뢰금이 엄청나다는 건 지금 말씀드릴 수 있을 것 같군요."

참나. 나는 한숨 섞인 웃음을 뱉으며 요원의 눈을 마주했다. 액수가 크다는 건, 그만큼 위험하거나 어려운 일을 맡기겠단 소리였다.

요원은 나에게 일단 동행할 것을 요구했다. 나는 그저 고개를 끄덕이고 뒤를 따랐다. 그들이 마음먹고 찾아온 이상 어차피 다른 선택지는 존재하지 않았다. 요원은 나를 차량으로 안내하면서 반쯤 농담인 척 말했다.

"어차피 당장은 급한 일도 없으시잖아요?"

인정하기 싫지만, 맞다. 그랬다. 당시의 나는 정말 할 일이 없는 상태였다. 갑작스레 일거리가 모두 사라지고, 해오던 연구는 자료를 도둑맞거나 조수들이 그만두면서 난항을 겪고, 기왕 그렇게 된 김에 떠나고자 했던 여행은 여행사의 사정으로 불발된 상황이었다. 나는 그제야 요원들이 손수 내 스케줄을 비워놓은 건 아닐까 의심했다. 확실히 우연이라고만 보기엔 너무 많은 일들이 겹쳐 있었다. 아마 그것도 요원이 말한 '관례'의 일종이었던 게 아닐까. 힘의 과시나 은근한 협박. '보라고, 우리가 맘만 먹으면 넌 아무것도 아니야. 그러니까 알아서 잘해!' 뭐, 그런 거.

어쨌거나 정보국의 의뢰 내용은 차에 타고 나서야 설명 들을 수 있었다. 최근 새로 발견된 동굴에서 흔치 않은 종류의 고대 유물들이 발견되고 있는데, 그 탐사대에 합류해달라는 거였다.

나는 나도 모르게 설명을 끊고 되물었다.

"흔치 않은 종류의 유물이라고요?"

"예, '안티키테라'라고, 알고 계시죠?"

나는 요원의 얼굴을 보며 고개를 끄덕였다. 안티키테라란 소위 '아날로그 컴퓨터'라 불리는 유물이었다. 약 2,100여 년 전의 것으로 추정되는 주제에 '행성의 위치를 계산하는 차동 기계장치'였고, 부품의 정교함은 근대의 시계 장치에 버금갔다. 심지어 그 계산은 지동설을 기반으로 했으니 시대를 한참이나 앞서간 불가사의한 물건이었다.

"그런 것들이 동굴 안에서 마흔 점이 넘게 발견됐습니다. 아니, 오히려 안티키테라를 뛰어넘는 유물들이 대부분이었죠. 당장 용도를 특정할 수는 없지만, X선 검사 결과 무수한 톱니바퀴들로 이루어진 물건임이 확인됐습니다. 그 부품 수와 복잡함, 정교함은 정말 상상 이상의 수준입니다."

"유물의 예상 연대는요?"

"여러 방법으로 연대 측정을 해본 결과, 최소 3,600여 년 전의 물건들로 추정하고 있습니다."

나는 순간 내 귀를 의심했다. 말도 안 되는 일이었다.

"도무지 믿기 어려운 얘기입니다만……. 일단은 알겠습니다."

나는 마음을 추스르며 대답했다. 그래, 요원들이 할 일 없이 내게 거짓말을 늘어놓겠는가. 특히나 이렇게까지 공을 들이는 와중이라면 더더욱. 하지만 그렇다면, 자연스레 다른 의문이 생길 수밖에 없었다.

"그런데…… 왜 제게 찾아오신 겁니까?"

"예?"

"잘 아시겠지만, 저는 기계형 유물의 전문가가 아닙니다. 3,600년 전이면 시대도 제 전문 분야가 아니고요. 아니면 혹시 동굴 위치나 예상되는 문화 계통이 제 기존 연구들과 관계가 있는 건가요?"

요원은 나를 빤히 바라보다 가만히 고개를 저었다.

"위치는 극비사항이라 알려드릴 수 없습니다. 일을 맡게 되셔도 아마 정확히는 알아내실 순 없을 테고요. 그리고 저희는, 지금 기계형 유물의 전문가가 아니라 탐사에 능하고 용기 있는 고고학자가 필요합니다."

나는 살짝 인상을 찌푸렸다. 요원의 대답은 의도가 다분한 가식적인 칭찬이 담겨 있을 뿐, 내 의문엔 조금도 답이 되지 않았다.

"그러고 보니 그것도 이상하네요. 그런 유물이 마흔 점이나 발견됐다면, 탐사도 어느 정도 진행된 것 아닙니까?"

"아닙니다."

요원이 담담하게 고개를 저었다.

"탐사가 진행된 부분은 동굴 일부에 불과합니다. 탐사대가 아주 깊이 들어가긴 했지만, 그래도 아직 손이 닿지 않은 부분이 더 많을 거예요. 안으로 들어갈수록 유물이 발견되는 빈도가 올라갔으니, 아마 그 끝에는 유적지가 있지 않을까 예상하고 있습니다."

"와우."

나는 나도 모르게 잠시 헛웃음을 지었다. 솔직히, 요원이 자신들의 의도를 숨기기 위해 농담을 하고 있다고 생각했다.

"말씀해주신 게 모두 사실이라면, 곧 전설에나 등장하던 초고대 문명들의 실마리를 찾을지도 모르겠군요."

그러나 요원의 반응은 예상과 달리 매우 진지했다.

"예, 저희도 그렇게 예상하고, 기대하고 있습니다."

나는 살짝 인상을 쓰며 요원의 눈을 똑바로 바라봤다. 아무래도 농담이 아닌 것 같았다. 요원은 정말 그 끝에 뭔가 엄청난 게 있을 거라 믿고 있는 표정이었다.

"진심이십니까? 근데 그러면…… 전 이해가 더 안 되는데요."

나는 머리를 굴리며 천천히 입을 열었다. 요원의 말이 모두 사실이라면, 이는 고고학자라면 누구라도 입맛을 다실 만큼 매력적인 얘기였다. 돈을 받는 게 아니라 억만금을 내도 좋으니 탐사에 끼워달라고 애원할 만한 일이기도 했다. 그래서 더 불안하고 이상했다. 이건 조건이 너무 좋아서 오히려 찝찝한, 그런 종류의 이야기였다.

"불러주신 건 감사하지만 왜 저인지 모르겠습니다. 아무래도 그만한 유적지라면 이미 작업에 투입된 사람들이 눈에 불을 켜고 계속 달려들 것 아닙니까? 공을 나누기 싫으니 인원 보충 같은 걸 원할 리도 없고요."

요원은 별다른 대꾸 없이 나를 마주했다. 잠시간 침묵이 이어졌다.

요원의 묘하게 착잡한 표정을 보며 내가 계속 말을 이었다.

"그렇다고 보안이 문제라면…… 제가 아니라 정보국에 정식으로 소속된 고고학자들을 부르셨을 테고요. 하물며, 접근 자체가 어려운 곳이면 제가 아니라 첨단 장비를 이용했을 거란 말이죠."

요원은 여전히 대답이 없었다.

나는 말을 끊었다가, 힘을 주어 다시 물었다.

"저한테, 뭘 숨기고 계신 겁니까?"

요원은 그제야 한숨을 쉬며 입을 열었다.

"숨기다니요. 단지 얘기를 하다 보니 아직 말씀드리지 못한 부분이 있을 뿐입니다. 음, 저희가 박사님을 모셔 온 이유는……."

요원은 잠시 눈을 감고 말을 골랐다. 하지만 달리 고를 말이 없었는지 곧 솔직하게 대답했다.

"앞선 탐사대가 모두 살아 돌아오지 못했기 때문입니다."

"후우⋯⋯."

나는 침대에 누운 채 불 꺼진 개인 천막의 천장을 바라봤다. 요원들의 안내를 따라 이곳에 도착한 지 어언 이틀하고도 8시간째. 시간은 이곳을 기준으로 새벽 2시가 훌쩍 넘었지만 도통 잠이 오지 않았다. 천막 너머론 야생동물과 벌레들의 울음소리가 끊임없이 들려오고 머릿속엔 온갖 잡생각이 가득했다. 탐사 개시가 당장 내일 정오부터였다. 그것만으로도 머리가 터질 듯 복잡한데, 심지어 천막 안엔 날벌레 한 마리까지 윙윙거리며 날아다니고 있었다. 방충 장비가 정말 어마어마하게 많던데, 어떻게 뚫고 여기까지 들어온 건지 도통 알 수가 없었다. 몸을 뒤척여 옆으로 돌아눕자 근처에서 날고 있던 날벌레가 깜짝 놀라 멀어지는 게 느껴졌다.

요원들은 나를 이 불편한 천막으로 데려오는 동안 동굴의 위치를 숨기기 위해 온갖 방법을 동원했다. 비행기를 타는 동안엔 이동 시간을 가늠할 수 없도록 수면제를 먹였고, 착륙 이후엔 내 눈을 가리거나 밖을 볼 수 없는 차량을 이용해 이동했다. 현지인들을 볼 기회는커녕 지역의 언어가 적힌 표지판이나 소책자 하나 주변에서 찾아볼 수도 없었다.

이는 확실히 효과가 있는 방법이었다. 덕분에 나는 이곳이 어디인지 도무지 알 수가 없었다. 날씨와 해의 길이, 지형, 주변의 서식하는 동식물의 종류나 특성 등을 이용해 세 군데 정도는 유추해볼 수 있었지만 그걸로 끝이었다. 하기야, 만약 그 세 곳 중 하나가 정말 맞는다 해도, 어차피 이 넓은 숲속에서 동굴의 위치를 특정하는 건 처음부터 거의 불가능한 일이었다.

그래. 지금 여기가 어딘지가 뭐가 중요하겠어. 나는 얼굴 근처로 날아드는 날벌레를 쫓아내곤 눈을 비볐다. 정말 탐사에 함께하는 것 말곤 방법이 없는 걸까. 물론 요원들은 목숨이 위험할 수 있는 탐사인 만큼 내게 일을 억지로 강요할 수 없다는 점을 계속 강조했다. 정 내키지 않으면 집으로 돌려보내 주겠다고도 말했다. 대신, 나에게 평생 감시가 따라붙게 될지도 모른다는 얘기를 덧붙이긴 했지만 말이다.

솔직히…… 글쎄. 정보국이 기밀의 일부를 내보여준 사람을 그렇게 순순히 놓아줄 거란 생각은 들지 않았다. 정말 감시를 붙이면 차라리 다행이었다. 날 집으로 보내준다고 했지 살려서 보내준다고까진 말하지 않았으니까. 너무 과한 생각인가 싶긴 했지만, 정보국에서 비밀 유지를 위해 들이는 노력을 보면 꼭 아니라고 장담할 수도 없는 일이었다.

그래. 그래도 이번 탐사는 정말 만전을 기해서 안전하게 진행할 거라고 했었지. 그렇다면 탐사를 수락하는 게 더 안전할지도 몰라. 나는 다시 한번 날벌레를 쫓아내며 그렇게 생각했다. 그래. 여기서 탐사를 포기한다면, 그럼에도 정말 살아서 집에 돌아간다면, 나는 아마 이곳에서 무슨 일이 일어났는지 그 안에는 무엇이 있었는지를 평생 못 견디게 궁금해하며 살아갈 거야. 게다가 이건 어떻게 보면 일생일대의 기회일지도 모른다고.

젠장할. 나는 자기 합리화를 멈추고 머리끝까지 이불을 뒤집어썼다. 이곳에 도착했을 때부터 온몸을 엄습하던 불길함이, 도저히 떨쳐지지가 않았다.

"동굴 탐사는 정보국의 통제 아래에서만 이미 다섯 번이 진행
됐습니다."

요원은 공항으로 이동하는 차량에서 그렇게 말했었다.

"정보국에선 유물에 대한 정보가 확인되자마자 동굴로 탐사대
를 보냈었죠."

으음. 나는 여전히 뜬눈으로 이불 속에 누운 채 상황을 복기하
고 있었다. 우선, 요원에 따르면 동굴과 유물을 처음 발견한 이는
숲과 정글 탐사가 전문인 오지 탐험가였다. 그가 우연히 발견한
동굴에서 유물을 확보한 후, 이에 대해 이것저것 알아보는 과정
에서 정보국에 소문이 전해졌다는 것이다.

"이것저것이요?"

"유물의 연대나 가치 같은 것들이요. 아, 유물을 팔아먹으려
했던 건 아니고 학술지 발표가 목적인 사람이었습니다."

요원은 그렇게 대답하며 탐험가를 꽤 괜찮은 사람이라 평가했
다. 이야기에 구멍이 많아 자세한 내막을 알 수는 없었지만, 어쨌
거나 유물의 발견 경위는 그럭저럭 말이 되는 것 같았다.

좋아, 그다음. 정보국은 다섯 번의 탐사에서 다섯 번 다 탐사
대를 잃은 건 아니었다. 요원은 정보국이 첫 번째 탐사에서 별 탈
없이 열 점에 달하는 유물을 확보했다고 말했다. 하지만 동굴이
생각보다 더 깊고 험난해서 일정 지역 이상 진입할 수는 없었고,
이후 추가적인 정비를 마친 뒤에야 조금 더 깊은 곳을 탐사할 수
있었다고도 했다. 그 두 번째 탐사에서 정보국이 확보한 유물은
서른 점 이상. 그들이 확보한 마흔 점 이상의 유물은 모두 이 두

번의 탐사에서 얻어낸 것들이었다. 여기까지는 괜찮았다. 문제는 그다음부터였다.

탐사대는 두 번째 탐사 끝에 거대한 물웅덩이가 있는 막다른 길에 다다랐다.

"차라리 거기서 멈췄으면 좋았을 거란 생각을 가끔 합니다. 꼭 동굴이 거기서 끝난 것처럼 보였다고 했으니까요. 하지만 탐사원들은 끝내 그 물웅덩이 아래에 통로가 있고, 그 너머에 다시 동굴이 이어지고 있음을 확인했죠."

솔직히 탐사대의 마음을 이해할 수 있었다. 나라도 거기서 탐사를 멈추진 않았을 테니까. 게다가 동굴의 길이 간간이 물로 막혀 있는 건 생각보다 흔한 일이기도 했다.

탐사대는 이전보다 훨씬 더 대대적인 준비를 마치고 세 번째 탐사에 돌입했다. 그들은 잠수 장비를 이용해 새 길을 찾아냈고, 이에 대한 내용을 탐사 캠프에 송신한 뒤 동굴의 더 깊은 곳으로 발을 옮겼다. 하지만 탐사대의 운명은 거기까지였다. 물웅덩이 너머로 향했던 탐사대원들은, 그 누구 하나 살아서 돌아오질 못했다.

"처음엔 물웅덩이 때문에 통신에 오류가 난 줄 알았습니다. 그다음엔 동굴 지반이 무너졌다든가 하는 사고가 일어난 줄 알았죠."

문득 그렇게 말하며 입술을 깨물던 요원의 얼굴이 떠올랐다.

"빠르게 구조대를 보낼 수도 없었습니다. 그렇게 깊은 동굴 탐사는 원래 몇 주씩 걸리지 않습니까? 상황 파악도 늦었고, 이를 확인해줄 만한 인력도 근처에 없었어요. 게다가, 애초에 동굴 탐사의 스페셜리스트들이 들어가 연락이 끊긴 마당에……

어지간한 사람들을 그 안쪽까지 들여보낼 순 없었습니다."

하여 정보국은 최대한 빠르게 새로운 탐사대를 조직해 동굴에 투입시켰다. 정보국 내의 전문가들과 동굴 탐사의 내로라하는 유명인들을 섭외해 만든 탐사대였다.

원래 동굴이란 장소의 특성상 무겁거나 부피가 큰 장비를 가져가는 게 거의 불가능하다. 이는 해당 동굴 또한 마찬가지였다. 길은 험하다 못해 높이부터가 들쑥날쑥하고, 깎아지른 절벽이나 사람 하나가 간신히 기어들어 갈 만한 좁은 통로들이 수두룩이 등장했다.

그럼에도 정보국은 각종 기계장비와 탐사용 로봇들, 상황을 일일이 밖에 전달해줄 영상 송출 장비를 대동해 탐사를 진행했다. 요원에 따르면, 이 네 번째 탐사는 이전 탐사대의 상황을 확인하기 위한 선발대와, 장비 운반을 위해 통로를 보수하고 통신을 위한 송수신기까지 설치하며 천천히 진입하는 후발대로 이루어져 있었다. 그러나 선발대는 이번에도 누구 하나 밖으로 돌아오지 못했고, 늦게나마 물웅덩이 너머에 도착한 후발대 또한 생각지 못한 문제에 봉착했다.

"가져간 장비들이 약속이라도 한 듯 동시에 고장 났다고 합니다."

생각지 못한 요원의 전개에 내가 되물었다.

"예?"

"전부 다 고장 난 건 아니고 디지털 장비들이 문제였죠. 전자기 펄스. 흔히들 EMP라고 부르는 현상 때문이었어요. 동굴 안쪽에선 몇 분에 한 번씩 EMP가 발생합니다."

"그게 자연적으로 발생할 수 있는 건가요?"

"글쎄요. 저도 전문가가 아니라 확답을 드리긴 어렵습니다만,

기본적으로 핵폭발에 의해 발생되는 현상이란 건 말해드릴 수 있죠."

그러니까, 거의 불가능하단 소리 아닌가? 그런 게 몇 분에 한 번씩 주기적으로 발생한다니. 어쨌든 네 번째 탐사대는 이로 인해 탐사를 중지했다. 정보국이 가장 중요하게 생각했던 통신 장치나 탐사용 로봇들은, 당연히 모두 디지털 기반의 장비들이었다.

탐사대는 어쩔 수 없이 방폭 장비와 아날로그 장비들로 재무장한 채 다섯 번째 탐사를 떠났다. 혹시 몰라 들고 가는 아날로그 카메라에는 로프는 물론 회수를 염두에 둔 충격 방지 장비까지 주렁주렁 달아 비상시를 대비했다.

나는 이 얘기를 떠올리며 다시금 이를 물었다. 결국 탐사대는 약속한 시각을 한참 넘기도록 돌아오지 못했다고 했다. 물웅덩이 밖에서 대기 중이던 일부 인원들이 또 다른 카메라와 안전장치를 들고 물길을 건너갔지만 소득도 없었다. 사람들은 더 깊은 곳으로 들어가 직접 상황을 확인하는 대신 로프에 연결된 카메라를 회수해보기로 결정했는데, 이마저도 마음처럼 되지 않았다고 했다.

"이번에는 단순한 사고라고는 볼 수 없었습니다. 그들이 가지고 갔던 로프가 아주 깔끔하게 잘려져 있었으니까요."

온갖 망상을 떠올릴 수밖에 없는 얘기였다. 대체 무엇이 있어야 로프를 '깔끔하게' 잘라낼 수 있다는 말인가. 동물의 공격을 받아도, 날카로운 구조물에 갈려 나가도, 불에 타 끊어져도 그렇게 잘릴 수는 없었다. 사실 이런 방법들로는, 정보국에서 준비한 로프를 '끊어내는 것'조차 불가능할지도 모를 일이었다.

혹시, 탐사대가 자의적으로 로프를 끊어낸 것은 아닐까? 문득 그런 생각이 들었다. 그렇다면 확실히 로프가 어떻게 잘렸는지는 대답할 수 있었다. 대신 다른 질문이 생겨나지만. 도대체 왜?

바로 그 순간, 나는 뭔가가 인중을 기어오르는 느낌에 깜짝 놀라 고개를 흔들었다. 어느새 날벌레가 이불 속에 들어와 있었다. 이런 염병할! 나는 생각을 방해받은 것에 짜증이 치솟아 이불을 세게 걷어 젖혔다. 이놈의 날벌레는 왜 자꾸 내 얼굴에 달라붙으려는지 알 수가 없었다.

나는 자리에서 일어나 천막의 불을 켰다. 그리고 날벌레를 잡기 위해 눈에 불을 켜고 한참이나 주변을 살폈다. 약 십여 분간 벌레를 잡기 위한 사투가 벌어졌다. 이놈의 벌레는 시야 밖으로 도망치고, 보이지 않는 곳에 숨어들고, 내 손길을 벗어나며 끊임없이 나를 약 올렸다. 하지만 이는 고작 인간과 벌레의 추격전이었다. 내가 끝까지 집요하게 달려들면, 심지어 이렇게 좁은 공간에서라면 내가 질 수가 없는 싸움이었다. 나는 결국 날벌레에게 정타를 먹일 수 있었다.

짝!

'인간의 승리다. 이 자식아.'

커다란 박수 소리와 함께 날벌레가 내 양 손바닥 사이로 사라졌다. 그러나 그와 동시에, 내 손바닥에서 생각지 못한 날카로운 통증이 느껴졌다. 마땅히 모기를 때려잡을 때와는 전혀 다른 느낌이었다. 손바닥을 들어 보자 양손 모두 유리에 찔린 듯 핏방울이 배어 나오는 게 보였다.

나는 손바닥을 살피다가 그 한쪽 상처에 반쯤 구겨진 날벌레가 박혀 있음을 확인했다. 순간 온몸에 소름이 돋아 손바닥을 털어냈다. 놈은 반쯤 구겨진 상태에서도 죽지 않고 움찔거리며 움직이고 있었다.

날벌레는 틱 하는 소리를 내며 바닥에 떨어졌다. 나는 놀란 마음을 진정시킨 뒤에야 바닥에 쭈그려 앉아 놈을 자세히 바라봤다. 날벌레는 난생처음 보는 종이었다. 아니, 그보다는…… 곤충이라기엔 뭔가 이질적인 느낌이었다. 분명 날개도 다리도, 몸통도 곤충의 형태를 하고 있지만, 그 몸통과 날개의 색감이, 질감이 기분 나쁘도록 특이했다. 이곳에 처음 왔을 때부터 느꼈던 불길함이 날벌레의 구겨진 몸통에서도 풍겨왔다. 나는 혹시나 하는 마음으로 날벌레의 몸을 다시 건드려보았다. 손끝에서 느껴지는 촉감을 통해 끔찍한 확신이 들었다. 놈의 몸은 분명히 금속으로 이루어져 있었다.

설마. 소름이 온몸을 타고 올랐다. 머릿속의 퍼즐이 맞춰지는 기분이었다. 놈이 왜 자꾸 내 얼굴에, 그것도 코 근처에 달라붙으려 했는지 알 것만 같았다.

나는 놈을 집어 들고 급히 천막을 뛰쳐나갔다. 하지만 천막을 나가자마자 사방에서 윙윙거리는 날갯짓 소리가 나를 가로막았다. 사방에 켜진 탐사 캠프 불빛 아래 까맣게 몰려 있는 날벌레들의 모습이 보였다.

세상에. 놈들이 일제히 나에게 달려들었다. 도망칠 곳이 없었다. 나는 비명을 지르며 다시 천막 안으로 몸을 피했다. 천막의 입구를 잡고 놈들이 들어오지 못하도록 발버둥을 쳤다.

'이봐요! 누구 없어요? 아무도 없어요?'

내가 계속 소리쳤다. 하지만 목소리가 제대로 나오고 있는지는 알 수 없었다. 어느새 천막 안으로 날아든 날벌레들이 내 입에 한가득 들어차 있었다. 귀에도, 코에도. 순식간에 놈들이 내 몸을 뒤덮고는 안으로 파고들었다. 윙윙거리는 날벌레들의 날갯소리 속에서, 내 시야가 까맣게 물들었다. 그날 마지막으로 내 눈에 담긴 장면은, 금속으로 이루어진 수많은 날벌레가 나에게 날아드는 모습이었다.

✳

탐사 당일, 남자는 의뢰를 포기하고 자신을 집으로 돌려보내 주길 요청했다. 정보국은 예상과 달리 순순히 이를 받아들였고, 탈 없이 그를 집으로 돌려보냈다. 우여곡절 끝에 집으로 돌아온 남자의 생활에 다른 점이 생겼다면, 정말 24시간 내내 그를 감시 하는 눈길이 생겼다는 것뿐이었다.

얼마 뒤, 남자는 요원을 통해 정보국의 여섯 번째 탐사 또한 실패로 돌아갔다는 소식을 들었다. 온 사방에서 모아 온 사람들 과 각종 장비들, 심지어 전투 병력까지 투입된 탐사였음에도 생 환자가 없다는 소식이었다. 남자는 예상했던 결과에 그저 고개를 끄덕였다. 아마 정보국의 기술력으로는, 영원히 동굴 끝에 도달 하지 못할 것이 분명했다.

남자가 홀로 지내던 어느 날 누군가 그 집의 현관문을 두드렸 다. 딩동. 인터폰 너머엔 웬 동네 아저씨들이 모여 있었다. 하지 만 개중엔 남자가 아는 얼굴이 하나 껴 있었고, 그가 무슨 일을 하는지 뻔히 아는 그는 그들을 집 안으로 불러들였다.

"정말 죄송하지만, 다시 한번 탐사 합류를 부탁드리기 위해 찾 아왔습니다."

요원은 자리에 앉자마자 남자를 향해 그렇게 말했다.

남자는 요원의 눈을 바라보며 착잡하게 한숨을 내쉬었다. 둘은 여섯 번째 탐사에 대해 짧게 이야기를 나누었고, 남자는 결국 어쩔 수 없다는 듯 고개를 끄덕였다.

그래, 벌써 돌아갈 때가 된 건가. 남자가 생각했다. 그동안 위 세계에서 꽤 재미있는 시간을 보냈는데, 유희는 여기까지인 듯싶었다. 하기야, 그동안 이곳을 관찰하며 모아놓은 자료들은 이미 필요한 분량을 충분히 넘어선 상태였다.

남자가 물었다.

"여기, 다시 돌아올 수 있겠죠?"

요원이 곧바로 대답하며 미소를 지었다.

"예, 아마 오래 걸리지 않을 겁니다."

남자와 요원이 가만히 서로의 눈을 마주했다. 둘의 눈은, 예전과 달리 차갑고 징그러운 검은빛으로 물들어 있었다.

지현상

1991년에 태어나 청주에서 자랐다. 책을 좋아해 서점에서 꽤 오래 근무했고, 뒤늦게 서울예대 극작과에서 공부했다.

2014년 제1회 황금가지 타임리프 공모전에서 〈그날의 꿈〉으로 우수상을 받으며 활동을 시작했다. 〈문 뒤에 지옥이 있다〉의 원작자이며 동명의 장편 웹툰 개발을 위한 스토리 각색자로서 작업 중이다.

'Pheno Story'라는 영상 제작 사업체를 운영 중이고 소설, 희곡, 대본, 시나리오, 웹툰, 웹소설 등 글로 이야기를 쓰는 분야라면 가리지 않고 활동하려 노력하고 있다.

하얀색 음모   김청굴

변기에 앉아 볼일을 보고 있는데 아랫도리에서 반짝거리는 게 보였다. 화장실 불빛에 반사된 건가 싶었지만, 왠지 모를 불길함에 손가락으로 털을 뒤적였다. 명백하게 하얗게 센 음모였다. 새치와는 다른 충격이었다. 나이를 먹고 있다는 걸, 늙어간다는 걸 새삼 깨달았다. 그래, 사람이 나이가 들면 머리카락뿐만 아니라 온몸이 털이 하얗게 셀 수도 있지. 하지만 벌써 털이 하얗게 센다니 믿기지 않았다.

이걸 뽑을까? 그냥 둘까? 애인도 없으니 이걸 볼 사람은 나뿐이었다. 설사 애인이 있다고 하더라도 이 많은 털 중에 하얗게 변한 음모를 발견하는 건 어려울 것 같았다. 머리를 들이밀고 새치 뽑아달라는 것처럼 아랫도리를 들이밀 수도 없는 노릇 아닌가. 이 세상에서 내 음모 중 한 가닥이 하얗게 셌다는 걸 아는 사람은 나 말고 아무도 없었다. 그런데도 이걸 뽑아야 할까?

망설이다가 족집게를 찾는데 보이지 않았다. 선물 받은 손톱깎이 세트가 있다는 걸 떠올려 화장실 서랍장을 뒤진 끝에야 겨우 손에 넣을 수 있었다. 겁이 많고 엄살이 심해서 시원하고 깔끔하다는 브라질리언 왁싱을 하고 싶다고 생각한 적은 단 한 번도 없었다. 그런데 족집게를 들고 하얀색 음모를 뿌리까지 뽑기 위해 뒤적이고 있다니.

이 상황에 웃음이 새어 나오려고 했는데 눈앞에 있는 걸 보고 웃음이 싹 사라졌다. 한 가닥이 아니라 무려 세 가닥이나 있었다. 한 가닥이 주는 충격과 세 가닥이 주는 충격은 달랐다. 얼토당토않은 생각이지만, 이걸 뽑지 않으면 점점 번져나가 모든 털이 하얗게 셀 것만 같았다. 시간은 잡을 수가 없는 것인데도.

그런데 왜 멈춰 있는 것일까.

오늘은 금요일이다. 평소와 같이 8시에 눈을 뜨자마자 냉장고에서 찬물을 따라 마시고 볼일을 봤다. 그 다음에 뿌리 부분부터 위로 점점 하얗게 변하고 있는 음모를 확인하고 한숨을 내쉰 후 거실로 나와 바르게 섰다.

기지개를 쫙 켠 후 숨을 고르고 태양 경배 자세를 한다. 양손을 위로 올렸다가 천천히 바닥에 내리고 다시 앞을 봤다가 고개까지 푹 숙인다. 다시 고개를 들고 오른쪽 다리를 뒤로 뻗는다. 왼쪽 다리도 뒤로 뻗어서 플랭크 자세 유지. 천천히 몸을 바닥에 붙이고 두 팔을 가슴 옆에 두고 상체만 천천히 세운다. 무리하지 않고 할 수 있는 만큼만 상체를 세운 다음 다시 상체를 아래로 숙이고 엉덩이를 위로 쭉 빼서 몸을 세모 모양을 만든다. 종아리가 팽팽하게 당겨지는 걸 느끼며 천천히 호흡한다. 오른쪽 다리를 앞으로 보내고, 왼쪽 다리도 보낸 다음 천천히 일어난다. 이게 한 번. 나가는 다리 순서를 바꿔서 총 네 번을 하고, 다시 기지개를 쫙 켜주면 아침 스트레칭은 끝이다.

주방으로 가서 자기 전에 꺼내둔 냉동 크루아상 생지를 확인한다. 겨울이라 그런지 크게 부푼 건 아니지만, 그래서 더 적당했다. 가스레인지를 켜서 와플팬을 달구고 가스 불을 줄인 다음에 팬 안에 크루아상 생지를 넣는다. 넣자마자 치이익 하는 소리가 들린다. 팬을 몇 번 뒤집은 다음 접시 위에 크로플을 올린다. 중간에 열어보지 않아도 완벽하게 익은 크로플 위로 마스카포네 치즈와 블루베리를 올리고 마무리로 꿀을 뿌린다. 처음에는 태우기도 하고 계속 열었다 닫는 통에 납작하게 눌리기도 하고 그랬는데, 하도 많이 만들어서 이제는 원하는 만큼 굽기를 조절할 수 있었다.

가끔 크로플이 물릴 때는 라면이나 시리얼, 밥을 차려 먹기는 하는데 버리지 않기 위해 되도록 크로플을 만들어 먹었다. 어차피 음식물 쓰레기로 버릴 일도 없지만 말이다. 어제의 나를 원망하고 싶지만, 어제가 언제인지 까마득하다.

오늘은 금요일이고 어제도 금요일이었고 내일도 금요일일 게 분명하다. 내 하루는 계속 반복되고 있다.

처음에는 꿈을 꾸는 건 줄 알았다. 내가 원하는 대로 말하고 움직여서 현실과 구분할 수 없는 생생한 꿈. 그다음에는 내가 미친 건 줄 알았다. 정신과에 가려고 했으나 뭐라고 한단 말인가. 하루가 계속 반복되고 있어요. 피곤해서 그런 게 아니라 정말로, 하루가 반복되고 있다고요.

그러나 사실대로 말해도 누가 믿어줄까. 그래서 그냥 평소처럼 내 일상을 보냈다. 규칙적인 일과와 휴식. 언제나와 같은 하루들. 시간이 반복되는 게 아니라 그냥 내가 할 일을 하고 있다는 생각을 했다. 그게 아니었다면 정말 미쳤을지도 모르겠다.

아침에 일어나서 스트레칭을 하고 아침을 만들어 먹는 것도 그 규칙 중 하나다. 세 끼 잘 챙겨 먹기. 평상시에는 김치볶음밥이나 만둣국 등을 만들어 먹기도 하지만, 언제인지도 모를 어제 꺼내둔 크루아상 생지가 있으니까 오늘도 크로플을 만들어 먹는다.

그렇게 아침을 먹고 뒷정리를 한다. 욕실에 들어가서 씻은 다음에 책상에 앉으면 보통 9시였다. 노트북을 켜서 어제 한 작업을 살펴봤다. 오탈자가 없나 살펴보고 문장이 이상한 부분이 없나 훑어보고 지금까지 썼던 부분과 다음에 이어질 부분의 연결을 생각하며 다시 읽어봤다. 스토리는 정해져 있고 쓸 내용도 정해져 있는데, 쓸 때마다 늘 새로워지는 것 같다. 표현 하나가 또 다른 오늘과 다른 것 같고, 대사 한 줄이 생각나지 않아 생략된 적도 있었고, 더 많이 늘어날 때도 있었다. 자연스럽게 생각지도 못한 복선을 써서 새로운 스토리가 떠오르기도 했다. 어떨 때는 새로운 줄거리를 떠오르기도 했다. 대박 작품이라며 메모를 하기도 했지만 어차피 메모는 남지 않는다. 생각은 자연스럽게 다른 생각에 덮이기 일쑤라 그냥 어제의 작업을 이어서 한다.

작업을 하지 않고 가만히 누워 있던 적도 있었는데, 바닥으로 침식해가는 것 같아 늘 하던 대로 오전 작업을 했었다. 오후에도 일을 한 적이 있었는데, 금요일만 반복되니 계속 일만 하는 것 같아 어느 순간부터는 오후에 카페에 가거나 영화를 보거나 친구를 만났다.

계속 반복되는 금요일이기 때문에 영화관에서 상영되는 영화는 다 봤다. 무엇을 할지 막막할 때는 본 영화를 또 보기도 했다. 그것도 질리자 평소에는 갈 생각도 못 했던 멀리 있는 식당이나 카페도 가봤다. 12시가 되면 어디에 있건 잠이 쏟아지고 눈을 뜨면 내 집 내 침대 위였기 때문에 집에 돌아올 체력과 시간을 따지지 않고 돌아다닐 수 있어서 편했다.

마음에 드는 카페의 메뉴를 모두 먹어보기 위해 여러 번 찾아간 적도 있었다. 그러나 사람 마음이 뭔지. 내 입장에서는 매일매일 찾아간 거지만, 사장님은 나를 모른다. 약간의 서운함과 어쩔 수 없다는 체념이 어우러져 기분이 너무 이상했다. 여기에 있지만 존재하지 않는 느낌이었다.

나는 사장님이 치즈 고양이에게 밥을 챙겨주고 있으며, 그 고양이 이름이 뚱이이고, 중성화 후 지금은 건강한 상태이며, 엄청 어른스럽게 생겼다는 것도 안다. 사장님이 가게 주변 분들이 괜찮다고 해서 카페 앞에 자리를 마련하고 밥을 줄 수 있다는 말에 맞아요, 저쪽 식당에서는 남은 고기도 챙겨준다면서요— 하고 말하고 싶은 걸 참은 후로 가지 않았다. 혼자만 아는 건 외롭고 쓸쓸해서 가지 못한 곳이 늘어났다.

그러나 이것도 다 지나간 일이다. 오전에 외출했다가 밖에서 점심, 저녁을 해결하고 집으로 돌아오던 중 뉴스에서 소식을 들은 이후로 일정한 루틴이 생겼다. 8시 50분에 잠깐 외출을 해서 집 근처 편의점에 간다. 사는 건 그때마다 달랐는데, 이제는 2+1

하는 유자차 세 개로 고정이다.

시계를 보니 8시 51분. 엘리베이터를 타고 내려가는 동안 10층에서 한 번 멈추고 어린이집 가방을 멘 선호와 선호 엄마가 타면 52분으로 바뀐다. 예전에는 아이가 타든 말든 핸드폰만 쳐다봤는데, 지금은 반갑다는 듯이 살짝 웃었다. 그러면 선호는 눈을 동그랗게 뜨고 엄마 다리 뒤에 숨었다. 그 모습도 귀여웠다. 초반에는 너무 빨리 나가서 하염없이 기다리느라 수상한 사람 아니냐는 시선을 받기도 하고, 1분 사이에 엘리베이터를 놓쳐 제시간을 맞추지 못하기도 했다. 지금은 아주 잘 맞춘다.

선호는 빨간색, 노란색, 주황색 털실로 직접 뜬 것 같은 모자와 하늘색 패딩을 입고 샛노란 어린이집 가방을 메고 있었다. 위는 괜찮은데 하의는 계절감이 맞지 않았다. 하늘색 튜튜 아래 발목까지 오는 파란색 양말과 남색 크록스 신발을 신고 있었다. 선호는 엄마 다리 뒤에서 엉덩이를 살랑살랑 흔들고 있는지, 튜튜가 팔랑거렸다. 선호 엄마는 그런 선호가 귀여운지 웃고 있다가 나와 눈이 마주쳤다.

선호 엄마의 표정에서는 많은 것이 지나갔다. 같은 아파트에 살 뿐 아무것도 모르는 사람이 무슨 생각을 하는지 알고 싶지 않다든지, 아이의 옷차림에 대해 어떤 변명을 해야 할지 입술을 달싹인다든지, 아이를 말렸어야 했나 하는 후회 같은 것들. 몇 번이나 보니까 알 수 있었다. 나도 몇 번은 아이가 춥지 않을까요? 하는 걱정 어린 말을 했지만, 그건 육아에 대해 잘 모르니까 할 수 있는 말이었다. 나는 선호 엄마에게 웃으면서 고개를 까닥여 인사하고는 선호에게 말을 걸었다.

"안녕하세요, 옷을 멋지게 입었네요. 바다를 표현한 거예요?"

"앗! 바다 맞아요! 어떻게 알았어요?"

"딱 보니까 알겠는데요? 엄청 멋있어요!"

"그쵸! 이건 파도예요. 바다는 깊어질수록 색이 진해지니까 이렇게 입었어요. 전 바다의 용사거든요! 이 모자는 바다 위에 뜨는 태양이에요! 빨간 태양!"

"선호야, 인사부터 해야지."

"안녕~하세요~."

선호는 엄마의 다리 뒤에 숨어 있다가 내가 옷 칭찬을 하니 좁은 엘리베이터 안에서 내게 더 가까이 다가오며 옷을 뽐냈다. 상체를 살랑살랑 흔들자 튜튜도 같이 흔들거렸다. 어쩔 수 없다는 듯 웃고 마는 선호 엄마의 목소리에는 아이를 향한 사랑이 담겨 있었다.

"아줌마도 보는 눈이 있네요!"

아줌마……. 들을 때마다 왜 이렇게 침울해지는 건지 모르겠다. 이건 몇 번을 들어도 익숙해지지 않는다. 예전이었으면 어떻게 나한테 아줌마라고 할 수 있냐고 속으로 기분 나빴을지도 모르겠다. 여섯 살 선호 눈에는 내가 아줌마로 보이는 건 당연한 일일 텐데 말이다. 게다가 어차피 나와 선호 엄마가 비슷한 나이대일 테니 아줌마라는 호칭이 영 틀린 말은 아닐 것이다. 모르는 사이인데 선생님이라고 부를 수도 없고, 그렇다고 이모는 너무 친근하다. 내가 결혼을 했으면 아줌마라는 호칭을 자연스럽게 받아들였을까?

나는 고정된 하루를 너무 많이 살았다. 지쳐가는 마음을 따라 겉으로 드러나는 이미지가 점점 늙어갔을지도 모른다는 생각이 든다. 시간이 앞으로 흘러갔다면 내가 지금 몇 살일까? 어딘가에 기록을 해도 남김없이 사라지고, 내가 하루하루 세기에는 까마득한 어제 먹은 저녁은 당연히 기억나지 않고, 안 가봤다고 생각한 식당도 음식을 먹어보니 가본 곳이 맞은 경우가 있었다. 루틴이 없었다면 내가 매일매일 해야 할 일도 잊어버렸을지 모르겠다.

"죄송해요, 아이가 뭘 몰라서 그랬어요."

"내가 뭘 모르는데? 뭐?"

난처한 기색인 선호 엄마에게 괜찮다는 듯 웃어 보였다. 그러자 긴장했던 선호 엄마의 어깨가 살짝 내려갔다.

"춥지는 않아요? 멋진 어린이니까 튼튼한가?"

"난 바다의 용사니까 안 추워요! 그치만 엄마가 걱정하니까 겨울 바지도 챙겨갈 거예요."

"와, 엄마를 생각할 줄 아는 멋진 바다의 용사님이네요!"

"감사합니다! 아줌마도, 아줌마도…… 이 바지 어디서 샀어요? 귀여워! 엄마, 엄마! 내일은 나도 강아지 얼굴 그려진 거 입을래!"

엉덩이 위로 올라오는 검은색 경량 패딩을 입고 아래는 갈색 강아지 얼굴이 그려진 하늘색 수면 바지를 입고 있었더니 눈에 띈 모양이었다. 같은 하늘색이라서, 혹은 자유분방한 차림새라서 친근함이 생긴 걸까. 아니면 몇 번이나 보고, 대화하고, 구하면서 선호에게 생긴 애정을 선호도 느끼고 있는 걸까. 우리는 눈을 마주치고 킥킥거렸다. 이렇게 귀엽고 사랑스러운 아이를 그냥 보낼 수는 없었다.

엘리베이터가 1층에서 멈추고 문이 열렸다. 선호와 선호 엄마가 먼저 나가도록 열림 버튼을 누른 후 두 사람이 나가자 그 뒤를 천천히 따라갔다. 슈퍼와 치킨집을 지났다. 선호는 엄마의 손을 잡지 않은 채 뛰다가 걷다가 하며 장난을 치고 있었다. 나는 여전히 여유롭고 느긋하게 그 뒤를 따라갔다. 선호 엄마는 나와 선호 사이에서 걸었다. 피자집을 지날 때쯤 걷는 속도를 높여 보호자를 추월했다. 선호가 코앞이었다.

"어, 파란불!"

선호는 주위를 살펴보지도 않은 채 횡단보도 신호등이 초록색인 것만 보고 앞으로 내달렸다. 차량 신호등이 빨간색이지만, 사거리에서 우회전하기 위해 달려오는 차가 속도를 줄이지 않은 채 다가오고 있었다. 하늘색 튜튜가 나비의 날갯짓처럼 팔랑거리고, 선호는 구름 위를 걷는 것처럼 가볍게 달렸다. 빠르게 달리면 지나갈 수 있을지도 몰랐다. 그러나 크록스가 문제였다. 뛰다가 뭐에 걸린 건지, 발을 삐끗한 건지, 크록스가 벗겨지며 선호가 휘청거렸다. 곧 커다란 차에 부딪혀 날아갈 것 같았다.

언제인지는 모르겠다. 반복되는 하루에서 오전 시간만 루틴대로 움직이고 오후는 그날그날 기분에 맞춰 움직이던 때였다. 호텔에서 샤워가운을 입고 티비를 보던 중이었다. 뭘 볼까 채널을 돌리고 있는데 익숙한 아파트가 보였다. 여섯 살 아이 사망. 그 말에 서둘러 핸드폰으로 검색을 했다.

아침, 9시쯤 우회전하던 차량이 횡단보도를 건너던 아이를 쳤고, 아이는 병원으로 실려 갔으나 결국 숨졌다는 내용이었다. 아닌가… 버스 안에서 봤던가…? 저녁 먹다가 식당 사장님이 혀를 차며 안타까워하던 걸 듣고 알게 되었나? 언제 어디에서 봤는지는 모르겠지만 중요한 건 지금이었다.

나는 선한 사람도 아니고 영웅 심리가 있는 사람도 아니었지만, 아이가 사고를 당한 곳은 내가 사는 아파트 근처였고, 늦은 밤에, 이른 새벽에, 점심에, 할 것 없이 편의점에 가기 위해 종종 오가던 길이었다. 게다가 내가 충분히 구할 수 있는 시간이었다.

눈앞에서 사고당하는 걸 목격하기도 하고, 선호를 구하는 걸 실패한 적도 있었지만, 이제는 크로플을 만들어 먹는 것처럼 익숙한 일이 됐다. 단단히 끈을 묶은 덕에 운동화가 벗겨질 일도 없고(어그부츠를 신었다가 실패한 적이 있었다), 겉옷이 엉덩이 위로 올라오니 걸리적거릴 일도 없었다(마찬가지로 롱패딩을 입었다가 실패했었다). 선호가 횡단보도를 건너지 못하게 막으면 선호 엄마가 이상하다는 듯 바라보고 선호 손을 잡고 재빨리 가려다가 두 사람이 사고를 당한 뒤로 이 방법을 유지하고 있다(도대체 이 동네 운전자들은 왜 이 모양인가).

내가 할 일은 간단했다. 조금 더 빨리 달려서, 선호를 끌어안고 앞으로 계속 달려가는 것.

뒤에서 선호 엄마의 찢어지는 목소리가 들린다. 서어언호오오야아아! 내 발걸음은 무겁고, 체력이 좋은 건 아니지만 작고 가벼운 선호를 들고 뛰지 못할 정도는 아니다. 횡단보도를 건넌 후 후들거리는 다리에 애써 힘을 주고 아이를 끌어안는다. 횡단보도 신호등은 빨간색으로 바뀌었지만, 선호 엄마는 이쪽으로 달려오고 있다.

선호를 칠 뻔했으나 결국 치지 않은 차는 그대로 가버렸다. 욕이라도 해주고 싶었지만, 선호가 내 품 안에서 떨고 있었다. 뒤에서 오던 차는 아이가 치일 뻔한 상황이라는 걸 알았는지 횡단보도 앞에 멈춰 섰다. 선호 엄마는 두 볼을 적시고도 남는 눈물을 흘리며 달려왔다. 그러면서도 두 눈 가득 들어찬 안도감과 고마움이란. 내 목을 억세게 끌어안는 연약한 팔과 콩닥거리는 심장과 더불어 저 눈을 보면 내가 정말 잘했다는 생각이 들었다.

선호 엄마는 선호를 건네받고 그 자리에 주저앉았다. 다리에 힘이 풀린 것 같았다. 그러나 빵빵했던 패딩이 짜부라들 정도로 선호를 강하게 끌어안고 있었다. 선호는 엄마 품에 안겨서야 엉엉 울음을 터뜨렸다.

"다행이다, 무사해서 다행이야, 선호야 어디 다치지는 않았니? 응? 우리 아가, 놀랐지? 괜찮아, 이제 괜찮아……."

선호와 선호 엄마를 챙기면 몇 시간이나 잡혀 있어야 했다. 나는 해야 할 일이 있기 때문에 내어줄 시간이 없었다. 편의점에 들러서 고양이 간식과 따뜻한 유자차 세 개를 사서 아직도 주저앉아 서로를 끌어안고 울고 있는 두 사람 옆에 유자차 두 개를 내려놓았다.

"무사해서 다행이에요."

"고맙습니다, 정말 고맙습니다……."

"선호야 횡단보도 건널 때는 초록불로 바뀌어도 주위를 잘 보고 다녀야 해요. 크록스 신고 뛰면 안 되고, 알았죠?"

선호가 들었는지는 모르겠다. 때맞춰 불이 바뀐 횡단보도를 건너갔다. 다 건너가고 나서야 저기요! 하는 소리가 들렸지만, 쌩쌩 달리는 자동차 소리에 묻혀 못 들은 것처럼 걸어갔다.

집에 가서 싱크대에 담가두기만 했던 설거지를 재빨리 끝내고 편의점에서 산 유자차를 마셨다. 따뜻하고 달콤한 유자차가 들어가자 차갑게 굳은 몸과 마음이 조금 편해졌다. 약 10분의 여유였다. 선호를 구하는 일이 익숙해졌다고 하더라도, 사람을 살리는 건 늘 두렵고 떨리는 일이었다. 따뜻한 물로 샤워도 하고 싶었지만 느긋하게 씻을 시간이 없었다. 이제 초등학교 쪽으로 가야 했다.

재빨리 검은색 기모 바지와 검은색 티, 검은색 롱패딩으로 옷을 갈아입고 집을 나섰다. 아이들이 보면 수상하게 생각하거나 무서워할 수도 있었지만, 지금은 학교에서 얌전히 혹은 활기차게 수업을 받고 있을 시간이었다.

이번에 구할 생명은 검은 고양이였다. 한 남자에게 괴롭힘을 당하고 결국 죽게 되는 고양이. 남자는 피투성이가 된 고양이를 초등학생 아이들에게 보여줘서 겁을 주려고 했다. 고양이를 몇 번이나 발로 차면서, 낄낄거리면서, 애들이 이걸 보면 꺄악꺄악 비명을 지를 거라며 좋아하던 모습을 기억한다.

또 다른 오늘, 늦은 점심을 먹기 위해 아파트 단지를 벗어나던 중에 몇몇 아이들이 고양이가 죽었어, 끔찍하게 죽었어, 하고 엉엉 울던 모습을 봤었다. 아이들에게 그 고양이는 어딨느냐고 물어보고 초등학교 쪽으로 허겁지겁 달려갔었다.

그때 보고 들은 모든 것을 잊지 못할 거다. 죽은 고양이를 차마 바라보지 못하고 엉엉 울고 발을 동동 굴렀다가도, 미약하게 오르락내리락하는 가슴팍을 보고 살았다며 지른 기쁨의 소리를, 고양이를 도와주고 싶어 어른을 애타게 찾던 아이들의 눈빛을 기억한다. 용기 있게 자신의 패딩을 벗어 고양이를 덮어주던 아이도, 손을 덜덜 떨면서도 고양이를 아프지 않게 끌어안고 근처에 있던 어른에게 도움을 청했으나 외면당한 아이들이 무슨 일이냐고 묻는 나를 마주하고 흘리던 안도의 눈물 또한 기억한다.

나는 아이들을 도울 수 있고 고양이도 도울 수 있었다. 놀랐겠다, 대단하다, 괜찮을 거야, 그런 말을 하며 재빨리 패딩으로 감싼 고양이를 건네받고 동물병원을 향해 뛰었다. 몇몇 아이들은 눈물을 닦지도 못한 채 우르르 나를 따라왔다. 우리는 한마음 한 뜻으로 달려갔다.

그러나 고양이는 죽어버렸고, 아이들은 더 크게 울 수밖에 없었다. 피투성이가 된 패딩을 차마 건네지 못하고, 근처에 있는 옷가게에서 아이의 몸보다 조금은 큰 패딩을 사고, 종이봉투에 피 묻은 패딩을 담았다. 울고 뛰느라 고생한 아이들에게 돈가스를 사주겠다고 했지만, 아이들은 돈가스 앞에서 하염없이 울 뿐이었다.

"고맙습니다 아줌마. 어떤 아저씨는 도와달라고 했더니 어차피 죽을 거 뭐 하러 신경 쓰냐며 웃고 가버렸거든요."

그 후로 시간과 장소를 바꿔 그 일대를 돌았다. 나에게는 시간이 아주 많았고, 산책한다고 생각하면 나쁘지 않았다. 그리하여 한 남자가 CCTV를 피하려고 하는 건지 초등학교 뒤쪽으로 이어진 산에서 내려오는 걸 발견하고, 사람의 손을 탄 고양이를 먹이로 유혹하다가 돌로 내려치는 것도 봤다.

건강한 성인 남성이 팔뚝만 한 고양이에게 살의를 가지고, 웃으면서, 검은 고양이는 재수 없다고 욕을 하는 걸 보니 발이 떨어지지 않았다. 애애옹 하고 소리치던 소리는 점점 작아지고 작아져서……. 저 돌이 나를 향할 수도 있겠다는 생각이 들어 겁에 질리고 말았다. 고양이가 죽어가고 있는데 한 발자국도 뗄 수 없어 자괴감이 들었다.

남자가 고양이를 괴롭히는 걸 동영상으로 찍어서 신고해야겠다는 생각을 안 한 건 아니다. 저런 놈은 전에도 그랬을 수도 있고 앞으로도 그럴 수 있으니까 신고하는 게 낫겠다 싶어서, 고양이에게는 미안하지만 증거 영상을 확보해야겠다는 생각을 했었다. 그러나… 작은 생명이 꺼져가고 있는 걸 가만히 지켜보고 있을 수가 없었다. 나는 바로 집으로 돌아가서 빨리 오늘이 다시 오기를 간절히 기다렸다.

다시 반복되는 어느 오늘, 더 하얗게 변한 음모를 보고 한숨을 쉬고 선호를 구하고 편의점에서 고양이 간식과 2+1 유자차를 사서 유자차 두 개는 두 사람 옆에 내려두고 집에 가서 유자차를 마시고 점심을 일찍 먹고 옷을 갈아입고 롱패딩 주머니 안에 고양이 간식과 물을 넣고 초등학교 쪽으로 올라갔다. 남자가 고양이를 때리던 그 주변을 걸으며 고양이 간식을 뜯어 간식 먹자 야옹아 하고 부르니 어디선가 애애옹 하고 우는 검은 고양이 한 마리가 다가왔다. 이 사람이 자신을 아끼는지 괴롭힐지 한 치의 의심도 하지 않고 다가와서 닭가슴살로 만든 간식을 챱챱거리며 먹었다.

산에서 내려오는 남자는 멈칫거리는 것도 없이 자연스럽게 걸음을 늦추지 않고 사라졌다. 나와 고양이를 바라보지도 않고, 그저 산책을 하는 중이라는 듯이 느긋하게. 멀쩡해 보이는 남자를 볼 때마다 화가 난다. 언젠가 천벌 받기를 바라며 고양이를 쓰다듬었다.

"맛있어?"

"애-옹."

고양이는 아주 작고 희미하게 대답했다. 얌전하고 조용한 성격인 것 같았다. 그러니까 남자에게 맞으면서도 동네가 떠나가라 울지 않았던 걸까. 점점 작아져서 결국 사라지고 만 울음소리를 떠올리며, 다리에 엉겨 붙어 몸을 비비는 고양이를 쓰다듬어주었다. 손 안 가득 느껴지는 체온이 따뜻했다.

나와 같이 갈래. 말하고 싶었지만 할 수 없었다. 고양이를 데리고 집으로 함께 갔지만, 잠이 들었다 깨면 나 혼자 시작하는 하루를 견딜 수 없을 것 같았다. 미안함을 담아 쓰다듬자 고양이가 내 손에 얼굴을 비볐다. 맑고 선명한 눈동자는 나에게 괜찮다고 말하는 것 같았지만, 이건 그냥 나를 위로하기 위한 생각일 뿐이었다. 지금의 고비를 넘겨도, 오늘 하루를 무사히 보낼 수 있을지 알 수 없을 테니까.

고양이는 자기가 원하는 만큼 실컷 내 몸에 자기 몸을 비비더니 이내 사라졌다. 나긋나긋 걷는 고양이의 뒷모습을 바라보다가 집을 향해 걸어갔다. 해야 할 일이 하나 더 있었다. 넘어질 뻔한 할머니를 도와야 했다.

넘어지는 게 별일 아닐 수도 있지만, 나이가 들면 뼈가 약해져서 넘어지면 크게 다칠 가능성이 크다고 했다. 노인들이 그렇게 넘어졌다가 침대 위에서 일어나지 못하고 시름시름 앓다가 죽기도 한다는 말을 듣기도 했다. 실제로 할머니가 구급차를 타고 병원에 갔다는 걸 알게 돼서 조금 돌아가더라도 할머니 팔을 한 번 잡아드리기로 했다.

처음 몇 번은 길도 얼고 위험한데 왜 돌아다니시지? 하는 의문이 있었는데 그냥 몇 번 도와드리면서 대화를 나누다 보니까 이해할 수 있었다. 할머니도 친구가 있고 약속이 있었다. 노인정에서 뭘 해 먹었네, 손녀딸이 좋은 대학에 들어갔네 자랑도 하고, 나보고는 결혼했냐 얼른 결혼해서 애 낳아라, 여자의 행복은 아이를 낳아야 한다 등등 잔소리도 했다.

평소 같으면 질색하다 못해 남의 인생에 신경 쓰지 말라고 정색했을 텐데, 지금은 소소한 대화를 즐겼다. 늘 했던 말 또 하고 또 듣는 거긴 하지만, 맨날 한 이야기 또 하고 또 하는 엄마의 잔소리가 생각하면 나쁘지 않았다. 웃으면서 결혼 안 해요, 애 안 낳아도 행복해요, 따박따박 대꾸하다가 김치전이랑 막걸리랑 같이 먹으면 너무 좋죠, 하는 나도 나지만 말이다.

선호의 보호자를 생각하면 애를 낳은 후에 느끼는 행복이 있다는 건 알겠다. 아이를 잃지 않아 다행이라는 듯 울고 웃는 얼굴, 파르르 떨리는 손끝으로 충분히 알 수 있었다. 엄마는 내 결혼을 포기했다고 하면서도 때때로 결혼 이야기를 꺼냈고, 어느 연예인이 혼자 아이를 낳은 걸 보고 결혼하기 싫으면 나에게도 더 늦기 전에 아이라도 갖는 건 어떠냐는 말도 하셨다. 남편은 필요 없어도 아이는 있는 게 좋지 않겠냐며.

아이란 시끄럽고 떼를 쓰고 이상한 고집을 부려서 키우기 어렵겠다 생각하고, 예쁘지 않냐며 자신의 아이 사진을 보내는 친구들에게 귀엽네, 하는 형식적인 말만 했었는데 매일매일 아이를 구하고 고양이를 살리기 위해 피투성이가 된 아이를 생각하면 저도 모르게 사랑스러운 마음이 샘솟기는 한다. 정말 이런 아이가 있으면 행복하겠구나…….

그러나 아이를 낳지 않아도 느끼는 행복은 있는 거니까. 응, 이것도 나쁘지 않지. 시간만 잘 흘러가면 더 좋을 텐데. 도란도란 혹은 따박따박 대화하며 할머니를 노인정까지 모셔다 드리고 집으로 돌아와 집에만 있거나 가방을 챙겨 목적지 없이 길을 나선다.

신기한 게 내가 말이나 행동을 아주 특이하게 다르게 하지 않는 이상 선호나 선호의 보호자, 고양이를 죽이려 했던 남자의 행동, 도와드린 할머니가 하는 잔소리는 엇비슷한데 고양이만 달랐다. 어떤 날은 경계하고, 어떤 날은 무릎 위로 올라와 골골거리고, 어떤 날은 뒤도 돌아보지 않고 가버린다. 고양이가 다르게 울고 다르게 행동하면, 하루가 반복되는 게 아니라 매일매일 빠짐없이 고양이를 보러 가는 듯한 느낌이 든다.

4중 추돌사고, 길거리 묻지 마 폭행 사건, 가정집 방화 살인사건, 음주운전, 지하철 성추행 등. 세상에는 사건 사고가 아주 많지만, 나는 영웅이 아니다. 모든 걸 다 구할 수 없었고, 그런 생각도 하면 안 됐다. 어떤 오늘에는 커다란 사건, 많은 생명이 사라지는 사건을 막기 위해 전전긍긍하다가, 그 사건 하나에 매달려 해결할 수 있는 일들, 그러니까 선호와 검은 고양이를 구할 수 있는 시간이 지나버렸다는 걸 알고 무슨 마음이 들었던가. 내가 모르는 많은 사람과 같은 아파트에 살고 가끔은 엘리베이터에서 마주치는 선호와 내가 산책하는 동안 같이 길을 걸었을지도 모르는 고양이 중 무엇을 택하는 게 옳은 일일까.

실은 여기에 옳은 일은 없다. 어떤 것에 더 마음이 쓰이냐는 문제지. 누군가는 어린아이 하나와 고양이 하나보다 열 명 이상 다치고 죽는 사고를 막는 게 더 낫지 않겠냐고 하겠지만, 반복되는 오늘을 버티게 하는 건 심장이 콩닥콩닥 뛰면서 나를 꽉 끌어안는 아이와 오늘은 다가올까 무릎 위에 올라 골골송을 불러줄까 꼬리만 빳빳하게 세우고 갈까 기대하게 하는 고양이였다.

내가 미치지 않도록 해주는 일상적인 풍경들. 무리하지 않고, 커다란 죄책감을 느끼지도 않고, 안녕하고 인사하면 안녕하고 돌아오는 것 같은 일들. 갑자기 내일이 오더라도 엘리베이터에서 선호와 선호 엄마를 만나 환하게 웃는 얼굴을 볼 수 있고, 어제 밥을 챙겨준 인간이라는 걸 알고 고양이가 나에게 눈인사를 해주길 기대하며 동네를 산책할 수도 있지 않을까.

몇 번째의 오늘이지? 기억이 뒤죽박죽이다. 아침은 어제 꺼내둔 크루아상 반죽으로 크로플을 만들어 먹는 것부터 시작해서 집으로 돌아오기까지의 반복 말고 어디서 뭘 먹었고, 뭘 했는지 잘 기억나지 않는다. 별 건 아니다. 그냥 어제 점심으로 뭘 먹었는지 잘 떠오르지 않는 것과 비슷하다. 시간이 반복되고 있지만, 하루하루 살고 있다고 생각하면 괜찮아진다. 다가오지 않는 마감, 끝나지 않는 일, 영원한 평일……. 그런 것들을 생각하면 숨이 막히긴 하지만 정말 괜찮다.

그러나 시간이 흐르지 않는다는 생각에 사로잡히게 되면 걷잡을 수 없는 공포에 빠지곤 한다. 친구와 싸워도 싸웠던 일이 사라지고, 새로운 추억을 쌓아도 사라진다. 그래서 어느 순간부터 친구를 만나지 않는다. 어떤 오늘은 오후에 일하고 어떤 오늘은 버스를 타고 멀리 나가기도 한다. 혼자서 할 수 있는 일이 늘어나지만 그게 그냥 다 오늘이라서 언제 먹었는지, 뭘 먹었는지 정확히 알 수 없을 뿐이다.

실은 기억을 하고 싶어도 잊으려고 한다. 전에는 개인 카페나 작은 식당에 자주 갔었는데, 이제 프랜차이즈만 간다. 사장님 혼자서 음료를 내리고 디저트를 만드는 카페, 부부가 둘이서 오손도손 주문을 받고 음식을 만들며 서빙을 하는 식당은 가면 갈수록 서글프다. 작지만 그만큼 온기와 다정함이 맴도는 곳에서 나 혼자만 친근함을 느끼고, 나 혼자만 애틋함을 느껴서, 차라리 형식적인 친절함이나 불친절하지 않은 선에서 손님을 응대하는 프랜차이즈가 나았다.

일상에서 밀려나지 않는다는, 내가 여기 있다는 감각. 그걸 유지하는 게 중요했다. 이런 우울한 생각을 할 때는 몸을 부산하게 움직이는 것보다 집에서 푹 쉬는 게 나았다. 욕조에 따뜻한 물을 받아 몸을 담그고, 긴장된 몸을 말랑말랑하게 한 다음 맛있는 음식과 디저트를 배달시키는 거다. 그래, 나는 오늘만을 사는 게 아니라 하루하루를 사는 중이다.

오늘도 평소와 같이 8시에 눈을 뜨고 찬물을 마실까 하다가 정수기에서 바로 나온 미지근한 물을 마셨다. 한 컵 더 마시고 화장실을 갔다 온 다음에 기지개를 켰다. 웅크렸던 뼈 하나하나가 펴지는 느낌이었다. 평소와 다른 게 없는 하루인데 왜 이렇게 탈력감이 드는지 모르겠다. 늘 똑같은 컨디션인데 오늘은 스트레칭을 하기 싫었다.

어제, 아니 오늘 무슨 일이 있었더라? 선호를 구하고, 고양이랑 놀아주고, 점심 먹고, 외출해서… 우연히 여자 치마 속을 촬영하는 범죄자를 잡고, 감사 인사를 듣고, 저녁으로… 스테이크를 먹었던가? 추워서 칼국수를 먹었나? 확인할 수 있는 카드 명세도 없고. 도촬 범죄자를 잡는 걸 일과에 포함하기에는 장소가 뚜렷하게 기억나지 않았다. 하긴, 도촬 범죄자나 성추행범을 잡은 게 한두 번이 아니니까.

어제 하얀색 음모를 뽑은 것만 선명하다. 손가락으로 헤집을 때마다 느껴졌던 빳빳하고 꼬불거리던 검은색 음모의 느낌, 한 가닥이 아니라는 걸 알고 느낀 경악, 족집게로 잡고 들어 올릴 때의 따끔함. 늙어가는 걸 눈으로 보는 서글픔. 도대체 그게 뭐라고 뽑았는지 모르겠다. 확실히 하얀색 음모를 뽑은 게 하루가 반복되는 원인인 것 같다. 그렇지 않으면 어디를 가고 뭘 먹었나 기억이 가물가물한데, 아직도 아랫도리가 따끔한 것 같은 느낌이 들리 없었다. 도대체 그게 뭐라고.

에어프라이어에 크루아상 반죽을 넣어 작동시킨 후 프라이팬을 꺼내 소시지를 굽고 빈 공간에 계란을 깨서 에그 스크램블을 만들었다. 빵이 익어가면서 나는 보드라운 냄새와 잘 익은 소시지에서 나는 냄새가 괜찮았다. 한 접시 위에 크루아상과 소시지와 에그 스크램블을 올려놓고 케첩과 머스타드를 뿌리니 그럴듯한 아침 식사가 완성되었다.

아침 스트레칭을 빼먹었지만, 소시지와 계란을 굽는 데 시간이 걸려서 식사를 마친 시간이 평소와 똑같았다. 서둘러 잠옷 위에 짧은 패딩을 걸치고 집을 나섰다. 엘리베이터를 타고, 중간에 멈춰 서서 선호와 선호 엄마가 타고, 바다의 요정처럼 입은 거냐고 먼저 물어보고, 선호는 눈을 반짝거리며 요정이 아니라 용사라고 말하고, 용사님 화이팅! 하고 웃으면서 엘리베이터를 나오고, 선호를 구하고, 유자차와 고양이 간식을 사고, 이제는 떨리지 않는 몸과 마음에 얼마나 선호를 구했던 걸까 궁금해하다가 이제 습관적으로 유자차를 마시고, 옷을 갈아입고 검정고양이를 보러 가고, 산에서 내려오는 남자를 무시하기도 하고 쳐다보기도 하고 몇 번은 그렇게 살지 말라고 했던 거 같기도 하고 상상으로 그쳤던 것 같기도 하고, 빙 둘러 산책하면서 넘어질 뻔한 할머니를 구하며 잔소리하려는 말을 잽싸게 끊고 제육볶음 만드는 방법이라 든지 된장찌개를 맛있게 끓이고 싶은데 어떻게 해야 하는지 물어보며 저녁으로 하나씩 해 먹고, 다시 아침이 오고 스트레칭을 하고, 크루아상 생지를 버리고 그냥 라면을 끓여 밥까지 말아 먹었더니 몸이 무거워져 선호를 구하다가 조금 치여서 병원도 가고 선호와 선호 엄마가 고맙다고 우는 모습을 침대 위에서 가만히 바라보기도 하고, 그럼 고양이는 어떻게 되는 거지? 온종일 고통 속에서 얕은 잠이 들었다 깼다를 반복했다가 어느 순간 깊은 수마에 가라앉고 눈을 뜨니 내 침대 위라 화장실에 가서 또 다른 오늘보다 더 하얗게 센 음모를 확인하고 스트레칭을 하고 크루아상 생지를 버린 후 식빵을 구워 쨈을 발라먹고 선호를 구하고 고양이와 놀아주고 할머니의 설명대로 만들었지만 갈비찜이 맛없어서 만드는 법을 할머니한테 다시 물어보고 맥주랑 같이 마시고, 와인이랑 마시고, 보드카랑 마시고…….

　고양이가 없다. 고양이를 만난 이후로 이런 적은 단 한 번도 없었는데. 골목에서 멀거니 서 있었으나 고양이도, 남자도 보이지 않았다. 이게 어떻게 된 일이지? 계속 그 일대를 돌며 고양이를 찾았지만 찾을 수 없었다.
　나는 남자가 몇 번이고 내려왔던 산길을 거슬러 올라가기로 했다. 사람들이 자주 다니는 길이라 등산로가 잘 다져 있었다. 남자는 맨발에 슬리퍼를 신은 채 터벅터벅 내려왔으니 길이 아닌 곳을 가지는 않았을 터였다. 열이 올라와 꽁꽁 싸맸던 롱패딩 지퍼를 내렸으나 여전히 더웠다.
　그 고양이는 자기 마음대로 했으니까, 오늘은 이곳에 오고 싶지 않았던 거겠지. 그러나 지금까지 단 한 번도 그런 적이 없었는데? 내가 오늘 뭔가를 다르게 했던가? 아침에 일어나고, 크로플 만들어 먹고, 선호를 구하고 똑같았는데? 도대체 왜? 왜 네가 여기 죽어 있는 건데?

오전인데도 등산을 하는 사람들이 몇몇 있었다. 동네 뒷산이지만 등산복을 챙겨 입은 사람, 산책하는 듯 가볍게 물병 하나만 들고 걷는 사람, 라디오를 작게 틀고 혼자 묵묵히 가는 사람……. 그런 사람들이 한곳에 모여 있었다. 그 가운데 고양이가 있었다.

고양이를 죽인 사람이 누구일까 소곤거리는 소리가 들렸다. 범인이 누구인지 확신할 수 없었다. 그 남자일까? 아니면 다른 사람? 이미 죽은 고양이가 불쌍한지 눈물을 보이는 사람도 있었다. 어떤 사람은 바지 주머니, 잠바 주머니, 주머니란 주머니는 다 뒤지더니 손수건을 꺼내 고양이를 살며시 덮어주었다.

고양이는 영역 동물이라는데, 이 넓은 산도 네 영역이었니? 그래서 여기에 온 거야? 눈물도 나오지 않았다. 피투성이인 고양이를 끌어안았다. 아직 따뜻해서 이미 죽었다는 걸 믿을 수가 없었다. 메마른 얼굴로 손수건을 준 사람을 바라봤다.

"손수건은 새로 사드릴게요."

내 목소리가 잘 나오는구나. 침을 삼키려고 해도 입안이 버석거렸고, 목구멍이 너무 아팠다. 오늘은 유자차를 안 마셨던가. 유자차를 마신 건 기억나지 않지만, 선호와 선호 엄마에게 유자차를 준 건 확실했다. 몸에 박힌 습관 같은 거라 아무리 정신없어도 할 수 있어 다행이었다.

"괜찮아요. 아는 고양이였나 보네. 기운 내요."

"…감사합니다."

"누가 저 작은 아이를 해코지했을까."

혀를 차는 소리를 뒤로한 채 집으로 돌아왔다. 깨끗한 수건 위에 눕히고 화려한 게 예뻐서 샀지만, 너무 화려해서 집에 보관만 해둔 스카프를 찾아 고양이 위에 덮어주었다. 고양이를 데려와도 자고 일어나면 혼자라는 생각에 늘 혼자 집으로 돌아왔는데, 이런 방식으로 집에 같이 오게 될 줄은 상상도 못 했다. 이럴 줄 알았으면 진작에 데려올걸. 데려와서 맛있는 것도 먹이고 품에 안아도 줄 걸 그랬다.

고양이 앞에 앉아 하염없이 바라만 보다가 12시가 됐을 때쯤 쓰러지듯 잠에 빠져들었다.

눈을 떴다. 일어나자마자 화장실을 갔다. 예전에는 검은 털 중에 하얀색 털이 세 가닥이었는데, 온통 하얀색이었다. 사람이 너무 힘들면 머리카락이 하얗게 센다던데, 나는 머리카락 대신 음모가 다 세어버린 걸까?

아침 식사를 포기한 채 천천히 구획을 나누어 음모를 더듬었다. 음모도 하얗게 되면 까맸을 때보다 얇아지고 힘을 잃는 것 같았다. 나는 몇 분 동안 자고 일어나서 뻣뻣한 몸을 잔뜩 수그리고 두 다리를 벌린 채 검은색 음모를 찾아 헤맸으나 단 하나도 찾을 수가 없었다.

음모가 모조리 하얗게 변했으니 이제 난 어떻게 되는 걸까. 시간이 원래대로 흘러가는 순간 난 늙어버리는 건 아닐까. 어쩌면 죽은 상태로 발견될지도 모르겠다. 그 고양이처럼.

혹시 이게 마지막이라면, 하고 싶은 걸 해야겠다.

평소처럼 선호를 구한 후 집으로 돌아가 롱패딩에 망치를 넣은 후 밖으로 나왔다. 할머니가 넘어질 뻔한 빙판길 위에 뭘 뿌려야 할지 고민하다가 놀이터에서 가져온 모래를 잔뜩 뿌리고 초등학교 쪽으로 서둘러 올라갔다. 이번에도 없는 건 아니겠지. 주머니 속에 넣은 망치를 만지작거리며 걸었다. 손이 얼어버릴 것처럼 시린 냉기가 사라지지 않았다. 서둘러 걸었지만 이미 남자가 고양이를 만나서 간식을 내밀고 있었다.

저놈의 뒤통수를 망치로 휘두르면 된다. 오늘이 반복된다면 또 죽이면 될 것이고, 시간이 흐른다면 글쎄, 잘 모르겠다. 심신미약, 우발적인 살인 이런 걸 주장할 수 있지 않을까? 망치를 꺼내서 휘두르기만 하면 된다. 집에서 벽에 못도 박고, 거실 등도 교체하는 등 집수리를 혼자 하며 공구를 잘 다루니까 정확하게 휘두를 수 있었다. 주머니에서 꺼내기만 한다면.

남자는 쪼그리고 앉아 간식을 주며 다른 손으로는 한 손에 잡기 버거운 돌을 들고 있었다. 저 돌로 내려치기 전에 내가 먼저 공격하면 돼. 그러면 돼. 망치 손잡이를 억세게 다시 잡을 때였다. 고양이가 애옹 울더니 내게 다가왔다.

"악, 시발 깜짝이야!"

남자는 정말 놀랐는지 엉덩방아를 찧었다. 남자의 손에서 돌이 데굴데굴 굴러갔다. 고양이는 아랑곳하지 않고 내게 다가와 다리에 얼굴을 비볐다. 가만히 서 있는 내가 이상하다는 듯이 애옹애옹 울어서 주춤거리며 쪼그리고 앉았다.

"뒤에서 뭐 하는 거예요?"

"아, 죄송해요. 고양이 보다가 그랬어요. 고양이 돌보는 분이세요?"

"네? 네."

고양이는 앞발을 들어 내 다리 위에 얹었다. 망치가 들어 있는 오른쪽이었다. 그 순간 주머니가 너무 무겁게 느껴져서 버틸 수가 없었다. 엉덩이가 땅에 닿자 고양이는 제자리라는 듯 올라와 몸을 둥글게 말았다. 주머니에서 망치를 매만지던 손을 꺼내 고양이를 쓰다듬었다. 떨어져 나갈 것처럼 얼어붙었던 손에 온기가 돌았다.

"오다가다 이 고양이를 몇 번 봤는데, 눈에 밟혀서요."

"아… 네……."

"고양이야, 나랑 같이 갈래?"

고양이는 귀를 쫑긋거리며 나를 빤히 바라보더니, 몸을 일으켜서 내 품에 안겼다. 정말 아이가 어른 품에 안기듯이, 온몸을 내게 맡기고 애애옹 울었다. 나에 대한 기억이 없는 게 분명한데도, 친근하게 대하는 몸짓에 눈물이 나올 것 같았다. 롱패딩의 지퍼를 내리고 양옆으로 벌리자 고양이가 내 품 안으로 쏙 들어왔다. 아주 따뜻했다.

내가 하지 못했던 것은 남자를 죽이는 일이 아니라 살아 있는 고양이를 끌어안고 집으로 데려오는 일이었다. 집으로 데려와서 꼭 끌어안고 다정한 온기를 나누는 것. 흘리지 못한 눈물이 나왔다. 고양이가 품 안에서 뛰쳐나갈까 꼭 끌어안고 고맙다고, 이제 괜찮다고 계속 중얼거렸다. 마치 선호 엄마처럼. 이제야 선호 엄마가 얼마나 안도하고 감사했을지, 뼈저리게 알 수 있었다. 하루하루 빼놓지 않고 선호를 구해서 다행이었다. 정말 다행이었다.

남자는 어느새 사라지고 없었다. 나는 고양이가 아래로 빠지지 않도록 팔로 감싼 채 조심조심 집으로 돌아왔다. 혹시나 싶어 할머니가 넘어졌던 길 쪽으로 걸어갔는데 조용한 걸 보니 아무도 다친 사람이 없는 것 같았다. 다행이었다. 근처에 있는 동물병원에 갈까 했지만, 집으로 갔다. 얼마 남지 않은 시간인데 떨어져 있고 싶지 않았다. 고양이는 품 안에서 얌전히 있었다. 지퍼를 살짝 열어 안을 보니 동그랗게 뜬 눈과 마주쳤다. 애-옹.

집에 도착해서 고양이를 내려놓았다. 이 아이를 씻겨야 하나? 고양이는 씻는 걸 싫어한다고 하던데 얼마 남지 않은 시간 동안 스트레스를 주고 싶지 않았다. 수건에 물을 적셔 꼼꼼하게 닦자 울지도 않고 편하게 몸을 맡긴 채, 이 다리도 닦으라는 듯 뒷발을 내밀었다. 다른 수건으로 한 번 더 닦은 다음에 몸을 풀어주자 집구경을 하듯이 이리저리 돌아다녔다. 나는 냉동실에서 닭가슴살을 꺼내 물에 삶기 시작했다. 물컵에 물을 따라 마시다가 고양이도 목이 마를 것 같아 컵에 담아주자 보기만 할 뿐 마시지 않았다.
"목마르지 않아?"
싱크대에 등을 기대 바닥에 주저앉았다. 옆에 반쯤 남은 컵을 내려놓자 고양이는 나긋하게 걸어와 새 컵이 아니라 내가 마시던 컵에 고개를 박고 찹찹찹 물을 마셨다. 그게 귀여워서 쓰다듬어주자 꼬리를 빳빳이 세웠다. 싫다는 건가? 무슨 의미지? 내가 손을 떼자 고개를 들어 손에 얼굴을 비볐다. 다시 머리부터 몸을 쓸어내리자 찹찹찹 물을 마신다. 그 모습이 사랑스러워 자연스럽게 웃음이 나왔다.

우리는 같이 TV를 보고 밥을 먹고 창밖을 바라보며 시간을 보냈다. 계속 함께 지냈던 것처럼 서로가 서로에게 익숙했다. 스카프를 꺼내 휘날리자, 고개를 휙휙 돌기며 관심을 두더니 앞발을 파닥거리며 잡으려고 했다. 검은색 고양이 주위를 휘날리는 화려한 스카프가 마치 밤하늘에 흐르는 은하수 같아서 감동적이기까지 했다. 이게 뭐라고 눈물이 찡할까.

귀여운 고양이의 모습에 깔깔거리고 웃다가, 고양이가 쌕쌕거리길래 소파에 앉았다. 고양이는 자연스럽게 내 무릎 위로 올라왔다. 다리가 저렸지만 행복했다. 고양이를 하염없이 쓰다듬으면서 내가 무슨 일을 했는지, 어떻게 지냈는지, 두서없이 말을 뱉었다. 고양이는 때때로 애애옹, 왜애오옭, 하고 맞장구를 치듯 작게 울거나 골골골 노래를 불렀다.

어느새 해가 서서히 저물고 어둠이 찾아왔다. 오늘이 이제 어떻게 될지, 내일이 올지, 또 혼자서 눈을 뜰지, 눈을 영영 뜨지 못할지 알 수 없었지만 두렵지는 않았다. 다만 선호와 선호 엄마가, 품 안의 고양이와 초등학생들이, 할머니가, 그들의 가족들이, 친구들이, 주변 사람들이 걱정되었다. 그래도 선호를 구한 하루가, 할머니가 넘어지지 않은 하루가, 고양이를 구한 하루가 지난 후라 괜찮을 터였다. 살아 있는 모든 것들이 죽음을 향해 걸어가거나 달려가는 건 당연한 일이니까…… 내가 없어도 세상은 잘 굴러갈 것이다.

내가 할 수 있는 걸 했으니 미련이 없다. 다만, 내가 없어도 네가 무사한 하루들을 보내면 좋겠는데 그건 아쉬웠다. 혹시 다시 오늘이 시작되거든 고양이를 구하고 데려와서 키울 수 있냐고 선호 엄마에게 물어봐야지. 선호를 구해줬으니까 긍정적으로 생각할지도 모르니까. 그게 안 되면…….

"애에-오옹."

"그래, 자야지. 잘 자."

고양이는 내 머리 옆에 몸을 둥글게 말았다. 고개를 돌리면 이마가 닿을 듯한 거리였다. 쌕쌕거리는 숨소리가 너무나도 평온해서 눈물이 나올 것 같았다. 어쩌면 자신의 아이를 낳은 사람은 이러한 감동을 매일 매 순간 느끼고 있는 건지도 모르겠다. 자그마한 생명이 내뿜는 신기할 정도의 평화는 마음속에 가득한 절망과 평화를 사르르 녹여버린다. 오늘이 다시 시작되면 홀로 눈을 뜨는 게 고통스러워도 고양이를 데려오는 것도 루틴에 포함해야겠다고 생각했다. 이름도 지어줘야지. 뭐라고 부를까. 몸을 옆으로 돌리자 생긴 공간으로 고양이가 들어오는 게 느껴졌다. 우리는 서로를 끌어안고 깊은 잠에 빠졌다.

눈을 떴다. 고양이는… 없었다. 분명 품에 안고 잠이 든 것 같은데, 아무것도 없었다. 아직 내가 살아있는 걸까. 새로운 오늘이 시작되었나. 그러나 자세히 보면 옷에 검은 고양이 털이…….

"고양이야!"

정신없이 방 밖을 뛰어나오자 햇볕이 들어오는 베란다 앞에 앉아 털을 고르고 있는 고양이가 보였다. 온통 까만색 고양이었는데 턱시도를 입은 것처럼 배 부분이 하얀색으로 변해 있었다. 나도 모르게 허리춤을 잡고 열어서 안을 들여다봤다. 분명히 온통 하얗게 변한 음모였는데, 하얀색과 검은색이 뒤섞여 있었다.

고여서 무거워진 내 시간을 고양이가 나눠서 짊어지느라 배 부분이 하얗게 변한 걸까? 고양이와 말이 통했으면 물어볼 수 있을 텐데, 내가 고양이 언어를 몰라서 이해할 수가 없었다. 그렇지만 그게 아니고서야 어떻게 갑자기 이렇게 된다고? 석상처럼 서서 음모만 내려다보고 있자 서늘한 발목에 따뜻한 체온이 느껴졌다. 고양이가 다가와서 몸을 비비고 있었다.

"애옹."

"네가… 네가 날 도와준 거야?"

그렇게 묻자 고양이는 의젓하게 몸을 세우고 앉았다. 그러자 하얗게 변한 배가 잘 보였다. 매끄럽고 윤기가 흐르는, 건강해 보이는 털이었다. 늙어서 그런 건 아닌 것 같아 다행이었다. 다리에 힘이 풀려 스르르 주저앉자, 고양이가 무릎 위로 폴짝 뛰어와 자리를 잡았다. 자연스럽게 손으로 머리부터 엉덩이까지 쓰다듬자 골골거린다.

"옷을 아주 멋지게 입었네."

"애애옹."

나는 넋을 놓은 채 고양이만, …행복이만 쓰다듬었다. 현관문 밖에서 남자와 여자가 갑자기 찾아뵈면 실례 아닐까? 그렇지만 우리 선호 구해주신 분인데 감사 인사는 제대로 해야지, 하고 말을 나누는 소리가 들렸다.

오늘은 토요일이다.

김청귤

아주 오랫동안, 즐겁고 행복하게 글을 쓰고 싶은 사람.
《재와 물거품》,《해저도시 타코야키》를 썼다.

남세오

고양이를 좋아하세요

처음 사귀었던 사람은 강아지를 전공했다. 세부 전공은 말티즈라고 했는데 덩그러니 젖은 눈망울과 부슬부슬한 머리카락이 무해해 보였다. 강아지답게 어딜 가든 졸졸 쫓아다니며 폴짝거리는 게 처음에는 귀여웠다. 기본 과정인 몸짓 언어나 행동 패턴 외에도 심화 과목인 심층 심리 분석까지 착실하게 수강한 모범생이었는데 그래서인지 처음에는 잘 보여주지 않았던 성격까지 똑 닮아 있어서 시간이 갈수록 사소한 고집을 부리더니 한번은 같이 산책을 하던 중에 잡고 있던 내 손을 홱 뿌리치며 갑자기 화를 냈다. 이유는 기억할 필요가 없을 정도로 하찮았다.

　　내가 정색을 하며 그만 만나자고 선언하자 그 사람은 당황했다. 자신은 배운 대로 했다면서. 가끔 이렇게 밀고 당기기를 해줘야 인간에게 더 사랑받을 수 있다고 교과서에 써 있다며 울먹였다. 몇 페이지에 쓰여 있었는지까지 줄줄 늘어놓을 기세여서 나는 정말 강아지처럼 들썩거리는 그 사람의 어깨를 토닥이며 말했다.

"당신 잘못이 아니에요. 인간이 인간에게 사랑받는다는 게 어떻게 그렇게 쉽겠어요. 제 문제예요. 알고 보니 전 강아지가 취향이 아니었나 봐요. 이제 와서 말이지만 당신은 정말 강아지 같았어요. 다음에는 꼭 강아지를 좋아하는 인간을 만나요."

내가 꼭 안아주자 그 사람은 강아지처럼 고개를 끄덕였다. 그러고는 금세 다른 사람을 찾아 갔다. 나는 좋은 반려인에게 입양을 보낸 듯 시원섭섭했다. 생각해보면 그 사람은 왜 나를 좋아했을까. 어떻게 나라는 인간을 좋아했을까. 모범생이었던 그 사람은 강아지의 충성심마저 착실히 배운 모양이었다. 선택 과목 중에서 강아지가 가장 인기가 많은 이유를 알 것도 같았다.

두 번째로 사귀었던 사람은 토끼를 전공했다. 정말로 사귀었던 건지는 아직도 잘 모르겠다. 그 사람을 만난 건 초식동물 같은 경계심 때문이었다. 적당한 거리를 유지하는 게 나쁘지 않았다. 부담 없이 만나다가 슬슬 싫증이 났다. 옆에서 얼쩡거리다가도 손이라도 댈라치면 얼른 몸을 빼는 것이나 수업을 겉핥기로 들었는지 유난히 먹을 것에 집착하며 하루 종일 무언가를 우물거리는 것까지도 참을 수 있었지만, 문제는 말이었다. 토끼는 소리를 내지 않으니 토끼처럼 말하는 법에 대한 수업도 없었다. 아무리 몸짓 언어로 토끼를 흉내 낸다고 해도 인간이 말을 안 할 수는 없는 법이다. 입을 열 때마다 정이 떨어져서 오래가지 않아 관계를 정리했다. 방법은 좀 치사했다. 티가 나게 달라붙었더니 그 사람은 잠시 어리둥절해하다가 그대로 도망가버렸다. 어쩔 수 없지. 나도 인간이니까.

인간은 왜 인간을 만나야 하는 걸까. 그런 의문이 들면 벌써 문제가 시작된 거라고 배웠다. 철저한 조기 교육의 결과다. 인간은 사회적 동물이니까. 모여서 서로 의지하며 살아야 한다. 우리가 서로를 사랑하지 않으면 또다시 전쟁이 일어나서 서로를 죽이게 될지도 모른다고 했다. 그건 좀 무서웠다. 인간은 힘이 세니까. 무섭다는 이유로 좋아해야 한다는 게 좀 이상하기는 했지만 그걸 무의식의 영역에 새겨놓는 건 괜찮아 보였다.

사실 인간에게는 서로를 사랑하는 본능이 있었다. 믿기 힘들지만 그랬다고 한다. 그게 너도 인간이고 나도 인간이니 서로를 적당히 아껴주자는 계약의 관점인지 아니면 너는 어딘가 나와 닮은 면이 있으니 분명 나처럼 사랑스러울 거라는 자기중심적인 착각인지는 잘 모르겠다. 어쩌면 둘 다인지도. 계약은 먼저 깨는 사람이 이득이니 언젠가 깨지기 마련이고 인간은 서로 다를 수밖에 없으니 나를 닮아서 좋다는 마음도 언젠간 깨지기 마련이다. 그래서 결국 인간은 서로를 사랑하는 마음을 잃었다.

어쩌면 인간이 인간을 사랑하는 마음은 종의 생존을 위해 억지로 끌어올려진 본능이었는지도 모른다. 인간의 본질이라고 믿었던 그런 본능들을 현대 사회에 맞게 하나씩 재점검하던 와중에 느닷없이 계산과 효율이라는 잣대가 끼어들었다. 불의의 일격을 받은 사랑은 일단 구멍이 뚫리자 바람 빠진 풍선처럼 순식간에 쪼그라들어 버렸다. 곰곰이 생각해보니 인간이 인간을 사랑해야 할 하등의 이유가 없었다. 인간이라는 존재는 눈을 크게 뜨고 자세히 들여다볼수록 밉상이었다.

그렇다고 인간에게서 사랑이라는 감정이 완전히 메말라버린 건 아니었다. 인간은 해 질 녘의 노을을 사랑하고 들판에 부는 바람을 사랑하고 그 바람에 흔들리는 꽃을 사랑했다. 그리고 인간은 동물을 사랑했다.

인간이 인간 대신 동물을 반려로 맞이하는 건 지극히 합리적인 선택이었다. 단점이라곤 하나도 없었다. 인간은 여전히 다른 인간이 필요했지만 적어도 사랑이라는 감정을 충족시키기 위해서는 아니었다. 인간은 사랑하기에 너무나 거추장스러웠다. 그게 너무나 당연했기에 해답도 거기서 나왔다. 인간이 인간을 사랑하는 마음을 사회를 위해 되살려야 한다면 아직 남아 있는 사랑, 즉 동물을 사랑하는 마음에서 그 감정을 끌어내야 했다. 한때 동물들이 인간의 사랑을 얻기 위해 행동 패턴을 습득했듯 이제는 인간이 거꾸로 동물에게 배워야 할 차례였다.

내가 세 번째로 만난 사람은 고양이를 전공했다.

"동물에게서 사랑을 배울 수 있다고 생각한다니 인간은 참 오만하죠. 뭐든 세상에 존재하기만 하면 다 배울 수 있다고 믿나 봐요. 그렇게 보면 좀 귀엽기도 하고요."

"민혁 씨도 고양이를 전공하셨다면서요?"

"전공했죠. 고양이가 궁금해서요. 인간에게 별로 관심이 없는 것도 마음에 들었고요."

그렇게 대답하며 고개를 홱 돌려 창밖을 바라보는 모습이나 어느새 입가에 슬그머니 걸어놓은 미소는 영락없는 고양이의 모습이었다. 수업을 열심히 들은 건지 아닌 건지 쉽게 짐작이 가지 않았다.

"그럼 왜 절 만나러 나오셨어요?"

"마지막 학기 실습 과제예요. 인간과 여덟 번 만나면서 그동안 실습한 결과를 보고서로 작성해야 해요."

민혁은 그렇게 말하며 캐모마일 차를 한 모금 들이켰다. 솔직히 말해주는 건 좋았다. 목적이 분명하면 시간을 낭비할 확률도 줄어드니까. 정보를 교환하고 세상을 보는 안목을 넓히기에 인간과의 대화는 여전히 유용한 수단이다. 나는 좀 더 확실히 하고 싶었다.

"실습 성적을 얻기에 저는 별로 좋은 대상이 아닐지도 몰라요."

"걱정 마세요. 전 꽤 신중하게 사람을 만나는 편이니까요. 지윤 씨도 신중하게 골랐고."

고등 교육 과정을 졸업하기 위해서는 누구든지 동물 하나를 골라 전공해야 했다. 그렇게 해서 인간을 사랑하는 방법 그리고 인간에게 사랑받는 방법을 배워야 진정한 사회의 일원으로 인정받았다. 가장 인기가 많은 건 단연 강아지였다. 고양이를 선택하는 사람도 많았지만 중도에 포기하는 사람 역시 많았다. 최근에는 토끼나 햄스터 같은 초식 혹은 초식에 가까운 동물이 점점 인기를 얻고 있다고 한다. 한쪽으로는 뱀이나 이구아나 같은 파충류를 선택하는 사람이 있었고 다른 한쪽으로는 어류나 심지어 식물을 고르는 사람도 있었지만 아직까지는 둘 다 소수였다.

고양이를 고르는 사람 중에 괴짜가 많기는 했다. 민혁은 그중에서도 과하게 삐딱한 편이었다. 세 번째로 만났을 때 도심 한가운데 솟아 있는 전망대에 올라 서울의 야경을 함께 바라보며 이렇게 말했다.

"전 인간이 동물을 사랑한다는 것도 일종의 착각이라고 봐요. 인간은 그저 자기만 쫓아 다니고 자기 마음대로 다룰 수 있는 장난감이 필요한 거예요. 다른 인간은 그렇게 할 수 없으니까 싫어하고 대신 애완동물을 기르는 거죠."

"반려동물이에요. 애완동물이 아니라."

"그것도 가식적인 말이죠. 인간이 정말 동물을 반려로 인정해요? 동물에게 스스로 자신의 반려를 선택할 권리를 주나요? 모든 게 일방적인 그 관계를 반려라고 포장하는 뻔뻔함은 어디서 나오는 거죠?"

"그건 너무 과도한 비난이에요. 우린 모두 아무런 선택권 없이 부모를 배정받잖아요. 그렇다고 해서 가족이 서로를 사랑하는 게 가식적이라고 할 수 있나요?"

"하지만 아이가 성장한 뒤에는 선택권이 주어지죠. 성인이 된 후에는 자식에게 한 사람의 권리를 온전히 돌려줘야 하잖아요. 자식에게도 부모를 떠날 권리가 있어요. 인간이 동물을 기를 때도 그러나요? 주인을 떠날 권리를 주나요?"

"동물은 미숙하니까요. 인간이 만든 세상에서 살아가려면 동물에게는 보호자가 필요해요. 만일 어떤 사람이 동물을 기를 자격이 없다고 판단되면 권리를 뺏고 보호소에서 동물을 구조해 돌봐주겠죠."

"그것도 인간의 판단이죠. 동물의 판단이 아니라."

"말했듯이 동물은 미숙하니까요."

"그래요. 방금 핵심을 말씀하신 거예요. 동물은 미숙해요. 그래서 인간이 동물을 좋아하는 거고. 말하자면 평생 성인이 되지 않는 아이를 키우고 싶어 하는 거나 마찬가지죠. 품 안에서 떠나지 않는. 독점적인 권리가 주어진 아이요. 그걸 사랑이라고 할 수 있나요?"

나는 바로 받아치지 못했다. 민혁의 말에도 일리는 있었다. 어쩌면 더 이상 서로를 사랑하지 못하게 된 인간이 동물만큼은 사랑하고 있는 이유가 동물을 사랑하는 마음이 진짜 사랑이 아니기 때문인지도 모른다는 생각이 들었다. 적어도 인간과 동물의 관계가 수평적이지 않은 것만큼은 사실이니까. 그렇다고 해도 동물을 사랑하는 명확한 그 마음을 사랑이 아니라고 할 수 있을까. 민혁이 생각하는 사랑이란 대체 뭘까.

다섯 번째 만났을 때 내가 물었다. 비건 레스토랑에서 콩이 들어간 샐러드를 먹으면서였다. 민혁이 콩을 고기처럼 보이게 만들어놓은 요리들이 나열된 메뉴판을 손가락으로 톡톡 치며 이런 게 바로 인간의 가식이라고 투덜대던 도중이었다. 내 말을 듣자 메뉴판을 덮고 의자에 똑바로 앉으며 나를 바라보는 민혁의 표정에는 뜻 모를 미소가 돌았다. 이럴 때면 꼭 고양이 같았다.

"이제 사랑에 대해 진지하게 이야기해볼 기분이 들었어요?"

"비꼬지만 않는다면요."

"알았어요. 음식 앞에서 너그러워지지 않는 사람은 믿을 수 없죠."

조금 전까지도 콩고기 요리에 대해 투덜대던 사람이 잘도 그런 말을 했다. 진짜 사랑은 뭘까. 민혁이 말했다.

"사랑은 소유욕이죠. 독점욕이고. 지키지 못할 약속이기도 해요."

"비꼬지 않는다면서요."

"호르몬의 이상 작용이라고는 아직 안 했는데요."

"그만둬요. 정말."

"장난이었어요. 진지하게 말하자면, 사랑에 딱 하나 좋은 점이 있죠. 무해함이에요."

무해함이라. 목숨을 건 지독한 사랑 같은 걸 떠올렸던 나는 의심스러운 눈초리로 민혁을 살짝 째려보았다. 아직도 장난을 치는 건가. 그 표정이 만족스러웠는지 민혁은 가볍게 가르릉거리는 소리를 냈다.

"후후후. 그래요. 무해함. 그게 사랑의 유일한 기본이에요. 나머지는 다 군더더기죠."

"무해하기만 하면 사랑이라고요? 그건 그냥 타인이나 마찬가지잖아요. 어떻게 그게 사랑이에요?"

"타인이면 안 되죠. 항상 곁에 머물면서도 무해한 거. 가끔은 곁에 없어도 무해한 거. 그게 사랑이에요."

"그건… 사랑이라기보다는 가족 같은 거 아니에요?"

"가족이 무해해요?"

그건 아니지만. 아무리 그래도 사랑이 무해함이라는 민혁의 말은 쉽게 납득하기 힘들었다. 누군가가 죽을 정도로 보고 싶고. 보고 있어도 보고 싶고. 세상을 다 줘도 그 사람과 바꿀 수 없고. 그 사람과의 일 초를 위해 평생을 포기할 수 있는 거. 그런 게 사랑 아닐까. 그런 사랑을 할 자신은 없었지만. 그건 소유욕이죠. 독점욕이고. 지키지 못할 약속이기도 해요. 민혁의 목소리가 귀에 들리는 듯했다.

여섯 번째 만났을 때는 배양육으로 만든 닭고기 스테이크를 먹었다. 민혁이 고른 맛집이었다. 이번에는 어차피 인공적으로 배양한 단백질 덩어리인데 굳이 닭고기 모양을 내는 이유가 뭐냐는 식으로 투덜거리지 않았다. 그런 걸 보면 지난번에 민혁은 인간의 가식이 아니라 콩고기의 맛에 짜증을 냈던 게 분명하다. 여유 있으면서도 날렵한 손놀림으로 스테이크를 잘라내는 민혁에게 내가 물었다.

"사랑은 무해하다는 거. 그거 고양이 수업에서 배운 거예요? 어떤 과목에 나와요?"

"왜요? 교과서에 나올 정도로 그럴듯한 말이었어요?"

"나왔으면 한번 읽어보게요. 도저히 이해가 안 가서."

"너무 어렵게 생각하지 말아요. 거꾸로 말해서, 유해한 건 사랑인가요? 만일 사랑을 정의하는 말에서 단 하나만 지울 수 있다면 전 유해함을 지울 거예요. 상대방을 다치게 하는 게 사랑일 수 있나요?"

"사랑을 하다가 다치는 사람이 얼마나 많은데요. 인간이 인간을 더 이상 사랑하지 못하는 이유도 너무 많이 사랑에 다쳤기 때문 아닐까요?"

"그래요. 사랑을 하다 다칠 수도 있죠. 하지만 만일 누군가가 상대방을 다치게 하려는 마음을 품고 있다면, 상대방이 다칠지도 모르는 짓을 하려고 한다면. 그건 절대 사랑이라고 할 수 없겠죠."

"그건 동의해요."

"그래서 사랑은 일단 무해해야 해요. 상대방을 아끼는 마음. 상대방을 감싸려는 마음. 상대방을 온전히 상대방으로서 지켜주려는 마음. 상대방을 있는 그대로의 모습으로 사랑하려는 마음. 그런 마음에서 출발하지 않는다면 그 어떤 감정도 사랑이라고 부를 수 없어요."

적당히 무딘 칼로 스테이크를 자르며 민혁이 말했다. 민혁이 말하는 무해함이 어떤 뜻인지 조금은 알 것 같았다. 고기 조각을 입속에 넣고는 만족스러운 표정으로 작게 한숨까지 내쉬며 오물거리는 민혁을 잠시 바라보다가 내가 물었다.

"사랑은 무해함이라는 거. 상처 주지 말아야 한다는 거. 고양이 수업에서 배운 건 아니겠네요. 할퀴고 물리는 걸 두려워하면 고양이를 기를 수가 없잖아요."

민혁은 냅킨으로 입가를 톡톡 찍어 낸 뒤 나를 바라보며 단호한 표정으로 말했다.

"고양이는 절대 반려인의 마음에 상처를 입히지 않아요."

고양이가 그렇다면 그런 거겠지.

일곱 번째 만남은 특이했다. 우리는 각자 다른 식당에 약속을 잡았다. 민혁은 비건 레스토랑. 그리고 나는 배양육 스테이크 하우스. 우리는 우리가 만났던 기억과 다시 만나러 간 셈이다. 나는 지난번에 민혁이 먹었던 닭고기처럼 생긴 스테이크를 주문했다. 민혁은 지난번에는 결국 주문하지 못했던 콩불고기 요리를 먹어 보겠다고 했다.

무딘 칼로 스테이크를 잘라내며 나는 지난번에 민혁이 했던 말들을 다시 곱씹어 보았다. 무해함과 사랑에 대해. 사랑의 무해 함에 대해. 상대방을 다치지 않게 하려는 마음에 대해. 그리고 나역시 다치지 않으려는 마음에 대해.

여덟 번째 만남에서 나는 민혁에게 말했다. 노을로 붉게 물든 하늘과 강을 바라보며 시원한 바람이 부는 강변길을 함께 걷던 도중이었다.

"민혁 씨가 말한 무해함이라는 거. 나도 다치지 않아야 하는 거 죠. 상대방을 사랑하기 위해서는 내 마음도 그만큼 강해져야 할 것 같아요. 사랑받을 수 있는 사람이 되고 그러면서도 나를 잃지 않고. 적어도 그런 노력을 해야 사랑이라고 할 수 있겠죠?"

"정확해요. 역시 스테이크를 먹으니 생각이 맑아지죠? 마음이 너그러워지고."

"그럼 민혁 씨는요. 민혁 씨는 콩불고기를 먹으면서 무슨 생각 을 했어요? 콩을 억지로 고기와 비슷하게 만들어놓은 인간의 가 식덩어리는 맛이 괜찮았나요?"

"저는 지윤 씨 생각을 했죠."

"뭐예요? 갑자기 훅 들어오고."

한 걸음 옆으로 물러서며 민혁을 바라보는 얼굴에 나도 모르게 미소가 걸려버렸다. 그날 내가 민혁에게서 물러선 건 그게 마지막이었다. 하얗고 폭신한 이불을 풀럭거리며 서로의 살결 위를 미끄러지던 우리는 노곤해진 몸을 침대에 파묻고 서로를 만지작거렸다. 내 어깨를 살짝 핥는 민혁의 머리카락을 헝클어뜨리며 내가 말했다.

"우리. 서로를 사랑하게 된 건가요?"

"이제 시작인 거죠. 서로에게 무해하겠다는 약속을 한 거예요. 사랑은 무해해야 하지만 그 무해함 위에 무얼 쌓을지는 온전히 우리에게 달려 있으니까요. 그게 사랑의 재미고 설렘이죠."

"뭘 쌓는 게 좋을까요."

"무해하기만 하다면 뭐든지. 짜릿하지 않아요?"

짜릿했다. 깜짝 놀랄 정도로. 무한한 가능성의 우주가 내 앞에 열린 기분이었다. 말라버린 인간애를 되살리기 위해 동물에게 사랑을 배운다고 했을 때 그렇게 얻은 사랑은 고작 갈증을 적실 정도의 물 한 모금일 줄 알았다. 이렇게 순식간에 풍덩 빠져버릴 줄은 몰랐다. 나는 눈을 감고 빛으로 가득한 그 바다를 떠다니는 상상을 했다. 눈꺼풀 위로 촉촉한 입술이 느껴졌다. 민혁이 말했다.

"오늘이 마지막 만남이네요. 여덟 번째."

"성적 잘 받겠네요. 이렇게 멋지게 사랑에 성공했으니."

눈을 감은 채 대답하는 내 뺨을 민혁의 손가락이 더듬었다.

"보고서는 안 쓸 거예요. 왜 써요. 그런 거."

"써요. 민혁 씨 성적에 흠집 내기 싫어요."

"난 그런 걸로 상처 안 입어요. 지윤 씨는 내게 무해하니까. 지윤 씨."

나는 미소를 감추지 못하고 고개를 끄덕였다. 그러다가 민혁이 미처 물어보기도 전에 고개를 움직였다는 걸 깨달았다. 민혁이 말했다.

"내 반려인이 되어줄래요?"

남세오

평범한 연구원으로 살아가던 어느 날 문득 글을 쓰게 되었다. 작가가 묵묵히 다듬어 완성한 결과물을 독자에 따라 저마다의 방식으로 읽어 낼 수 있는 소설이라는 매체에 편안함과 매력을 느낀다.

소설 《꿈의 살인자》, 《너와 내가 다른 점은》, 《너와 함께한 시간》, 《기억 삭제, 하시겠습니까?》 소설집 《중력의 노래를 들어라》, 《일란성》을 출간했으며 《그리고 문어가 나타났다》, 《이번 생은 해피 어게인》, 《누나 노릇》, 《일곱 번째 달 일곱 번째 밤》, 《책에서 나오다》, 《나와 밍들의 세계》, 《우아한 우주인》, 《출근은 했는데, 퇴근을 안 했대》, 《살을 섞다》 등 여러 앤솔러지에 참여했다.

온라인 플랫폼 브릿G와 환상문학웹진 거울에서 '노말시티'라는 필명으로 활동하고 있다.

커튼콜   김산하

류철은 지난 주말 조계사에서 한 노승으로부터 연기론에 대한 설법을 듣다가 희한하게도 프랑스어를 떠올렸다. 롱괴르(Longueu)라는, 국내에서는 그다지 잘 쓰이지도 않는 생소한 개념의 단어였다. 하필이면 복잡한 한자어가 난무하는 불교 강의 시간에 왜 프랑스어가 떠올랐는지 류철은 잠시 의아했다. 연기론에 의하면 우주 만물의 인연이 한자와 프랑스어 사이에도 흐를 테니 영 불가해한 일만은 아닐 터였다.

클라이맥스와 정확히 반대되는 의미를 가진 이 단어는 영어나 한국어로는 마땅히 직역할 만한 게 없었다. 소설이나 공연 등에서 호흡을 조절할 때 생기는 지루한 대목. 그 부분을 지칭하고자 할 때 쓸 수 있는 낱말이 롱괴르였다. 류철은 살면서 프랑스에 가본 적이 없었다. 프랑스 문법이나 회화에 대해서도 전혀 몰랐다. 다만 롱괴르라는 단어만큼은 잊지 않고 살았다. 그건 마흔에 가깝도록 류철이 편집자 일을 하면서 가장 중요하게 생각한 단어였다.

　류철의 직업관은 이랬다. 사람들은 흔히 착각하지만, 작품에서 편집자가 정말 신경 써야 하는 부분은 클라이맥스가 아니다. 클라이맥스는 응급환자가 아니라서 굳이 누가 살리려고 애쓰지 않아도 본인의 자리에서 잘 살아 있고는 한다. 중요한 건 독자나 관객이 그 지점까지 이르는 길에 있는 롱괴르였다. 살려야 하는 롱괴르와 필요 없는 롱괴르를 잘 구분해야만 했다. 어떻게든 그 부분을 봐줄 만하게 꾸며서 작품의 클라이맥스와 어울리는 한 쌍으로 두는 게 요령이었다. 둘 중 하나라도 허접하면 작품은 힘을 받지 못했다. 이것이 있기에 저것이 있고, 저것이 멸하기에 이것이 멸한다. 롱괴르와 클라이맥스 사이의 연기가 은은하게 이어져 하나의 서사를 이루는 균형. 그것이 중요했다.

　그런 마음가짐으로 류철은 인생의 힘든 굴곡들도 견뎠다. 삶이란 게 대체로 음영을 지닌 소묘처럼 빛을 받는 면이 있고 그렇지 못하는 면이 있는 거니까. 어려운 시기가 온다면 그걸 뒤집으려고 무리할 게 아니라 나름의 의미가 있는 슬럼프로 만들려 노력하고는 했다. 그러나 9개월 전 회사가 경영악화를 이유로 인력을 대폭 축소했을 때, 류철 본인의 목만 겨우 달랑거리고 아래 편집자며 에디터며 심지어 작가들까지 잘라 쫓아냈을 땐, 그 비극이 롱괴르라 부를 만큼 잔잔한 수준이 아니라서 도저히 견딜 수가 없었다. 어쩌면 자신의 인생은 비극의 클라이맥스를 맞는 연극인데 자신만 모르고 있던 게 아닌가 하는 생각이 들 정도였다.

　회사가 서비스하는 SNS 앱은 한때 젊은 층으로부터 제법 인기가 있었으나 모바일 애플리케이션 시장이 그렇듯 순식간에 흥하고 저물었다. 류철은 영세한 웹툰 플랫폼을 운영하다가 현재 회사가 웹툰 서비스를 개시할 때 사이트를 통째로 매각하고는 편집부장으로 들어앉았다. 당시만 해도 꽤 성공적인 출구전략이었다. 업계에선 류철이 이른 나이에 거둔 성공이 한동안 화제로 오르고 내리기도 했었다. 류철은 지난 9개월간 그 시기를 곱씹으며 솟아날 구멍이 없는가를 곰곰이 궁리해보고는 했다. 기울어가는 회사를 되살리는 건 불가능하고. 이 웹툰 플랫폼만이라도. 우주선에서 사출되는 구명정처럼 이 사무실을 통째로 뜯어낸 뒤 무중력 상태에서 유영하다가 어디 괜찮은 출구를 발견해서 쏙 빠질 수는 없을까.

요원한 일이었다. 정작 인력감축 문제로 사무실의 분위기가 박살이 났을 때 가장 먼저 책임소재로 떠오른 것은 류철이었다.

류철이 처참한 심정으로 모회사가 경영난에 빠졌다, 우리도 좋지 않은 시기다, 관리하는 웹툰은 많은데 조회 수가 너무 안 나오지 않느냐, 그런 말을 전하자 팀장 하나가 참다못해 한마디 한다는 식으로 류철에게 쏘아붙였다.

"부장님 고집 때문에 놓친 작품만 수십 갠데 어떻게 저희한테 그렇게 말하세요."

누군가를 책망하려 한 건 아니고 그냥 상황이 그렇다고 한 것뿐이었는데, 말이 그렇게 오가니까 분위기가 묘해졌다. 류철이 해명하기도 전에 여기저기서 불만이 터져 나왔다. 모 작가 작품이 타사에서 그렇게 인기가 있다더라. 그거 제가 한번 올렸는데 자르지 않으셨냐. 공모전만 해도 왜 수상자를 그렇게 정하셨냐. 윗선이랑 대체 무슨 커넥션이 있는 거냐. 한창 부정 취업과 조작 선발 같은 문제들로 세상이 흉흉할 때였다. 류철이 무슨 말을 하든 성난 파도를 잠재울 수는 없었다. 그래서 그냥 앉은 채로 물결을 다 받아냈다. 없는 말을 지어내는 것도 아니었다.

최근 웹툰에서 떠오르는 추세는 짧은 줄거리에서 다량의 대리 만족적 쾌감을 끌어내는 방식에 있었다. 소위 '사이다 서사'라고 부르는 장르였는데 류철은 이런 작품들에 보수적이었다. 한두 개쯤은 고명처럼 있을 수 있지만 플랫폼 전체가 다 유행만 따라가는 꼴이면 안 되지 싶었다. 입체적인 인물이 있고 첨예한 갈등이 있고 치밀한 복선이 있어야 했다. 류철은 그런 정교한 서사들을 발굴해 대중에게 보여주는 것이 편집자의 사명이라고 여겼다. 사명. 한때 류철은 그 단어를 발음할 때마다 속에 불이 붙어 오르는 감각을 받았다.

그러나 그런 감각들로 발굴해낸 작품들은 번번이 실패했다. 들인 공에 비해 턱없이 적은 성과만을 내거나. 한번은 SNS 상으로 그림판에 그린 듯한 낙서가 선풍적인 인기를 끈 적이 있었는데 류철은 그 조회수를 보고 경악을 했다. 허탈함도 같이 왔다. 버젓이 자신이 관리하는 웹툰 플랫폼이 있는데. 여기에도 개그 만화가 있고 일상 만화가 있는데. 프로 작가들이 그려내는 만화가 있는데.

그 낙서 같은 만화는 이후 거대 포털 사이트가 운영하는 웹툰 플랫폼에서 연재되었고 여러 논란거리가 오가는 와중에도 꾸준히 높은 조회수를 기록했다. 류철도 그 작품을 보다가 이런 건 프로의 만화가 아니라며 댓글을 달고 아주 낮은 별점을 주었다. 류철이 작성한 댓글에는 많은 공감이 찍혔지만 그게 무용하다는 것 정도는 류철도 알았다. 이 바닥의 생리가 그랬다. 아주 낮은 별점이면 그런 데로 사람들은 관심을 가졌다. 악플을 달고 다른 커뮤니티에 조롱하는 글을 올리고. 서로 씹고 물고 하다가 궁금하니까 한 번은 찾아가서 보게 되고. 그렇게 인터넷이란 우주 속을 떠다니는 빅데이터가 되어 스타디움 전광판처럼 열열하게 빛나는 것이었다.

그게 중요했다. 만화고 소설이고 이제 잡지나 단행본으로 팔아넘기는 시대가 아니니까. '좋은 작품'이란 건 무용했다. '나쁜 작품'이란 평가도 마찬가지였다. 중요한 건 '보는 작품'이었다. 그 사실을 오랫동안 깨닫지 못했으니 류철이 도태되는 건 필연이었다. 류철은 회사 건물 옥상에 올라 난간에 기대 담배를 태우면서 '반드시 일어나야 하는 인연(因緣)'에 대해 골똘히 생각했다. 요즘 작품에는 없던데. 그런 인과. 아주 뻥 뚫렸던데. 왜 내 인생에는 있어야 하는가. 나도 없을 수는 없을까. 그런 생각 하며 건물 아래를 내려다봤고, 문득 세상에 사이다가 유행하는 이유를 어렴풋이 이해할 수 있었다.

✳

류철은 자신의 안목이 시대를 따라가지 못했다는 사실을 인정했지만 회사가 어려워진 건 그와는 별개의 문제라 여겼다. 변명이나 책임을 회피하고자 하는 마음이 아니라 최소한의 자기객관화에서 나온 판단이었다. 회사가 어려워진 이유를 자신의 능력 부족 탓으로 돌린다면 그것은 그것 나름대로 대단한 자의식 과잉이었다. 웹툰의 조회수 성적이 부진한 가장 큰 이유는 어디까지나 회사에서 서비스하는 '콘텐츠 SNS' 앱의 인기가 시들해졌기 때문이었다. 사람들은 가십거리나 만화를 제공하는 콘텐츠 중심의 SNS에는 더 이상 관심이 없었다. 다들 소통하는 무언가를 원했다. 이를테면, 더 참여적인 형태의 소스를. SNS 시장은 마이크로 블로그를 중심으로 돌아갔고 미국에서 건너온 한 애플리케이션이 한국에서 서비스를 개시한 지 5년 만에 압도적인 시장 점유율을 달성했다. 경이로운 성공이었다. 닳고 닳은 모바일 시장에서 그 애플리케이션이 성공한 비결은 사진과 영상을 실시간으로 공유하는 데 최적화된 기능을 제공한 것이었다. 그뿐이었다. 오직 그것만으로 류철의 회사를 가뿐히 밀어냈다. 말하자면 시대가 그들을 완전히 뒤로 밀쳐낸 셈이었다.

그 사실을 류철은 지난주 춘천의 한 카페에서 뼈저리게 느꼈다. 만화가 '겸'과의 재계약을 위해 두 시간을 걸려 직접 찾아간 길이었다. 겸은 전화로도 밝혔듯이 더는 만화를 그리지 않겠다는 말만 반복했다.

"아니 그러니까, 왜."

류철이 가장 경계하는 일은 겸이 새로운 연재처를 찾았는가에 대한 여부였다. 겸은 그 어떠한 연재처도 찾지 않았고 그냥 이 일을 그만두고 싶어서 그런다고 대답했다. 류철은 집요한 구석이 있어서 겸에게 일을 그만두려 하는 거라면 그 이유라도 알아야겠다며 고집을 부렸다. 다른 사람이라면 몰라도 자신은 그 정도 대답은 들을 만하지 않냐고. 겸은 아마추어 시절부터 류철과 함께했다. 첫 작품의 데뷔도 류철의 플랫폼에서 했다. 겸이 적지 않은 나이에 입대를 했을 때, 논산까지 내려가 추운 겨울의 칼바람을 맞아가며 배웅한 것도 류철이었다. 너는 고집이 있으니 성공을 한다, 요즘 세상에 정통 누아르를 다루는 작가가 몇 없다, 불안해하는 겸을 다독여서 훈련소에 보냈다. 비즈니스의 세계는 엄혹했고 사람들도 이젠 시장에서 정이 아니라 정가와 정량을 찾았지만 류철은 그런 감동적인 추억들이 작가와 편집자 사이에선 중요하다고 믿었다. 계약 전체를 끌어오진 못하더라도 한 번의 미련과 고민을 만드는 힘이 있다고. 겸은 갈등하는 눈치였다.

"옛날만큼 성적이 안 나와요."

겸이 입술을 달싹이다 내민 말에 류철은 반색했다.

"야. 슬럼프는 누구나 겪는 거야. 사람 인생이 어떻게 쭉 하이라이트냐. 파도에도 간조가 있고, 만조가 있는데. 그거 이겨내고 하는 게 진짜 프로지. 내가 도와준다니까."

류철은 겸이 겪고 있는 문제가 아주 사소한 것이라고 설득했다. 겸이 그리는 만화의 조회수가 떨어진 것은 사실이지만 그마저도 절박했다. 겸은 류철의 설명을 쭉 듣다가 고개를 저어서 말을 끊었다. 그런 문제가 아니라고 했다.

"그럼 뭔데."

"저희는 이제 끝물이죠."

류철은 찬물을 뒤집어쓴 기분이었다. 류철도 새삼 다 아는 사실이었지만 겸이 이렇게 직설적으로 통보하리라곤 예상하지 못했다. 류철은 끝끝내 하려고 하지 않았던 질문을 던졌다.

"만화 안 하면 뭐 해 먹고 살게."

겸은 아주 쑥스럽다는 듯이, 지금까지 보이지 않았던 미소를 띠고 말했다.

"저 요즘 방송해요."

춘천에서 양재로 다시 돌아오는 내내 류철은 실패를 곱씹었다. 방송을 한단다. 1인 미디어 방송을. 겸을 다른 연재처에 뺏긴 건 아니지만 류철은 어쨌거나 뺏겼다는 기분을 지울 수 없었다. 스트리밍 사이트에 겸을 빼앗겼다. 거기엔 어떠한 형태의 접선도 없었다. 누가 와서 겸에게 고액의 계약금이나 광고 지원을 약속한 게 아니었다. 오직 류철만 춘천까지 차를 타고 내려가 고료 인상은 말도 꺼내보지 못하고 장장 6년의 세월만 들먹이며 매달렸다. 그 사이에서 겸은 류철을 밀어낸 것이었다. 끝물이란 잔인한 말을 남기고. 그건 강탈보다 더 비참했다.

점심도 거른 채 류철은 사무실로 돌아와 세상 잃은 표정을 하고 의자에 앉아만 있었다. 아래 편집자 중 누구도 계약 갱신을 기대하지 않았다. 그럼에도 자신의 계약 실패를 알려야 하긴 했다. 관련된 업무를 진행하려면 확실한 전달이 필요했다. 도저히 적막을 깨고 실패를 알릴 자신이 없어서 류철은 가까이에 앉은 윤을 불렀다. 무슨 일이세요. 윤이 다가와 물었다. 류철은 재계약에 실패했다는 말 대신 딴소리를 늘어 놓았다. 겸 있잖아. 걔.

"방송한대. 어디 TV에 나오는 거 말고 혼자서 하는 거."

윤은 덤덤했다.

"그런데요? 많이들 하죠."

"많이 해? 그게 돈이 되나."

"꽤 되죠. 웹툰 작가들은 구독자 확보하기도 쉬우니까. 만화는 안 봐도 인터넷 방송을 보는 사람들은 많잖아요. 스트리머로 전향하는 거죠. 그래서."

"뭐를 한다고?"

"스트리머요. 스트리밍을 하는 사람."

류철은 겸연쩍게 콧등을 매만졌다. 만화가의 만화는 보지 않으면서 만화가의 방송을 보는 사람들이 있다는 게 영 이해가 되지 않았다.

"그걸 왜 보는 거야."

윤은 자기라고 알겠냐는 듯이 어깨를 들썩였다. 그러다 조금 매몰찼다 싶었는지 설명을 덧붙였다.

"인터넷 방송은 모션이 있잖아요. 리액션도 있고. 얼마나 재밌겠어요. 스크롤 안 내려도 되니까 편하고."

류철은 그게 만화 편집자 입에서 나올 소린가 싶어 화가 벌컥 치밀어올랐다. 예전 같으면 참지 않고 한소리 했겠지만, 지금은 모양새가 안 좋아 그럴 수 없었다. 류철은 누그러진 목소리로 타이르듯 얘기했다.

"윤팀. 그건 아니지. 만화 나오고 소설 들어갔어? 활자가 그림이랑 다르고 그림이 영상이랑 다르지."

"알죠. 부장님. 제가 그걸 모르겠어요."

"아니 내 말은 그게 상호호환적인 관계다 이 말이야. 하나가 다른 하나에서 진화하고, 도태되고, 그런 개념이 아니라니까."

류철은 슬슬 열을 올리며 설명했다. 윤은 시종일관 힘없이 예, 예, 할 뿐이었다. 만화에도 저만의 생명력이 있다는 건 어지간해서는 다들 동의하는 일이었다. 하지만 편집자는 창작자보다 현실적이어야 하기에 윤의 태도가 나쁘다고는 할 수 없었다. 작품을 시장으로 잇는 게 편집자의 역할이었다. 스트리밍 서비스가 출시된 후로 애플리케이션의 이용자가 다소 빠져나갔다는 건 줄어든 사이트의 트래픽을 통해 고스란히 흔적이 남았다. 확고하고 부정할 수 없는 지표 앞에서 류철은 생명이나 독창성 같은 모호한 말들로 몸을 지탱하며 버텼다.

"영상은 봐봐. 마음을 못 찍잖아. 사랑이나 아픔이 거기에 그려져? 독백이나 내래이션으로 그게 담기겠냐고."

류철이 거기까지 말하자 윤이 진지하게 반응했다. 그런가. 눈이 살짝 감긴 게 뭔가를 생각하는 눈치였다. 그쯤 되면 못 이기는 척 받아줄 만도 한데 윤은 오래 편집바닥에서 일한 편집자답게 저만의 소신을 꿋꿋이 말했다.

"공드리는 찍던데."

"공드리?"

"왕가위도. 화양연화 안 보셨어요?"

조명이나 소품 배치로 인물의 정서를 연출하는 영상 언어의 개념은 류철도 잘 아는 바였다. 만화나 소설에서도 그런 은유는 잘 쓰였다. 따지고 보면 그쪽이 더 세련된 방식이었다. 뭔가 한창 기를 쓰며 설득을 하다가 윤의 반박에, 반박도 논리정연하거나 정력적인 게 아니라 그냥 탁 매가리 없이 풀어지는 반박에 할 말을 잃자 류철은 분했다. 거기서 더 물고 늘어지고, 윤이 진심으로 감복할 때까지 설명해주고 싶었다. 그러나 불가했다. 세상의 모든 지표가 류철의 삶을 정면으로 부정하고 있는 지금은. 가슴에 열이 타오르지 않는 지금은. 힘이 쭉 빠져나갔다. 류철은 중얼거리는 대답으로 대화를 끝마쳤다.

"그게 다 같나. 세상엔 찍을 수 없는 마음이란 게 있는데."

"재계약은 안 됐다는 거죠?"

윤은 냉정하게 업무에 대한 사실을 확인하고 사무팀에다가 계약 종료를 알렸다. 류철은 면이 단단히 구겨졌지만 심통 난 마음을 표출하기보다는 방금 막 떠오른 생각에 집중하려 노력했다. 찍을 수 없는 마음. 영상이 채워주지 못하는 시장의 가장 큰 틈새. 그게 무엇인지는 확신할 수 없었지만, 만약 그런 게 있다면 류철은 그걸 출구라고 불러줄 용의가 있었다.

✳

윤과의 대화 이후로 류철은 영상에 대해 생각하는 날이 많아졌다. 공드리의 난해한 영화를 한 편 보기도 했다. 영화를 보는 내내 영상보다는 수면에 대해 알게 되었다. 영화를 틀어놓으면 20분 만에 잠이 쏟아졌다. 몇 번을 반복해서 시도해도 마찬가지였다. 류철은 이런 영화를 몇 편이나 보든 간에 영상에 대해서는 영영 알 수 없으리란 생각이 들었고 휴대폰의 메신저 어플을 뒤져 아랫줄 어딘가에서 '종'의 프로필을 찾아내었다. 연락이 끊긴 지는 2년이 넘었지만 문자 하나 못 보낼 만큼 서먹한 사이는 아니었다. 류철은 요즘 뭘 하냐는 물음과 괜찮으면 술이나 마시자는 문자를 보냈다. 답장은 금방 왔다. 돈이 없어서 나가기가 어렵다고. 류철은 술값은 자신이 낼 테니 몸만 나오라고 했다. 다시 온 답장은 이랬다.

송구해서 그럴 수가 있어야죠.

오겠다는 건지 말겠다는 건지 모호한 답이었다. 그래도 따져보면 완곡한 거절에 가까웠고, 그게 류철의 기분을 상하게 했다. 겸도 그렇고 요즘 애들은 다 왜 이러나 싶었다. 전화를 걸어 목소리라도 들으려 했는데 종의 전화는 신호음조차 가지 않고 고객님의 사정으로 인해 통화가 불가능하다는 안내음이 흘러나왔다. 류철은 잠시 충격을 받고 허공을 응시했다. 그리고 문자창을 열어 쓸 말을 고민했다. 솔직하게 물어볼 게 있다고, 밥이랑 술값으로 비용을 낸 셈 칠 테니 한번 만나자고 요청했다. 종은 그것까지 거절하진 않았다.

도곡동으로 택시를 타고 찾아간 식당은 흔하디흔한 프랜차이즈 고깃집이었다. 종은 먼저 나와 류철을 기다리고 있었다. 낡아 빠진 패딩과 실밥이 올라온 청바지가 눈에 띄었다. 먼저 들어가 주문하고 있지. 류철이 인사를 건넸고 종은 어색하게 웃었다. 불 판에 고기가 올라갈 때까지 류철과 종은 아무 말을 주고받지 않았다. 종은 다리를 달달 떨다가 물 한 모금 마시듯 술잔을 들어 입에 털어 넣었다. 천천히 마셔 이 친구야. 류철이 만류해봐도 소용없었다. 재작년 여름 이후로 많이 변한 모습이었다.

당시 종은 군대에서 복학한 지 얼마 안 된 영상학과 대학생이었다. 회사가 홍보 영상을 위해 외부에서 촬영팀을 들였는데 종은 거기서 촬영 보조 역할을 맡았다. 마침 편집부에선 포토툰을 기획하는 중이었다. 류철은 종과 마주칠 때마다 피사체를 찍는 일에 대해 질문했다. 구도와 배경에 관한 설명은 항상 금방 끝났고 나머지는 촬영 현장에 대한 소소한 일화를 듣는 것이었다. 유명 배우가 촬영을 구멍 내거나, 높은 자리에 오른 감독들이 아래 사람들을 머슴처럼 부리는 일 같은. 종이 그때까지 가지고 있던 이력은 영화 촬영 현장에서 촬영부 포쓰(fourth) 멤버로 일한 것이었다. 대개 규모가 큰 영화를 찍을 땐 촬영에 조수만 네 명이 붙었다. 촬영 감독 보좌 조수부터 순서대로 퍼스트, 그 아래로 세컨드, 써드, 포쓰. 피프쓰는 없었다. 포쓰가 막내였다. 종은 우스갯소리로 '아이 엠 넘버 포'라고 얘기했다. 빨리 써드가 되고 싶다고, 써드까지는 고유한 변형이 있는데 포쓰부터는 규칙적으로 th만 붙여서 언제든지 갈아치울 수 있는 인력처럼 느껴진다고.

류철은 고작 한 계단 오르고 싶다는 소박하고 현실성 있는 소망 때문에 종을 마음에 들어 했다. 종과 류철은 집 가는 방향이 같았다. 일이 같이 끝나는 날이면 류철은 아무런 대가 없이 종을 태워 집 근처까지 실어주었다. 종은 신세 졌다는 흔치 않은 인사말로 감사를 표했다. 차를 타고 가는 동안 류철은 종에게 빨리 감독이 되라고 채근했다. 나중에 유명해지면 우리 웹툰도 네가 영화화 좀 해줘라. 꿈 같은 얘기를 늘려놓는 동안 그게 현실이 될 거라곤 기대하지 않았지만, 이렇게 두 사람 모두가 한 계단조차 오르지 못한 상태로 나빠질 거라고도 생각지 않았다.

"뭐 물어볼 게 있다고 하시지 않았어요?"

벌게진 얼굴로 종이 갑작스럽게 떠오른 듯 물었다. 류철은 찍을 수 없는 틈새에 관한 이야기를 꺼내지 못했다. 대신 생활은 좀 어떠냐고 물었다. 종은 난감한 질문을 받아서 그런지 입을 열지 못하다가 한참 만에 완강히 고개를 저었다. 아예 안 된다는 뜻인지 뭔지 류철은 가늠이 되지 않았다.

"다른 일을 좀 찾아야 하지 않아? 지금이 조선 시대는 아니니까. 언제까지 그렇게 공부만…."

주제넘은 설교라는 걸 알면서도 류철은 궁금함을 이기지 못했다. 무엇보다 영상의 시대인데, 멀쩡한 대학교의 영상학과를 나왔으면 먹고사는 문제 정도는 언제든 해결할 수 있지 않나 싶었다. 몸도 멀쩡하고 미래도 창창하면서 생활도 없이 사는 종의 마음을 이해하기 어려웠다.

"아직까진 '나'로 살고 싶어서요."

종은 시적인 표현으로 답을 얼버무렸고 류철은 그 말에 은근히 기분이 나빠졌다. 그럼 다른 사람들은 뭔가. 밥벌이하고 사는 사람들은 다 '남'으로 살고 있다는 뜻인가. 류철도 어렸을 땐 화가를 꿈꿨지만 현대회화에 난해함을 느끼고 진로를 변경했다. 그래도 여전히 나라는 자아를 잃었다고 생각하지는 않았다. 처음부터 이

길에 들어서기 위해 방황했다고 생각했다. 그런데 포기하면 '나'가 아니라니. 건방진 말이었다. 퇴근 후에도 엄연히 삶이 있는데. 끼니도 못 때우며 살고 있으면 그건 나로 살고 있다 할 수 있나.

"그래. 아직 젊으니까. 해봐. 해봐야 아는 거야, 세상 이치가."

종은 비난을 감내하기엔 너무 아슬아슬한 상태처럼 보여서 류철은 그냥 홀리듯 덕담하고 말았다. 타는 속을 달래려고 잔을 따랐는데 그새 소주병이 비어 있었다. 류철은 술을 더 시킬까 고민하다 관두었다. 종이 남은 고기를 먹어 치우자마자 그만 일어서서 밥값을 계산했다. 가게 밖으로 나와 담배를 태우는 동안 종도 밖으로 나왔다. 신세 졌네요. 여전히 흔치 않은 인사로 답례를 대신했다. 류철은 차를 가져오지 않았고, 이제 종을 집까지 태워다 줄 일도 없었다. 종은 추억을 회상하듯 빈 주차장을 한동안 바라보았다. 류철은 집 가는 방향을 물었고 괜찮으면 사거리까지 같이 걷자고 말했다. 택시를 잡으려면 거기까지 나가야 했다.

가는 동안엔 둘 다 말없이 과묵했다. 류철은 머릿속이 복잡해서 그 동행이 이상한 침묵 속에 싸여 있다는 사실조차 눈치채지 못했다. 겨울인데도 골목에서 부는 바람은 미지근했다. 사람들이 붐벼 거리는 소란스러웠고 그 사이를 순례자처럼 류철과 종이 고요하게 걸었다. 사거리에 다다르자 멀티플렉스 영화관이 나왔고 커다란 벽면의 포스터를 본 류철이 불현듯 물었다.

"요즘은 시나리오 안 쓰나?"

종은 시나리오는 안 쓴다고 말했다. 이제 새로운 시나리오는 필요치 않은 것 같다고. 그럴 리가 있나. 류철은 진심으로 놀라서 반문했다. 사람들이 새로운 것에 얼마나 열광하는데. 1년만 지나도 구닥다리가 되는 세상에서.

"그죠. 아이디어는 필요하죠. 근데 하드웨어는 그대로여야 해요. 익숙한 걸 다들 좋아하니까."

종은 그러면서 최근 관객들에게 주목받은 작품들을 열거했다. 대개 뭔가의 후속작, 뭔가의 리부트였다. 혹은 이미 있는 이야기를 영화로 옮기는 작업이 주류를 이룬다고 말했다. 류철의 세계로부터, 종의 세계로 이동한 것들이었다. 영화관 전광판에도 만화를 원작으로 한 작품이 걸려 있었다. 우주를 구하는 영웅들의 포스터 아래서 류철은 종과 처량하게 마주 섰다.

"야. 너무 이상하다."

"뭐가요."

"이렇게 본 거 또 보려고 노력하는 사람들이. 비슷한 것만 찾는 게."

종은 류철의 말에 어느 정도 수긍했는지 고개를 주억거렸다. 하지만 다음 순간엔 이렇게 말했다.

"실패하면 안 되잖아요."

"뭘 실패해?"

"선택이요."

멀리 반대편에서 택시가 돌았다. 류철은 떠나야 했다. 발걸음이 쉽사리 떨어지지 않았다. 또 연락한다고, 말하려다 관두었다. 대신 새로운 시나리오는 여전히 필요할 것이라고 말했다. 공드리도 있고 왕가위도 있지 않냐고. 종은 드물게 웃으면서 맞장구를 쳐줬다. 봉준호도. 스코세이지도. 류철은 힘겹게 좌석에 몸을 밀어 넣었다. 택시가 골목을 돌아 사라지는 순간까지 종은 자리에 서 있었다.

류철은 집에 돌아오자마자 얼굴에 몰린 열을 느꼈다. 머리가 어지러웠다. 침대에 누워 핸드폰의 창을 열었다. 겸이 운영한다는 스트리밍 채널이 갑자기 궁금해졌다. 겸은 자정이 넘은 시간임에도 불구하고 아직 라이브 스트리밍을 진행 중이었다. 세자릿수가 넘는 시청자들이 실시간으로 겸의 방송을 시청했다. 채팅이 수없이 올라와서 먼저 올라온 글들을 묻어버렸다. 정적인 것들이 없는, 킬로바이트 단위의 무언가가 1초 미만의 간격으로 정신없이 오가는 세계였다. 겸은 혼자서 화면을 꽉 채우고 방 안 의자에 앉아 이런저런 이야기들을 했다. 대개 사소하고 가벼운 일화들이었다. 라디오 캐스터처럼 어떤 사안에 대해 논하다가 누군가의 채팅을 보고 화제를 급격히 전환하기도 했지만 종국에는 일상적인 이야기로 귀결되었다. 목적지 없이 떠돌아다니는 이 대화의 집합이 어떤 식으로 사람들을 열광시키는지는 여전히 미지수였다.

화면 속의 겸은 조금 낯설었다. 시청자들과 말을 주고받는 겸은 친근하고, 편해 보였다. 류철과 함께 있을 때는 보이지 않았던 모습이었다. 류철은 지난 6년간 겸과 함께한 세월이 생각만큼 돈독하지 않았다는 것을 깨달았다. 영상 속의 누군가가 후원을 보내자 전자음성이 채팅을 읽어주었다. 오늘 입은 팬티 무슨 색이에요? 류철은 보자마자 혀를 끌끌 찼다. 아무리 그래도 저런 걸 물어보면 안 되지. 겸은 아무렇지도 않게 바지춤을 들어 속옷을 확인했다.

"오늘은⋯⋯ 국방색이요."

류철은 조금 더 겸의 방송을 지켜보다가 채널에서 나왔다. 취기가 올라오는데도 잠기운이 오지 않았다. 화면은 여전히 생생해서 류철은 추천 목록에 올라온 다른 채널들을 탐색했다. 처음 재생한 영상은 폴리네시아계 원주민 둘이 맨손으로 집을 만드는 내용이었다. 그들은 공구도 없이 뾰족한 나무로 흙을 파고 풀로 창을 엮고 대나무를 쪼개서 바닥 타일을 만들었다. 그 모든 작업이 패스트모션으로 진행되어서 마치 모바일 게임을 보는 듯했다. 실제로 영상은 편집을 이용해 그런 분위기가 나도록 연출했다. 10분 뒤, 집은 완공되었고 영상은 끝났다. 류철이 채널을 탐색할 필요도 없이 사이트는 다음 영상을 추천해서 틀어주었다. 이번엔 공장에서 과자가 만들어지는 과정을 보여주는 영상이었다. 걸쭉한 반죽이 모양틀을 타고 구워지고 초콜릿과 시럽을 뿌려서 포장된 뒤에 상자 안에 들어갔다. 그 뒤로도 류철은 웨딩 케이크가 만들어지는 영상과 개미가 아크릴판 사육장에서 집을 넓혀가는 영상을 차례로 시청했다. 정말 내용 없는 무미건조한 영상들이었지만 희한하게도 계속 보게 되었다.

그렇게 되는 건가. 류철은 그만 자야 한다고 생각하면서도 영상을 끄지 못했다. 이런 식이란 말이지. 롱괴르도, 클라이맥스도 없이. 잔잔바리로다가. 쭉. 그 무료한 영상의 세계는 10분 단위로 이어지다 끊어지기를 반복했다. 몇 개의 광고를 스킵하며 영상을 시청하다가 류철은 스킵할 수 없는 15초짜리 광고를 맞닥뜨렸다. 하는 수 없이 광고는 광고대로 그냥 보게 되었다. 어차피 지금 보는 영상들도 딱히 다른 게 없었다. 광고 속의 남자는 스케이트보드를 타며 아주 행복을 표정을 지었다. 제품을 구매하는 일이 마치 그런 행복한 일상과 관련이 있는 것처럼. 류철은 정말로 그럴까 생각하다가 이내 광고가 아주 지루하게 만들어졌다고 평가했다. 요즘은 광고도 재밌게 만들어야 하는 시대인데. 이 제품은 브랜드 이름만 믿고 이렇게 재미없는 화면을 구사하나. 세련된 연출은 영화에서나 써야지.

이전까진 아무 생각 없이 영상을 보다가 갑자기 나온 광고에 집중하고 있는 자신이 류철은 문득 이상하게 느껴졌다. 스트리밍 업계의 수익은 광고로부터 나오니까 어쩌면 이게 그들이 의도한 바일지도 몰랐다. 나머지 10분은 그냥 보게 만드는 영상. 진짜 보여주고 싶은 건 광고. 류철은 횡단보도를 건널 때조차 핸드폰을 손에서 떼지 않는 아이들을 떠올렸다. 돈이 없어서 광고를 보는 것으로 지불을 대신하는 아이들. 광고를 보기 위해 태어나는 것만 같은 아이들.

＊

편집부는 연말을 앞두고 몇 주간의 회의를 거쳐 연재 중인 작품의 3분의 1가량을 쳐냈다. 조회수가 너무 적어 고료를 지급하기 어려운 작품들이 대부분이었다. 칸이 비어버린 사이트의 도메인은 나머지 작품의 크기를 키워서 채웠다. 남겨진 작품들의 숫자는 류철을 더 우울하게 만들었다. 이제 긴 서사는 웹 시장에서 구현하기 어려운 존재였다. 모바일 업계는 더 짧고 간결한 내용을 요구했다. 비슷비슷한 제목의 만화와 소설들이 주류를 이었다. 겸의 스트리밍 채널에서 오가던 킬로바이트 단위의 전자들만큼이나 얇게, 편집부는 작품의 내용을 쪼갰다. 맺고 끊음이 확실히 보이도록. 편집부에선 신년에 이어질 작품들의 스케치에 '소확행'이라는 프로젝트 이름을 달아주었다. 그 말은 요즘 어디서든

들릴 정도로 유명했다. 소소하지만 확실한 행복. 한 편의 결제에
그런 행복이 담길 수 있도록 만들어야 한다는 취지였다. 류철은
그게 '확실하지만 소소한 행복'에 불과하다는 생각을 좀처럼 지우
지 못했다. 계속해서 종이 했던 말이 떠올랐다. 선택은 실패하면
안 되니까. 새로운 시도는 사치고. 다들 겨우 자신을 지탱할 것을
찾는 중이라면.

한동안 류철은 계약을 정리하는 업무에 파묻혀 살다시피 했다.
크리스마스가 다가올 무렵에야 바쁜 일정이 어느 정도 해소되었
는데 그때쯤에 다시 경영진으로부터 새로운 지시가 내려왔다. 파
주에 있는 창고를 비워야 하니 현장 정리를 감독할 인원을 보내
라는 것이었다. 직접 갈 필요는 없었지만 류철은 윤과 함께 파주
까지 출장을 나가 재고로 남아 있는 단행본들의 수량을 확인하고
트럭에 싣는 걸 도왔다. 허허벌판 위에 먼지가 두껍게 덮인 창고
는 지하 묘지의 입구 같았다. 오래된 만화책과 소설책들이 그곳
에 켜켜이 쌓여 있었다. 인부들이 책을 나를 때마다 종이 끝에서
떨어져나온 먼지들은 날벌레처럼 사납게 흩어졌다. 류철은 창고
에서 빠져나오는 회사 몫의 재고 수량을 세다가 낯익은 표지를
발견하고는 책을 주워들었다.

"야, 이거 노력 많이 한 건데."

윤은 슬쩍 표지만 확인하고 무성의하게 답했다.

"열심히 했죠."

"그렇지. 돈 받고 책 팔던 시절이 좋았지. 이런 말 하니까 나이
먹은 사람 같나?"

"지금도 돈 받고 팔잖아요. 미리 보기 서비스도 있고 그런데."

플랫폼에서 제공되는 웹툰은 기본적으로 무료였지만 돈을 내

면 다른 이용자들보다 몇 화 정도를 일찍 볼 수 있었다. 또 팬들을 대상으로 팔리는 단행본도 있었고. 굿즈 같은 상품도 있으니까 아직은 돈을 받고 파는 게 있기는 했다. 그러나 류철은 종이로 책 팔던 시절과 지금이 엄연한 차이가 있다고 생각했다. 단순히 지면에서 화면으로 매대가 옮겨간 게 아니라, 시장의 성질이 완전히 변해버렸다고.

"지금은 광고 보여주며 팔지."

윤은 부산히 움직이던 손을 멈췄다. 그냥 가만히 선 채 책 표지를 응시했다. 잠시 생각에 잠기는 듯하더니 맞다고, 그런 것 같다고 고개를 끄덕여주었다. 이번엔 어떤 말로도 응수하지 않았다. 류철은 그 가벼운 수긍이 무서웠다. 유난을 떠는 건 오직 저 하나뿐이라 세상에서 무서운 속도로 뒤처지는 기분이었다. 세상에 멸(滅)하는 게 많아져서 본인도 같이 멸하는 게 많아지는. 류철은 광고 위에서 이뤄지는 거래들이 터무니없는 개념처럼 느껴졌다. 따지고 보면 광고비용이 많을수록 제품은 성능에 비해 비싸기만 할 텐데. 이런 거품기가 낀 시장제품이 어떻게 살아남는지도 의아했다. 예술이 난해해서 시장으로 들어왔지만 이젠 시장이 예술보다 더 난해하게 느껴졌다.

"참, 세상이 배운 대로 흘러가지 않아."

"또 뭐가요."

윤은 조금 질린 기색이었다. 류철은 시장이니 예술이니 하는 말을 꺼내려다 입을 다물었다.

"부장님. 이거 화물 나가는 게 3시까지라서요. 저희 빨리 끝내야 해요."

이브의 풍경은 그다지 풍요롭지 않았다. 회사에선 약속이 없는 사람끼리 모여 호프집에서 조촐하게나마 송년회를 치렀다. 다들 어려운 시기를 보내고 있다는 사실은 필사적으로 잊으려는 사람들 같았다. 뜻밖에도 류철은 종으로부터 만나자는 연락을 받았다. 마침 류철의 회사 근처에 와 있는데 괜찮다면 신세도 갚을 겸 얼굴을 보고 싶다는 문자였다. 류철이 그 문자를 받은 것은 저녁 6시를 막 넘긴 시각이었다. 이미 류철은 회식 자리에 와 있었고 종의 연락이 너무 뜬금없어 처음엔 만나지 않을 심산이었다. 하지만 잔을 잡고 앉아 있는 내내 외로웠다. 전보다 더 대화에 끼어들기가 어려웠고, 자신이 빠진다 한들 진심으로 아쉬워할 사람은 아무도 없으리란 생각까지 들자 더는 그 공간을 견딜 수 없었다. 윤이 담배를 피우러 밖으로 나가는 모습을 본 류철은 조용히 뒤따라 나갔다. 곁에서 담배를 몇 모금 태우고 법인 카드를 넘겨주었다. 윤은 왜 벌써 가냐는 말이나 가지 말라는 말은 하지 않았다. 착잡한 얼굴로 류철을 잠깐 바라보았다. 조심히 가라고, 말했다.

"음주운전은 꼭 하지 마시고요, 부장님. 조심히 들어가세요."

류철은 회사 주차장으로 가는 내내 조심하라는 윤의 당부를 들어주기 위해 노력했다. 애를 쓸수록 더 발이 꼬이는 기분이었지만 당장 머릿속에 떠오르는 게 그 당부뿐이었다. 말투가 다정했지. 다정하고 안쓰럽다는 듯했지. 이제는 증오나 멸시도 아니고 연민을 받는 처지가 되어버렸다고, 류철은 쓸쓸함을 느꼈다. 핸드폰을 꺼내 대리운전을 부르려다 충동적으로 종에게 연락했다. 이번에는 평범한 통화연결음이 들렸다. 종은 오래지 않아 전화를 받았다.

"예. 부장님."

"어디야?"

"광화문이요."

"아직도?"

종은 아빠 차를 끌고 나왔다가 시가지에 꼼짝없이 갇혀버렸다고 말했다. 도로가 풀릴 때까지 교보문고에서 기다리고 있으려 했어요. 류철은 종의 연락이 상당히 성의 없는 배경을 가지고 있다는 사실에 실망했지만 요즈음엔 어디에서든 실망감을 느끼기 일쑤였으므로 내색하지 않았다. 종에게 거기에 있으라고 말했다. 내가 금방 갈게. 기다리고 있어.

한 계절 만에 만난 종의 모습은 또다시 변해 있었다. 류철이 오래전 회사에서 처음 마주했던 모습과 비슷했다. 본래의 모습으로 돌아간 셈이니 변화가 아닌 복구에 가까웠다. 낡은 옷차림은 그대로였지만 머리가 단정했다. 무엇보다 무너질 것 같았던 몸이 이제는 잘 지탱되고 있는 듯 보였다. 수그리거나 휘어지지 않은 채로. 비로소 생활이 있는 사람의 모습이었다. 류철과 종은 벤치에 나란히 앉아 단 음료를 마시면서 근황에 관해 이야기했다. 대개 종의 상세한 근황이 류철에게 알려지는 식이었다. 종은 보증금을 까먹으며 지냈던 월세방을 정리하고 부모님 집으로 돌아갔다고 말했다. 그간 단기 알바를 하며 돈을 조금 모았고 오늘 드디어 제대로 된 일자리를 구한 길이라고도 덧붙였다.

"오늘 면접을 본 거야?"

종은 여전히 깃털 빠지는 게 눈에 보이는 패딩 차림이었다.

"큰 기업은 아니고 스트리밍 채널 운영하는 제작사에요."

"거기서 뭐 하는데."

"촬영이요."

류철은 과자 공장이나 아크릴 사육판을 떠올렸고 종이 그걸 찍고 있는 모습을 상상했다. 구체적으로 무얼 하는 거냐고 묻자 종은 호주에 다녀올 거라고 답했다. 특수부대 출신 전역자들끼리 모여서 생존 영상을 찍어요. 종은 류철에게 채널 영상을 보여주었다. 단단한 몸을 가진 남자들이 나와 탐험이나 익스트림 스포츠를 하는 콘텐츠 채널이었다. 해외에서도 보는 사람들이 있는지 일본어와 영어로 된 자막을 지원하고 있었다. 하지만 채널의 조회수는 류철이 밤에 보는 시시한 영상들과 비슷했고 류철은 어쩔 수 없이 '가성비'를 따져보게 되었다.

"요즘은 좀 덤덤한 게 먹히지 않나?"

"덤덤한 거요?"

"소소하고 짧은 거 있잖아. 길고 요란한 거 말고."

"쇼츠가 인기가 좀 있죠. 그래서 긴 영상은 대개 라이브 스트리밍으로 해요."

"그럼 좀 다른가?"

"많이 다르죠."

"뭐가 다른데?"

"연결이 있잖아요."

시청자랑. 화면 속 존재가.

"그게 중요해요. 사람들은 연결을 느껴야 하니까. 사용하는 매체가 과거와 너무 달라졌잖아요. 편지 생각해보세요. 한쪽이 한번에 할 말을 모아서 보내고, 오래 기다렸다가 모아서 받고. 그런데 지금은 지구 어디서든 그냥 1초 만에. 엄지로 툭. 연결된 채로 살고요. 벗어나면 이상한 사람이에요. 답장 안 하고 전화 안 받으면 화를 내잖아요. 잠수 탔다고. 이해가 안 됐어요. 왜 연결이 끊기면 비정상인 상태가 되는 건지. 그건 내 감각기관이 아닌데."

내 몸이 아닌데.

다 이어져버려서. 우주만유의 인연생기와 같이.

이어짐 속에 끊어짐이 있고.

끊어짐 속에 이어짐이 있고.

"부장님. 다 양방향이에요. 내가 화면에 말을 걸면, 화면도 대답을 해야 해요. 호흡이 길면 왜 인기가 없냐면요, 너무 오래 자기 말만 하는 사람 같으니까. 나의 발언. 누군가의 반응. 거기에 소비가 있어요. 코멘트. 거기에 대중문화가 있어요."

＊

집으로 가는 길에 류철은 종의 차를 얻어탔다. 별로 내키지는 않았지만 종이 고집을 부리는 바람에 어쩔 수 없이 조수석에 타게 되었다. 추운 밤공기와 결별하고 따뜻한 히터 바람을 맞자 노곤하게 취기가 올라왔다. 류철은 비몽사몽한 정신으로 얕은 잠에 빠졌다가 잠시 깨기를 반복했다. 종은 아직 운전이 익숙지 않은지 굳은 자세로 전방을 집요하게 주시했다. 핸들을 잡은 손에 힘이 아주 많이 들어가 손바닥 면이 하얘 보일 지경이었다. 저 실력에 차는 왜 끌고 나와서. 류철은 차창 밖으로 고개를 돌렸다. 세종대로를 지날 때까지만 해도 막힘이 없었던 도로는 회전 교차로에 들어서자 앞뒤가 꽉 막혀 영 나아가질 못했다. 차가 나가는 만큼 다시 들어와 포화상태는 풀릴 기미가 보이지 않았다. 원 안에 간혀버린 것만 같았다. 하필 바로 앞 차량은 1톤 탑차를 개조해 만든 나이트클럽 홍보차량이라 눈이 아플 정도로 번쩍거렸다.

성탄전야의 축일이었다.

종의 차는 교차로 바깥을 타고 순환하며 서서히 밖으로 향하는 행렬에 합류하였다. 류철은 그 끝을 응시했다. 가로등도 간판도 없어 그림자뿐인 어두운 골목으로 차들이 빠져나가고 있었다. 너무 압도적인 어둠이라 마치 차가 어둠에 삼켜지는 듯이 보였다. 순간 류철은 그곳이 집으로 향하는 방향이었나를 생각하였고, 아무리 생각해도 집 가는 길이 기억나지 않아 이 밤의 여정이 무척 기이하게 느껴졌다. 이것은 꿈인가.

"종수야."

두려움에 종을 불러보았으나 종은 대답하지 않고 고개도 돌리지 않았다. 빛이 위장무늬처럼 얼굴에 사선을 그렸다. 목적지로 승객을 실어 나르는 데에만 몰두하는 사람 같았다. 곧 골목의 그림자가 차 위로 드리우기 시작했다. 탑차의 불빛은 여전히 강렬했고 칠흑과 적막 속에서 류철은 알전구가 발하는 빛 외에는 아무것도 볼 수가 없었다. 잠시 뒤, 어디선가 희미하게 환호와 박수 소리가 들리기 시작했다. 소리의 근원지는 알 수 없었으나 그것은 점점 더 다가와 종국에는 바로 앞에서 들릴 만큼 가까워졌다.

김산하

김산하. 1996년 서산 출생. 환상문학웹진 거울 필진 활동 중.

피루엣　구한나리

사철 흐드러지게 꽃이 피는 곳이 있다지. 눈 쌓이는 한겨울 피 같이 붉게 동백이 피어난다지. 봄보다 일찍 매화가 봄눈송이를 터뜨리며 핀다지. 이파리보다 먼저 노란 꽃이 담장 따라 흘러 내리고 한낮 땡볕에도 그곳만은 싱그러운 푸른 꽃들이 바람에 흔들린다지. 거기 한 사람이 산다지. 곱지도 않고 사람 눈길 모을 이유 하나 없는 그런, 나이를 짐작조차 하기 어렵고 하고자 하는 이도 없는 그런 아낙이 하나, 거기 산다지. 작은 초가를 둘러가며 푸르고 붉은 꽃들이 피는데, 그 꽃을 제 피붙이인 듯 살뜰히 살피는 이가, 걸음걸음 꽃향기를 피우는 기이한 이가, 거기 산다지.

하나.

그 집이 언제부터 거기 있었는지 마을에 아는 이는 아무도 없었다. 빈집으로 버려진 채 오래된 곳에, 언제부터인가 타지에서 온 여인 하나가 거기 살게 되었다 했다. 하지만 여인이 오기 전에 집이 어떤 모습이었는지, 여인이 온 뒤 처음 한 일이 무엇이고 마을 사람들과 어떻게 오가게 되었는지 기억하는 사람은 없었다. 마을 밖이라 하기에는 마을에 가까우며 마을 안이라기에는 다른 집과 떨어진 야산 언덕, 물이 멀어서 밭농사를 짓기에도 녹록잖을 것 같은 곳에 홀연히 꽃밭으로 둘러싸인 작은 초가가 있었다. 마을로 들어오는 이들이 촌장 집을 지나서 또 한참을 들어와야 하는 곳이었다.

어디선가 불어오는 꽃향기에 가야 할 걸음을 놓치고 향기에 취해 발걸음을 옮기기라도 하면 점점 좁아진 길 끝에 숨이 차오를 무렵, 짙은 향이 깊은숨 끝에 들어오며 언덕 위 꽃밭이, 꽃밭 한가운데 있는 초가가 눈에 들어왔다.

"누구 계시오?"

객이 그리 물으면 어디선가 흰옷의 아낙이 덧치마에 손을 닦으며 나와서는,

"어찌 오셨소? 마을은 이쪽이 아니외다."

옅게 웃으며 말했다. 머리를 질끈 묶은 모습이나 짙은 얼굴빛 어딜 보아도 눈길을 끌 곳은 없는 이였다. 객이 꿈꾸듯 꽃향기에 취해 있다가 대답이 늦으면, 아낙은 늘 그래 온 듯이 옅게 한숨을 쉬었다.

"차나 한잔 드시고 가실 요량이면 거기 앉으시오. 차를 내오리다."

작은 초가에 안 맞을 널찍한 툇마루에 거기 걸터앉으면 객은 세상과 따로 떨어진 것 같은 꽃밭에 취하기 마련이었다. 딱히 드

문 꽃인 것은 아니었다. 봄날이면 다른 곳처럼 진달래가, 여름의 초엽이면 참나리꽃이 피었다. 마을에도 드문드문 있는 그런 꽃들이 모여 있을 따름인데도, 그곳에는 그렇게 마을에 핀 꽃과는 다른 향이 났다.

아낙이 차를 내오면 그제야 객은 그 향이 밭에 핀 꽃이 아니라 찻주전자 속 꽃에서 나는 향임을 알았다. 겨울 눈 풍경에 어울릴 설핏 서늘한 향이, 계절에 맞게 피어난 꽃향기에 섞였다.

"무슨 차가 이리 향이 짙습니까."

"소일거리 삼아서 꽃을 따다 차로 말리지요. 차나무에서 찻잎을 따다가 덖고, 꽃잎은 잘 거두어서 맑은 물에 손질해서 차로 만듭니다. 별일도 아니지요."

객이 입에 대는 차는 세상의 향도 맛도 아니다. 꽃밭이 머리 가득 춤추고 입은 한 번도 느끼지 못한 계절이 가득하다. 걸음을 잘못 든 때부터 이미 꿈길에 들어온 것만 같다.

"이 차를 좀 주실 수 있습니까? 값이 얼만지 모르겠으나, 적은 양이라도 제가 치를 수 있는 값이면."

"파는 물건이 아닙니다."

아낙이 웃는다. 그 웃음이 처음 보았을 때와 사뭇 다르다. 찻잔에서 피어오르는 향이 꼭 아낙에게서 번지는 것 같고. 세상에 흔한 그 모습이 세상 하나밖에 없는 이 같다.

"오시는 분들께는 차를 내어 드리고 있으나, 소일거리로 하는 것뿐이라, 팔 정도의 물건도 양도 아닙니다. 차 한 잔 따뜻하게 드셨으면 기억으로 간직하시고 돌아가십시오."

아낙이 일어나고 객은 머쓱해져 찻잔을 비운다. 달아오른 낯으로 객이 마을로 돌아가자 사람들은 객에게서 나는 꽃 향으로 그가 야산의 그 집에 다녀왔음을 알았다.

둘.

푸른빛이 짙어지는 초여름이었다. 청보리 푸른 잎이 시원하게 펼쳐지는 사월이 지나고 마을 곳곳 볕 잘 드는 곳이면 짙은 주홍빛 중나리와 연분홍 상사화가 드문드문 피기 시작했다. 언덕 초막으로 쉰은 넘은 나이의 아낙이 올라와 문을 열었다.

"다인(茶人), 있는가?"

"정순 아지매, 어서 오셔요, 마침 진달래 차를 열어볼까 하던 차였는데."

"올해 목련은 차로 안 빚었으려나?"

툇마루에 걸터앉으며 정순이 웃었다.

"이름 불러주는 사람은 다인 자네뿐이라서, 들어도 들어도 낯서네."

"아지매 이름자가 얼마나 곱소. 안 부르면 아깝지. …목련은 올해 어째 일찍 피더라니, 이레는 일찍 저물기 시작하기에 서둘러 차를 말렸지요. 목련으로 낼까요?"

"뭐든, 여름 저물녘에 봄 내음을 보는데, 뭔들 안 좋을까."

"그럼 목련으로 하지요."

정순은 꽃 향 속에 묻혀 그 속에 살지 않는 사람처럼 마을을 내려다보았다. 계절은 어디든 같이 흐르는데 이곳에서 한 걸음 떨어져 마을을 내려다보면 여상한 그 계절이 특별한 빛으로 빛나는 것 같았다.

다인이 내 온 넓은 나무 사발에 따뜻한 목련 연못이 피었다. 정순은 다인이 꽃마다 다른 그릇에 차를 내는 것을 알고 있었다. 다인이 고른 그릇이 언제나 그랬듯이 나무를 깎아 만든 넓은 사발이 목련과 참 어울렸다. 향이 가득 퍼질 때쯤 다인이 넓은 사발에서 나무 국자로 찻물을 덜어 나무잔으로 옮겨 정순에게 건넸다. 꽃은 사발에 있으나 다향은 정순의 두 손 위로 깃들었다.

"…올해로 삼 년이 되었네."

"그리되었네요. 정순 아지매, 여기 처음 올라오신 날이 어제 같은데."

"목을 매서 따라가려고 온 길이었지."

정순의 말에 다인은 더 이어질 말을 기다리듯 목련꽃이 활짝 핀 사발 위를 묵묵히 보았다.

"멋이라곤 없는 사람이라서 살가워질 줄도 모를 이라고들 했지. 그런 사람이, 농사철이면 서로 몸이 곤해서 안 아픈 곳이 없는데, 누운 자리에서 꼭 다리를 조물조물해주곤 했지. 제 몸인들 피곤을 몰랐겠나. 연신 꾸벅꾸벅 고개가 기울어지는데도 꼭 내 다리를 주물러준 뒤에야 등을 바닥에 댔지. 남 보는 데서 정이야 못 내는 사람이었지만, 밥 독촉한 적 없고 무거운 거 들게 한 적 없고… 그런 이였네."

정순이 언덕에 처음 오른 날. 신발은 어디서 잃었는지 버선발이 온통 흙물로 풀물로 젖었는데 정신을 차려보니 꽃밭 한가운데였다. 그 꽃밭에 정순은 아득해져서 주저앉았다. 아, 내가 정말 정신을 놓았구나. 이 계절에 꽃이라니. 그 사람이 없는 계절에 꽃이 있을 리 없는데.

"정순 아지매 바깥분이 정 깊은 걸 누가 모르려고요."

"나 한 몸 남아서 뭐 하나, 기댈 곳도 기대는 이도 없는데 따라가야지 했어."

"아마도 뭐 하러 왔냐고 화를 내시겠지요. 그분은."

다인은 제 몫의 차는 내지 않았다. 그저 삼 년 전 그날, 넋을 놓고 꽃밭 한가운데 서서 오열하던 이가 지금 이리 앉아서 차를 마시고 있는 것이 다행이라 여긴다. 마을 사람 중에 꽃밭이며 초막을 모르는 이가 없는 줄 알았다. 사람들은 힘들면, 또 힘이 들지 않으면, 언덕에 올라와 툇마루에 앉아 마을을 바라보거나 다인이 내는 차를 마시고 돌아가곤 했다. 정순은 먼 마을에서 홀로 시집와 그 긴 시간을 한 번도 꽃을 보러도 차를 마시러도 온 적이 없는 이였다. 서로 기댈 곳 없는 둘이 그리 살갑게 사노라 소문만 들던 부부였다. 한 사람이 먼저 세상을 떠나는 상엿소리가 들려 남은 이는 어쩔까, 한 번도 본 적 없는 남은 이가 마음에 쓰이던 때였다.

"벌써 삼 년인데, 아직 오라고 하질 않네, 그이가."

"명호 아재 아이들을 거두셨지요. 그 애들 그제 와서는, 정순 아지매 무슨 꽃 좋아하시냐 묻고 갔는 걸요. 마음 쓰는 게 참 곱더이다."

홀로 된 이가 강에서 고기잡이 하며 두 아들을 키웠는데, 갑자기 내린 비로 불어난 물살에 배가 뒤집혔고 어린 두 아들만 남았다. 마을에서 아이들을 돌아가면서 살펴보기로 하려는데 정순이 불쑥 아이들을 거두겠다 했다. 남은 거라곤 이불 두 채밖에 없는 어려운 살림살이, 아이들은 제 몫의 이불과 함께 정순의 집으로 옮겨왔다. 큰아이가 열 살, 작은아이가 일곱 살. 작은아이가 태어날 때 어미가 떠났으니 낳아준 어머니를 기억도 못 하는 두 아이는 갑자기 아버지를 잃고 정순의 품으로 왔다.

"그이가 말년 복을 주고 간 모양일세. 없던 자식이 다 생기고."

"그 아이들에게 부모 복이 생긴 게지요."

두 번째 찻잔을 비우고 정순은 가져온 보따리를 쓱 앞으로 내밀었다.

"기훈이가 찰떡을 좋아해서 좀 쪘었네. 내가 손이 오죽 커야지. 별맛 없어도 찻값이라 여기고 드시게."

"진달래 차 드시러 또 오셔요. 찻값이 아주 넘치네요."

다인이 웃으며 떡을 받았다.

"기훈이 기원이가 또 귀찮게 하거든 그냥 내쫓게. 일 시킬 거 있으면 시키든지."

"여기 찾는 이가 뭐 그리 많은가요. 마을 사람들 누가 오든 다 반갑고 고맙지요."

"필요한 거 있으면 말해주고."

"예에, 그러지요."

정순은 일어나 꽃 향을 뒤로 하고 마을로 향했다. 신발이 벗겨지고 덧치마가 엉망이 되어서 올라온 삼 년 전 그날, 마을 사람들 말보다 앳된 다인은 꼭 오래전 잃은 막내아우 같았다. 정순은 꽃 향기 속에 서 있는 다인이 저세상에서 온 사자 같아서, 다인을 끌어안고 오열했다. 나 좀 데려가게, 나 좀 데려가게 우는 자신을 다인은 말없이 토닥이다가, 차 한잔하시라고 초가로 이끌었다. 목련꽃 새하얀 이파리가 꼭 막내아우 마지막 길에 입힌 치맛자락 같고, 남편이 두르던 머리끈 같고, 혼롓날 소매에 얹은 흰 포 같았다. 그 차를 보고 또 한참을 울다가, 정신이 아득해지려는데 다인이 찻물을 입으로 흘려 넣어주었다. 꽃내음이, 따뜻한 기운이, 자신을 살렸다. 정순은 또 한 해 살아보기로 했다. 제 아비도 아닌 정순의 지아비 떠난 날을 챙기며 정순이 좋아하는 꽃을 묻는 두 소년과 한 해 더 살아보기로 했다.

셋.

누가 다인의 이야기를 옮겼는지는 알 수 없었다. 이웃 마을 사람이나 한 번씩 들렀을까 사람이 있을 때보다 없을 때가 더 많은 곳에, 새로 꽃향기가 마을로 내려오면 가끔 한 명씩, 몇 명씩 올라가 시작도 없고 끝도 없는 이야기를 나누다 돌아오던 곳에, 낯선 이가 찾은 것은 드문 일이었다. 은은하게 광택이 도는 옷깃도 관리들이나 입을 법한 옷이었고 네 사람이 한 사람을 계속 살피는 것도 마을 사람들은 처음 보았다. 벼슬아치들이 저런 옷을 입겠지, 앞에서는 못 할 말을 뒤에서나 나누는데, 낯선 이는 처음부터 '꽃으로 차를 만드는 여자'를 물었다. 이웃 마을 사람이라면 사철 꽃피는 꽃밭을 이야기했을 터였다. 사람들은 늘 다인의 차를 마셔왔으므로 꽃으로 차를 만드는 것이 그렇게 드문 일인지도 몰랐다. 다만 다인의 차가 대부분 꽃으로 만든 것은 사실이어서, 사람들은 다인의 초가를 알려주었다.

비단신으로 걷기에는 나쁜 길이었으나, 가마를 타기에는 더 나쁜 길이었다. 낯선 이는 얼굴을 연신 찌푸리며 언덕을 올랐고 그를 살피는 이들은 길을 미리 살펴 편히 걸을 수 있을 방법을 찾아놓지 못한 것을 후회했다. 다인은 일찌감치 소란스러운 길의 소리를 듣고 툇마루에 나와 꽃밭으로 오는 다섯 사람을 보고 있었다. 제 발걸음을 살피느라 다인이 나와 있는 것을 알지 못한 이들은 집 앞에 와서야 고개를 들어 다인을 보았다.

"여기가, 꽃으로 차를 만드는 이의 집인가?"

숨을 고르며 개중 가장 귀해 보이는 이가 물었다.

"그렇습니다."

"주인을 부르게. 내 그 신기하다는 꽃을 맛보러 왔으니."

다인이 설핏 웃었다.

"꽃으로 차를 만드는 이를 주인이라 부르시는 거라면, 나리의 눈앞에 있습니다. 이 초막에서 혼자 지낸 지 여러 해가 되었지요."

사내는 다인을 보고, 큼, 목을 골랐다.

"차의 예법은 본시 대국의 것인데, 이곳에 듣도 보도 못한 차가 있다고 하도 말이 들리기에 먼 길을 왔더니, 살림하는 손으로 만든 물건이라니."

"돌아가시겠습니까?"

네 사람의 남자들이 뭔가 말을 하려고 하는데 다인의 말이 먼저 나왔다.

"대국이 어딘지 이 몸은 알지 못하옵고, 이 땅을 떠돌다가 꽃이 피는 곳에 몸을 뉘었을 뿐 예법에 대해서도 들은 바가 없으니 살림하는 손으로 말리고 덖은 차라 흥미를 잃으셨으면 돌아가시는 게 옳겠지요."

다인은 할 말을 다 한 듯 돌아서서 정짓간으로 걸음을 옮겼다. 다섯은 다인이 들리지 않는 소리로 뭔가 이야기를 나누다가, 한 사내가 다인이 있는 정짓간으로 급히 들어왔다.

"귀한 분이시오. 어렵게 여기까지 걸음 하셨으니, 예법은 차치하고 차 한잔은 내어주실 수 있지 않겠소."

다인은 말간 눈으로 사내를 보았다.

"흙더미에서 밭 일구는 이들이 한숨 돌리고 가시라고 만드는 차입니다. 귀한 분께는 격이 맞지 않을 듯합니다만."

"일찍 아버님을 여의시고 엄한 조부님 아래에서 큰 숨도 못 쉬고 자라신 분이니 이해해주시오. 내가 사과드리리다."

다인은 남자를 물끄러미 보았다가, 찻물을 올렸다.

"차 종류는 제가 골라도 괜찮겠지요?"

"그리하시오. 어떤 차가 있는지도 우리는 모르니."

"그럼 나가서 쉬고 계십시오. 늦여름 꽃도 향이 짙으니 볼 것이 아주 드문 풍경은 아니실 겝니다."

남자가 정짓간을 나서고 잠시 후에 다인은 한 사람 몫으로 제격일 소반에 주전자와 그릇과 작은 병을 받쳐 나왔다. 세공이 정밀하지는 않아도 곡선으로 다리를 깎았고 오래 기름을 먹여 반질반질 윤기가 도는 소반이었다. 대청에 소반을 내려놓고 다인은 더운물을 흰 대접에 부었다가 휘이 돌려 물을 비웠다. 작은 병을 열어 톡 톡, 물을 비운 대접에 꽃송이 두엇을 떨구었다. 노란 꽃잎이 하얀 대접 위에 놓인 위로 다인은 다시 더운물을 부었다. 천천히 여름 향을 뚫고 국화 향이 짙게 퍼지기 시작하며 물기를 머금은 꽃잎이 하나씩 대접 위로 떠 올랐다. 다인은 대접의 찻물을 작은 찻잔으로 옮겨 담아 귀한 분 앞에 놓았다.

"소국(小菊)입니다. 작년에 피었던 추국(秋菊)이지요. 가을이 오려면 아직 멀었으니 이른 정취를 조금 느껴 보십시오."

옥색 도포 자락을 갈무리하며 귀한 분이라 불린 남자가 찻잔을 받았다. 한 사내가 뭔가 말을 하려는 것을 만류하고 찻물을 입에 머금었다. 다인의 말대로 짙은 가을 향이었다. 손바닥보다 작은 국화를 모두 소국이라 부르지만 짙은 노란 색의 국화는 그중에서도 특히 작아 엄지 손톱만 한 크기였는데 그 작은 꽃이 우러난 향은 이 집을 채울 듯이 짙었다. 남자는 천천히 한 모금, 한 모금을 말없이 머금어 넘기고 깊이 숨을 들이쉬었다. 여름꽃의 향기는 더 이상 없고 온 사방이 가을이었다.

"나는 여름이 싫네."

차를 다 비우고 그가 말했다. 다인은 말없이 들었다.

"윤오월 더위는 끔찍하지. 의관을 갖추고 서 있기만 해도 땀이 흐르고, 목이 수시로 타오르는 날씨라네. 해는 또 얼마나 긴지. 그늘 한 점 없는 땡볕은 그저 햇살이 내게 그대로 덤벼드는 것 같지. 그런 여름이, 얼마나 싫은지 모르네."

윤오월이 있었던 것은 이미 십 년도 훨씬 넘은 일이나, 다인은 말하지 않았다.

"가을이 온 것 같아 좋구먼. 한 잔 더 주게나."

다인은 한 잔을 더 덜어, 남자의 잔으로 옮겼다. 스물 대여섯 쯤 되었을까. 그가 한 잔을 더 청하는 모습에 그를 살피던 이들이 안심하는 모습이 보였다.

"다른 분들도 드시지요."

"아니, 우리는 괜찮소. 물이나 한사발 주시겠소? 향이 짙어서 마시지 않아도 마신 것 같소."

다인은 다시 정짓간으로 들어가 한 뜸 식힌 물대접을 남자들에게 건넸다.

"잘 마셨소. 무례했던 것은 부디 용서하시게. 찻값은 이 사람이 치를게요."

남자가 일어났다. 다인이 손을 저었다.

"여기 오는 분들 땀이나 식히고 가시라고 만드는 차인지라 찻값은 받지 않습니다. 다만 먼 길 오셔서 다시 차를 드시기는 어려울 터이니 차는 못 드리지만 이걸 가지고 가십시오."

다인이 잘 접힌 종이를 건넸다. 남자는 종이를 펼쳐, 누이와 어머니가 쓰던 글자로 적힌 것을 찬찬히 읽었다.

국화꽃을 송이째 떼어 바람 잘 통하는 그늘에 말립니다. 잘 말린 국화를 맑은 물에 가볍게 씻습니다. 끓는 물에 소금을 약간 넣어 씻은 국화를 데친 후 바로 맑은 물에 헹구어 다시 그늘진 곳에 말립니다. 충분히 말린 차는 습기가 차지 않도록 병에 잘 봉합니다. 차는 한 잔에 한 송이면 충분합니다. 팔팔 끓인 물을 한소끔 식힌 후에 꽃잎이 떠오르면 드십니다.

다인의 글씨가 남자의 누이의 글씨를 닮았다. 남자는 종이를 잘 접어 품에 넣었다.
"고맙소. 소국이 피면 꼭 만들어달라 하리다."
"조심히 돌아가십시오."
처음 올 때 찌푸린 얼굴이 완전히 펴진 남자는 무른 발밑을 아랑곳하지 않고 돌아갔다. 그 뒤로 그가 다시 초막을 찾는 일은 없었으나 다인은 그가 돌아간 다음 날 새벽, 보름이 조금 지나 꽤 이지러진 달빛 아래 국화차를 우려 기도를 올렸다. 십수 해 전, 윤오월 어느 날 원망스럽게 세상을 뜬 어떤 이를 위한 차였다.

넷.
세 번의 계절이 또 지나고 때늦게 내린 눈이 반쯤 녹은 아래에 발그레한 매화가 탐스럽게 피는 초봄이었다. 언덕에는 새싹이 고개를 내밀었다. 다인은 초가 뒤 텃밭에 채소를 심었다. 꽃밭에는 봄꽃이 하나둘 봉우리를 맺기 시작했다. 사람들은 실려 오는 꽃향기로 봄이 가까웠음을 알았다. 청년이 초막을 찾은 것은 그 무럼이었다.

"차를 마시러 왔소."

청년은 다인에게 그리 말하고 툇마루에 앉았다. 지난여름 초막을 찾아왔던 이와 어딘가 닮은 모습이라고 다인은 여겼으나 비단옷을 걸친 것은 같지만 분위기는 같지 않았다.

"찾으시는 차가 있으신 모양입니다만."

"지난여름에 귀한 이가 왔을게요. 잔뜩 무리를 끌고 왔겠지. 그 사람이 마신 차를 주시오."

귀한 이라는 말에 다인은 곧바로 닮은 얼굴의 그 사람을 떠올렸다. 네 명의 동행과 함께한 것이 '잔뜩 무리를 끌고' 온 것은 아니겠지만, 이 마을과 옆 마을 사람, 그리고 그들이 데리고 온 이들 외에 낯선 이가 온 것은 그때뿐이니 청년이 말하는 이는 그 사람일 터였다. 다인은 그날 그때처럼 물을 끓이고 흰 사발에 소국을 톡톡 떨어뜨리고 더운물을 부었다.

"드시지요. 그분이 드신 차입니다."

"나를 놀리시오? 이게 무슨 차란 말이오? 향이 가득해서 천지가 가을이라 하더니, 꽃이 떠 있어서 꽃인 줄 알지 향이라곤 기색도 없지 않소! 저기 핀 매화가 차라리 향이 짙거늘."

청년이 버럭 소리쳤다.

"그때 드셨던 차는 이 소국이 맞습니다. 습한 여름과 마른 초봄이 향이 퍼지는 것이 같지는 않겠으나. 한번 드셔보시지요."

다인이 찻잔을 건네자 청년은 벌컥, 차를 마시고 소리 나게 소반으로 찻잔을 내려놓았다. 청년은 얼굴을 찌푸리고는 소반에 놓인 병을 열어 소국을 쏟아부었다. 다인이 놀라 만류했지만 이미 병의 절반은 사발로 쏟아진 뒤였다.

"이게 무슨 짓입니까!"

"사람을 무시해도 유분수지, 물색도 그대로이고 향도 없는 이
것이 그때의 차라? 네가 나를 우롱하는 게 아니고 무엇이냐!"

다인은 사발 위로 가득히 피어나는 소국을 망연히 보고 있었
다. 그해의 가을 소국을 전부 따서 말렸다 씻어 다시 소금물로 쪄
내어 말려 하나하나 곱지 않은 잎을 추려내어 만든 국화차였다.
지난가을에 새로 만든 국화차는 시렁에 있으나 매년 피는 국화가
같지 않고 매년 만들어지는 국화차도 같지 않았다.

"향이 이토록 가득한데 맡지 못하신다니, 이 향이 나리의 향이
아닌 모양이지요."

다인의 말에 청년의 얼굴이 더욱 붉어졌다.

"네가 사람을 함부로 평하고 다르게 대한 것이 분명하다. 시골
촌부들이 모두 네 다향을 이야기하는데, 감히 향 없는 차를 내게
낸 것이 나를 우롱한 게 아니냐! 이 땅에 가장 높다는 이가 네 차
를 칭찬한다고 기고만장해서는, 사람을 가려 차를 내고 부귀를 욕
심내는 것이 아니면 왜!"

다인의 입가에 설핏, 한숨이 스쳤다.

"차를 만들어 생계를 꾸린 적 없고, 차로 부귀를 꾀하지도 않습
니다. 그저 오시는 분께 그분이 드시고자 하는 차를 내었습니다.
오지 않은 계절을, 이미 지난 계절을 느끼고 한숨 쉬어 가시라고
차를 만듭니다. 꽃으로도 만들고 이파리로도 만듭니다. 꽃이라고
다 차가 될 수 없고 차라고 다 꽃도 아닙니다. 제가 무엇을 위해
나리를 우롱하겠습니까?"

"그래도 이것이!"

다인이 일어나 정짓간으로 들어가, 작은 병을 한아름 들고 나왔

다. 한여름의 짙은 풀잎 내음, 가을 낙엽을 태우는 것 같은 고소한 향, 소복이 쌓인 눈 아래 핀 난초 향, 병을 열 때마다 다른 향들이 하나씩 하나씩 공기로 퍼졌지만 청년의 노기는 사라지지 않았다.

"이건 또 무슨 수작이냐. 이 병들이 다 무엇이냐?"

"나리, 여기 여름이, 가을이, 겨울이 있습니다."

"모두 차를 우려라. 네 말이 맞으면 다향이 날 테니."

다인이 모든 차를 우려 청년에게 건넸으나 청년은 매번 찻잔을 소리 내어 소반 위로 내려칠 뿐, 노기는 짙어지기만 했다. 다인은 청년이 또 병을 쏟아버릴까 하여 바로 병을 닫고 소반 아래로 내려놓았다. 냄새를 못 맡는 병도 있겠으나 눈을 맞은 매화의 향을 이야기한 것을 보면 청년은 그런 것은 아닐 터였다. 청년이 벌떡 일어나 검을 빼 들었다. 비단옷 허리띠 옆에 맨 칼이 장식인 듯 화려하더니 날이 푸르게 서 있었다. 다인은 자신의 눈 바로 앞에 날카롭게 서 있는 푸른 날을 남의 일인 듯이 보았다.

"여기서 널 베고 가야 더 이상 계절을 거스르는 차가 있다느니 우롱하는 말이 퍼지지 않겠지. 죄인의 피를 받은 자가 나보다 더 귀한 섬김을 받는 것도 분한데, 시골 촌부 주제에 나를 우롱하는 것을 어찌 두고 가겠느냐?"

"나리를 제가 어찌 우롱하겠습니까. 말씀대로 그저 촌부인 것을. 다만 나리, 이녁이 사철 꽃을 돌보고 차를 빚는 것을 마을 사람들이 다 압니다. 이녁 하나를 베고 가는 것은 쉬우나, 소문이 바람을 타고 퍼지겠지요. 비단옷을 입은 높은 분이 어느 날 다녀간 후에 제가 사라졌다고. 그 모든 무게를 어찌 견디시겠습니까?"

청년은 한참 다인을 노려보더니 칼을 거두었다. 다인은 언제나 사람들이 다녀간 후에 그러하듯이 소반을 닦고 찻물이 우러났던 그릇을 씻어 놓고 대청에 걸터앉았다. 어지럽게 번지던 사철 향이 점차 옅어지고 초봄의 풋풋한 향이 다시 돌아왔다.

청년은 달포가 지나 초막으로 다시 찾아왔다. 처음 올 때처럼 비단옷 차림이 아니라 잔뜩 구겨진 광목옷에다 늦봄에는 벌써 벗어야 했을 솜옷을 덧입고 허리띠에 매었던 검도 없이 허위허위 비틀거리며 올라왔다. 다인은 저도 모르게 얼굴을 찌푸렸다. 청년의 걸음마다 한 번도 맡아본 적 없는 악취가 함께 올라왔다. 형형하게 빛나던 눈동자도 탁해졌고, 갓 스물을 넘은 듯하던 청년은 달포 사이에 수년은 세월을 먹은 듯 해쓱해졌다.

"……살려주시게, 살려주시게."

"어쩐 일이십니까, 나리."

다인은 청년의 옷이 그리 더럽혀져 있지 않음을 바로 보았다. 얼굴이 해쓱하고 몸도 여위었으나 붉은 기가 도는 몸 어디에도 더러워진 부분이 없었다. 어디서 나는 악취인지 세상에서 이런 냄새를 맡은 적이 있었나 기억을 더듬었다가, 다인은 얼굴을 찌푸렸다. 십수 년도 전의 일, 영문 모르는 병이 돌아 약한 이들부터 앓아누웠던 때. 온 사방에 울음소리가 들리던 그때. 한 집에 한 사람은 앓는 이가 있다고 할 정도로 병이 퍼졌다. 병이 옮을지 모르니 무덤을 만들면 안 된다 해서, 불당에서 시신을 모아 태웠다. 온 세상이 울음으로 가득한 해였다. 그 해는 꽃도 피지 않았다. 아니, 피었지만 누구도 꽃의 향을 느낄 수 없던 해였다. 그때 불당에서, 마을에서, 곳곳에 퍼져 있던 그 냄새가 청년에게서 났다.

"어디가 편찮으십니까?"

"아프지 않네, 아무 데도 아프지 않아. 하지만 이 냄새가, 이 냄새가 사라지질 않아. 무엇을 먹어도, 몇 시간을 물에 들어가 있어도, 어느 의원도 원인을 모르네. 여기서 나와서 집에 돌아간 그 순간부터 점점 짙어져서 이제 지나가는 사람들도 내 집에서 냄새를 맡고 멀리 돌아가네. 살려주게."

"제가 의원도 아닌데 어찌 나리를 구하겠습니까."

"죽어가는 이 살리는 셈 치고, 제발 차를 주시게. 내가 아무것도 바라지 않을 테니, 자네가 고른 차를 마시면 분명히 이 냄새가 가실 걸세. 분명 그럴 거네. 살려주게."

"일단 앉으시지요."

잠시 후에 다인은 달포 전과 같이 소반을 들고 왔다. 소반 위에는 주전자 하나와 찻잔만이 놓여 있었다. 다인은 주전자를 기울여 풀잎 빛 차를 찻잔에 부었다.

"드시지요."

청년은 아무 말 없이 찻잔을 들이켰다. 첫입은 썼으나 따뜻한 풀잎 향이 목을 타고 온몸으로 퍼져 몸이 따뜻해졌다. 봄의 한가운데에 있으나 아무리 더운 음식을 먹어도 추운 기운이 사라지지 않더니, 한 모금 차에 봄이 몸으로 스미는 듯했다.

"올해 갓 딴 쑥으로 만든 쑥차입니다. 꽃으로만 차를 만드는 게 아니라서요. 예로부터 해독에 좋은 차이고 몸을 따뜻하게 한다고 해서 드려 봤습니다. 어떠십니까?"

"봄이로세. 겨울이 다시 온 것처럼 추위가 사라지질 않더니."

"다행입니다."

"자네가 나를 원망해서 내가 이리된 것인가?"

청년이 물었다. 다인이 조금 웃음 지었다.

"제게 그런 힘이 있으면 이 초막에서 차만 만들고 있으려고요.

말씀드렸다시피 저는 그저 이곳에서 차를 만들고 농사를 짓는 촌부입니다. 허나 나리, 제가 한 가지는 알지요. 원망하는 마음이 갈 곳을 잃으면 늘 마음의 주인에게로 돌아간다는 것을요. 마음이 얼음장 겨울인데 봄이 올 리가 있겠습니까. 사방이 봄기운이어도 마음이 겨울이면 몸도 겨울을 지낼 밖에요."

청년은 고개를 숙였다. 다인은 차 한 잔을 더 따랐다. 청년이 다시 차를 들이켰다.

"내가 누군지 아는 게지, 자네는."

"제가 어찌 알겠습니까. 말씀하신 적도 없고, 이 촌부에게 그런 것을 알려줄 이도 없습니다."

청년은 두 잔째의 차를 비운 후에야 조금 편안하게 앉아 솜옷을 벗었다. 악취는 아직 남아 있으나 청년의 눈빛은 처음보다는 조금 편해졌다.

"쑥차 만드는 법을 알려드리겠으니 돌아가셔도 드십시오. 피를 보아 원망을 깊게 하지 마시고, 마음을 겨울로 두지 마십시오. 그렇게 몸도 마음도 계절과 같아지시거든, 언제든 다시 오십시오. 올 봄꽃을 여럿 말려 두었으니 다시 오실 때는 봄꽃 향기 가득한 차를 내어드리지요."

"고맙네. 그리하지."

다인은 방 안으로 들어가서 한참을 있다가, 잘 접은 종이를 들고나왔다. 청년은 종이를 펼쳐 지난해에 이곳에 왔던 '귀한 이'와 닮은 모습으로 글귀를 읽었다. 쑥을 따서 어떻게 손질을 하고 어떻게 말려서 차를 만드는지, 어찌 보면 간단하고 어찌 보면 손이 많이 가는 일을 오랜 서책 속 명문이라도 되는 것처럼 곱씹어 읽었다.

"다음에 또 옴세."

"조심히 가십시오."

다인은 달포 전과 다른 모습으로 돌아가는 청년을 배웅하고는 막 이파리가 돋기 시작하는 목련 나무를 올려다보았다. 조만간 정순이 언덕을 찾을 터였다.

다섯이고 하나 이전.

아이가 이 마을에 온 것은 이십여 년 전이었다. 태풍에 아비와 어미가 함께 탄 배가 뒤집혀 일순간에 오갈 곳이 없게 되었는데, 딱히 이름난 고기를 잡지도 못하고 큰 배를 만들 수도 없는 바닷가 마을에 제 앞가림하기 어려운 것은 모두 한가지라 누구도 아이를 거두겠단 말을 꺼내지 못했다. 그곳에 한 여인이 왔다. 긴 여행길을 떠난 듯 단단하게 옷을 여미고 아무것도 없는 바닷가 마을에 와 부모를 잃은 집이 어디냐고 물었다. 낯선 이가 마을의 아이를 데리고 가겠다 했을 때 몇몇은 안도했고 몇몇은 염려했으나 염려한 이들도 다른 길이 있는 것은 아니었다. 여인은 남매에게 옷 짐을 챙기게 하고는 함께 길을 떠나 마을로 왔다. 작은 초가에는 닮은 방이 둘 있어 여인은 남매에게 방 하나를 쓰게 했다.

자신의 이름이 무엇인지도 알려주지 않고 아이들이 자라 손이 조금 여물어졌을 때 여인은 아이들에게 차를 만드는 법을 가르쳐주었다. 목련은 꽃술에 독이 있으니 꽃잎만을 말려 차로 내야 한다. 이 고운 방울꽃은 뱀독보다 강하니 절대로 따지 말고, 차로 만들 생각도 하지 말아라. 예쁘다고 옆에 두지 말고 혹시 씨가 날아와 꽃이 피겠다 싶으면 꽃이 피기 전에 뿌리를 뽑아 태워라. 여인은 독이 있는 꽃을 하나하나 가르치고 꽃이 이파리가 어디에 좋고 어디에 나쁜지 하나하나 익히게 했다.

사내아이는 손이 더 여물어졌을 때 여인에게 크게 절하고 마을을 떠났다. 어깨가 넓고 곧아 어디 간들 제 앞가림은 할 소년으로 자라, 어느 날 마을을 찾아온 장사치 무리와 함께하기로 했다.

여자아이가 열다섯 살이 되었을 때 여인은 방에 누워 더 이상 밖으로 나오지 않았다. 마을 사람들이 찾아와 차를 청할 때 이제 여인 대신 여자아이가, 소녀가 차를 냈다.

"여보게 다인, 어른은 어디 가셨소?"

"어른께서는 오늘 몸이 무겁다고 쉬고 계십니다."

"여보게 다인, 오늘은 아기씨가 보이지 않는구려."

"아기는 산에 과일을 따러 갔습니다. 해가 저물기 전에 오겠지요. 이제 손이 여물어서 제 몫을 한답니다. 아기가 만든 차 맛을 보시렵니까?"

"그거 좋지."

그들은 아기씨였고 다인이었고 다인이었고 어른이었다. 고운 옷을 입고 떠났던 이가 돌아와 어른을 찾았다. 악취로 시달리던 청년이 냄새에서 벗어난 후, 아기씨가 건넨 차를 받았다. 아기는, 다인은 차를 덖고 꽃을 말리고 차를 낸다.

마을 언덕에는 언제나 꽃이 핀다. 그곳에는 다인이 산다. 작은 초가를 둘러싸듯 푸르고 붉게 피어나는 꽃을 제 피붙이인 듯 살뜰히 살피는 이가, 걸음걸음 꽃향기가 피어나는 기이한 이가, 거기 산다.

구한나리

판타지와 청소년 소설, SF를 쓴다. 사람과 사람 사이의 관계에 관심이 많다. 2009년 일본 문부과학성 연수생 시절〈신사의 밤〉으로 유학생문학상에 입선했고, 2012년 장편《아홉 개의 붓》으로 조선일보 판타지 문학상을 수상했다. 토피아 단편선1(유토피아 편)《전쟁은 끝났어요》에〈무한의 시작〉을,《교실 맨 앞줄》에 〈100명의 공범과 함께〉를, 거울 중단편선《누나 노릇》에〈늦봄 어느 날〉을《그리고 문어가 나타났다》에〈홍연〉을 수록하였고 문구단편집《올리브색이 없으면 민트색도 괜찮아》을 출간했다. 한국SF어워드에서 2020, 2021 중·단편소설 부문 심사위원, 2022년 심사위원장을 맡았다. 웹진 거울 73호(2009년)부터 3년간, 2018년부터 2023년 현재까지 독자우수단편 심사단을 맡으며 소설 필진으로 단편을 게재하고 있다.

제주 문어는 바다처럼 운다　　빗물

"산 채로 넣어야 맛있지!"

제주까지 와서도 저 고집은 변하지를 않는다. 어머님, 물 좋고 공기 좋은 섬에 왔다고 사람까지 좋아지지는 않네요. 얼굴까지 붉히며 떼를 쓰는 시부 옆에서 나는 그의 아내를 바라봤다.

"아무튼, 난 못 해! 그렇게 좋으면 그 식당이란 데 가서 먹으면 되잖아."

"거참, 집에서 해 먹으면 간단한 걸 꼭 그렇게 말해요. 살림한 세월이 얼마인데 그걸 징그러워해!"

"아니, 징그러워서가 아니라…."

우물쭈물하며 변명하듯 대꾸하는 여자의 모습이 안쓰러웠다. 시부모가 제주로 이주한 지 이제 석 달이 되어갔다. 한 해 한 해 나이가 들어갈수록 시부의 진상은 놀랍도록 새로워졌다. 그의 아내는 복지관에서 도시락 배달 봉사를 하고 저녁에는 야학에 가

한글을 배웠다. 시부는 그런 곳에 다녀온 아내가 붉은 얼굴로 눈을 반짝이며 돌아오는 것을 못마땅해하는 모양이었다. 은퇴 후 이전에는 본체만체 하던 부인에게 집착했다. 도시락 봉사를 하면 무릎의 통증보다 즐거움이 얼마나 더 큰지, 한글을 배우는 기쁨이란 어떠한지 말하며 생글대는 부인의 권유는 거절하면서. 그런 그가 연고도 없는 제주 생활에 로망을 품게 된 건 반년 전이었다. 텔레비전 아침 프로에서 제주에 정착해 전원생활을 하는 중견 탤런트 부부를 본 것이 화근이었을까. 네 시애비가 제주에 정말 가고 싶은 모양이더라, 말하는 여자의 말끝에 한숨이 묻어났다. 그래도 무기력하게 집 안에 있으며 화만 내던 사람이 드디어 무언가를 하자고 말한 셈이었다. 깊어가는 남편의 히스테리가 도시 생활에 지친 탓도 있으리라는 판단하에, 시모는 제주행을 결심했다. 많은 것을 뒤에 두고. 언제나처럼.

"…아버님, 문어는요, 꼭 산 채로 안 삶아도 맛있대요."

"허, 참! 여편네가 남편을 무시하니까 이젠 며느리까지 그러고 드네! 집안이 거꾸로 돌아가!"

머리가 지끈거렸다. 내 남편의 아버지는 지금, 맛집 프로에서 산 채로 문어를 넣어 끓여주는 라면집을 보고 나서 아내에게 식탁에 그것을 내놓으라 요구하는 중이었다. 더구나 제주는 돌문어가 맛있는 곳이었다. 이곳에 와서도 그는 여전히 종일 티브이를 보았고, 자주 성질을 냈다. 어머니는 내게 도움의 눈길을 보냈다. 끙. 속으로 앓는 소리를 한 번 내뱉고는 시부가 싫어할 소리를 하고 말았다. 내가 아주 잘하는 일이었다.

"아, 아버지! 그냥 대충 식당에 가서 먹어요! 왜 그러셔, 정말."

남편은 리모컨 버튼을 꾹, 꾹 누르며 건성으로 끼어들었다. 시부는 입을 꾹 다문 채 아들의 말에는 대꾸하지 않았다. 나는 머릿속에 두 글자를 썼다. 이런, 씨발. 니 아들한텐 화 안 내니?

"하여간 다들 똑같아! 시애미가 못하면 너라도 나서서 해야지. 너 집에서 그렇게 귀하게 자랐냐. 문어 손질하는 거 하나 안 배웠어?"

피가 역류했다.

"그러는 아버님은 안 배우셨어요?"

목에 핏대를 세우는 내 등에 안절부절못하는 시모의 손길이 닿았다.

"아이, 왜 그래, 왜 그래! 며느리한테 그게 무슨 소리야."

어머니는 내 등을 떠밀며 주방과 연결된 쪽문 밖으로 나섰다. 시부의 몸에 빨판을 만들어주고 싶은 욕구를 꾹 누르며 물었다.

"어머님, 아버님 정말 왜 저러세요?"

"늙어서 그래, 늙어서. 네가 이해해라. 미안하다."

그는 어쩔 줄 몰라 하며 내게 대신 사과했다.

"도대체 어떻게 같이 사세요?"

"그럼 별수 있니…."

친구들은 내가 시부 복은 없어도 시모 복은 있다 했다. 똑똑한 새 아가, 그는 나를 그렇게 불렀다. 내가 대차게 할 말을 다 해도 시모는 내게 되바라졌다며 언성을 높이는 일 한번 없었다. 하지만 나는 종종 그가 안쓰러웠다. 시어머니에게 연민 같은 것은 갖고 싶지 않았는데. 우습게도 그가 불쌍해 남편을 참았다. 시부를 향해서도 마찬가지였다. 이런 게 대체 무슨 복이람. 평생 보육원에서 자랄 수도 있었는데 피도 안 섞인 우리가 거둬줬으니 너는 참 복이 많은 아이야. 설거지에 얼룩이 남았다는 이유로 흠씬 맞고 난 뒤 그런 말을 듣던 어린 날처럼, 하늘을 쳐다보며 중얼거렸다.

그러다 보니 울컥, 무언가가 치밀었다. 화를 가라앉히려 숨을 고르는데, 어째 점점 더 가슴이 들썩거렸다. 그러고 있자 괜히 눈물이 핑 돌았다. 훌쩍, 그때 어디서 그런 소리가 들렸다. 뿌연 눈으로 내 앞의 여자를 바라봤다. 그는 고개를 반만 뒤로 돌린 채 눈물을 훔치고 있었다. 얼굴이 다 보이지 않지만, 알 수 있었다. 한숨이 나왔다.

"…어머니, 울지 마세요."

할 말이 그것밖에 없었다. 그는 계속 훌쩍이더니, 나를 보며 고개를 끄덕였다.

"네가 고생이 참 많다…."

그 말에 이상하게 마음 어딘가가 저릿했다. 동시에 가슴이 꽉 막힌 듯 답답했다. 그런 채로 함께 집으로 돌아가자 시부는 보이지 않고 남편은 멍청한 표정으로 채널을 돌리고 있었다. 팟, 팟. 채널이 바뀔 때마다 티브이는 완성되지 못한 짧은 어절들을 악, 하고 토해냈다. 또다시 화가 올라왔다. 쾅.

'악, 씨발…!'

나는 엄지를 붙들고 속으로 흐느꼈다. 분을 이기지 못해 걷어찬 주방 벽은 단단했고 내 귀여운 발가락은 너무도 약했다.

"아아악!"

그때, 안방에서 외마디 비명이 들렸다. 고개를 번쩍 들어 소리가 나는 곳을 쳐다봤다. 어머니 목소리였다. 미처 달려가기도 전에, 그가 방에서 뛰쳐나왔다. 어머니는, 내가 서 있는 주방으로 쏜살같이 달려왔다.

너, 괜찮니. 그는 그렇게 말했었다. 오렌지빛 좁은 좌석에 몸을 욱여넣으며, 그날 제주의 방에서 나를 향해 달려와 그렇게 묻던 시어머니의 목소리를 떠올렸다.

"발가락을 찧었으니 얼마나 아파?"

그는 울상을 짓고 말했다. 꼭 발가락을 다친 사람처럼. 그때도, 어제도, 오늘도 나는 조금 의아했다. 어제, 내가 보육원 출신이라는 사실을 알자마자 기다렸다는 듯 폭언을 퍼붓는 남편 새끼와 몸싸움을 하다 도망친 모텔방에서 어머님의 전화를 받았다.

―너, 괜찮니?

그는 또 그렇게 물었다. 핸드폰 하나만 꼭 쥔 채 침대에 쓰러지듯 몸을 기대자마자 걸려 온 전화였다. 어머님. 세 글자가 떴다. 받지 않았을 것이다. 보통이라면. 내가 아는 나 역시 그랬다. 그런데 이상하게, 손이 통화버튼을 눌렀다. 마치 기다린 전화처럼. 그렇게 되었다. 스마트폰을 귀에 대고 그 목소리를 듣는데, 나도 모르게 울음이 북받쳤다.

―춥지 않아? 발도 시리잖아.

그 말에 나도 모르게 마음이 무너져 엉엉 울며 사실을 털어놓았다. 초가을 얇은 원피스 한 장에 맨발로 슬리퍼를 꿰차고 나온 내 모습을 그가 보지 못했음을 깨닫지 못한 채로. 그는, 한참을 침묵하다 말했다. 너, 여기로 올래? 세상에 어느 미친 며느리가, 개 같은 남편의 폭력을 피해 나와서는 시가로 간단 말인가. 그것도 제주도에 말이다. 그런데 그 미친 며느리가 나였다. 나는 어느새 더듬더듬 포털 사이트 창을 열어 저가 항공권을 검색하고 있었다. 비수기라 표는 많았다. 예매를 마치고 무릎에 얼굴을 푹 묻은 채 나는 또 울었다. 동남아에 보내달라던, 나를 키운 부부의 성난 음성이 생각났다. 결혼 후 명절 외에는 연락을 끊다시피 한

나를 그들은 아주 괘씸히 여겼다. 은혜도 모르는 년, 검은 머리 짐승은 거두는 게 아니라더니. 친척들의 전화를 빌려가며 내게 전화를 걸 때마다 내뱉는 말들이었다. 그러더니 자꾸 어디로 여행이 가고 싶다고 했다. 필리핀은 망고가 맛있다더라. 방금까지 저주를 퍼붓던 딸에게 치기에는 참으로 웃긴 대사였다. 누가 엿들었다면 우리를 아주 평범한 부모 자식 간으로 여겼을 것이다. 하지만 그들은 여행 얘기가 나오면 말을 돌리는 내게, 거의 증오심에 가까운 감정을 표현했다. 섭섭할 수 있었으리라. 그래도, '부모에게 버림받아 도리를 모르는 년이니 네 남편이나 자식에게도 버림받도록 만들어주겠다'는 저주는 꽤 서늘했다. 그러고난 며칠 뒤 그들은 추석 때 못 간 인사 명목으로 함께 들린 나의 배우자 앞에서, 나를 입양하던 날의 이야기를 흘렸다. 실수인 듯. 남편은 표정 관리를 하지 못했다. 굳이 그럴 필요성도 못 느꼈겠지. 말없이 굳은 얼굴로 앉아 있다가, 말없이 집으로 운전을 했다. 현관문이 닫히고 안방에 들어서자 싸움이 시작됐다. 곱게 자란 척, 귀한 척 다하더니 나를 속였어? 그렇게 말했다. 순간, 대응할 틈도 없이 온몸에 힘이 탁 빠졌다. 가슴 속에서 무언가 중요한 것이 새어나가버린 것 같았다. 그간 그렇게도 담아놓은 게 많았는지, 지난 일들을 세어가며 이제 와 따지는 남자의 입은 멈출 줄을 몰랐다. 그제야 내 눈에도 불이 일었다. 그가 손바닥을 들어 나를 치려는 몸짓을 취했을 때, 나는 움찔했다. 그게 너무 분했다. 그의 가슴을 떠밀었다. 아주 조금 뒤로 밀려나더니, 그는 이내 이를 악물고 내 머리채를 잡았다. 나는 램프를 들어 그의 어깨를 때렸다. 악. 비명을 지르는 그를 밀치고 핸드폰만 겨우 낚아채 현관으로 달려나갔다. 씨발, 씨발, 씨발… 빌라 계단을 내려가 큰 길가로 나서

고서야 나는, 잊었던 욕설을 읊조렸다. 그렇게 택시를 잡고, 스마트폰으로 계산을 하고, 모텔에 도착했다. 그런 후에는 갈 곳이 없었다. 보통 이럴 때, 어디로 가지? 친정? 친구네 집? 모든 문패가 흐렸다. 그때, 그에게서 전화가 왔다. 방금 내 머리를 잡고 흔든 남자의 모친. 나의 시어머니. 그는 조심스레 내게 말했다. 제주로 오겠냐고. 좌석이 텅텅 비었던 탓에, 비행기 삯이 저렴했던 탓에, 그리고 한껏 웅크려봐도 몸이 덜덜 떨리는 탓에 나는 그렇게 제주행 비행기에 오른 것이었다. 기체가 바다를 지나 섬으로 향하는 짧은 시간 동안, 나는 멍하니 아무 생각이 없었다. 그리고 제주 공항에 발을 디뎠을 때, 저 멀리 양손을 모은 채 초조하게 제자리걸음을 하는 한 사람이 보였다. 흰 파마머리를 하나로 대강 묶은, 나의 시모였다. 캐리어를 끄는 사람들이 나를 스쳐 간 자리에 멍청히 서 있는데, 그가 먼저 나를 발견했다.

"너, 괜찮니?"

그는 후다닥 내게로 다가와 그렇게 물었다. 주름졌지만 나이보다 꽤 어려 보이도록 동그란 그의 얼굴과 몸을 보며, 나는 보육원에 있던 곰 인형을 떠올렸다. 배를 꾹 누르면 알러뷰, 그 말을 반복하던. 우리는 조금 어색하게 나란히 걸었다. 힐끔힐끔 곁눈질로 나를 보며 한참이나 입술을 달싹이던 그는, 갑자기 한껏 밝은 목소리로 말했다.

"얘, 근데 있지, 니 시아버지가 글쎄 문어 산 채로 끓이는 건 이제 포기했댄다."

"…정말요? 잘됐네요. 어머님 고생하실 뻔했는데."

"그치. 정말로 잘 됐어…."

"그럼 이제 문어라면은 식당에 가서 드시겠대요?"

"아이, 무슨. …그냥 죽은 문어를 사다 썰어 넣어달래."

"그래도 그게 낫죠. 살아서 꿈틀거리면, 그거 만지기가 얼마나 곤욕이라던데요."

"그래, 그리고 문어도 아프지가 않잖아…."

"문어가요?"

"그래, 문어가…."

말을 하다 말고 그는 흠칫, 놀라는 기색으로 입을 가렸다.

"…어머니, 문어는 고통을 못 느끼지 않아요?"

"못 느끼긴 누가 못 느껴! 그게 말이 돼!"

시모가 느닷없이 소리를 쳤다. 아, 나는 또 배워먹지 못한 말을 내뱉고 만 모양이었다. 그런데, 그의 반응이 의외였다. 내가 무슨 아는 척을 해도 '그러냐.' 대꾸하던 생불 같은 분이 문어 얘기에 이렇게 불쾌해하다니.

"누가 그러디?! 문어는 아픈 거 그런 거 모른다고?"

"…그야… 문어는, 통각, 그러니까 통증을 느끼는 기관이 없대요."

"잘 났다, 잘 났어. 지들이 산 채로 끓는 물에 들어가봤대?!"

그는 순식간에 다시 흥분해 씩씩거렸다. 나는 당황해 시모를 물끄러미 쳐다봤다.

"그게 얼마나 아픈데! 세상에 있는 말로 표현을 다 못해! 어릴 때 듣던 지옥, 불지옥이 그런 걸 거다, 싶더라고!"

"네…?"

"…."

멈칫, 둘의 발걸음이 동시에 멎었다.

"…아가야."

그가 천천히 고개를 돌려 나를 바라봤다. 이마와 볼에 식은땀이 반짝였다.

"…방금 내가 한 말은, 꼭 너랑 나랑 비밀이다. 알겠지?"

그는 내 손을 꼭 잡고 당부했다. 나는 나도 몰래 고개를 끄덕였다. 나의 시어머니는 방금, 라면 속 문어의 고통에 과하게 몰입한 것이다. 그래, 그뿐이다. 그쯤이야, 얼마든 비밀로 지킬 수 있었다. 어쩐지 무시하기 어려운 위화감이 느껴졌지만, 애써 치워두었다. 그런 채로 공항 택시를 타고 목적지로 향했다. 목적지로…? 그가 기사에게 부른 주소는 낯선 문장이었다. 어머니, 우리 어디로 가요? 답이 없었다. 창밖을 바라볼 뿐이었다. 차는 공항이 있는 시내와 시가가 있는 애월을 지나쳐, 깊고 낯선 공간으로 자꾸자꾸 들어갔다. 어느새 차창 밖이 어둑해지고 있었다. 온통 캄캄해지고 나서야, 드디어 차가 멈추었다. 문을 열고 나선 내 앞에, 겨우 내 어깨만큼 오는 나지막한 돌담이 모습을 드러냈다. 그 양 끄트머리에 걸쳐진 굵은 나뭇가지가, 비스듬히 엇갈린 채 대문 대신 입구를 막고 있었다. 그 너머로 자그마한 석조가옥이 눈에 들어왔다. 아주 오래되고 밋밋한 집이었다. 하지만 절대 바람에 날아가지 않을 듯 단단해 보였다. 그 순간, 아득한 기분이 들었다. 내가 여기를, 어디서 보았더라? 오는 길 스쳐 지나간 풍경과 달리 기억 속에 생생한 초막집 앞에서, 이상할 만치 익숙한 바람이 머리칼을 스쳤다.

가옥 안은 예스러운 느낌이었지만, 내부 시공을 새로 했는지 외관에 비해 그리 낡지는 않은 태가 났다. 습기를 먹는 일을 피하지 못한 황토벽과, 통상 티브이가 있을 자리에 놓인 나지막한 자개장을 눈으로 훑는데 여자가 말했다.

"아는 사람 사는 데야. 물질하러 다니는데, 요 며칠 잠깐 시내 있는 딸네 집에 갔단다."

내가 여기 있어도 되는 걸까, 말없이 그를 쳐다보았다.

"애월에 갈 순 없잖니. 니 시애비도 있고."

"…감사해요, 어머님."

자개장으로 다시 시선을 옮기며 말했다. 달리 떠오르는 답이 없었다. 은빛 학이 날아오르고 사슴이 하늘을 바라보는 까만 자개장 위, 동그란 백자가 눈에 담겼다. 시모의 얼굴 대신 그것을 바라보았다. 저 모습이 그와 퍽 닮았다고 생각하며.

"나는 이제 가야겠다."

고개가 저절로 휙 돌아갔다.

"지금이요?"

"그래."

"어머님, 벌써 밤이 다 되어가요."

"그러니까 얼른 가야지."

나는 무언가 말하려다 입을 다물었다. 하긴, 주인 없는 낯선 이의 집에 신세를 지게 된 주제에 자고 가시라며 시어머니를 잡는 모양새도 꽤 뻔뻔하고 이상할 터였다.

"네 시애비 밥 차려줘야지."

순간 내 귀를 의심했다. 그 말에 이상하게 눈이 돌아갔다.

"가지 마세요, 어머님."

"뭐?"

"가지 마세요. 저녁 시간이 벌써 지나가는데, 가는 동안 배고프시잖아요. 아버님은 아버님이 알아서 차려 드시겠죠."

"얘는 무슨. 내가 가서 차려줘야지. 나도 가설랑 먹고."

"여기서 드시고 가세요, 어머니."

말을 멈추는 기능이 고장 난 것 같았다.

"저도 아직 저녁 안 먹었단 말이에요…!"

아무리 나라는 며느리에게 익숙해진 그였어도, 그 말에는 기가 찬 모양이었다. 하, 입을 떡 벌리더니 팔을 뻗어 거실 너머 저편을 가리켰다.

"저 안에, 오징어도 문어도 싱싱한 거 있댄다. 쌀통엔 쌀도 있고. 집주인한테 얘기해뒀으니까 꺼내서 잘 해 먹어."

그의 손가락 끝에는 자그맣고 색이 누렇게 바랜 금성 냉장고가 놓여 있었다.

"어머니, 저 해산물 다듬을 줄 몰라요! 어머니가 옆에서 봐주세요!"

남편, 아니 내가 혼인신고를 했던 개새끼는 결혼을 앞두고 말했다. 아들 하나뿐인 자기 엄마에게 딸 같은 며느리가 되어달라고. 너라면 그럴 수 있을 것 같다고. 미친놈이 안목 하나는 좋았던 것 같다. 야, 네 말대로 나는 딸 같은 며느리가 되었나 보다. 이보다 더 딸 같을 수가 있나? 나도 모르게 속으로 중얼거렸다. 여자는 눈을 둥그렇게 뜨고 눈썹을 찌푸리더니, 이내 풋 하고 웃었다.

"…정말로, 너는… 참 다르다, 아가."

멀뚱히 시모를 쳐다보았다. 그는 고개를 절레절레 젓더니, 손에 든 지갑을 툭, 신발장 위에 놓고는 아까 가리킨 주방으로 느릿하게 향했다. 2층 냉동실 문이 열리고, 파란 비닐봉지가 부스럭 소리를 내며 나온다. 시모가 그 안에 손을 넣어 꺼낸 건, 자그맣고 꽁꽁 언 문어였다.

"…이것만 녹여주고 갈게. 죽은 거니 만지기 어렵지 않아."

나는 그 옆에 다가가, 찬장을 열어도 되느냐 물었다. 고개를 끄덕이기에 문을 열고 스텐 볼 하나를 꺼냈다. 여자는 빙그레 웃더니, 싱크대 바닥에 볼을 놓아두고 물을 받았다. 하얗게 살얼음이 낀 한 마리 두족류가 그 안에 잠긴다. 사실 마음만 먹으면 냉동칸 속 오징어도, 조개도, 문어도 모두 금세 먹음직스러운 요리로 바꿔놓을 수 있었지만 아무 말도 하지 않았다. 우습게도, 시어머니를 붙잡아놓으려는 속셈이었을까.

"곧 녹을 거다."

뽀득, 문어 머리통을 만지는 그의 옆모습을 보며 문득 생각했다. 내가 자기 아들 머리통을 깨부수려 한 걸 알면, 죽이고 싶을 만큼 내가 밉겠지? 아니, 어쩌면 제 아들이 싫다고 도망 나온 지금도 이미 어느 정도 밉겠지. 그때, 그가 얼굴을 내게 돌리며 입을 열었다.

"시애미가 이깟 거 해준다고, 미움이 사라지겠니."

"…네?"

"아들 잘못 키운 죄가 크다. 내가 너한테 무슨 할 말이 있겠니."

"어머님."

"아무리 못나도 내 서방, 내 아들이다. 어쩔 수가 없어… 그런데, 너는 다를 거야."

그는 잠시 말을 멈췄다가 덧붙였다.

"너는 똑똑한 애니까, 못 배우고 나이 많은 나랑은 다르게 살겠지."

우리는 잠시 가만히 서로를 마주 보았다. 여자의 눈은 젖어 있었다. 그리고 조금 흔들렸다. 제주의 밤이어서일까. 찬 바람이 공간을 스치며 불어오는 듯했다. 도저히 마땅한 언어를 골라낼 수 없었다. 그는, 슬픈 표정을 짓더니 돌아서 현관 쪽으로 갔다. 나는 소금기둥처럼 서 있다가 주춤주춤 뒤를 따랐다. 그때, 비명과 함께 어머님이 발을 붙들고 나동그라졌다.

"아이고, 아이고!"

"어머님!"

나는 냉큼 달려가 시어머니를 붙들었다. 엄지발가락 쪽이 붉고 통통하게 부어 있고, 어디서 사사삭 소리가 났다. 순간 온몸이 빳빳이 굳었다. 다리가 다글다글하고 몸이 긴 벌레 한 마리가, 타닥대며 장판 위를 빠르게 건너가고 있었다.

"뭐야…! 어머님, 저놈이 물었어요?"

"아이고, 세상에 여기는 사방팔방 지네가 그냥 판을 친다!"

지네. 지네… 잠깐, 지네라고? 머리 뒤로 오소소 소름이 돋았다. 나는 더듬대며 신발장 주변을 훑었다. 신발 주걱이 손에 잡혔다. 손가락이 벌벌 떨릴수록, 무기를 그러쥔 손목에는 힘이 들어갔다. 무서울 땐 언제나 그랬다. 이를 악물고, 눈을 부릅뜬 채로 바닥을 내리쳤다. 픽, 픽. 처음엔 장판 위를 헛돌던 주걱은 가구 밑으로 기어들어 가기 직전에야 지네에게 명중했다. 두렵고 징그럽고, 또 죄책감이 들어 눈물이 맺혔으나 떨어지지는 않았다.

"악!"

그 순간 시모가 외마디 비명을 질렀다. 숨이 끊어질 듯한 소리였다. 깜짝 놀라 주걱을 집어 던졌다. 어머님을 끌어안는데, 가쁜 숨에 등이 들썩이는 게 느껴졌다. 지네를 잡을 때보다 더 두려웠다. 이게 무슨 일이지? 그 짧은 시간 동안, 여기서 가장 가까운 응급실은 대체 얼마나 걸릴지 가늠해보았다.

"어머님, 왜 그러세요?"

그때, 끼이 소리와 함께 현관문이 열리더니 큰 그림자가 머리 위로 일렁였다.

"내 이럴 줄 알았네."

소리를 따라 고개를 들자, 문밖에는 까만 어둠만이 끝없이 이어져 있었다. 반딧불 두어 마리가 느리게 날아갔다. 그 외에 보이는 것은 아무것도 없는데, 키 큰 그림자는 계속 흔들렸다.

"말하지 않으면 쭉 이럴 거야. 여기까지 와놓고, 어째서 결단을 못 해?"

목소리는 바람처럼 웅웅댔다. 허공을 멀거니 쳐다봤다. 또 헛것이 들리는구나. 이곳저곳을 떠돌며 자라오는 동안, 혼자 남아 큰 그림자 지는 밤이면 들리곤 하던 낯선 소리. 그런데 참 이상한 것은, 지금 들리는 소리는 어쩐지 내가 아주 오래 그리워한 음성 같다는 사실이었다. 시모는 내 품에서 머리를 쥐어 싼 채 끙끙 흐느끼다가, 나와 같은 곳으로 천천히 얼굴을 돌렸다. 입술을 가늘게 떨며, 그는 연거푸 머리를 가로저었다. 그러다, 어느 순간 멈추더니 한곳을 응시했다. 그러곤 한참을 머뭇대다, 혼자서 고개를 얕게 끄덕였다. 숨을 깊게 들이마신 후에야 그는 한숨처럼 말을 뱉었다.

"아가… 실은, 너한테 해주고 싶은 말이 있다."

낯선 바람 내음이 났다.

"어릴 때는, 사람은 누구든 다 그런 줄 알았어."

"…"

"남들은 옆에서 닭을 잡아도 제 모가지가 아프지 않고, 파리가 죽어도 몸이 터져나가는 것 같지 않고, 며느리 마음이 찢어질 때

같이 피눈물이 나지 않는 줄, 늦게서야 알았다."

말은 잠시 쉬었다 이어졌다.

"…주애야, 나는, 내 눈에 한번 들어온 놈이 아프면 나도 딱 그
만치 똑같이 아프다."

그는 비밀처럼 속삭였다.

"그러니 저 바다 건너에서 다쳐도, 알 수가 있데."

머리 위로 바람이 지나갔다.

송순자 씨와 나는 낯설고 낯익은 거실 바닥에 엉덩이를 붙이고
앉아 한참이나 말이 없었다. 시린 벽에 등을 기댄 채 무릎을 끌어
안고 나의 시어머니, 순자 씨를 바라봤다. 그도 나처럼 다리를 세
우고 앉아 방바닥을 손가락으로 문질렀다. 그러다 한 번씩 나를
힐끔힐끔 쳐다봤고, 눈이 마주치면 서둘러 시선을 내렸다. 묵직한
발가락이 꼼실거렸다. 가만히 있으려니 슬슬 발이 저려왔다.

"…어머니."

"응?! 어, 그래, 아가."

"배… 고프지 않으세요?"

"…"

"저는 배고픈데요."

"…아가야."

"네."

"있잖니, 그… 내가 방금 한 말 말이다…."

그는 한참 뜸을 들였다.

"뭐 대단한 비밀이라고 유난스럽게도 말했지? 유별난 게 뭐 자
랑이라고."

나는 입을 꾹 다물고 시모를 응시했다. 그는 무릎을 꽉 끌어안더니 거기 뺨을 비스듬히 기댔다. 안 그래도 동그란 얼굴이 그렇게 옆으로 누우니 더 팽팽하게 당겨졌다. 문득, 그가 나만큼의 나이를 살아낼 때는 어떤 표정이었을까, 어룽대는 얼굴을 마음속으로 그려보았다.

"…어머니는, 그런 능력이 싫으세요? …물론, 힘드실 건 당연하지만요."

그가 얼굴을 번쩍 들었다. 동그란 눈이 더 동그래진 채로.

"능력?"

"네. 그… 고통을 전이 받는다는, 초능력 말이에요."

그의 입꼬리가 힘없이 내려갔다.

"어려운 말을 쓰고 그러니. 나는 그런 거 모른다."

나는 손바닥으로 바닥을 짚어 그를 향해 몸을 쭉 뺐다.

"어머님 같은 사람들이 가진 비범한 능력을요, 요즘 사람들은 초능력이라고 해요."

그는 갈수록 의아하다는 표정으로 나를 쳐다봤다. 그러다 손사래를 치며 말했다.

"어휴, 비범은 무슨. 네가 말을 잘못 알아들었나 보다."

순간 알 수 없는 기분이 머리끝에 스쳤다. 초능력이라고 생각하지 않았다면, 어째서 그렇게 은밀하게 내게 고백하셨어요? 설마, 모르시는 건가? 그게 얼마나 큰 능력인지?

"…밥이나 먹자. 배고프다며."

그는 어쩐지 붉어진 얼굴로 내 시선을 피하며 말했다. 싱크대에 놓여 있던 우리의 문어는 어느새 살얼음을 벗고 있었다. 나는 남의 집 냉장실 문을 덥석 열어젖혔다. 냉장실에는 냉동실만큼

많은 해물과 채소가 있었다. 순자 씨는 찬장 문을 열더니 솥을 꺼내 밑에 물을 채웠다. 문어를 찔 모양이었다. 내 손가락은 방황 끝에 우선 생선을 집어 들었다. 지글지글, 기름 튀는 소리와 문어가 익어가며 내뿜는 연기가 주방에 가득 찼다. 와 씨, 예정보다 빨리 침이 고이는 냄새였다. 나는 잠시 발바닥으로 부엌 마루를 탁탁 두들겼다. 참자, 참아보자, …참을까? 내 손은 잠시 머뭇대다 다시 냉장고 문을 열었다. 음료 칸에는 정체불명의 갈색 액체들이 담긴 유리병이 주르륵 담겨 있었다.

"어머님, 여기 이 물들은 뭐예요?"

"그거? 아, 상황버섯 달인 물일걸?"

젠장, 역시 술은 없는 것이었다. 나는 물기가 맺혀 차갑고 미끄러운 병들을 손가락으로 연주하듯 훑어보았다. 주둥이가 가는 병 하나가 손에 잡혔다. 조심스레 들어 올렸다. 포로롱, 연갈색 찰랑대는 액체 안에 회오리처럼 거품이 일었다. 됐다, 이거야. 나는 씩 웃으며 병을 상 위에 탁 내려놓았다. 어제 베어온 듯 나무 옹이가 선명한 식탁에 문어찜과 생선구이와 연근 솥밥이 줄줄이 차려진다.

"어머님, 완전 맛있어 보이죠?"

"야, 그래. 맛있겠다."

그가 문득 머리를 갸우뚱 기울였다.

"그런데 너… 생선 못 만지지 않니?"

머그잔 두 개를 자리에 놓던 손이 움찔했다.

"그…"

할 말을 찾느라 눈동자가 분주하게 돌아간다. 오.

"그… 어머님이 옆에서 봐주셨잖아요, 그러니까 아까 제가 부탁드린 거예요."

차마, 오늘의 어머님은 몰라도 그간 어머님 집 남자들 먹이려
고 생선 비늘 다듬기는 죽기보다 싫었습니다, 말할 수는 없었다.
황급히 화제를 돌렸다.

"어머님, 저… 외람되지만요."

나는 외람된 줄 알면서 꺼내는 말이 참 많았다.

"어머님 혹시, 술 하세요?"

뱉고 보니 별것 아닌 말인데. 나를 양육한 부부의 거실에 들어
가 다리를 벌리고 앉아 있다가, 장인어른 술은 좀 하세요? 턱을
들고 묻던 구 남편, 현 개새끼가 떠올랐다.

"술…?"

그는 잠시 눈을 아래로 내렸다.

"좋아하지. 니 시애비가 싫어해서 그렇지."

애비 씨는 싫어하는 게 뭐 그리 많담. 나는 조금 열이 오른 채
로 어머님의 잔에 술을 콸콸콸 따랐다.

"근데, 이 집에 술이 없을 텐데…?"

"제가 방금 물을 술로 바꿨어요, 어머니."

그는 고개를 뒤로 젖히며 깔깔 웃었다.

"용하다. 우리 며느리."

"…정말인데."

입술 사이로 말을 흘리고는 슬프게 미소 지었다. 순자 씨는 듣
지 못한 듯했다. 유교 국가 며느리답게 고개 돌려 사과주를 한 모
금 넘기고, 나는 투박하고 커다란 이름 모를 생선의 대가리와 꼬
리를 양손으로 쥐었다. 그리고 한 입 크게 무는데, 그와 눈이 마
주쳤다. 그는 젓가락으로 생선의 배를 정갈하게 가르고 있었다.

포슬, 그런 소리가 났던 것 같다. 순간 어깨가 빳빳이 굳어 슬그머니 생선을 내려놓았다. 야만인, 쟤는 엄마가 없고 가난해서 저렇게 먹는대! 단정하고 차가운 부부가 내 손을 잡고 집으로 데려가기 전 다니던 먼 옛날의 학교에서는, 급식 시간이 지나면 그런 음성이 나를 자꾸 때렸다. 그 목소리는 다른 이와 식탁에 앉을 때면 자주 다시 살아나 귓가에 웅웅댔다. 탁. 그때, 웬 소리가 균열을 일으켰다. 순자 씨가 젓가락을 내려놓은 것이다.

"생선은, 그렇게 먹는 거구나….'

그는 얼굴이 조금 붉어진 채로 조심스럽게 생선을 양손에 집어 올렸다. 그리고 망설이는 듯한 표정을 하다가, 머쓱하게 덧붙였다.

"하긴, 그렇게 잡고 뜯어야 골고루 발라먹겠지. …이 나이 먹도록 남이 남긴 것 말고는 생선을 제대로 먹어본 적이 없어서, 나는 몰랐다 얘.'

어디선가 바람이 불어와 가슴을 스쳤다.

"…어머니, 저도 잘 몰라요.'

사과주 한 병을 거의 비워갈 때쯤, 벌게진 얼굴을 식탁에 괴며 내뱉었다.

"뭐어?'

나보다 더 붉어진 얼굴로 순자 씨가 대꾸했다.

"잘 모른다구요, 음식 앞에서는 항상.'

말하다 보니 키들키들, 웃음이 났다.

"근데요 어머님, 생선 먹는 법은요, 누가 어디에 적어놓은 거래요?'

말을 마친 내가 마구 웃자, 순자 씨도 깔깔 소리 높여 웃었다.

그의 웃음소리와 나의 것이 섞인다. 웃음이 가라앉을 때쯤, 나는 탁자에 뺨을 대고 엎드렸다. 왠지 모르게 물기 섞인 무언가가 속에 찰랑거렸다. 고개 돌려 앞에 앉은 사람을 바라보았다. 웃는 건지 우는 건지 알 수 없는, 처음 보는 표정이었다. 물끄러미 그 모습을 보다가, 가만히 검지를 들어 구부렸다. 톡, 톡. 그의 머리가 까맣게 물들어간다. 마침내 순자 씨의 배가 동그랗게 부풀기 시작했을 때, 나는 손가락을 멈췄다. 그가 아들을 가졌을 나이. 조금 전 바닥에 마주 앉아 떠올렸던 바로 그 얼굴이었다.

순자는 주름살이 펴진 손으로 계속 술잔을 잡았다.
"글쎄, 그때 공장 일 마치고 옷 갈아입고 나서면 남자 놈들이 그렇게 쫓아왔다니까아."
그의 얼굴에 문득 미소가 번졌다.
"공장 안에 내가 좋아하는 사람이 따로 있는 건 모르고."
"정말요? 잘생긴 사람이었나보다."
"그럼, 잘생겼었지. 얼마나 미남이고 사람도 괜찮았는지 몰라."
"그분이랑… 결혼하시지."
나도 모르게 그런 말이 나왔다. 순자 씨는 술 취한 발음으로 대꾸했다.
"그러려고 했지. 근데 우리 때 그런 게 마음대로 되니. 부모들이 점찍어준 동네 사람이랑 얼굴도 못 보고 살림 차렸지, 뭐."
그렇게 말하며 상 위에 비스듬히 턱을 괴던 그의 부푼 배가 툭, 상에 부딪혔다. 순자 씨는 아주 조금 놀란 기색으로 배를 내려다봤다. 그러다 가만히 그 위에 손을 얹더니, 나를 쳐다봤다.
"얘, 내가 너무 많이 마셨나 보다. 배 속이 그냥 막 꿈틀댄다."

그러곤 속눈썹을 아래로 깔고 입술을 꾹 다물다가, 덧붙였다.

"…꼭 내 새끼 뱄을 때 같네."

나는 물끄러미 시모의 얼굴을 바라보다, 상 너머로 팔을 뻗었다.

"어머님."

"응?"

그의 손에 깍지를 끼고 들어 올려 보였다.

"짠."

그는 가늘게 뜬 눈을 끔뻑였다.

"어머님 손이 달라지지 않았어요?"

그는 눈을 거듭 깜빡이다가, 자신의 배를 한 번 더 내려 보다가, 상 구석에 놓인 핸드폰을 더듬더듬 집었다. 그가 액정에 얼굴을 비추어 본다.

"…너."

나는 침을 꿀꺽 삼켰다.

"…이게, 네가 가진 천능력인가 그런 거냐?"

그의 입에서 나온 말은 뜻밖이었다. 초능력을 천능력이라고 얘기하신 것쯤은 중요하지 않았다. 나는 조금 멍해진 채 눈을 한 바퀴 굴려보았다. 시모를 대상으로 능력을 쓰고, 그것을 언질까지 해놓고 나는 왜 놀랐을까. 취기로 한바탕 웃고 넘어가 해프닝처럼 잊기를 바랐다는 것은 핑계임을, 부인할 수 없었다.

"…어머님."

"그래."

"어머님은… 특별한 능력이 있다는 걸, 저한테 아까 왜 말해주셨어요?"

그의 눈이 흔들리더니 내 시선을 피한다.

"…너한테는, 말해도 될 것 같았다."

한참 만에 답이 돌아왔다.

"어째서요…?"

"너도 나 같은 사람인 걸 알았으니까."

마음 어딘가 작게 쿵, 하는 소리가 났다.

"아가야, 나는… 나한테 요상한 병이 있는 게 참말 부끄러웠다. 자식을 낳고 키워서 장가보낼 때까지, 나 같은 사람은 한 명도 본 일이 없어. 그런데…."

그가 내 손을 만지작, 움켜쥐었다.

"네가 우리 집에 인사 오던 날, 느껴버렸어. 뭔지 몰라도, 그 요상한 기운을 누르겠다고 애쓰느라 네 맘이 벌벌 떨리는 걸. 자세한 건 나랑 달라도, 너도 무언가를 그러고 있구나, 알아차렸다."

순간 그의 얼굴에 울 듯 말 듯, 이상한 표정이 스쳤다.

"…아가야."

"네, 어머님."

"너도, 나한테 말해줄래. 너를… 힘들게 한, 병인지 힘인지 말이다."

나는 순자 씨와 맞잡던 손을 슬그머니 빼, 그 손에 턱을 괴고 몸을 웅크렸다. 능력을 숨기지 못해서, 또 숨길 수밖에 없어서, 그리고 영화 속에선 초능력이라 불리는 이 특질이 내 세상에선 무엇도 구하지 못해서 소리죽여 울던 날들이 빠르게 스쳐 갔다. 고민 끝에 고개를 들었다. 그리고 한 손을 천천히 뻗어, 아까부터 쭉 눈에 밟히던 저 거실 장 위 백자를 향했다. 간절히 주먹을 쥐었다 폈을 때, 하얗고 동그란 백자는 입구가 길쭉한 청자로 변해 있었다. 시모는 이번엔 놀라는 기색도 없이 나를 가만히 보더니 물었다.

"너, 행색을 바꿀 줄 아는 거니?"

"어머님, 저는요…."

평생 나를 따라다닌 특징이지만 막상 누군가에게 말로 풀어 설명한 적이 없는지라, 적절한 표현을 찾기 위해 시간이 걸렸다.

"저는, 물질의 속성을 바꿀 수가 있어요…."

아, 너무나 부적절한 축약이었다. 뱉자마자 그런 생각이 들었다. 다급히 설명을 다시 풀어냈다.

"제 눈앞에 있는 물건이든, 동물이든, 사람이든… 같이 있는 동안만큼은 바라는 대로 바꾸어놓을 수가 있어요. 색깔도 그렇고요, 종류도, 만질 때 느낌도, 나이까지도요…."

순자는 눈을 감지 않고 나를 쳐다봤다. 생각에 잠긴 듯했다. 그리고 이내 슬픈 눈으로 입을 열었다.

"주애야. …그럼, 너는 지금 나를 어떻게 바꾸어놓은 거니."

"지금보다 젊으실 때… 아니, 아이를 가지셨을 때로요."

"…왜?"

나는 고개를 숙였다. 바로 답할 수 없었다.

"주애야."

그는 다시 말했다.

"그렇담 지금 내 속에, 네 남편이 있는 거니, 내 딸이 있는 거니?"

고개가 번쩍 들렸다. 딸이라니?

"어머님, 그게 무슨…."

"말해줘라. 지금 내 배 속에서 움직이는 게, 큰아이인지 말이다."

시선이 마구 흔들렸다. 나는 다만 염원하는 대로 어떤 속성을 바꿔놓을 뿐이지, 아주 정확한 무언가를 가늠할 수는 없었다. 아니 그보다, 외동으로 자랐다는 남편에게 여자 형제가 있었단 말인

가. 내 표정을 읽은 그의 입술이 머뭇거리다 떨어졌다.

"결혼하고 첫 아이가 들어섰는데, 세상이 어찌나 빠른지, 벌써 병원에 가면 아들인지 아닌지 말해주던 때였다. 분홍색 옷을 사두세요, 의사가 그러데. 그날 돌아와서 니 시애비, 방문을 꾹 닫고 말없이 한참을 앉아 있더니 그러더라. 수술을 하러 가자고."

아까보다 큰 쿵 소리가 마음을 흔들었다.

"딸 가진 죄인이 무슨 할 말이 있니. 가기 싫어서 속으로 울면서도 이끌려서 소파 수술을 한다는 병원에 갔다. 병원 한 번을 같이 안 가주던 양반이 그날따라 무슨 바람이 불었는지 같이 가더만, 꼭 그걸 기다린 양 의사가 옷 색깔을 얘기하고 그 뒤론 모든게 순식간에 이루어지데."

여자의 목소리에 물기가 차올랐다.

"나는, 나는 여태 너무 궁금해. 그 애가 태어났으면, 어떤 눈을 하고서 내 얼굴을 쳐다봤을지, 정말로 분홍 빛깔을 좋아했을지."

그가 다시 내 손을 잡았다.

"주애야, 지금 내 딸 한 번만 보게 해다오. 그렇게 해줄 수 있지?"

"어머님…."

"이때 말고, 그 애가 세상에 태어났을 때로 바꿔줘. 너, 그거 할 수 있다며."

간절한 목소리였다.

"어머님… 그런 거는, 못해요."

툭, 내 손을 꽉 쥐었던 손에 힘이 풀렸다. 그는 실망한 눈을 글썽였다. 태어나지 못한 이를, 태어나게 할 능력 같은 건 내게 없었다. 눈앞의 어른마다 엄마로 바꾸어보려 했지만 실패했던 어린 날처럼. 한번 사라진 것은 그냥, 그렇게 사라져버리는 것이다. 시모가 내 아픔을 읽었다고 부은 발가락을 가라앉혀 주거나 친모처럼 나를 자기 집에 품어줄 수 없던 것처럼, 나도 신은 아니란 말이다. 그런데 왜 그런 비밀까지 털어놓아 괜히 나를 또 죄인처럼 느껴지게 만드시는 거지. 무겁게 울고 싶어진 마음으로 내팽개치듯 손을 뻗었다. 그냥 아무 일도 없던 것처럼 모든 걸 돌려놓고 싶었다. 핑, 눈앞 순자 씨의 얼굴에 주름이 서서히 다시 새겨지고 동그랗게 부풀었던 배는 세월이 남긴 양감으로 돌아갔다. 내가 또 괜한 짓을 했구나. 속으로 읊조리며 잠시간 청자의 모습을 했던 백자를 향해 손가락을 옮겼다. 봉긋하게 올라왔던 긴 주둥이가 스르르 가라앉고 푸른 물은 녹아내리듯 흰색 안에 몸을 감춘다. 그때.

"그릇을 키웠기에 거기 맞춰 몸뚱이 좀 폈더니, 그새 돌려놓는구나."

아까 들은 목소리였다. 의자에서 뛰어 오를 뻔한 엉덩이를 애써 누르고 소리의 근원을 찾아 두리번거렸다.

"백자 안은 둥글기는 해도 깊이가 너무 얕았어. 자네가 오면, 이리 변할 줄이야 알았지만 커진 내 몸 숨길 새도 없이 금세 돌려놓을 줄은 몰랐네."

소리는, 거실을 지나 우리가 앉은 부엌까지 온 집안을 가득 메우고 있었다. 멍한 눈으로 거실과, 자개장과, 그 위의 단지를 쳐다보다가 시모에게로 시선을 돌렸다. 그때, 문득 따뜻한 바람이 뺨을 스쳤다. 그리고 노랗게 반짝이는 반딧불 몇이 바람을 따라 식탁 위를 날았다.

"어머님, 이거… 뭐예요?"

재차 물었다.

"여기, 대체 어떤 분 집이에요? …저, 여기 와본 적이 있는 것 같단 말이에요."

그때, 낯설고 낯익은 아까 그 목소리가 귀 옆에서 말했다.

"너를 보았고, 놓아버렸고, 오래도록 기다린 집이지."

나는 굵고 힘찬 그 목소리가 누구의 것인지, 어떤 형상의 입을 통해 나오는지조차 알 수 없었다. 하지만 오직 한 가지는 알 수 있었다. 어쩐지 먼 옛날처럼 그리운 그 소리는, 다만 여성의 것이었다. 본 적 없는 엄마 같은 이 음성을 어디서 들었던가. 손을 뻗어 반딧불에 대었을 때 그것은 날아가지 않고 내 손바닥을 밝게 물들였다. 어디서 훈풍이 불었다. 손바닥을 바라볼 때마다, 낡은 기억들이 서서히 빛 속에 모습을 드러냈다. 기억났다. 이곳이 어디인지.

엄마, 우리 어디로 가는 거지. 작은 배 안 선실에서 나는 흐린 얼굴을 향해 물었다. 엄마는 답이 없었다. 통, 통, 통. 모터 돌아가는 소리와 출렁이던 배의 기억. 그 외에는 떠오르지 않는 엄마를 보고 싶어서, 볼 수 없다면 누구라도 엄마라고 부르고 싶어서 자라며 만나는 어른마다 조금만 다정하면 엄마로 바꾸려 손을 뻗었다. 보육원에서 우리 방을 돌봐주던 이모, 유치원 선생님, 초등학교 선생님, 동네 아주머니. 내가 간절하게 손을 뻗었다 오므리면, 그들은 이내 컥, 소리와 함께 발버둥을 쳤다. 건조하던 머리 끝부터 발끝까지, 물을 끼얹은 듯 푹 젖은 채 뚝뚝 물줄기가 흘러내렸다. 하얗게 질려가며 고통스러워하는 그들을 보고 당황하던 내가 할 수 있는 일은 하나뿐이었다. 소망을 멈추는 것.

"엄마랑… 여기 살았던 기억이 있어요."

나는 그 말을 하며 손바닥을 들여다봐야 할지, 시모를 봐야 할지 헷갈렸다.

"엄청 어릴 때, 보육원 가기도 전에, 아빠가 술 먹고 집 안을 부수면 엄마랑 여기로 왔어요…."

자개장 앞 작은 이불을 나눠 덮은 엄마가 토닥토닥, 내 가슴을 두드리던 손길이 떠올랐다. 도망쳐 이 집에 머물던 어느 밤, 단지 속에서 들리는 목소리를 따라 마당으로 나갔을 때 하늘엔 반딧불이 가득하고 큰 그림자가 허리 굽혀 내게 말해주었다. 너는, 모든 것을 바꾸는 사람이 될 거야. 이 집을 거쳐 간 여자들도 온통 바꾸어놓을 거야. 그러더니 그림자가 떠오르기에 어린 손을 조심스레 뻗자, 까맣던 밤하늘에 한 줄기 빛나는 은하수가 흘렀다. 돌아와 잠든 엄마의 뺨에 손을 조물대보았다. 다음 날, 엄마는 안방에 들어갔다 나오더니 내게 옷을 단단히 입히고 선착장으로 갔다. 하지만 그 목소리는 알려주지 않았다. 눈앞의 이에게 어떤 마음을 심어놓아도, 어떤 얼굴을 하게 만들어놓아도 바람은 여전히 차갑다는 걸. 아빠를 벗어났어도 엄마는 내 곁에 머물지 않는다는 걸. 답이 없는 허공을 향해 물었다.

"우리는 왜 뭍으로 가야 했나요? 그리고 엄마는 왜 어느 날 사라졌지요?"

간절히 물어도 돌아오는 말이 없었다. 언제나처럼. 그때, 침묵을 깨고 시모의 목소리가 들렸다.

"너, 정말 이 집에 있던 기억이 있니…?"

나는 젖은 눈으로 순자 씨를 바라봤다.

"여기 집 주인이 들려준 얘기가 있어. …물질 다니면서 친하게 지낸 옆 동네 애 엄마가 있었는데, 일찍 몸이 상해서 일을 못 나가고 쉬게 되니 집에서 놀던 남편이 그렇게 때리고 집을 뒤집어엎었대. 허구한 날 그걸 당하고 있다가, 어느 날은 무슨 용기를 냈는지 딸을 데리고 뭍으로 가겠다 하기에 뱃삯으로 자기한텐 큰돈을 내어줬다네. 그러기 전까지… 남편이 난리 치는 밤이면 딸이랑 도망와 숨어 있으라고, 이 집 거실을 내어줬었대."

나는 흔들리는 눈으로 잠시 그를 쳐다봤다. 어렴풋하던 기억에 선명히 색이 칠해져 갔다.

"…뭍에 가서는요? 바로 서울로 갔대요? 갔다가 여기로 다시 왔대요? 애는… 어쩌고요?"

질문이 마구 쏟아졌다.

"뺏겼대요, 잃어버렸대요, 버렸대요…?"

여자는 말이 없었다.

"데리고 떠나놓고서, 나를 두고 왜 돌아오지 않았대요? 그 엄마라는 이름 겨우 얻고 또 잃어버릴까 봐, 아무리 때리고 미워해도 어른이 되어서까지 떠나질 못했는데, 또 엄마 없는 애가 될까 봐!"

울음이 북받쳤다. 손바닥에 얼굴을 묻고 들썩이는데, 그런 생각이 들었다. 망했다. 너, 지금 네가 보육원 출신인 것도 모르는 시모 앞에서 과거사를 줄줄이 읊고 있어.

"어머님, 저 사실 고아예요. 상견례 때 인사하신 분들, 제 양부모세요. 일곱 살 때 입양됐는데, 저는 실은 쭉 고아였어요. …그걸 상우 씨가 알고 싸우다가 집 나온 거예요."

이왕 망한 김에 온갖 소리를 털어놓았다. 사람 몸에 묻어 빨판을 박아넣을 수도 있는 괴상한 능력보다도 더, 더 숨기고 싶어 온몸이 터지도록 애썼던 비밀이었다. 가장 친한 친구 앞에서도 터놓지 못한 그 비밀을 나는 지금 시모 앞에서 눈물까지 줄줄 흘리며 말하고 있다. 복잡한 마음 때문일까, 울음 때문일까, 머리가 지끈거려왔다. 그때 무언가 내 머리를 꼭 끌어안았다. 쿵쿵, 심장 소리가 났다. 시모였다. 조금 당황스러운 그림이었지만, 나는 거기 머리를 묻고 계속 흐느꼈다. 그러다 문득 깨질듯한 두통이 사라짐을 느꼈다. 서서히도 아닌 단숨에 통증이 제거된 고개를 들어, 시모를 올려다봤다.

"주애야."

"…네."

"어릴 때 사돈어른들이, 너를 때렸니?"

"……네."

"심하게?"

"네."

"아팠겠구나."

여자와 나는 잠시 서로를 마주 봤다.

"상우도… 너를… 때렸니…?"

힘겹게 토막 나 말해진 그 물음이 내 폐부를 찔렀다.

"…아니요."

엉엉 울다, 고백하듯 변명하듯 덧붙였다.

"제가 때렸어요. 때리려고 손을 들더니 머리채를 잡고 흔들길래, 밀치고 어깨도 한 대 쳤어요…."

맞을까 봐 겁내던 어린 날처럼, 어깨를 움츠리고 시모에게서 물러났다. 나는 떨고 있었다. 씨발. 그게 너무 화가 났다.

"…잘했다."

깜짝 놀라 그를 쳐다봤다.

"여자 때리는 버릇은 한번 들면 못 고쳐. 상우 애비도 애 다 키울 때까지 그러더니 늙어서 기운 빠지고서야 안 그런다."

"어머님, 아버님하고 헤어지실 생각은… 정말 안 해보셨어요?"

"젊을 때야 그런 건 생각도 못 했지. 어느 집 남자든지 여자를 패든, 노름에 빠지든, 술을 퍼마시든… 하나씩은 꼭 문제가 있으니 다 그러려니 하고 지낸 거지, 뭐. 다 늙고서야… 이 나이에 남편 없이 어찌 살까, 겁이 나면서도 갈라서고 싶은 마음이 한 번씩 불쑥불쑥 드는데 그래도 내 남편이지, 그래도 내 아들 애비지, 생각하면서 참는다."

그는 옆 눈길로 나를 보았다.

"너는… 상우랑 갈라설 작정이니?"

"…"

우리는 잠시 말없이 나란히 있었다. 그러고 있는데 어디서 또 사사삭, 소리가 났다. 나는 의자를 끌며 벌떡 일어섰다. 팔뚝만 한 지네가 현관에서 이쪽으로 기어 오고 있었다. 대뜸 죽이려 다시 주걱을 찾는데, 시모가 내 팔뚝을 꼭 잡았다. 아까 머리를 쥐어 싸고 쓰러지던 그가 떠올라 나도 멈칫했다. 꿈틀대는 지네를 물끄러미 내려 보다, 오른손을 뻗었다.

"얘!"

여자가 탄성을 뱉는다. 내가 손을 쥐었다 폈을 때, 지네는 보이지 않고 형광등 아래서도 노란빛을 내는 반딧불이 포로로 날아올랐다.

"저놈 봐라. 제주 와서 본 반딧불 중에 제일 예쁘다, 주애야."

"나중에 다시 지네로 돌아갈 거예요."

"뭐가 됐든, 죽이지 않으니 좋은 거 아니니."

잠시 생각해보았다. 어차피 언젠가 크게 아프고 언젠가 사라질

생명을 내 손으로 죽이지 않는 일에 무슨 의미가 있는지. 모든 산 것은 다른 산 것을 잡아먹고 어떤 식으로든 해치며 사는데, 나는 왜 또 그 순간을 피하고 싶은지. 그 순간 아까 찾아왔던 따뜻한 바람이 뺨을 거듭 스쳤다. 방금 지네를 향해 뻗었던 오른손을 들여보았다. 노랗게 빛나는 손바닥 안에, 옛 기억이 둥실 떠오른다.

—주애야, 살아만 있어라. 살아만 있으면, 엄마가 물질 열심히 해서 꼭 찾으러 올게. 아파도 물에 나갈 수 있을 만큼만 되면, 금방 찾으러 올게. 적어도 그때까지는, 아무 일도 당하지 마라….

바람처럼 먹먹히 귀를 때리는 먼 목소리에 고개를 들었다. 눈앞의 여자에게 하고 싶은 말이 떠올랐다.

"어머님."

"그래, 주애야."

"아까 해주신 저녁… 진짜 맛있었어요."

"같이 만든걸….'

"어머님이 다 가르쳐주셨잖아요. …어머님. 여태 공장 일이랑 식당 일하시면서 버신 돈, 그건 다 어머님 거예요. 몽땅 아버님 거 아니고요."

"너, 무슨 얘길 하는 거니…?"

"아버님이랑 같이 살지 않으셔도, 원하는 대로 쓰실 몫 있다고요."

나는 냉장고로 걸어가 그 앞 콘테나에 수북이 쌓인 귤 하나를 집어 들었다. 귤을 쥔 손을 오므렸다가 펴자 길쭉하고 샛노란 망고가 모습을 드러냈고, 다시 반복하자 컵 안에 노란 주스가 가득 찼다. 향긋한 망고 향이 났다. 여자에게 컵을 건넸다.

"어머님, 제가 식당을 열든, 어머님이 여시든, 요리법은 어머님이 좀 가르쳐주세요. 저, 그래도 이런 거는 만들 줄 알거든요."

망고 주스 한 잔을 다 비운 여자가 나를 빤히 보다가, 동그랗게 웃었다.

"이런 거는 난생처음 먹는다, 얘. 요즘 애들은 별걸 다 만드는구나."

취기가 조금은 가시고 밤이 깊어가고 있었다. 순자는, 설거지통 근처에 꽂아두었던 식칼을 다시 들더니 내 손에 쥐여줬다.

"생선 요리할 때 푸성귀들을 먹기 좋게 썰려면…."

칼질하는 법을 알려주는 순자 씨를 따라 손목을 움직이는데, 그가 문득 부엌 창 너머 까만 하늘을 한참 바라보았다.

"어머님, 왜 그러세요?"

"…어디서 문어 우는 소리가 나서."

문어도 우리처럼 우나요, 이번에는 묻지 않았다. 고요한 제주의 이 밤은 그에겐 고요하지 않을까. 뭍에서는 보지 못한 것들까지 눈에 담아버려서. 대신, 다른 것을 물었다.

"어머님, 그런데요… 아까 어머님이 안아주시니까, 아프던 머리가 안 아파졌어요."

순자 씨는 조용히 웃더니 답했다.

"아픈 거를 느끼는 거는 저절로 돼도, 그걸 나한테 가져오는 거는 애써야 되더만…."

톡, 톡. 도마에 칼 부딪치는 소리가 경쾌히 울려 퍼진다. 따스한 공기 위론 노란 반딧불이들이 날아다녔다. 이 집에 산다는 해녀는, 내일이면 돌아올 테지. 묻고 싶은 이야기들을 가만히 골라두며 미나리를 집어 들었다. 이젠 고맙다고 웃어주는 사람을 위해서만 요리할 테다. 여자도 그럴 것이었다. 등 뒤로 그림자가 일렁이고, 멀리서 낯익은 웃음소리가 났다.

빗물

소설과 비평을 씁니다.《야간 자유 괴담》,《내 유튜브 알고리즘 좀 이상해》,《당
신이 찾아 헤매는 건 책이 아니야!》등에 참여했습니다. 호러 출판 레이블 '괴이
학회'소속.

미정아파트   고타래

7월 29일 수요일 새벽 2시

찬용은 머리가 깨질 듯이 아픈 걸 느끼면서 잠에서 깼다. 동시에 두통 때문에 앓는 소리가 튀어나오려고 했지만, 소리가 입 밖으로 나오지은 않았다. 입이 무언가에 막힌 느낌이었다.

찬용은 몸을 일으키려 했다. 하지만 손과 발을 비롯해서 온몸이 마치 미라처럼 흰 천에 칭칭 감겨 있는 바람에 꼼짝을 할 수가 없었다. 계속 소파에서 바동거리기만 할 뿐이었다.

"음! 음! 음!"

소리를 질러보았지만 역시나 소용없었다. 입에 재갈까지 물려 있었다.

찬용은 몇 번이나 더 소파에서 일어나려고 몸을 비틀었다. 몸에 기운이 없기도 했지만 흰 천이 워낙 팽팽하게 몸을 감고 있어서 아무리 안간힘을 써도 소용없었다.

찬용은 머리 뒤쪽으로 집 베란다로 통하는 커다란 유리문을
보았다.

유리문 너머는 깜깜했다. 방 안 공기도 조금 차가웠고. 그래서
새벽일 것이라고 생각했다. 그러자 갑자기 겁에 질려 온몸에 소
름이 돋았다.

찬용은 다시 한번 소파에서 일어나려고 몸부림쳤다. 하지만 이
번에도 소용이 없었다.

그제야 텔레비전이 켜져 있는 게 눈에 들어왔다. 겁에 질려 있
기도 했고 볼륨을 워낙 작게 해놔서 텔레비전 쪽으로는 미처 시
선이 가지도 않았었다.

텔레비전이 켜져 있는 걸 보고는 허겁지겁 거실을 둘러보았다.
예상대로 남자 한 명이 바닥 한쪽에 모로 누워 있는 게 보였다.
아마도 텔레비전을 보다가 그대로 잠이 든 모양이라고 생각했다.
남자는 아침에 출근할 때 입었던 갈색 면바지에 하늘색 계열 체
크무늬 남방을 그대로 입고 있었다.

찬용은 젖 먹던 힘까지 쏟아내서 남자를 불렀다. 비록 입에 물린
재갈 때문에 소리가 입 밖으로 나오지는 않았지만, 그렇게라도
해서 남자를 깨우려고 했다. 하지만 남자는 잠에서 깨지 않았다.

이번에는 온몸을 들썩이면서 소파를 튕겼다. 쿵쿵 소리에 남자
가 잠에서 깨기를 바랐다. 하지만 몸에 기운도 없었고 팔과 다리
를 움직일 수도 없었기 때문에 소파를 세게 튕기지 못했다. 역시
별 효과가 없었다.

급기야는 몸을 옆으로 돌려서 소파 아래로 떨어질 작정이었다.
팔과 다리를 구속당했기 때문에 바닥에 떨어질 때 자칫하면 다칠
수도 있겠다는 생각이 들었지만, 지금 같은 상황에서 그런 걸 걱

정한다는 게 우스웠다. 그래서 막 몸을 돌리려는데, 남자가 잠에서 깼는지 머리를 들어 소파에 누워 있는 찬용을 올려다보았다. 그러더니 몸을 일으켜 바닥에 앉았다.

"아유, 제가 깜빡 잠이 들었었나 보네요. 텔레비전 프로가 하도 지루해서 그만. 죄송해요. 그런데 언제 깨셨어요?"

7월 11일 토요일

찬용은 낮에 서울 대학로에서 있었던 기후 변화 위기를 경고하는 집회에 DH 연대 자광장음지회 회원들과 참석했다. 자광장음지회라지만 회원들은 모두 자광시에 살고 있었다. 그리고 집회가 끝나고 나서 회원 중 한 명인 춘봉의 제안으로 을지로3가에 있는 어느 맥줏집에서 생맥주를 마시고 있었다.

DH 연대는 자본주의에 맞서 노동자들의 연대와 투쟁을 지지하는 단체로서 전체 회원은 5백 명 가까이 된다. 그중 자광장음지회 회원은 찬용을 비롯해서 전부 아홉 명이었다. 하지만 이번 집회에는 두 명이 빠진 일곱 명만 참여했다.

"이번 집회의 의미를 한마디로 정리하면 뭐라고 할 수 있을까요?"

DH 연대 자광장음지회 회원 중 가장 나이가 어린 정은이 생맥주잔을 만지작거리면서 물었다. 정은은 1년 동안 휴학한 뒤 올해 복학한 스물네 살의 대학교 4학년 학생이었다. 회원인 박기호와 동갑이었다.

"한마디로 정리하자면, 음, 글쎄, 뭐라고 하면 좋을까?"

춘봉이 노가리 한 마리를 먹기 좋게 뜯어 입 안에 넣고 우물거리면서 정은의 물음을 곱씹었다. 서른일곱 살 춘봉은 덩치에 걸맞게 힘이 장사였다. 20킬로그램짜리 쌀 포대를 양 옆구리에 하나씩

끼고 엘리베이터 없는 아파트 5층 계단을 뛰다시피 올라갈 수 있었다. 맞은편에 앉은 영길 회원과 동갑이면서 연인 사이이기도 했다.

"영길 씨가 한번 얘기해봐."

역시 쉽지 않은 문제는 전부 연인이자 DH 연대 자광장음지회 간사이기도 한 영길에게 떠넘기는 게 춘봉의 주특기였다. 그러면서 노가리를 다시 먹기 좋게 뜯어 영길의 입 안에 넣어주었다.

"음, 기후 변화에 침묵하는 정부와 온실가스를 대량으로 배출하는 기업들에 대한 경고! 뭐 이 정도로 정리하면 될 것 같은데요."

"역시 내 남자가 최고라니까! 영길 씨, 노가리 하나 더 줄까?"

춘봉의 말에 영길이 고개를 저었다.

"이번 집회에는 저희 DH 연대뿐만 아니라 다른 단체에서도 정말 많이 참석한 거 같아요. 집회 참석 인원이 한 3천 명은 된 것 같더라고요."

기호가 춘봉의 손에서 노가리를 낚아채더니 얼른 입 안으로 가져갔다.

"어머, 기호 씨! 지금 뭐 하는 짓이지? 감히 내 남자가 먹을 노가리를 그렇게 중간에서 인터셉트해 버리다니. 용서 안 할 거야!"

그러면서 춘봉이 기호의 어깨를 장난으로 툭 밀었다. 그 바람에 기호가 아무런 대비 없이 노가리를 먹다 옆으로 휘청했고, 앉아 있던 빨간색 플라스틱 간이의자 다리 하나에 온 체중이 실리면서 급기야는 의자 다리가 반으로 꺾여버렸다. 동시에 중심을 잃고 쓰러지려는 기호는 어떻게든 넘어지지 않으려고 발버둥 치다 그만 야외용 간이 테이블을 붙잡았다. 그 바람에 야외용 간이 테이블까지 기호를 따라 쓰러졌다. 접시에 담긴 노가리는 다 쏟아졌고, 잔에 담겨 있던 생맥주도 다 쏟아졌다. 생맥주잔이 안 깨져서 그나마 다행이었다.

테이블을 일으켜 세운 기호가 맥줏집 주인에게 의자를 부러뜨려 죄송하다고 말한 뒤 안주와 생맥주를 다시 주문했다.

"다들 안 다치셨어요? 죄송해요. 무방비로 노가리를 먹다가 그만."

"괜찮아. 다들 다친 데 없으면 됐지. 기호 씨도 어디 다친 데 없어?"

경례가 그렇게 물었고, 기호는 괜찮다고 말했다.

춘봉이 툭 치고, 아무 대비 없이 앉아 있던 상대가 바닥으로 쓰러지는 일은 일상다반사라 찬용을 비롯해서 회원들 모두 별로 놀라는 기색이 없었다.

"주최 측 말로는 4천 명 정도 참여한 것 같다고 하더라고요. 아무리 오늘이 토요일이라지만, 그래도 집회에 4천 명이면 정말 많이 참여한 거죠."

한수가 어느새 가게 안에서 냅킨을 가지고 와 열심히 테이블을 닦으면서 말했다. 한수와 경례는 부부였다.

"특히 가족들이 많이 참여를 했더라고요. 초등학생, 중학생 아이들과 함께 참여한 부부가 많았다는 게 신기했어요."

경례가 한수의 말을 거들었다.

"아무래도 오늘 집회 주제가 기후 변화 위기를 경고하는 거였잖아요. 지금 당장도 중요하지만 확실히 미래가 더 걱정이니까, 아이들의 참여가 굉장히 의미 있는 집회였던 거 같아요. 지금의 기성세대가 잘하지 못하면 아이들이 피해를 입는다는 걸 집회 참가 인원만 봐도 알 수 있었어요."

찬용도 집회에 아이들이 참여한 게 인상적이었던지 한마디 했다.

자광장음지회 회원 일곱 명은 생맥주와 노가리를 즐기며 오늘 있었던 집회에 관해서 대화를 주고받았다.

"그런데 찬용 씨는 여기 서울 살다가 자광시로 이사 오신 지 이제 얼마나 됐죠?"

집회에 관해서 대화를 나누던 도중에 갑자기 영길이 화제를 바꿔 찬용이 언제 자광시로 이사를 왔는지 물었다.

자광시는 충청북도에 있었다. 서울 양재역에서 130킬로미터 정도 떨어진 곳이었다. 그래서 오늘은 다들 한수 소유의 9인승 승합차 신세를 지고 있었다. 자광시에서 서울 올 때 모두 승합차를 타고 왔다. 갈 때도 마찬가지로 찬용만 빼고는 전부 승합차 신세를 질 예정이었고. 찬용은 일요일인 내일 오랜만에 서울에 있는 친구들을 만날 계획이라 자광시에는 혼자 기차 타고 가기로 했다. 아무튼 그 바람에 한수는 오늘 술을 입에도 못 대고 있었다.

"3년 정도 됐어요. 그러고 보니 정말로 벌써 3년이나 됐네요."

"3년이면 이제 자광 시민에 좀 적응이 되셨겠어요. 어떠세요? 본인이 자광 시민이라고 생각하세요, 아니면 아직도 서울 시민이라고 생각하세요?"

"음, 글쎄요."

"와, 흥미로운 질문 같은데요. 찬용 씨 혹시 고향은 어디세요?"

영길의 질문에 찬용이 선뜻 대답을 못하고 있자, 춘봉이 일부러 가볍게 대답할 수 있는 질문을 다시 던졌다.

"고향은 서울이에요. 서울에서 태어나서 쭉 서울에서 살았고요. 그러다 3년 전에 자광시로 이사 온 거예요."

"그럼 아직은 자광 시민보다는 서울 시민이라는 생각이 좀 더 강하겠어요."

한수가 자신의 생각을 말하면서 가만히 고개를 끄덕였다.

그 말에 영길이 조심스럽게 동의했다.

"그럴 수도 있겠죠. 아무래도 서울에서 30년 이상을 사시다가

216

자광시로 이사를 가신 거니까, 자광시에서 3년 사셨다고 해도 아직까지는 서울이라는 곳이 더 편하게 느껴지실 수도 있겠어요."

"네, 영길 씨 말씀대로 확실히 그래요. 아직은 솔직히 자광시에서 제가 이방인 같다는 생각이 들어요. 문화적인 차이도 조금은 느끼고 있고요. 서울하고는 좀 다르다, 그런 생각 들 때가 종종 있거든요."

"문화적인 차이요? 그게 뭘까요? 궁금한데요."

찬용의 말에 정은이 관심을 보였다.

"당장 생각나는 건, 음, 운전하는데 길이 좁아서 제가 마주 오는 차한테 길을 양보해줬어요. 그랬더니 빵! 하고 경적을 울리고 가잖아요. 그런 반응을 몇 번이나 겪었어요. 그때는 기분이 굉장히 안 좋았어요. 기껏 먼저 지나가라고 양보까지 해줬는데 왜 경적을 울리는지 이해를 못 했어요. '양보해줬는데 왜 화를 내지!' 그런 생각뿐이었거든요. 나중에야 자광시에서는 경적이 감사 인사라는 걸 알았어요. 서울이라면 보통은 운전하면서 감사를 표할 때 경적을 울리지 않고 깜빡이를 켜거든요."

"시골은 뭐 그냥 빵! 하는 게 경고도 되고 인사도 되고 그래요. 자광시도 시내 말고 수살면이나 오덕면처럼 시골로 들어가면 어르신들이 1톤 트럭 몰고 다니시고 그러잖아요. 그러면 그분들이 마을 다니면서 서로 아는 차들 지나가면 빵! 하고 경적을 울려요. 인사를 나누는 거죠. 그런 게 버릇이 돼서 시내 나와서도 인사할 때나 주의를 줄 때 빵! 하고 경적을 울리시는 거예요. 그게 그렇게 시작이 된 거예요."

영길의 말에 찬용이 고개를 끄덕였다.

"안 그래도 전에 누구한테 그 얘기 들었어요. 듣고 났더니 이해가 되더라고요. 요즘엔 저도 간혹 감사 인사할 때 깜빡이 대신 경적 울리고 그래요."

"그럼 자광 시민이 다 되셨네요. 호호호."

경례가 자기도 그런다면서 찬용에게 자광 시민이 된 것을 축하했다.

"네, 감사합니다. 그래도 이렇게 가끔 서울 오면 기분 정말 이상해요."

"왜요?"

정은이 고개를 갸웃하면서 물었다.

"그래도 제가 서울에서만 쭉 30년을 넘게 살았잖아요. 행당동에 있는 한 아파트에서는 10년을 넘게 살았고요. 그래서 실은 아직도 이렇게 서울 오면 다시 자광시로 돌아가야 한다는 게 좀 낯설 때가 있어요. 분명히 내 집은 아직도 행당동에 있는 그 아파트인 것 같은데, 왜 내가 다시 자광시로 가야 하지! 그런 생각이 간혹 들 때가 있어요. 심지어는 제가 10년 넘게 살던 그 행당동 미정아파트 103동 104호에는 지금 누가 살까 궁금할 때도 있고요. 가서 얼굴이라도 한번 보고 싶다, 그런 충동도 느끼고 그래요. 좀 무서운 얘기죠? 흐흐."

"우와, 정말 약간 소름 돋는 얘긴데요. 10년 넘게 살다가 이사 간 사람이, 전에 살던 집도 궁금하고 누가 살고 있는지도 궁금해서 찾아가본다! 실제로 그런 사람 있으면 전 바로 신고할 거예요. 아니, 그러니까 찬용 씨가 정말로 그 집에 찾아가시겠다는 건 아니잖아요. 그냥 아주 가끔 그런 충동을 느끼신다는 거잖아요. 제 말은 진짜로 누가 그렇게 찾아가면요."

기호가 고개를 절레절레 저으면서 말하다가 왠지 자신의 말에 찬용이 기분이 상했을까 봐 몇 마디 말을 덧붙였다.

기호의 말에 찬용이 씨익 미소를 지었다.

"진짜로 그렇게 찾아가면 그 사람은 완전 사이코죠."

그러면서 찬용은 앞에 있는 생맥주잔을 들어서 벌컥벌컥 마셨다.

"그래도 정말로 궁금하기는 해요. 저기가 원래는 내 집이었는데, 지금은 나 대신 누가 살고 있을까! 왜 내가 다시 자광시로 가야 하는 거지! 저 집으로 가야 하는데 왜 다시 자광시로 가야 하는 거야! 서울에만 오면 그런 생각이 들어요. 그래서 일부러 서울 잘 안 와요. 이게 기분이 묘하거든요."

찬용은 한숨을 깊이 내쉬었다. 그리고 잔에 남은 생맥주를 마저 마시고 나서 얼른 한 잔을 더 주문했다.

7월 12일 일요일 오전 6시

찬용은 갈증을 느껴 잠에서 깼다. 깨고 보니 그제야 머리가 깨질 듯이 아픈 게 느껴졌다. 저절로 앓는 소리가 튀어나올 정도였다.

"끄응! 아이고, 머리야."

찬용은 손으로 관자놀이를 힘껏 눌렀다. 그러면서 물을 마시려고 일어났다가 침대 아래로 떨어졌다.

침대 아래로 떨어진 다음에야 찬용은 주위를 둘러보았다.

어딘가 익숙한 곳이었지만 아무튼 자광시에 있는 집은 아니었다. 찬용은 딱딱한 바닥이 좋아서 침대를 사용하지 않는다. 서울에 살 때도 그랬고 자광시에서 사는 지금도 마찬가지였다. 그런데 이 방에는 침대가 있었다.

'내가 호텔에 온 건가! 그런데 여기가 호텔 같지는 않은데. DH 연대 사람들하고 헤어지면서 바로 호텔로 가려고 했던 것 같기는 한데. 그런데 호텔 앞까지 갔다가 다시 택시 기사한테 행당동으로 가자고 하지 않았었나! 그런 것 같은데. 으, 머리 아파. 그래서 행당동에 내려서 잠깐 투다리 왕십리점 들어가서 술을 더 마신 것까지는 기억이 나는데. 투다리 왕십리점에서 나와서 내가 어디로 갔더라. 그런데 여기는 이상하게 공간이 익숙하네.'

찬용은 다시 한번 손으로 세게 관자놀이를 주물렀다. 그리고 바닥에서 일어나 주위를 둘러보았다. 새시로 된 창문 너머로 베란다가 보였다. 밖은 환했다. 방 안 공기가 차서 이른 아침일 것이라고 생각했다. 방에는 퀸사이즈 침대가 있었고, 맞은편으로 화장대가 보였다. 바닥에는 카펫이 깔려 있었다.

방문이 열려 있어서 찬용은 조심스럽게 방을 나왔다.

확실히 호텔은 아니었다. 찬용은 자광시로 이사 간 뒤 서울에 약속이 있어서 왔다가 자고 가야 할 때면 늘 토요코인호텔 강남점을 이용했다. 그곳과는 구조가 너무 달랐다. 이곳은 그냥 가정집 구조였다. 그러면서도 이상하게 익숙한 곳이었다.

거실은 넓지 않았다. 한쪽 벽에 벽걸이 텔레비전이 있었고, 맞은편에 소파가 있었다. 그리고 역시 새시로 된 커다란 유리문 너머로 베란다가 보였다. 밖은 환했고. 바람이 부는지 밖에서 나뭇가지가 베란다 쪽에 있는 새시 문을 때렸다.

바람이 불 때면 늘 그랬다. 집이 아파트 1층이라서, 화단에 심은 대추나무 가지가 새시 문을 때렸다. 그래서 바람이 많이 부는 날에는 대추나무 가지가 새시 문을 때리는 소리에 아침 일찍 잠에서 깨기도 했다.

나뭇가지가 새시 문을 때리는 소리에 찬용은 저절로 그런 생각을 했다. 대추나무가 새시 문을 때려 아침 일찍 잠에서 깼던 순간들을.

동시에 유리문을 열고 베란다로 나갔다. 그리고 새시 문을 열어 아래를 내려다보았다.

지금 찬용이 있는 곳은 1층이었다. 그리고 바로 아래 화단이 있었고, 거기에는 대추나무도 보였다.

그 순간 찬용은 온몸에 소름이 돋았다. 동시에 어제 일이 떠올랐다.

DH 연대 회원들과는 을지로3가 맥줏집에서 헤어졌다. 회원들은 한수가 운전하는 승합차를 타고 자광시로 가기로 했고, 찬용은 다음 날 약속이 있어서 혼자 서울에서 자기로 했다. 그래서 평소 서울에서 잘 때면 늘 이용하던 토요코인호텔 강남점까지 택시를 타고 갔다. 하지만 택시가 호텔까지 거의 다 왔을 때 찬용은 택시 기사한테 다시 행당동까지 가달라고 부탁했다. 그리고 전철역 근처에 있는 투다리 왕십리점에 들어가 소주를 마셨다.

거기까지 떠올린 찬용은 여전히 베란다에 몸을 기댄 채 바지 주머니를 뒤적였다. 열쇠 꾸러미가 손에 잡혔다. 꺼내서 확인해보니 자광시에 있는 아파트 열쇠와 전에 서울에 살 때 지내던 행당동 미정아파트 열쇠도 있었다.

찬용은 투다리 왕십리점에서 소주를 세 병이나 마셨다. 술집 주인은 찬용더러 왜 이렇게 오랜만에 왔냐면서 반겨주었다. 행당동에 살 때 가끔 들르던 술집이었다.

찬용은 호텔까지 갔다가 단골 술집 생각이 나서 택시로 다시 행당동까지 온 것이었다. 소주 한 병 정도만 마시고 나서 호텔로 돌아가려고 했지만, 그날따라 주말인데도 투다리 왕십리점에 손님이 없었다. 덕분에 찬용은 주인과 함께 술을 마시게 됐고, 결국 가게가 문을 닫을 때까지 둘은 술을 마셨다.

술집 주인이 찬용더러 혹시 미정아파트에 살지 않느냐고 했고, 찬용은 자광시로 이사 갔다는 말을 못 하고 미정아파트에 산다고 했다. 그래서 투다리 왕십리점 주인도 집이 미정아파트 방향이라 같이 걸어가다가 찬용이 먼저 단지 안으로 들어갔다.

자광시로 이사 간 뒤 찬용이 행당동 미정아파트 단지 안으로 들어온 건 처음이었다. 그러니까 3년 만에 아파트 단지 안으로 들어온 것이었다.

찬용은 술에 취해 비틀거리면서 바지 주머니를 뒤적였다. 자광시에 있는 아파트 열쇠 사이로 행당동 미정아파트 열쇠도 보였다. 문손잡이 열쇠와 보조자물쇠 열쇠.

찬용은 미정아파트에 살 때 사귀던 여자친구 혜선에게 아파트 열쇠를 복사해 준 적이 있었다. 하루는 퇴근하고 집에 돌아와 곧장 운동복으로 갈아입고 나서 습관처럼 휴대전화기도 챙기지 않고 집 근처 산책로를 걷다가 돌아왔는데, 혜선이 현관 앞에서 찬용을 기다리고 있었다. 30분을 넘게 기다렸다는 말에 찬용은 다음 날 혜선에게 아파트 열쇠를 복사해주었다. 덕분에 혜선은 집에 찬용이 있건 없건 수시로 아파트에 드나들었다. 찬용이 없을 때 집에 와서 청소를 해놓기까지 했다.

이별하던 날 혜선은 차에서 내리며 찬용에게 아파트 열쇠를 건넸고, 찬용은 그 아파트 열쇠가 딱히 필요치 않아서 차 글러브박스에 넣어두었다. 그리고는 그대로 잊고 지내다가 자광시로 이사를 간 뒤 우연히 차 안에 있는 미정아파트 열쇠를 발견했다. 그래서 그냥 버릴까 하다가, 10년 넘게 살던 집이라 열쇠라도 갖고 있으면 어떤 식으로든 연결이 되지 않을까 하는 생각에 일부러 갖고 있었던 것이다.

찬용은 한참 동안 열쇠를 만지작거렸다. 그러고는 미정아파트 103동 104호로 향했다.

이미 미정아파트 단지 안으로 들어왔을 때부터 찬용은 술에 완전히 취한 상태였던 것이다.

"103동 104호. 음 여기네."

찬용은 열쇠를 꺼내서 문손잡이에 넣고 돌렸다.

철컥! 철컥!

현관문이 열렸다. 문손잡이가 열렸고, 보조자물쇠가 열렸다.

찬용이 갖고 있는 열쇠로 미정아파트 103동 104호 현관문이 열렸다. 이 집 주인은 3년 전에 이사 와서 지금껏 문손잡이와 보조자물쇠를 안 바꾸고 그대로 사용하고 있었다.

찬용은 문을 열고 들어가 화장실에서 소변을 본 뒤 거실 왼쪽 안방으로 가서 침대 위에 쓰러졌다. 그리고 아침 일찍 눈을 뜬 것이었다.

찬용은 베란다에서 나와 허겁지겁 안방으로 갔다. 침대 위에 자신의 소지품이 떨어진 건 없는지 살펴보았다. 그리고 주방으로 가서 냉장고 문을 열었다. 보기에도 시원해 보이는 2리터짜리 백산수가 들어 있었다. 3분의 2 정도 담겨 있어서 양도 충분했다.

찬용은 백산수를 꺼내서 입에 대고 마시려다가 얼른 뚜껑을 닫았다. 그러고는 다시 냉장고 안에 넣은 뒤 서둘러 미정아파트

103동 104호를 나왔다.

7월 12일 일요일 오전 11시

찬용이 자광시에 도착하자마자 영길한테서 전화가 왔다. 오전 11시가 막 넘은 시각이었다.

"찬용 씨, 속은 좀 괜찮으세요?"

"네, 괜찮습니다. 술 많이 마시지도 않았는데요 뭐. 다들 어제 잘 가셨어요?"

"네, 저희 어제 다들 무사히 왔어요. 한수 씨가 운전하느라 고생 많았어요. 혹시나 싶어서 어제 늦게 자광에 도착해서 찬용 씨한테 전화했더니 안 받으시더라고요. 그래서 무슨 일이라도 있는 건 아닌가 걱정돼서 지금 또 전화해본 거예요."

DH 연대 자광장음지회 간사답게 영길은 회원들의 안전까지도 책임을 졌다.

"아, 어제 전화하셨어요? 회원분들하고 헤어진 뒤에 택시 타고 호텔 와서 침대에 누워 있다가 바로 잠이 들었었나 봐요. 전화 온 것도 모르고 계속 잤어요. 괜히 걱정 끼쳐드려서 죄송해요."

찬용은 그렇게 얼버무렸다. 호텔까지 갔다가 다시 택시로 행당동까지 갔다는 얘기는 도저히 할 수가 없었다.

"아니에요, 죄송하기는요 무슨. 별일 없으시면 된 거죠. 그럼 아직 서울이신 거죠? 친구분들은 지금 만나고 계신 거예요?"

간혹 영길은 지나치다 싶을 정도로 회원들을 챙겼다. 한번은 기호가 금요일마다 모이는 지회 모임에 불참한 적이 있었다. 감기 때문에 회사도 조퇴하고 숙소에서 쉬는 중이라고 했다. 영길은 지회 모임이 끝나자마자 회원들을 데리고 기호의 숙소까지 가서 안부를 확인했다. 그 일이 있은 뒤로 회원들은 가급적 영길 앞에서는 몸이 아프다는 말을 삼가기로 암묵적으로 약속을 했다.

오전 11시가 조금 넘은 시각. 찬용은 오늘 원래 서울에서 친구들을 만날 예정이었다. 그리고 계획대로라면 지금쯤 당연히 서울 어느 카페에서 친구들을 만나고 있어야 했다. 하지만 찬용은 아침에 미정아파트 103동 104호에서 잠이 깨자마자 곧장 고속버스 터미널로 가서 자광시 가는 버스를 탔다. 그리고 버스 안에서 친구들한테 전화해 일이 생겨서 다음에 만나자고 둘러댔다. 하지만 그런 얘기를 영길한테는 할 수가 없었다. 그러니 실은 지금 자광시에 왔다는 얘기도 할 수가 없었고.

"네, 저는 이제 막 약속 장소에 왔는데요, 친구 녀석들이 아직 한 놈도 안 왔네요. 애들이 원래 약속을 하면 조금씩 늦어요. 고등학교 때부터 그러더니 아직도 버릇을 못 고쳐요."

"아이고, 그럼 다음부터는 그 친구분들 만나실 때 찬용 씨도 약속 장소에 일부러 조금 늦게 가세요. 그럼 공평하잖아요."

영길은 그런 고지식한 얘기를 한 뒤 돌아오는 금요일에 있을 지회 모임 때 보자고 하면서 전화를 끊었다.

찬용은 전화를 끊고 나서 왠지 마음이 편해지는 걸 느꼈다. 자광시로 오는 고속버스 안에서는 이제 두 번 다시 술을 마시지 말자며 다짐에 다짐을 했지만, 영길과 전화 통화를 하고 나서는 이상하게 마음이 편해졌다.

'새벽에 남의 집에 들어가서 아침까지 잠을 자고 나왔다. 그런데도 달라진 건 없다. 아무도 눈치를 못 챘다.'

그런 생각이 들자 찬용은 마음이 편해졌다. 그뿐만이 아니었다. 찬용은 중학교 2학년 때 친구들과 모여 밤 열한시에 옆 동네에 있는 영화 CD를 파는 가게에 몰래 들어간 적이 있었다. 성인용 영화 CD를 몇 개 훔쳐오는 게 목적이었다. CD 가게 주인은 늘 밤 10시에 영업을 마치고 가게 문을 닫았다. 그래도 지나다니는 사람들 때문에 가게 정문을 이용하는 건 불가능했고, 대신에 가게 옆 주차장 쪽에 있는 문으로 들어가기로 했다. 그 문은 항상 자물쇠로 잠겨 있는 상태라서, 휴대용 와이어 절단기를 이용하면 자물쇠를 간단히 절단할 수 있었기 때문이다. 휴대용 와이어 절단기는 덩치가 가장 큰 친구가 가져오기로 했고. 찬용은 그날 CD 가게 맞은편 전봇대에 숨어서 망을 봤다. 혹시나 주차장 쪽으로 누군가 다가가면, 얼른 CD 가게 정문으로 가 친구들을 부르기 위해서였다. 친구들은 15분만에 가게에서 나왔다. 친구들 손에는 영화 CD가 두세 개씩 들려 있었다. 우리는 정신없이 뛰었다. 손에 CD를 두세 개씩 든 친구들은 뛰면서 환호성을 질렀다. 밤 열한시가 넘은 한밤중인데도 불구하고 CD 든 두 팔을 치켜들며 소리를 질렀다. 하지만 밖에서 망만 보았을 뿐인 찬용은 그저 친구들을 따라 달리기만 했다. 찬용의 입에서는 환호성이 터져나오지 않았다. 환호성은커녕 오히려 가게를 벗어날 수 있어서 다행이라는 생각만 들었다. 안도하는 마음뿐이었다. 왜 저렇게 환호성까지 질러대는지 알지도 못했다. 그런데 이제야 찬용은 당시에 친구들의 심정을 알 수 있을 것만 같았다. 두 팔을 치켜들고 환호성을 지를 정도는 아니었지만, 이상하게 묘한 짜릿함이 온몸을 훑고 지나갔다.

7월 18일 토요일 오전 10시

찬용은 서울 행당동 미정아파트 103동 앞에서 열쇠를 만지작거렸다.

지난주에도 토요일 아침에 미정아파트 103동 104호에서 눈을 떴는데 아무도 없었다. 집주인이 일이 많아 회사 근처 찜질방에서 잠을 잤을 수도 있고, 아니면 기숙사 생활을 하고 있을 수도 있다. 사정이야 어찌 됐든 토요일에 쉰다면 대개는 늦은 밤이나 새벽에라도 집에 오기 마련이다. 찜질방이나 기숙사에서는 안 잔다. 새벽에라도 집에 와서 늦게까지 편히 자면 되니까. 하지만 미정아파트 103동 104호 주인은 토요일 아침에도 집에 없었다.

찬용은 그때 일이 자꾸 생각났고, 마침 토요일 오후에 서울에서 사진작가를 만날 일도 있고 해서 아침 일찍 미정아파트에 한번 더 가봐야겠다고 생각했다.

토요일 아침에도 집주인이 집에 없었기 때문에 찬용은 미정아파트 103동 104호 주인이 토요일에도 출근을 한다고 믿었다. 만일 집에 가서 초인종을 눌렀는데 안에서 누가 나온다면 대충 얼버무리고 자리를 피할 생각이었다.

찬용은 열쇠를 호주머니에 집어넣고는 걸음을 옮겼다. 그리고 104호 앞까지 가서 초인종을 눌렀다. 몇 번을 눌렀는데도 안에서는 아무런 반응이 없었다.

찬용은 집 안에 아무도 없다는 걸 확인한 뒤 열쇠를 꺼내 문손잡이와 보조자물쇠까지 열었다. 문은 쉽게 열렸다.

집 구조는 지난주에 왔을 때랑 똑같았다. 크지 않은 거실, 그리고 거실 왼쪽으로 큰방, 오른쪽으로 작은방이 하나씩 있었다.

찬용은 신발을 벗고 거실로 들어섰다. 오른쪽 작은방 문이 열려 있기에 안을 힐끗 들여다보았다. 벽 한쪽으로 책장이 꽉 차 있었고 책도 빼곡했다. 그리고 매우 긴 철제 책상이 하나 있었고, 책상 위에 노트북과 프린터가 있었다. 그리고 필기도구들. 그게 다였다. 한눈에 봐도 서재 말고는 다른 걸 떠올릴 수 없는 공간이었다.

책장과 책상만 있는 걸 보면서 찬용은 집주인이 전문적인 일을 하는 매우 바쁜 사람일 것이라고 짐작했다. 예를 들어 목동에 있는 어느 대학병원 부설 연구실에서 제약회사와 공동으로 신약을 개발하는 연구원일 수도 있겠다는 생각을 했다. 그렇다면 정신적으로 늘 지친 상태라 집에 오면 편히 쉬기만 한다. 음식을 해먹지도 않기 때문에 집 안에 음식 냄새도 배지가 않는다. 그러니집 안이 지저분해질 일도 별로 없다. 게다가 애초에 집에서는 푹쉬는 게 목적이기 때문에 아예 치울 일이 없게 만든다. 서재라면 서재에 필요한 것들만 갖다 놓는 식으로 말이다.

작은방 책장에 꽂혀 있는 책들은 전부 《리핀코트 약리학》이나《의약품 합성학》처럼 보기만 해도 약학 전공 서적이라는 걸 알수 있는 책들과 《임상통계학》이나 《임상시험》 같은 제목이 들어간 책들이 주를 이루고 있었다. 거기에다 간간이 유전자 변형 관련 서적, 기후변화 대응 서적 같은 게 눈에 띄었고.

찬용은 작은방을 한 번 더 둘러본 뒤 다시 거실로 나왔다.

거실도 작은방과 마찬가지로 별다른 장식이 없었다. 오른쪽 벽구석에 스탠드형 LG 휘센 에어컨이 놓여 있었고, 그 옆에 LG전자 65인치 OLED TV가 있었고, 맞은편으로 4인용 민트색 패브릭 소파가 있었다. 그 사이에 흰색 계열의 카펫이 깔려 있었고, 카펫 위로 인테리어용 작은 테이블이 놓여 있었다. 텔레비전 위쪽에는 흰색 벽걸이 시계가 걸려 있었고, 소파 위쪽에는 텔레비전보다 작아서 60호짜리로 보이는 캔버스에 그린 과일 정물화가 걸려 있었다.

찬용은 소파 한가운데에 앉아보았다. 편했다. 쉬는 날 거의 눕다시피 앉아서 텔레비전을 보기에 매우 좋을 것 같았다. 그러다 스르르 잠이 들 게 뻔했고.

찬용은 소파에서 일어나 이번에는 왼쪽에 있는 큰방으로 들어갔다. 지난번에 한 번 자본 적이 있어서 그런지 거실이나 작은방보다 이상하게 편안했다.

큰방 역시 별다른 장식이 없었다. 흰색 이불이 깔린 침대가 있었고, 맞은편으로 역시 흰색 화장대가 있었다. 화장대 위에는 당연히 거울이 걸려 있었고. 그리고 그 위에 역시나 흰색 벽걸이 시계.

찬용은 큰방을 둘러보면서 이 집 주인한테 흰색 페티시가 있는 거 아닐까 하는 생각을 잠깐 했다. 말 그대로 큰방에 있는 물건들은 거울만 빼고 모두가 흰색이었다. 심지어 바닥에 깔려 있는 카펫도 흰색이었다.

"아무리 봐도 흰색 페티시가 맞는 것 같은데."

찬용은 혼자서 그렇게 중얼거리며 큰방을 나왔다. 그리고 마지막으로 큰방과 작은방 사이에 있는 화장실 문을 열었다.

화장실은 찬용 자신이 살던 3년 전과 달라진 게 하나도 없었다. 그때와 똑같았다. 하긴 화장실에 있는 욕조나 세면대 위치를 일부러 바꾸는 사람은 없을 테니까. 그것도 아파트에서 말이다. 흰색 욕조와 흰색 세면대도 그때 그 제품 그대로였다. 단지 칫솔이 찬용이 쓰는 것과는 달랐고, 샴푸도 다른 제품이었다. 집주인은 찬용이 쓰지 않는 우르오스 샴푸를 쓰고 있었다.

찬용은 화장실을 나와 물기 하나 없는 주방 싱크대를 살펴보았고, 냉장고를 열어 안에 들어 있는 음식물도 살펴보았다. 그리고는 정말로 이 집 주인은 집에서 아무것도 안 해 먹는 사람이구나 생각했다. 싱크대 위에 있는 그릇에는 먼지가 앉아 있었고, 냉장고 안에는 골뱅이나 꽁치 같은 통조림이 네 개, 다양한 종류의 치즈, 캔맥주, 타이레놀, 광동쌍화탕이 다였다. 그리고 2리터짜리 백산수 세 개. 두 개는 새것이었고, 하나에는 물이 3분의 1 정도 남아 있었다.

찬용은 한숨을 쉬면서 냉장고 문을 닫았다. 냉장고에 음식물도 별로 없고, 집 안에는 불필요한 장식품들도 없다. 그래서 전체적으로 보면 집이 삭막하다는 인상이었다.

'여기가 원래는 내 집이었는데. 집을 이렇게 삭막하게 만들어놓다니.'

찬용은 그런 생각이 들어서 기분이 조금 씁쓸했다. 왠지 집에게 미안하다는 생각마저 들 정도였다. 그래서 자신도 모르게 한숨이 나왔다.

찬용은 기분전환이라도 할 셈으로 신발장 옆에 세워져 있는 청소기를 집었다. 그리고 한 시간 정도 집 안 전체를 구석구석 청소했다.

시간은 정오가 다 되어가고 있었다. 사진작가와 만나려면 아직 시간 여유가 있었지만, 정오가 되자 이상하게 마음이 조금 조급해졌다. 토요일이라 혹시 집주인이 일찍 집으로 올지도 모른다는 생각이 들었기 때문이다. 그래서 찬용은 물이라도 한 모금 마신 뒤 집을 나가려고 했다.

찬용은 집 안을 다시 한번 둘러본 뒤 냉장고 문을 열었다. 백산수를 꺼내서 한 모금 마시려다가 아파트 복도에서 사람 말소리가 들리는 것 같아 얼른 물을 집어넣고 냉장고 문을 닫았다. 그러고는 조심조심 걸어가서 현관문에 귀를 갖다 댔다. 심장이

미친 듯이 뛰었다.

누군가 휴대전화기로 통화를 하면서 복도를 걷고 있었다. 말소리가 점점 커졌다.

찬용은 어금니를 꽉 깨문 뒤 혹시나 벌어질지 모를 상황에 대비해 심호흡을 했다. 만일 집주인이 현관문을 열면, 동시에 자신이 문을 확 열고는 밖으로 뛰쳐나갈 작정이었다.

'그러면 아마 집주인은 한동안 너무 놀라서 소리도 못 지르고 그자리에 우두커니 서 있겠지! 나를 뒤쫓아 올 생각은 못 할 거야.'

머릿속으로 상황을 시뮬레이션 해본 뒤 찬용은 그런 결론을 내렸다. 그리고 아무 문제 없을 거라고 스스로를 진정시켰다.

'여기는 1층이다. 아파트 복도로 나가서 쏜살같이 달리기만 하면 아무 문제 없다.'

계속 그런 생각을 하면서 호흡을 가다듬었다.

말소리와 발소리가 점점 더 가까워졌다. 그리고 급기야 발소리가 104호 바로 앞에서 들렸다.

찬용은 문손잡이를 노려보았다. 손잡이가 조금이라도 움직이면 방금 했던 시뮬레이션대로 본인이 문을 얼른 낚아채서 획 열고는 복도로 뛰쳐나갈 참이었다.

이미 엉덩이를 반쯤 들어 복도로 거의 뛰쳐나가기 일보 직전이었다.

발소리가 이번에는 점점 멀어졌다. 말소리도 마찬가지였다. 점점 소리가 작아졌다.

발소리와 말소리가 점점 작게 들리자 찬용은 비로소 바닥에 주저앉았다. 그리고 조금 이따가 옆집 어딘가에서 현관문 열리는 소리가 들렸다.

발소리와 말소리의 주인은 104호에 사는 사람이 아니었다. 옆집 어딘가에 사는 사람이었다.

찬용은 가슴을 쓸어내리면서 다시 한번 현관문에 귀를 갖다 댔다. 역시 아무런 소리도 들리지 않았다.

찬용은 집을 나가기 전에 마지막으로 집 안을 둘러본 뒤 조용히 현관문을 열고 밖으로 나왔다. 그리고 문손잡이와 보조자물쇠도 잠근 뒤 아파트 복도를 지나 103동을 빠져나왔다.

103동 뒤쪽으로 가서 주차장을 막 지나치는데 누가 검정색 K7에서 내렸다. 그는 갈색 면바지에 하늘색 계열 체크무늬 남방을 입고 있었다. 그리고 마치 시골 아주머니들의 헤어스타일을 그대로 흉내 내기라도 한 것처럼 머리가 곱슬곱슬했다.

그가 찬용과 마주치면서 자신의 곱슬곱슬한 머리를 매만졌다. 그러면서 슬쩍 고개를 돌려 빠르게 걷고 있는 찬용의 뒷모습을 잠깐 쳐다보았다.

7월 26일 일요일

오전 11시가 조금 넘었을 때 DH 연대 자광장음지회 간사 영길한테서 전화가 왔다.

찬용은 휴대전화기에 표시된 인영길이라는 이름을 보면서 마치 올 것이 오고야 말았다는 표정을 지었다.

찬용은 이틀 전 금요일에 있었던 지회 모임에 불참했다. DH 연대 사람들과 만나 토론하고 식사하는 자리가 귀찮아서였다. 지회 모임뿐만이 아니었다. 찬용은 7월 18일 토요일에 서울 행당동에 있는 미정아파트에 갔다 온 뒤로 일상생활에서도 의욕을 완전히 잃고 말았다.

매일 아침 6시면 일어나서 30분간 명상부터 하던 찬용이었지만, 7월 18일 이후로는 8시가 넘어서도 한동안 이불 위에 누워 있기만 했다. 잠이 완전히 깨서 더 이상 졸리지도 않았지만 일어나지 않았다. 평소 같았으면 9시 전에 집을 나와서 누나 박미경이 운영하는 한식집으로 가 청소를 하던 찬용이었다. 하지만 9시가 넘어서야 겨우 일어나 양치만 간단히 하고 추레한 차림으로 집을 나섰다.

한식집에 가서도 의욕이 없기는 마찬가지였다. 정확히 정오부터 영업을 시작하기 때문에 서둘러 청소를 끝내놓아야 해서 평소에는 두 시간이면 바닥 쓸고 닦고 테이블 소독하고 가게 앞 청소도 마쳤다. 하지만 7월 18일 이후로는 바닥 쓸다가 의자에 앉아 멍하니 있고, 바닥 닦다가 다시 의자에 앉아 멍하니 있었다. 그러다 보니 두 시간은 고사하고 어떨 때는 정오를 넘겨서까지 가게 청소를 할 때도 있었다. 그럴 때면 미경이 멍하게 의자에 앉아 있는 찬용을 보며 혀를 차기 일쑤였다.

청소 끝내고 체육관 가서 운동을 할 때도 마찬가지였다. 준비운동을 하면서 똑같은 동작만 10분을 넘게 했고, 러닝머신에서는 두 시간 동안이나 시속 4킬로미터의 느린 속도로 걸었다. 평소라면 시속 4킬로미터로는 10분만 걷는다. 그리고 속도를 시속 6킬로미터로 올려 20분을 걷고.

미정아파트에 갔다 온 뒤로 찬용은 일상생활에서 자주 딴생각을 했다. 딴생각을 하느라 늘 하던 일상들이 귀찮을 지경이었다. 그래서 이틀 전 금요일에 있었던 지회 모임에 불참했던 것이다. 미정아파트에 다시 가서 민트색 패브릭 소파에 앉아 있고 싶은 생각뿐이라, 지회 모임에 가서 사람들과 토론할 마음이 나지 않았던 것이다. 그래서 이틀 전 금요일에 영길한테 문자메시지를 보내 오늘 몸이 안 좋아 지회 모임에 불참하겠다고 했다. 그리고 영길이 생각하기에 오늘 정도면 찬용이 다른 사람과 통화할 만큼 몸이 회복되지 않았을까 싶어 전화를 한 것이고.

찬용은 이제 막 가게 바닥을 닦다가 마지못해 영길의 전화를 받았다.

"네, 영길 씨."

"안녕하세요, 찬용 씨! 몸은 좀 어떠세요? 많이 좋아지셨어요?"

"네, 많이 좋아졌어요. 별것도 아닌데 괜히 걱정 끼쳐드려서 죄송해요."

"아니에요. 좋아지셨다니 다행이죠. 다른 회원들도 금요일에 찬용 씨 걱정 많이 했어요. 특히 경례 씨는 언제 날 잡아서 병문안이라도 가야 하는 거 아니냐고 했고요. 그래서 제가 며칠 이따가 전화 한번 해보고 결정하자고 했거든요. 그래서 오늘 정도면 전화 통화하는 데 무리가 없으실 것 같아서 전화 한번 드려본 거예요."

"아이고, 병문안은요 무슨, 몸살 기운 조금 있는 것 가지고 제가 너무 수선을 떨었나 봐요. 아무렇지도 않아요. 이번 돌아오는 금요일에는 모임에 꼭 참석하겠습니다."

"네, 많이 안 아프시다고 하니 다행이에요. 그럼 지금은 집에 계시는 거예요, 아니면 가게에 계시는 거예요?"

"가게 나왔어요. 지금 청소하고 있어요."

"그러세요? 잘됐네요. 저 지금 찬용 씨 누님네 한식집 근처거든요. 학교 선생님이셨다가 지금은 해임되신 분이 있어요. 그분 잠깐 만났다가 이제 막 헤어지고 찬용 씨한테 전화드리는 거고요. 아직 좀 시간이 이르기는 한데, 같이 점심이라도 드시면 어떨까요?"

찬용은 미정아파트 생각에 빠져서 의욕 없이 가게를 청소하던 중이었다. 시간이 일러서 배도 고프지 않았지만, 오늘은 다른 때보다 더 의욕이 없었다. 도저히 점심 먹을 기분이 아니었다. 그래서 영길한테 다음에 먹자고 하려던 참이었다. 하지만 영길이 그런 찬용의 생각을 미리 읽기라도 했는지, 찬용이 이제 막 말을 하려는데 도중에 가로챘다.

"누님네 한식집 근처에 초밥집 새로 생겼던데, 찬용 씨 혹시 거기 가보셨어요?"

"아, 아니요, 아직 안 가봤어요."

"안 가보셨구나. 저 며칠 전에 춘봉 씨하고 갔었거든요. 가서 회비빔밥을 먹었는데요, 그러니까 보통은 초밥집에서 회덮밥을 팔잖아요? 그런데 그 집은 회덮밥이 아니라 회비빔밥이더라고요. 그래서 신기하기도 해서 춘봉 씨랑 같이 회비빔밥 시켜서 먹었는데, 아주 맛있더라고요. 회덮밥을 한국인 입맛에 맞게 변형을 시켰다고 해야 할까요. 고추장 양념도 그렇고 비빔밥에 얹은 야채도 그렇고, 양도 푸짐하지만 처음 먹는 사람한테도 전혀 부담을 안 줄 만큼 어딘가 익숙하면서도 조금은 색다른 맛이었어요. 물론 저나 춘봉 씨 입맛에도 딱 맞았고요. 거기 가서 회비빔밥 같이 먹어요."

영길의 거듭되는 권유에 찬용은 마지못해 그러자고 했다.

찬용은 서울 미정아파트에 살 때 일요일이면 정오를 훌쩍 넘긴 늦은 시간에 일어나 아침 겸 점심으로 비빔면이나 짜파게티 한 개를 삶고 냉장고에서 베이컨도 꺼내 프라이팬에다 노릇노릇 구웠다. 그리고 컵에 우유도 한가득 따른 뒤 식탁에 앉아 만화책을 보면서 여유 있게 먹었다.

전화를 끊고 나서 미정아파트에서 비빔면이나 짜파게티를 삶아 먹었던 게 생각나자 찬용은 가게 바닥을 닦으려고 의자에서 일어났다가 다시 앉았다. 미정아파트에서 지내던 또 다른 추억을 떠올리고 싶어서였다.

그런 찬용의 모습을 보면서 미경이 또 한번 혀를 찼다.

7월 28일 화요일

찬용은 지난번 7월 18일에 다녀간 뒤로 정확히 열흘 만에 다시 서울로 왔다. 이번에는 고속버스나 기차를 타지 않고 자가용을 이용했다.

자광시에서 서울 강남에 있는 고속버스터미널까지 가는 고속버스는 첫 차가 6시 10분에 있었다. 그럼 강남 고속버스터미널에 도착하는 시간은 오전 8시 정도. 다시 전철을 타고 행당동 미정아파트까지 가면 9시가 넘는다. 찬용은 미정아파트에 일찍 가서 103동 앞 놀이터에서 104호에 사는 사람이 출근하는 모습을 멀리서 지켜보고 싶었다. 출근은 몇 시에 하는지, 출근할 때의 옷차림은 어떤지 그런 걸 보고 싶어서가 아니었다. 그 사람이 어떻게 생겼는지도 궁금하지 않았다.

찬용은 3년 전까지 미정아파트 103동 104호에서 살 때 종로 1가에 있는 불교출판사까지 출근하기 위해서 아침 6시 30분에 집을 나섰다. 찬용은 단지 그 모습이 보고 싶은 것이었다. 아침에 회사로 출근하기 위해서 미정아파트 103동 104호를 나서는 누군가의 모습이.

그러자면 적어도 오전 6시 정도에는 미정아파트 103동 앞에 있는 놀이터에 가 있어야 한다는 결론을 내렸다. 그런데 자광시에서 출발하는 고속버스는 첫 차가 6시 10분. 당연히 불가능했다. 기차도 마찬가지였다. 자광역에서 청량리역까지 가는 기차는 첫 차가 4시에 있었다. 그리고 청량리역 도착 시간은 오전 6시 20분이었고. 그럼 청량리역에서 다시 행당동 미정아파트까지 가면 7시가 넘을 수도 있었다.

실은 7시 정도면 그래도 괜찮지 않을까 하는 생각도 하기는 했다. 청량리역에서 행당동까지 전철 타고 가서 다시 미정아파트까지 쏜살같이 달려가면 7시에 도착할 수도 있었다. 그리고 104호에 사는 사람이 7시 넘어서 집을 나설 수도 있고. 그러면 104호에 사는 사람이 출근하는 모습을 볼 수 있지 않을까. 그러니 기차를 타도 괜찮겠다 싶었지만, 만일 104호에 사는 사람이 정말로 신약 개발 연구원이라면 자기처럼 불교출판사에 다녔던 평범한 회사원보다 늦게 집을 나선다는 건 어딘가 어울리지가 않았다.

그래서 찬용은 결국 기차 타는 것까지 포기하고 새벽 3시 30분이 조금 넘어서 집을 나섰다. 자동차를 운전하며 고속도로 휴게소 한번 안 들렀고, 서울에 진입해서부터는 새벽이라 도로에 차들도 없고 해서 신호등도 무시해 가며 목적지까지 내달렸다. 그리하여 미정아파트 단지 내로 진입했을 때는 5시 30분이 조금 넘었을 뿐이었다.

새벽이라 주차 차단봉도 개방되어 있어서 찬용은 자동차를 103동 앞 주차장까지 몰고 가 적당한 곳에 세워놓았다. 그리고 곧장 놀이터로 가서 벤치에 앉아 104호를 주시했다.

7월이라 서울 일출시간은 5시 16분 정도였다. 그래서 6시도 안 된 시각이었지만 주변은 환했다. 게다가 장마도 끝난 터라 공기가 눅눅하지도 않았다. 선선한 바람까지 불어서 이른 새벽 야외에 나와 있는데도 잠이 솔솔 올 정도였다.

찬용은 손에 쥔 휴대전화기를 들여다보며 수시로 시간을 확인했다. 103동 1층에 사는 사람들은 6시가 넘어서까지 단 한 사람도 집을 나서지 않았다.

103동 103호에 사는 사람은 50대 후반의 부부였다. 남편은 과천에서 명품 구두 수선방을 운영하고 있었고, 아내는 수학학원에서 중고등학생들을 가르쳤다. 둘 다 8시가 넘어야 출근을 했다. 특히 아내는 정오가 다 되어서야 집을 나설 때도 있었다. 딸이 하나 있는데 결혼해서 강남구 일원동에 살고 있었고.

105호에 사는 사람은 40대 초반의 부부였다. 남편은 세종시 조치원에 있는 하나은행 직원인데, 평일에는 은행 임직원들이 사용하는 기숙사에서 지내다가 주말에만 행당동 미정아파트로 왔다. 아내는 전업주부였고. 이 집 역시 딸이 하나 있는데 이제 초등학교 1학년이었다. 그래서 전업주부인 아내는 오전 8시가 다 되어서야 딸을 데리고 집을 나선다.

106호에 사는 사람은 50대 초반의 부부였다. 남편은 서울 양재동에 있는 매일우유 대리점 소장이었는데, 매일 8시가 넘어서 출근했다. 아내는 전업주부였고. 대학교까지 졸업한 아들은 1년 넘게 백수였다. 아주 가끔 자기 아버지가 소장으로 있는 매일우유 대리점으로 가서 새벽에 우유를 배달할 때도 있었지만, 그건 그야말로 1년에 서너 번밖에 안 됐다.

적어도 찬용이 보기에 103동 1층에 사는 사람들 중에서 104호에 사는 사람이 가장 일찍 집을 나서지 않을까 하는 생각을 했다. 그리고 그런 찬용의 생각은 정확히 들어맞았다.

오전 6시 30분. 103동 1층에 있는 집들 가운데 처음으로 현관문 열리는 집이 있었다. 당연히 104호였다.

현관문을 열고 나온 사람은 남자였다. 갈색 면바지에 하늘색 계열 체크무늬 남방을 입고 있었다. 헤어스타일은 시골 아주머니들도 요즘은 촌스럽다며 잘 하지 않는 전형적인 아줌마 파마였다.

찬용이 보기에 헤어스타일이 좀 의외이기는 했지만, 한편으로는 관리하기 쉽다는 측면에서 납득이 가기도 했다. 그만큼 신약 개발 연구원의 삶이라는 게 자신을 꾸밀 시간조차 없을 만큼 정신적으로 피곤할 테니까. 그리고 그런 생각을 하고 나서 보니까 104호 남자의 헤어스타일이 어딘가 익숙한 듯도 했다. 전에 어디선가 본 적이 있는 헤어스타일이 아닌가 싶기도 했다.

찬용은 남자가 주차장 쪽으로 완전히 사라진 뒤에도 한동안 놀이터에 계속 있었다. 혹시나 남자가 집에 지갑이라도 빠뜨리고 나왔을 수도 있기 때문이었다. 그럼 남자는 다시 집 안으로 들어갈 것이고, 찬용이 서둘러 베란다에 숨는다고 해도 들킬 위험이 컸다.

찬용은 20분 가까이 놀이터에 있다가 마침내 결심을 하고 103동 안으로 들어섰다. 그리고 망설임 없이 주머니에서 열쇠를 꺼내 104호 문손잡이와 보조자물쇠를 열었다. 여전히 104호 주인은 자물쇠를 바꾸지 않았다.

필원은 주차장에 세워둔 차에 올라타자마자 휴대전화기로 집안 CCTV를 관찰했다. 아무런 움직임이 없는 걸 확인하고는 휴대전화기를 차량용 거치대에 꽂고, 차를 출발시켰다. 휴대전화기 화면에서는 여전히 미정아파트 103동 104호 거실이 보이고 있었다.

필원이 운전하는 차가 미정아파트를 빠져나와 20분 정도를 달린 뒤 막 성수대교를 진입할 즈음 휴대전화기 화면에서 움직임이 포착됐다.

필원은 운전에 집중하면서도 휴대전화기 화면에서 보이는 움직임을 놓치지 않았다.

휴대전화기 화면에서는 찬용이 민트색 패브릭 소파에 앉아 텔레비전 리모컨을 만지작거렸다. 그리고 소파에 누워보더니 금세 일어나 화면 밖으로 사라졌다. CCTV는 103동 104호 거실만 촬영하고 있었던 것이다.

찬용은 화장실에 갔다가 다시 거실로 돌아왔다. 필원의 휴대전화기에서도 찬용의 모습이 다시 보였다.

찬용은 베란다로 통하는 유리문을 연 뒤 소파 대신 흰색 카펫이 깔린 바닥에 주저앉았다. 그러다가 그대로 누워 거실 천장을 바라보았다. 정확하게는 거실 천장에 달린 전등을 바라보았다. 그래서 필원이 생각하기에 마치 찬용이 전등 옆에 단 초소형 카메라를 보는 게 아닌가 싶기도 했다.

찬용은 한동안 카펫이 깔린 바닥에 가만히 누워 있기만 했다. 그러다 불현듯 생각이라도 났는지 다시 거실에서 사라졌다.

"남의 집에서 혼자 잘도 돌아다니시네."

필원은 휴대전화기에서 찬용의 모습이 사라지자 혼자 그렇게 중얼거렸다.

찬용은 갑자기 화장실 앞에서 웃옷을 벗었다. 그리고 고개를 삐죽 내밀어 거실 텔레비전 위에 걸린 흰색 벽걸이 시계를 보며 시간을 확인했다. 오전 7시가 조금 넘었다.

찬용은 얼른 화장실로 들어가 세수를 했다. 3분 만에 끝마친 간단한 세수였다. 더 빨리 끝낼 수도 있었지만, 얼굴에 칠한 도브 비누가 물로 헹구는 시간이 다른 비누보다 오래 걸렸기 때문이

다. 세수를 마친 찬용은 화장실에서 나와 곧장 큰방으로 갔다. 큰
방에 있는 화장대에서 얼굴에 바를 만한 화장품을 찾았다. 역시
바쁜 신약 개발 연구원답게 화장품도 스킨과 로션이 하나로 합쳐
진 올인원 제품 우르오스 스킨로션을 쓰고 있었다.

얼굴에 화장품도 바르고 머리 모양도 매만진 찬용은 화장실
앞에다 벗어놓았던 웃옷을 떠올리고는 가서 웃옷을 입었다. 그리
고 냉장고 문을 열어 간단하게 먹을 만한 게 없나 살펴보았다.

찬용은 3년 전 미정아파트에 살 때 출근하기 전에 늘 바나나나
견과류를 챙겨 먹었다. 우유 한 잔하고. 하지만 지금 신약 개발
연구원의 냉장고에는 지난번과 마찬가지로 골뱅이 통조림과 꽁
치 통조림이 합해서 네 개, 캔맥주 다섯 개, 타이레놀 등이 전부
였다. 그리고 2리터짜리 백산수가 여전히 세 개. 두 개는 새것이
었고, 하나에는 물이 3분의 1 정도 남아 있었다. 어느 집에든 있
을 것 같은 그 흔한 우유조차 없었다. 소포장된 견과류도 없었고.

찬용은 냉장고 안을 들여다보면서 역시 바쁜 신약 개발 연구
원답게 아침조차 먹을 시간이 없는 모양이라고 생각했다. 아니면
회사 근처 카페에서 빵과 커피로 아침을 대신하면서 휴대전화기
로 신문 기사들을 훑어볼 수도 있겠고.

찬용은 우유 대신 물이라도 마실까 했지만, 막상 백산수를 들
고 마시기가 귀찮아서 그만두었다.

시간은 7시 30분이 다 되어갔다.

찬용은 카펫 위에 누워 있다가 불현듯 생각이 나서 출근 준비
를 해보았던 것이다. 미정아파트 103동 104호에서 3년 만에 해보
는 출근 준비였다. 물론 그 당시보다 한 시간 정도 늦게 준비를
시작했고, 그 때문에 준비가 끝났을 때도 전에 집을 나서던 시간

보다 한 시간이나 늦었지만, 오랜만에 미정아파트 103동 104호에서 출근 준비를 할 수 있어서 설레고 즐거웠다. 그래서 혼자 피식 웃다가 거실로 돌아왔다.

"그럼 청소나 해볼까. 비록 청소는 늘 일요일에 했지만, 이제 일요일에는 내가 집에 없으니 앞으로는 청소를 화요일로 바꾸는 것도 나쁘지 않지. 하지만 그 전에 일단 피곤하니까 잠깐 자고 일어나는 것도 괜찮은 생각일 것 같고."

그러면서 찬용은 소파에 누웠다. 새벽 3시도 안 된 시간에 일어나서 씻고 나오느라 피곤했다. 게다가 자광시에서 서울까지 직접 자동차를 운전해서 왔으니, 아침에 일어나서 명상하고 가게에 나가 청소하고 체육관 가서 운동하는 게 하루 일과의 전부인 삶을 3년째 하고 있는 찬용으로서는 갑자기 하루에 마라톤 풀코스를 세 번 달린 것과 맞먹을 만큼 정신과 육체가 지친 상태였다.

그래서 소파에 누워 눈을 감았다.

5분 정도가 흘렀을까. 찬용이 작게 코까지 골다가 갑자기 소파에서 벌떡 일어났다.

지금 이대로 잠을 자면 오후 두세 시나 돼야 일어날 것만 같았다. 어쩌면 그보다 더 늦게 일어날 수도 있고.

아무리 바쁜 신약 개발 연구원이라 하더라도 꼭 밤늦은 시간에 들어온다고 장담할 수는 없었다. 며칠 동안 밤을 새워가며 연구한 탓에 오늘은 평소보다 일찍 들어올 수도 있었다. 그러니 찬용의 생각에 여섯시 전에는 집에서 나가는 게 안전할 것 같았다.

그렇게 6시 전에 집에서 나가야겠다는 생각을 하니, 지금 잠을 잔다면 열흘 만에 미정아파트에 와서 가장 오랫동안 한 거라고는 잠을 잔 게 고작일 것 같았다.

결국 찬용은 억울해서 잠자는 걸 포기했다. 잠은 나중에 자광시 내려가서 푹 자도 된다고 생각했다. 대신 거실 한쪽에 있는 청소기로 먼저 집 청소부터 시작하기로 했다.

성수대교를 지나서도 계속 휴대전화기를 들여다보던 필원은 찬용이 청소기를 들고 집 안 청소하는 걸 보면서 휴대전화기에서 시선을 뗐다. 그리고 손가락으로 운전대를 톡톡 두드리더니 곧 모바일용 홈카메라 애플리케이션에서도 빠져나왔다.

필원은 시계를 들여다본 뒤 자동차 속도를 올려 고산자로를 빠르게 달렸다.

7월 29일 수요일 새벽 2시

"아, 방금 깨셨나 보네요. 참, 제가 누군지는 아시겠죠?"

필원의 말에 찬용이 필사적으로 고개를 끄덕였다. 고개를 끄덕이면서 계속 '집에 멋대로 들어와서 죄송합니다!' 하고 말했다.

미라처럼 온몸이 흰 천으로 감겨 있는데다가 입에 재갈까지 물려 있었다. 그렇게 몸이 완전히 결박당한 상태에서 찬용은 필원의 모습을 보며 비로소 자신이 미정아파트에 두 번째 왔던 7월 18일 토요일이 떠올랐다.

그날 찬용은 오전 10시에 미정아파트에 와서 집 안 구경을 하고 청소를 하고 정오가 돼서 밖으로 나왔다. 그리고 103동 뒤쪽 주차장을 지나가다가 검정색 K7 승용차에서 내리는 필원을 보았다. 시골 아주머니들의 헤어스타일을 그대로 흉내 내기라도 한 것처럼 곱슬곱슬한 머리 모양. 그런 머리 모양 때문에 찬용도 잠깐 그에게 시선이 갔다.

필원은 찬용과 마주치면서 자신의 곱슬곱슬한 머리를 매만지다가, 잠깐 멈춰 서서 고개를 돌려 멀어지는 찬용의 뒷모습을 쳐다보았다.

비록 찬용이 빠르게 걷고는 있었지만 방금 마주친 곱슬곱슬한 머리의 남자가 가던 길을 멈추고 고개를 돌려 자신의 뒷모습을 보고 있다는 느낌은 충분히 받았다. 하지만 그때 찬용은 필원의 행동을 의식하지 못한 척 빠르게 걷기만 했다.

몸이 결박당한 지금 찬용은 그날 자신과 마주쳤던 남자가 거실 바닥에 앉아 있는 저 남자였다는 생각이 떠올랐다. 그리고 동시에 이런 생각도 들었다.

'저 남자는 그때 이미 주차장에서 나하고 마주치면서 내가 이곳 미정아파트 103동 104호에서 나왔다는 걸 알고 있었을지도 몰라. 어쩌면 그 전에 내가 7월 11일 토요일에 DH 연대 사람들과 대학로에서 기후 변화 위기 경고 집회에 참석한 뒤 혼자서 투다리 왕십리점에 갔다가 다음 날 새벽 술에 취해 처음으로 이곳에 들어왔던 것도 알고 있었을지 몰라.'

그래서 찬용은 더더욱 필사적으로 고개를 끄덕이며 집에 멋대로 들어와서 죄송하다고 말했다. 하지만 입에 재갈이 물려 있는 탓에 찬용의 외침은 필원의 귀에 "음! 음! 음!" 하는 말로만 들렸다.

"이게 약효가 열 시간 정도 지속돼요. 지금이 2시니까, 찬용 님이 물을 드신 시간이 오후 2시 정도였나 봐요? 제가 아침에 찬용 님이 제 집 청소하는 것까지는 출근하면서 CCTV로 봤거든요. 아, 성함은 지갑에 있는 신분증 꺼내서 봤어요. 죄송해요. 멋대로 남의 지갑을 뒤져서."

그러면서 필원이 손으로 거실 천장에 달려 있는 전등 옆을 가리켰다. 그제야 찬용의 눈에 전등 옆에 달려 있는 탁구공만 한 크기의 검은색 카메라가 보였다.

"그래서 청소를 하시기에, 아 오늘도 청소만 하다가 가시려나 보다, 하고 체념했어요. 그래서 그 타이밍에 저는 모바일용 홈카메라 애플리케이션에서도 빠져나왔고요. 평소처럼 그냥 출근길 자동차 운전에나 집중하기로 했지요. 그런데 퇴근하고 집에 와서 보니까 찬용 님이 주방에 쓰러져 계시잖아요. 얼마나 기뻤는지 몰라요. 하지만 찬용 님이 언제 깨어나실지 모르기 때문에 마냥 기쁨을 만끽하고만 있을 수는 없잖아요. 그래서 서둘러 자동차 트렁크에 넣어두었던 압박용 붕대를 가져와서 찬용 님의 몸을 결박했어요. 물론 압박용 붕대는 7월 12일 이후에 바로 구매를 해서 차에 보관해두었던 거고요."

필원은 어느새 바닥에서 일어나 소파 옆으로 다가왔다.

찬용은 필원을 올려다보면서 계속 죄송하다고 애원했다. 하지만 여전히 그 말은 필원의 귀에 "음! 음! 음!" 하고 들릴 뿐이었다.

"찬용 님은 7월 12일 일요일 새벽에 처음 제 집에 들어오신 날을 전혀 기억 못 하시죠? 18일 토요일 낮에 주차장에서 저와 마주쳤는데도 못 알아보고 그냥 지나가시더라고요. 그래서 '아, 역시 기억을 못 하시는구나.' 그런 생각이 들었어요. 전 그때 혹시나 찬용 님이 저한테 아는 체를 할까 봐 상당히 긴장했거든요."

그러면서 필원은 오른손으로 가슴을 쓸어내리는 동작까지 취했다.

"찬용 님이 처음 오신 12일 일요일 새벽에 저는 소파에서 자고 있었잖아요. 분명히 제가 전날 밤에 들어오면서 현관문을 잠갔는데, 전 제가 한 행동은 절대 안 잊어버리거든요. 늘 행동이 똑같으니까요. 그런데 새벽에 누가 현관문을 열고 들어오지 않겠어요? 그때 제가 정말 얼마나 놀랐는지 몰라요. 찬용 님이 들어오셔서는 멋대로 화장실로 가셔서 볼일도 보시고 곧장 안방으로 들어가시더라고요. 전 그때까지도 공포에 질려서 몸이 완전히 얼어가지고 소파에서 꼼짝도 못 하고 엎드려 있었어요. 만일 찬용 님이 저를 보고 달려들면 저는 그냥 죽은 목숨이구나, 그런 생각만 했다고요. 제가 싸움을 정말 못하거든요. 겁도 많고요. 그래서 초중고 12년 동안 아이들한테 매일 맞고만 다녔어요. 고등학교 1학년 때는 같은 반에 있는 한 애가 의자로 제 머리를 때렸는데요, 너무 세게 맞아서 머리가 크게 찢어진 적도 있었어요. 덕분에 흉터도 크게 남았고요. 그래서 아직도 제가 그 흉터 가리느라 머리를 이렇게 곱슬곱슬하게 하고 다녀요. 흉터 있는 곳은 머리카락이 안 자라거든요. 이 흉터 좀 보실래요? 여기요, 여기. 보이세요?"

필원이 고개를 숙여 찬용한테 머리에 난 흉터를 보여주었다.

"자꾸 말이 옆으로 새서 죄송해요. 사람들하고 대화를 잘 안 나누다 보니까 좀 서툴러서 그래요. 혼자서만 대화를 나누다 보니까 제멋대로 막 이 얘기 하다가 저 얘기 하고, 저 얘기 하다가 이 얘기 하고, 그게 습관이 돼서 지금도 이 얘기 하다 저 얘기 하고 그러네요. 이해해주세요. 아무튼 그런데 다행히 찬용 님이 술이 완전히 취하신 채로 화장실에 갔다가 곧장 안방으로 가시더라고요. 그러고는 한동안 안방에서 아무 기척이 없으시기에 용기를 내서 저도 안방으로 가봤어요."

필원은 거기까지 말하고는 주방으로 가 냉장고에서 캔맥주 하나를 꺼내왔다.

"혼자 마셔서 죄송해요. 찬용 님께서는 지금 상황이 맥주 드실 상황은 아니시잖아요."

필원은 말없이 캔맥주를 마셨다. 아무리 355밀리리터짜리 작은 캔이라지만, 그래도 소주도 아니고 탄산이 들어간 맥주를 필원은 그 자리에서 한 번에 다 마셨다. 그러고는 작게 트림을 하고 나서 빈 캔을 주방에 있는 싱크대 위로 휙 던졌다가, 얼른 달려가서 빈 캔을 주워 싱크대 위에 올려놓았다.

"쓰레기를 아무 데나 휙 버리면 찬용 님이 화내실지 모르니까 조심해야죠. 아 참, 그러고 보니 감사 인사부터 먼저 드려야 했는데요. 제가 출근해 있는 동안에 이렇게 집을 깨끗하게 청소해주셔서 감사드립니다."

그러면서 필원이 찬용을 향해 고개를 꾸벅 숙였다.

"아무 기척이 없으시기에 저도 안방으로 갔거든요. 그랬더니 침대 위에서 아주 편히 주무시더라고요. 마치 찬용 님 집 침대인 것처럼요. 그래서 한동안은 제가 다 혼란스러울 정도였어요. 실제로 복도로 나가서 현관문에 붙어 있는 호수까지 다 확인을 해봤다니까요. 104호가 아닌가! 105혼가! 내가 집을 잘못 들어온 거였어! 그런 생각이 들어서요. 하지만 104호가 맞더라고요. 하긴 집 안에 있는 가구들이 다 제가 산 것들인데 104호가 아닐 수가 없죠. 그래서 다시 안방으로 가봤어요. 그제야 제가 이 집 계약할 때 부동산 중개인 분이 하셨던 말씀이 떠올랐어요. 전에 살던 남자가 저보다 서너 살 아래인데, 이 집에서 10년 이상 살다가 지방 소도시로 내려가게 됐다고요. 자광시라고 했을 거예요. 질풍호수로 유명한 곳이잖아요. 자살명소로 이름난 최고대교도 있고. 그 생각이 나자 조금 감이 잡히더라고요. '아, 전에 여기 살던 분이신가 봐. 술에 완전히 취해서 여기가 자기 집인 줄 알고 찾아오셨나 보네.' 하는 생각도 했고요. 이곳에 오래 사셨으면 충분히 그럴 수 있다고 생각해요. 그래도 혹시 몰라 지갑에서 신분증을 꺼내 이름을 확인해봤어요. 찬용 님이 맞으시더라고요. 그래서 확신할 수 있었죠. 왜냐하면 이사 가신 지 3년이 지났는데도 아직까지 찬용 님 앞으로 오는 우편물들이 있거든요. 그래서 전에 여기 살던 분이 맞다는 걸 확신할 수 있었어요. 집 열쇠는 아마 따로 복사해둔 게 한 벌 더 있었을 테고요. 어떻게, 제 얘기가 맞나요?"

필원의 말에 찬용이 이번에도 필사적으로 고개를 끄덕였다. 그리고 동시에 "음! 음! 음!" 하고 외쳤고.

"그래서 어떻게 하는 것이 최상의 방법일까 새벽 내내 궁리했어요. 당장 경찰에 신고할까! 아니면 흔들어 깨워서 자초지종을 들어볼까! 그러다 결국 어떻게 해야 좋을지 몰라서 날도 서서히 밝아오는 것 같고 해서 그냥 저는 밖으로 나왔어요. 일요일이었지만 회사에 볼일도 있고 해서 출근을 해야 했거든요. 어차피 뭐 무서워서 찬용 님 깨울 용기도 없었고요, 경찰 부르는 건 좀 번거로울 것 같으니까 피하고 싶었고요. 게다가 이상하게 찬용 님 혼자 두고 가도 걱정이 되지가 않았어요. 이사 간 지 3년이 지났는데도 본인 집이라고 착각해서 찾아왔다면, 이 집에 대한 애착이 저보다 훨씬 클 거라는 생각이 들었거든요. 그런 분이시라면 잠에서 깨서도 자기 집처럼 정리정돈을 말끔히 해놓고 나가시지 않을까 하는 생각이 들었어요. 그래서 찬용 님 혼자 놔두고 저는 그냥 일요일 이른 아침에 집을 나왔던 거예요. 아 참, 죄송해요. 차에서 잠깐 뭘 좀 가지고 올게요."

필원은 경쾌한 걸음으로 현관 쪽으로 걸어갔다.

"아, 그리고 괜히 저 나간 사이에 압박 붕대 풀려고 몸부림치고

248

그러실 필요 없어요. 그래 봐야 소용없으니까요. 그거 절대 안 풀려요. 그냥 얌전히 계시는 게 나아요. 괜히 몸부림치다 소파에서 떨어지면 다치실 수도 있잖아요. 그리고 혹시나 가구 같은 게 망가질 수도 있고요. 그러니 얌전히 계세요."

필원은 그렇게 말하면서 밖으로 나간 뒤 현관문을 이중으로 잠갔다.

필원이 나간 걸 확인한 찬용은 몸을 옆으로 굴려 거실 바닥으로 떨어질까 생각해보았다. 하지만 바닥으로 떨어진다 한들 달리 뾰족한 수가 없었다. 매우 정교하게 온몸을 압박 붕대로 칭칭 감아놨기 때문에 손가락 하나 제대로 움직일 수가 없었다. 이런 상태에서 바닥에 떨어져봐야 할 수 있는 게 아무것도 없었다. 괜히 자신의 경고를 무시했다면서 필원이 화를 낼 수도 있고.

찬용이 그런 고민을 하는 동안 어느새 현관문 열리는 소리가 났다. 필원의 손에는 가죽으로 된 검은색 작은 손가방이 들려 있었다.

필원은 검은색 손가방을 주방 싱크대 위에 올려놓고는 다시 찬용 곁으로 다가왔다.

"제가 어디까지 얘기했죠? 아, 그래서 제가 일요일 이른 아침에 찬용 님 혼자 놔두고 출근을 했잖아요. 차를 몰고 성수대교 지나서 고산자로를 막 달리고 있는데 그런 생각이 들었어요. 어쩌면 찬용 님이 이번에 제 집에서 무사히 나가시면, 찬용 님은 조만간 제 집에 또 찾아오시겠구나. 그런 생각이요. 왜냐하면 실은 저도 그런 유혹을 느꼈던 적이 있었거든요. 저는 유년 시절을 서울 공릉동에서 보냈어요. 그렇다고 해서 공릉동이 고향은 아닌데요, 그래도 초등학교 1학년 때 공릉동으로 와서 고등학교 졸업할 때까지 지냈으니까 유년 시절 추억이 고스란히 담긴 곳이에요. 애들한테 매일 맞고 지내기는 했지만 그래도 추억은 추억이잖아요. 그런 공릉동엘 몇 년 전에 우연히 갔다가 예전에 살던 집이 생각이 난 거예요. 그래서 한번 찾아가 봤거든요. 신기하게도 세월이 그렇게 흘렀는데 집 가는 길이 생각이 나더라고요. 주변 건물이며 모든 게 변했지만, 정말 신기하게도 집까지 가는 길을 찾을 수가 있었어요. 다행히 집은 그대로 남아 있었고요. 많이 낡았지만 아직까지는 잘 버텨주고 있었지요. 그래서 유년 시절 살던 그 집 앞에 서서 들어가 볼까 말까 한참을 망설이다 그냥 돌아섰어요. 그 뒤로 한동안은 그 집 생각 때문에 힘들었고요. 평일 낮에라도 몰래 한번 그 집에 들어가서 내가 지내던 방에 들어가보고 싶은 유혹이 강했거든요. 그래서 몇 번이나 그 집 앞에까지 갔다가 돌아왔는지 몰라요. 아무튼 저도 그런 적이 있었어요. 그래서 찬용 님도 틀림없이 다음에 또 제 집에 찾아오겠구나 그런 생각이 들었어요. 찬용 님은 그때의 저와 달리 제 집에서 하룻밤 주무시기까지 했으니까요. 그러자 갑자기 여러 가지 아이디어가 막 떠오르더라고요. 물론 그중에서 가장 흥미로웠던 게 납치고요. 고문이나 납치 뭐 그런 거요. 사람은 역시 좀 잔인한 쪽으로 흥미를 느끼나 봐요. 그래서 이런 압박 붕대나 찬용 님이 오후에 드신 수면제 같은 거요, 그런 걸 미리 준비해두었어요. 아, 자꾸 죄송해요. 이번엔 맥주를 마셨더니 소변이 마렵네요. 저 잠깐 화장실에 좀 다녀올게요."

필원이 역시나 경쾌한 걸음으로 화장실에 간 사이 찬용은 싱크대 위에 놓인 검은색 가죽 가방을 보았다. 아무래도 저 안에 끔찍한 게 들어 있을 것만 같다는 생각에 찬용은 눈을 질끈 감았다.

찬용은 어떻게든 남자 몰래 이곳을 빠져나가야 한다고 생각했다. 남자가 자신을 이곳에서 무사히 풀어주지는 않을 거라는 확신이 들었기 때문이다.

'하지만 몸이 이렇게 결박당한 상황에서 어떻게 빠져나간단 말인가!'

그런 생각에 찬용은 다시 한번 눈을 질끈 감았다.

처음부터 이 집에 들어오지 말았어야 했다고 후회했다. 아니, 쉽게 남의 집에 출입할 수 있다고 생각한 것부터가 잘못이었다. 집주인의 함정이 아니고서야 왜 그런 게 가능할 거라고 생각했는지 자신이 한심했다. 한심하고 불쌍했다. 불쌍해서 눈물이 주룩 흘렀다.

필원이 화장실에서 나와 찬용의 모습을 보더니 도로 화장실로 들어갔다. 그리고 두루마리 화장지를 들고 와서는 소파 앞에 무릎 꿇고 앉아 휴지로 찬용의 눈물을 닦아주었다.

그런 필원의 행동을 보면서 찬용이 다시 한번 외쳤다. 멋대로 들어와서 정말 죄송하다고 외쳤다. 눈물을 흘리면서 그렇게 외쳤다. 하지만 찬용의 말은 여전히 필원의 귀에 "음! 음! 음!" 하고 들릴 뿐이었다.

"울지 마세요. 슬프시겠지만, 그래도 울지 마세요. 지금 죄송하다고 살려달라고 외치는 중이시겠지만, 더 이상 그렇게 외치실 필요도 없고요. 그래 봤자 방법이 없잖아요. 이제는 찬용 님도 어느 정도 짐작을 하셨을 거예요. 상황이 그렇게 돌아가고 있으니까요. 이곳에서 무사히 빠져 나갈 수 없다는 거, 아니 어쩌면 영영 벗어날 수 없다는 거 느끼셨을 거예요. 그러게 왜 자꾸 남의 집에 그렇게 멋대로 들어오세요. 만약 제가 첫날에 집에 없어서 눈치를 못 챘다고 하더라도 찬용 님처럼 그렇게 자주 오시면 누구든 눈치를 채게 된다고요. 베개 위치만 조금 바뀌어도 집주인은 눈치를 채요. 그런데 찬용 님은 어쩜 그렇게 자기 생각에만 사로잡혀 사시는지, 참. 그러니 결국에는 이렇게 돼버리잖아요."

필원이 또 휴지를 들어 찬용의 눈 주위를 정성스럽게 닦았다.

"그래도 이왕 남의 집에 들어오셨다면 얌전히 소파에나 앉아 있다가 가셨어야지요. 왜 멋대로 남의 집 청소도 하고, 심지어 냉장고 열어서 물까지 마시고 그러셨어요. 그게 얼마나 위험한 행동인데요. 찬용 님, 냉장고 안에서 물 꺼내 드셨지요? 백산수? 제가 거기에 수면제 탔어요. 제가 떠올린 게 그거였거든요. 그래서 12일 일요일에 회사 가서 수면제랑 다른 약물도 좀 챙겼어요."

필원이 다시 휴지를 뜯었다.

"일요일에 퇴근하고 집에 와서 바로 백산수에다 수면제를 탔어요. 플루니트라제팜이라고 하는데요, 일종의 데이트 강간 약물이라고 불리기도 하잖아요. 그거 엄청 쏟아부었다고요. 물론 찬용 님이 언제 또 제 집에 오실지는 알 수가 없었지요. 그리고 나중에 제 집에 와서도 물을 안 드실 수도 있고요. 그래도 상관없다고 생각했어요. 물을 안 드시면, 찬용 님은 그냥 무사히 제 집을 나가시는 거니까요. 18일 토요일처럼요. 그리고 언젠가 또 제 집에 오시겠죠. 저 역시 몇 번이나 공릉동에 갔으니까요. 물론 저는 그 집에 들어가지는 않았지만요. 그리고 찬용 님이 제 집에 오셔서 또 물을 안 드실 수도 있고요. 그럼 그때도 찬용 님은 무사히 제 집을 나가시는 거고요. 그래도 역시나 상관없다고 생각했어요. 그래서 어제도 출근길에 차 안에서 CCTV를 보는데 찬용 님이 청소를 하시는 거예요. 그래서 저는 '아, 이번에도 그냥 청소만 하시다가 돌아가시겠구나.' 그렇게 생각했어요. 다음을 기약해야겠다고 포기했죠. 그런데 퇴근하고 집에 와보니 찬용 님이 주방에 쓰러져 계시잖아요."

찬용은 필원의 말을 들으면서 계속 구속에서 빠져나오려고 몸부림쳤다. 하지만 아직 몸에 수면제 기운이 남아 있어서 그런지 힘 있게 몸을 비틀지도 못했다.

"소용없어요. 제가 워낙에 칭칭 감아놔서 빠져나오시는 건 불가능해요. 음, 이제 그만 찬용 님과의 대화는 마무리를 할게요. 그게 좋겠어요. 찬용 님이 계속 우시니까 제가 마음이 아프네요."

그러면서 필원은 주방 쪽으로 가서 싱크대 위에 올려두었던 검은색 가죽 가방을 들고 왔다. 가방 안에는 투명한 액체가 반쯤 담긴 작은 병과 주사기가 세 개 들어 있었다.

"이제 이 약물을 주사할 거예요. 뇌의 시상하부에 있는 신경세포에 직접적으로 자극을 주는 약물이에요. 이 약물 덕분에 찬용 님은 이제 일주일 정도 잠에 푹 빠지실 거고요. 그리고 깨어나셨을 때 찬용 님은 과연 어디에 계시게 될까요? 기대해주세요. 아참, 어쩌면 영영 못 깨어나실 수도 있고요, 후후. 제가 이 약물 한 병을 다 주사할 거라서요, 후후후."

그러면서 필원은 가방에서 주사기를 하나 꺼내 손가락으로 한두 번 톡톡 쳤다. 그 모습이 꽤 자연스러워 보였다.

찬용이 필원의 손에 들린 주사기를 보면서 겁에 질려 몸부림쳤다. 동시에 고개를 좌우로 흔들면서 어떻게든 입에 물린 재갈이라도 풀어보려고 안간힘을 썼다. 재갈을 풀어서 한 번만 살려달라고 애원하려고 했다. 하지만 아무리 고개를 좌우로 흔들어도 재갈은 풀리지 않았다. 대신 눈물과 콧물이 사방에 흩뿌려져 소파를 더럽혔다.

순간 필원이 발을 번쩍 들어 뒤꿈치로 찬용의 명치를 강하게 내리찍었다. 그 바람에 찬용이 컥! 소리를 내면서 극심한 호흡 곤란을 겪었다.

"소용없다고 했잖아요. 괜히 소파만 더럽히시고. 가만히 계세요. 이제부터 움직이시면 안 돼요. 움직이실 때마다 제가 명치를 가격할 거예요."

필원의 말에 찬용이 더 크게 살려달라고 외쳤다. 숨도 제대로 못 쉬는 상태에서 식도가 찢어질 정도로 고함을 지르며 한 번만 살려달라고 애원했다. 하지만 이번에도 역시 찬용의 애원은 필원의 귀에 "음! 음! 음!" 하고 들릴 뿐이었다.

찬용이 그렇게 애원하는 사이에 필원이 왼손으로 찬용의 머리를 꽉 눌렀다. 그리고 오른손에 쥔 주사기를 재빨리 찬용의 목에 찔러넣었다.

약물은 빠르게 찬용의 뇌를 자극했다.

필원이 목에서 주사기를 빼낸 뒤 가방에서 또 다른 주사기를 꺼내는 모습이 찬용의 눈에 흐릿하게 보였다. 그리고 필원이 새로 꺼낸 주사기를 손가락으로 톡톡 두드리는 모습을 마지막으로 찬용의 눈이 스르르 감겼다. 그러면서 마지막으로 외쳤다.

고타래

대학에서 문예창작 전공. 《POST MAN 1》(그래비티북스, 2020) 출간.

천국의 벌레들   클레이븐

"죄송하지만, 저 역시 아는 게 거의 없군요."

베리야는 고개를 저으며 말했다. 지직거리는 화면 너머에 앉아 있는 베리야는 진땀에 절어버린 모자를 벗어 옆에 던져두었다. 유대인들이 쓰는 작은 모자가 계기판 위에 내려앉았다. 하지만 모자는 이윽고 비스듬한 계기판을 흘러내려 바닥에 떨어졌다. 그러든 말든 베리야는 얼굴을 손으로 비볐다. 그러자 벽돌로 쌓아놓은 듯이 단단해 보이는 얼굴이 물렁하게 일그러졌다.

"정말입니다. 제가 말씀드릴 수 있는 게 별로 없습니다. 솔직히, 이곳에 있는 일들을 제가 이해하고 있는 건지도 모르겠습니다."

"괜찮습니다. 편안하게 말씀해주세요. 지금은 정보 하나하나가 중요하니까요."

내가 말하자, 베리야는 새하얗게 질린 얼굴을 들어 올렸다. 파르르 떨리는 두 뺨을 타고 식은땀이 흘렀고 깡마르고·초췌한 얼굴을 따라 형언 못할 두려움이 흘렀다. 무엇이 이 남자를 무너뜨렸단 말인가? 불길한 기운이 흔들리는 화면 너머로 스산하게 흘러나왔다.

베리야는 잠시 바닥을 바라보았다. 그러고는 콧수염을 따라 흘러내리는 땀과 콧물을 손등으로 닦아냈다. 아니. 아니었다. 손등을 따라 붉은 액체가 번지고 있었다. 코피였다. 나름 가지런히 기른 콧수염을 따라 피가 번지자 베리야는 수척한 얼굴로 화면을 응시했다. 지독하게 메마른 눈에는 어떤 감정을 느끼기도 힘들 지경이었다.

베리야가 말했다.

"언제쯤 도착하는 겁니까?"

"걱정하지 마십시오. 곧 도착할 겁니다."

거짓말이었다. 내가 타고 있는 구조선과 베리야가 숨어 있는 우주공항 사이에는 3파섹에 달하는 공간이 펼쳐져 있었다. 당장 워프 드라이브로 곧장 날아간다 해도 5일은 걸릴 거리였다. 거기다 아직 출발 허가도 나지 않았다. 그 때문에 내가 할 수 있는 일이라고는 베리야에게서 최대한 정보를 얻는 것밖에는 없었다.

"베리야 씨, 저희는 귀하의 구조를 위해 현재 사고 현장 상황을 분석 중입니다. 혹시라도 사고를 직접 목격했다든가, 혹은 식민지와의 통신이 끊어진 원인에 대해 알고 계신 것이 있으십니까? 그리고 다른 생존자는……."

"생존자는 보지 못했습니다. 지금 이곳에는 저 혼자뿐입니다. 아마, 다른 곳에……. 모르겠어요. 어디에 숨어 있거나, 아니면 벌써 당했을지도."

"당하다니 뭐에 당했다는 거죠? 혹시 유독한 가스층을 건드린 건가요?"

"아뇨. 그건 전혀 아닙니다."

베리야는 단호하게 말했다. 그는 자신도 몇 시간 전까지만 해도 갱도 안에 있었노라 말했다. 만일 가스가 문제였다면, 자신이 먼저 죽었을 거라고.

"아마, 연구 지역에서 먼저 일이 터졌을 겁니다. 그리고 다음은 거주 지역이었겠죠. 제가 긴급경보 알람을 누르고 이자벨라에게 전화를 걸었습니다. 제 아내였는데……."

"아내분이 뭐라고 하시던가요?"

잠시 뜸을 들이던 베리야는 조용히 말했다.

"아무도 받질 않더군요."

남자는 더 이상 말을 내뱉지 못했다. 그는 마치 가족들에게 닥친 일을 직감했다는 듯 담담한 표정을 지었다. 그러더니 지쳐 쓰러진 거목처럼 무기력하게 화면을 응시했다. 아무래도 정신적인 충격이 상당한 모양이었다. 나는 조심스럽게 베리야를 진정시켰다.

무슨 문제인지 알아야 가족들과 행성에 거주하는 사람들을 구할 수 있노라고 말이다. 베리야도 내 말에 동의했다. 여전히 정신적인 충격이 가시지는 않은 듯 보였지만, 그의 눈은 이제 냉철하게 반짝이고 있었다. 그는 숨을 가다듬고서 의자를 화면 가까이 끌고 왔다. 그리고 천천히 입을 열었다.

베리야는 광부였다.

드워프 스타 7번 행성에 널리고 널린 17만 명의 광부 중 하나였다. 그는 벌써 4대째 드워프 스타에서 거주 중이었고, 아내와 슬하에 세 명의 아이를 두고 있었다. 그는 가족들을 부양하기 위해 자는 시간을 빼고는 대부분의 시간을 갱도 속에서 보냈다.

그날도 베리야는 7번 갱도에서 작업을 마치고 나오는 길이었다. 동료들과 함께 식당에 줄을 서서 기다리던 무렵 소란이 벌어졌다. 103번 갱도 쪽에서 뭔가를 캐냈다는 이야기가 돌았다. 상당히 단단한 물건이었고, 고출력 음파 파쇄기로도 흠집 하나 낼 수 없었다고.

처음에 소문을 들은 베리야는 그저 웃어넘겼다.

음파 파쇄기가 부술 수 없는 자연 물질은 없었다. 분자의 진동으로 열을 내는 기계의 특성상 특수처리를 하지 않은 물질은 반드시 부서졌다. 그러니 뭔가 뜬소문이거나 말이 조금 와전된 모양이라고, 베리야는 친구들에게 말했더랬다. 하지만 오후가 되자 상황은 바뀌었다.

작업반장이 103번 갱도 표본실로 베리야를 호출한 것이다.

베리야는 고개를 갸웃거리면서 작업실을 떠났다. 그는 엘리베이터를 타고 지표까지 올라가 103번 갱도로 향하는 열차에 올랐다. 설마 소문이 사실일까? 그는 반신반의하면서 터널 속을 지나가는 광고들을 바라보았다. 얼마 지나지 않아 103번 갱도에 도착한 그는 곧장 간이 엘리베이터를 타고 표본실로 향했다.

뼈의 단면처럼 격자 형태의 골격만 남은 행성의 지표 아래로 10여 분을 내려갔다. 와이어에 묶인 간이 컨테이너가 나타났다. 표본실이었다. 엘리베이터에서 내린 베리야는 표본실의 문을 열었다. 그러자 수많은 시선이 베리야에게 달려들었다.

베리야는 표본실에 들어찬 사람들을 바라보았다. 그들은 하나같이 버섯구름이 그려진 마크를 어깨에 달고 있었다. 파쇄전문가들이었다. 이건 꽤 이상한 일이군. 베리야는 생각했다. 보통 파쇄

전문가가 한곳에 모이는 일은 별로 없었다. 갱도가 무너지거나 하지 않는 이상에 말이다. 하지만 아무리 갱도가 무너져도 베리야를 제외하고도 열댓 명의 파쇄전문가들이 방 안에 우두커니 서 있을 이유는 없었다. 뭔가 큰일이라도 벌어진 모양이었다. 베리야는 천천히 사람들 쪽으로 다가갔다. 그러자 그들은 잠시 베리야를 바라보다 다시 고개를 돌려 테이블 위에 올려놓은 것을 바라보고 있었다. 베리야도 고개를 돌려 그것을 바라보았다.

그것은 정육면체였다. 믿을 수 없을 정도로 너무나도 완벽한 정육면체였다. 거기다 푸르스름하게 빛나고 있었기에 베리야는 그것이 보통 물건이 아님을 직감했다. 그는 옆에 있던 다른 이에게 저것이 뭐냐고 물었다. 하지만 정육면체에 대해 아는 이는 없었다. 오히려 사람들은 당혹스러운 표정을 감추지 못했다.

"좋아. 다 모인 것 같군."

얼마 지나지 않아 문을 열고 들어온 작업반장은 피곤함에 전 얼굴로 말했다.

"다들 이곳에 부른 것은, 어, 다름이 아니라, 파쇄 중에 혹여라도 이런 물체를 발견한 적 있거나, 발견하게 되었을 때의 매뉴얼을 상정하기 위해서야."

그러자 앞줄에 서 있던 사람 하나가 손을 들었다.

"이 물건이 뭡니까?"

"모르겠어. 전혀."

작업반장이 말하자, 19번 갱도에서 온 녀석이 손을 들었다.

"혹시 위험한 겁니까?"

"위험하진 않은 것 같네."

작업반장은 골치 아픈 듯 인상을 찌푸렸다. 그러더니 애초에 위험하지 않은 게 문제라며 중얼거렸다. 위험하지 않아서 문제라니. 말 같지도 않은 소리였다. 하지만 작업반장이 들이민 측정값을 본 사람들은 작업반장의 말에 동의할 수밖에 없었다.

수치상으로 보았을 때, 테이블 위에 놓인 정육면체는 본질적으로 존재하지 않는 것이었다.

이유는 간단했다. 어떤 계측기로도 정육면체의 물성값을 측정할 수 없었기 때문이었다. 동위원소 측정기도 반응을 보이지 않았다. 음파 장비 역시 마찬가지였고, 카메라를 비롯한 광학장비조차 정육면체를 인식하지도 못했다. 즉, 기계들의 눈으로 보았을 때 저 정육면체는 존재하지 않는 것이었다.

하지만 베리야를 비롯한 모든 파쇄전문가는 작업반장의 말을 믿지 못했다. 사람들이 아직도 반신반의한 표정을 짓자, 작업반장은 작은 돌망치를 가져왔다. 그리고 돌망치로 정육면체를 내리쳤다. 그러자 예상치도 못한 결과가 눈앞에 나타났다.

돌망치는 허공을 가르듯 정육면체를 통과했다. 정육면체의 표면에는 아무런 흠집이나 파문도 남지 않았다. 마치 돌망치 자체가 정육면체를 인식하지 못한 것 같았다. 순식간에 방 안은 웅성거리는 사람들의 말소리로 가득 찼다. 대부분은 별 영양가 없는 이야기들이었지만, 그 소란 속에서 우리는 한 가지 결론을 내릴 수 있었다.

이 정육면체는 오직 사람의 눈에만 존재하는 것이란 사실이었다.

정말이지 귀신이 곡할 노릇이었다. 세상 어떤 물건이 이런 성질을 지니고 있단 말인가? 도저히 파쇄공의 뇌리에서는 나올 수도 없는 이런 물건이 왜 이런 변방 행성의 지표 아래 묻혀 있었던 걸까?

호기심이 치민 사람들은 하나둘 상자에 모여들었다. 그리고 이 신기한 물질을 손으로 만져보았다. 베리야 역시 사람들 사이를 비집고 들어가 상자를 만져보았다. 묘하게 부드러운 표면이 손끝에 닿았다. 그는 잠시 엄지에 힘을 주고 정육면체를 눌러보았다. 하지만 정육면체는 꿈쩍도 하지 않았다.

너무나도 명백했다. 일단 그것은 고체였다. 하지만 이것이 고체라면 조금 전 그 상황은 어떻게 설명한단 말인가? 모두가 혀를 끌끌 차던 그때였다. 자를 가져와 상자의 크기를 재보던 사람 하나가 혀를 내두르며 말했다.

"잠깐만. 이거, 정육면체도 아닌데."

그는 밑변의 길이를 재다가 다시 높이를 재면서 말했다. 분명 높이는 40센티미터 아랫변은 20센티미터 정도였다. 그러자 수염이 덥수룩한 남자는 자신에게 자를 줘보라며 손짓했다. 자를 넘겨받은 그는 밑면의 길이를 재어보았다. 그러자 아랫변 가로 길이는 30센티미터를 가리켰고, 세로 길이는 40센티미터를 아득히 넘어섰다. 대강 손가락으로 40센티미터 지점을 잡고서 남은 길이를 재보니 대략 60센티미터쯤 되었더랬다.

처음 쟀을 때와는 길이가 변한 것이다.

그것은 수치상 명백하게 정육면체여서는 아니 되었다. 하지만 맨눈으로 보았을 때, 그것은 너무나도 완벽한 정육면체의 형태를 취하고 있었다. 좌우로 돌려보아도 뒤집어보아도 다른 각도에서 보아도 마찬가지였다. 그것은 부정할 수 없을 만큼 완벽한 정육면체였다.

몇 시간 뒤. 파쇄전문가들의 비밀 회동은 별 소득 없이 끝났다. 끊임없이 늘어만가는 의문점 때문에 광부들이 불안에 떨 것을 우려한 작업반장은 함구령을 내렸다. 하지만 소문은 삽시간에 퍼졌다. 광부들은 너나 할 것 없이 정육면체에 대해 수군거렸다. 결코 존재할 수 없는 물체를 놓고서 저마다 뜬소문을 늘어놓기 바빴다. 먼 옛날 우주선째로 실종된 13번 수송선에 타고 있던 사람들의 원혼이 장난을 친다는 둥. 외계인의 장난이라는 둥. 어쩌면 누군가의 장난일지도 모른다는 이야기가 돌았다. 하지만 누구도 확신할 수 없었다.

증거가 없었던 탓이었다. 하지만 광부들 사이에서는 묘하게 불안한 기운이 감돌았다. 이 역시 왜인지는 알 수 없었다. 단지, 희미한 불빛 아래 떠다니는 표정들, 그 표정들이 새하얗게 질린 시체처럼 보인 탓인지도 몰랐다.

광산을 떠들썩하게 했던 정육면체를 보고한 지도 어느덧 한 달이란 시간이 지났다. 회사 소속 연구팀이 도착했다는 소문이 곳곳에 퍼졌다. 하지만 많은 이들이 걱정하는 것은 정부 소속 연구팀이 아니라, 그들의 옷차림이었다.

먼발치에서 연구팀을 보았다는 사람마다 하나같이 우주복을 벗지 않는 연구팀에 관해 이야기했다. 어쩌면 8번 갱도에서 캐낸 그것이 사실은 굉장히 위험한 물건이 아닐까, 사람들은 수군거렸다. 베리야의 아내인 이자벨라도 수군거리기는 마찬가지였다.

아내는 지금이라도 어딘가 도망쳐야 하지 않을까, 넌지시 이야기를 꺼냈더랬다. 꿈자리가 뒤숭숭했다면서 말이다. 하지만 고작 꿈자리 때문에 대대로 살아온 집을 버리고 다른 곳에서 새 삶을 산다는 건 위험한 도박이었다. 그리고 이자벨라도 이 점에는 동의했다.

그런데도 아내는 불안감을 감추지 못했다. 아이들도 문제였고, 다른 가족들도 문제였다. 이러다 이 행성 전체가 격리되기라도 하면 어쩔 거냐고 쏘아붙였다. 하지만 다른 행성에 가서 노숙자 노릇을 하는 것보단 나을 거라고 베리야가 말하자 이자벨라는 입을 굳게 닫았다. 아내는 고개를 저으면서 못마땅한 얼굴로 방에 들어가버렸다.

베리야는 아내를 두고 일터로 나섰다. 그것이 고작 몇 시간 전의 일이었다.

베리야는 아내의 말을 들었어야 한다고 자책했다.

"하다못해 그냥 여행가는 셈 치고 다른 행성에나 가봤더라면 어땠을까 계속 그런 생각이 들어요."

나는 침울하게 말하는 거구의 사내에게 유감이라고 말했다. 물론, 베리야가 내비치는 후회는 결과론적인 이야기에 불과했다. 하지만 나는 그에게 다 괜찮을 거란 말을 덧붙이는 것도 잊지 않았다. 하지만 화면 속 베리야는 고개를 저었다. 그는 시뻘겋게 충혈된 눈을 부라리며 허공을 노려보았다.

"나도 불길한 생각은 했었습니다. 그 빌어먹을 꿈은…… 차마 그냥 넘기기는 힘들더군요."

"꿈이라고요?

"네."

베리야는 고개를 끄덕이며 자신이 꾼 꿈에 대해 주저리주저리 늘어놓았다. 어느 나라 음악인지도 모를 기이한 음악과 뒤틀린 뼈들이 파도처럼 일렁이는 꿈이었노라고. 그 꿈 때문에 며칠 동안 잠을 못 잔 적이 많았다는 말도 잊지 않았다.

"꿈이 나날이 선명해지는 것이 예사로운 꿈이 아니라고 말하는 사람들도 있었어요. 물론 그것 때문에 집과 일자리를 버리고 떠나는 사람은 없었습니다. 저뿐만이 아니라. 모두가 제 자리를 지켰죠."

베리야는 눈시울을 붉혔다. 그는 잠시 화면 너머를 바라보다 입을 열었다.

"그리고 일이 터지더군요. 점심쯤이었어요. 교대로 밥을 먹으러 자리를 떴는데 갑자기 지진이 일어났어요. 아주 센 놈이었죠."

베리야는 이마에 흐르는 땀을 훔쳤다. 그는 마치 거대한 손이 행성을 한번 툭 친 것 같은 진동이었노라 지진에 대해 묘사했다. 그리고 이런 지진 자체가 일어날 수 없는 일임을 강조했다. 이미 행성의 맨틀을 거의 다 파내고 완충 장치를 지표와 이어놓은 상태이기에 지진이 일어나는 것은 불가능했다.

그 때문에 베리야는 이 지진이 그 상자 때문임을 직감했다.

분명 우주복을 벗지 않고 실험실로 향한 과학자들이 무슨 일을 벌인 것이다. 물론 그들이 무슨 실험을 했는지는 베리야로선 알 수 없었다. 아니, 아마 우주가 끝나는 순간이 온다 해도 그는 알 수 없으리라. 하지만 세 살 먹은 아이도 뭔가 잘못되었다는 것은 느낄 수 있었다. 난생 느껴본 적 없던 진동이 광산 전체로 퍼져나갔다. 행성 곳곳에 진동 흡수를 위해 설치해둔 초거대 댐퍼의 두꺼운 프레임이 휘는 소리가 울릴 정도였다.

갱도에 있던 베리야는 곧장 긴급경보 알람을 눌렀다. 그러자 곳곳에서 날카로운 소리가 울렸다. 그는 갱도에 있던 사람들과 함께 곧장 지표로 향하는 드론 엘리베이터에 몸을 실었다. 추진기가 달린 거대한 드론은 무너져 가는 갱도 상공을 비상했다. 무너져 내려가는 잔해들을 노려보던 베리야는 집에다 전화를 걸었다. 구식 단말기에서 신호음이 튀어나왔지만 아무도 전화를 받지 않았다. 오만 가지 생각에 잠긴 그의 눈에는 푸르스름한 것이 드리웠다.

베리야는 곧장 방향을 틀었다. 하지만 천장을 뚫고 내려오는 푸르스름한 벽을 피할 길은 없었다. 베리야는 죽음을 직감했다. 하지만 베리야가 탄 드론은 푸른 벽을 미끄러지듯 통과했다. 그는 멀어져가는 푸른 벽을 노려보았다. 그러자 푸른 광채는 점점 더 빠르게 갱도를 뒤덮기 시작했다.

베리야는 여기서 말을 멈췄다. 잠시 울먹이던 그는 옷소매로 눈물을 닦아냈다. 한참이 지난 뒤에야 입을 연 그는 애써 가슴을 진정시키며 말했다.

"내가 마지막으로 봤을 때는 푸른색 구조물이 주택가를 집어삼키고 있었습니다. 애들이랑 애들 엄마가 거기 있었어요. 구조대는 언제쯤 오는 겁니까? 벌써 시간이 제법 지났잖아요!"

"곧 도착할 겁니다. 잠시 대기하세요."

"아까부터 계속 곧 도착한다고 하는데 말입니다. 언제 도착하……."

성을 내던 베리야는 굳은 얼굴로 어딘가를 쳐다보았다. 짧은 순간이었지만, 그의 얼굴은 찌그러진 양철 조각처럼 일그러졌다. 무슨 일이 벌어지고 있었다. 나는 마이크를 잡고서 입을 열었다.

"왜 그러시죠? 베리야 씨?"

베리야는 더 이상 말이 없었다. 10여 초가량의 적막 속에서 나는 베리야의 이름을 불렀다. 하지만 돌아오는 대답은 없었다. 베리야는 넋이 나간 채 어딘가를 바라보기만 할 따름이었다. 지독하게 일그러진 그의 입가에서는 그렁그렁 맺힌 거품 섞인 침방울이 흘러나오고 있었다. 처음 만났을 때 느꼈던 단단함과 감정이 느껴지지 않았다. 그의 얼굴에서는 정제되지 않은 날것 그대로의 두려움이 뚝뚝 묻어나고 있었다. 숨조차 쉬질 못해 우그러지는 목덜미가 파르르 떨렸다. 그는 발작을 일으키듯 천천히 자리에서 일어섰다.

의자가 넘어졌고, 그의 얼굴은 화면 밖으로 삐져 나갔다. 자리에 우두커니 선 그의 몸은 미동도 하지 않았다. 3초, 7초. 15초. 아무리 시간이 지나도 그는 움직일 생각도 하지 않았다. 나는 곧장 네트워크 연결을 확인해보았다. 혹시라도 연결이 끊어진 건 아닐까 걱정이 되었던 찰나였다. 하지만 네트워크 자체는 문제가 없었다. 송수신 모두 완벽했다.

"베리야 씨. 들리십니까? 베리야 씨?"

마이크가 날카로운 비명을 질렀다. 하지만 베리야의 대답은 돌아오지 않았다. 잠시 뒤. 그의 대답은 청각이 아닌 시각으로 돌아왔다. 화면이 새하얗게 변한 것이다. 마치 불빛이 번진 것처럼 말이다. 나는 새하얗게 질려버린 화면을 응시했다. 대체 무슨 일이 벌어지고 있는 걸까? 베리야는 무사한 걸까? 별생각이 다 들었지만 확인할 길은 없이 시간만 천천히 흘러가고 있었다.

우리 팀이 도착한 것은 그로부터 3주가 더 지난 뒤의 일이었다. 드워프 스타 주위로 거센 입자풍이 몰아친 탓에 어떤 우주선도 그쪽으로는 발도 들이지 못했다. 그래서 우리 팀은 가까운 우주항구에서 3주가량 머무를 수밖에는 없었다.

정말이지 길고도 긴 시간이었다. 무엇보다 과자 세 봉지로는 도저히 버틸 수 없는 시간이었기에 베리야가 살아 있으리라는 생각을 버릴 수밖에 없었다. 하지만 그의 죽음과는 별개로 나는 베리야의 마지막 순간을 잊을 수 없었다.

그 새하얀 화면은 대체 뭐란 말인가? 가족들의 생사조차 모르는 상황에서도 침착함을 잃지 않고 현장 상황을 이야기하던 남자를 그렇게까지 몰아붙인 것은 대체 무엇이란 말인가? 머릿속이 복잡했다. 그 때문일까? 드워프 스타 7번 행성으로 출발하기 직전까지도 나는 불안감에 휩싸여 있었다. 물론 외계인이나 유령 같은 허무맹랑한 것을 믿는 편은 아니었다. 그런데도 나는 이번 사건을 감싸고 있는 불길함을 느낄 수 있었다.

그 때문에 우주선이 드워프 스타 7번에 도착했을 때도 나는 긴장의 끈을 놓지 않았다.

우주에서 내려다본 행성은 말 그대로 평온해 보였다. 푸르스름한 오로라가 극지방에서 뻗어 내려와 행성을 움켜쥐고 있었다. 변화무쌍한 기상현상을 뚫고서 우뚝 서 있는 관제탑이 보였다. 하지만 우주선들로 가득 차 있어야 할 출입국 가이드라인은 비어 있었다. 버려진 잔해처럼 떠다니는 우주선들 몇 대가 눈에 들어왔지만, 생명 반응은 없었다.

구조선은 유유히 우주공항으로 향했다. 항해사가 우주공항에 몇 번이고 통신을 시도해보았지만 받는 이는 없었다. 대장이 말했다.

"좋아. 이대로 우주공항으로 진입한다. 다들 특등 방호복을 입고 대기하도록."

어찌 보면 옳은 선택이었다. 저 안에 있는 것이 무엇인지 모르는 상황에서 무턱대고 아무런 보호 장구 없이 뛰어들 수는 없었다. 회사 측 용병들과 구급대원들은 하나둘 자리에서 일어섰다.

용병들은 총과 휴대용 절단기를 들었다. 의료진은 약품통과 들것을 들고서 용병들 뒤에 대기했다. 나 역시 의료진이었기에 용병들 뒤에서 대기했다.

우주선이 천천히 공항에 착륙하자, 곧이어 원형 해치가 서서히 반시계 방향으로 돌기 시작했다. 해치가 열리자 널찍한 에어록이 드러났다.

먼저 에어록 안으로 들어간 건 용병들이었다. 그들이 에어록 안으로 들어가자 굳게 닫힌 에어록이 시계 방향으로 돌아가 잠겼다. 나는 숨을 깊이 들이쉬고서 헬멧을 뒤집어썼다. 완전 밀폐라는 문구가 헬멧 디스플레이 위에 떠오르자 곧이어 에어록으로 향하는 해치가 다시 움직이기 시작했다.

해치가 열리자 나를 포함한 다섯 명의 구급대원은 에어록 안으로 들어갔다. 등 뒤에서 두꺼운 해치가 잠기고 곧이어 원통 형태의 에어록이 천천히 돌기 시작했다. 그러더니 우주공간과 우리 사이를 가로막고 있던 거대한 해치가 양옆으로 갈라졌다.

나는 곧장 해치 아래 놓인 사다리를 따라 내려갔다. 그리고 우주선 밖에서 사주경계하고 있는 용병들과 함께 공항 내부로 통하는 에어록 쪽으로 다가갔다. 인기척 따위는 조금도 느낄 수 없는 우주선들은 활주로에 고정된 채 방치되어 있었다. 하지만 베리야가 말한 소요 사태의 흔적은 찾아볼 수 없었다.

불에 타거나, 폭발한 흔적도 없었다. 하다못해 우주를 떠다니는 시체도 없었다. 하지만 그런 것보다도 마음에 걸리는 점이 하나 있었다. 에어록 근처까지 왔음에도 베리야가 증언한 푸른색 상자의 모습은 보이지 않았다는 점이었다. 나는 애써 침착한 얼굴로 에어록을 여는 용병을 바라보았다.

다행히도 출발 전에 가져온 공항 마스터 코드가 먹힌 모양이었다. 에어록이 천천히 시계 방향으로 회전하더니 양옆으로 갈라졌다. 이번에도 들어가는 순서는 똑같았다. 용병들이 먼저 들어가고 구급대원들은 나중에 공항 안으로 진입했다.

하지만 우리를 맞이한 것은 예상외의 상황이었다.

"드워프 스타에 어서 오세요!"

박수 소리가 비둘기처럼 푸드덕거리며 날아올랐다. 우리는 모두 하나같이 눈을 부라리며 예상 밖의 상황을 노려보았다. 에어록 앞, 공항 탑승구에는 수많은 사람이 서 있었다. 못해도 수천, 수만은 족히 넘을 것 같은 사람들이 그곳에 서 있었다.

그들은 모두 하나같이 하얀 옷과 화환을 머리에 쓰고 있었다. 화환과 하얀 옷이 어디서 났는지는 알 수 없었다. 하지만 적어도 사람들이 건강해 보인다는 점 때문에 우리는 안심할 수 있었다.

"다들 어떻게 된 겁니까? 분명 경보가……."

"걱정하지 마십시오. 그냥 해프닝이었어요. 자자, 안으로 들어가시죠."

"지금 당신네가 어떤 상황인지나 아십니까? 여기 책임자가 누구요?"

대장은 당혹감을 감추지 못하고 성을 냈다. 하지만 사람들은 생글생글 웃으면서 대장의 머리에 화환을 씌워주었다. 투박한 헬멧 위에 올라앉은 꽃을 보니 어딘지 모르게 우스운 생각마저 들었다. 대장이 도무지 영문을 모르겠다는 듯 고개를 젓자 사람들은 대장의 팔을 끌고 공항 안쪽으로 들어갔다. 우리도 대장을 따라 사람들 사이로 걸어 들어갔다. 그러자 수많은 사람이 크고 작은 화환을 들고 우리에게 다가왔다.

그들은 화환을 목에 걸어주거나 머리에 씌워주고는 헤벌쭉 웃었다. 도무지 멀쩡한 사람의 웃음이 아니었다. 무언가 보이지 않는 손이 그들의 뺨을 잡아당기는 것 같은 인상을 지울 수 없었다. 나는 사람들이 권하는 화환을 거부했다. 화환을 쓴 동료들도 내게 화환을 써보지 그러느냐고 말했다. 하지만 나는 됐노라고 중얼거리면서 불편한 환영 인파를 따라 걸음을 옮겼다.

환영 인파는 탑승구에서 우주공항 로비까지 이어져 있었다. 모두 하나같이 똑같은 표정으로 꽃잎을 뿌리면서 우리를 환대했다. 마치 개선장군을 맞이하는 고대의 행사를 보는 기분이었다. 하지만 뜻 모를 환대가 계속될수록 나는 불안감을 떨칠 수가 없었다.

그때였다. 어디선가 손이 튀어나와 내 어깨를 잡았다. 나는 잽싸게 고개를 돌렸다. 낯익은 얼굴이 있었다.

"베리야 씨?"

내가 중얼거리자 베리야는 씩 미소를 지었다. 윗입술만 올라간 부자연스러운 미소 때문인지 몰라도 이빨 대신 잇몸이 훤히 드러나 있었다. 그는 내게 인사를 하고서 악수를 청했다. 나는 그의 두툼한 손을 맞잡았다.

"세상에 이게 얼마 만이에요?"

"글쎄요. 3주쯤 됐나요?"

내가 말하자, 웃음을 터뜨린 베리야는 내 어깨를 툭툭 건드리면서 말했다.

"그때 그쪽 얼굴을 봤어야 해요. 어찌나 진지하던지."

"이게 다 무슨 일이죠?"

내가 묻자 베리야는 넉살 좋게 말했다.

"만우절 장난이죠. 만우절이요. 들어봤죠? 옛 지구 풍습이요.

이번 기회에 우리는 만우절 장난을 우리 행성에 새로운 관광 상품으로 삼으려고 해요."

"그럼, 그 모든 게 거짓말이었다고요? 우리가 나눴던 대화나, 그 상자랑 경보 모두 다요?"

베리야는 그렇노라고 말했다. 그는 거창한 말들을 늘어놓았다. 동료들과 짜고서 일부러 경보를 눌렀고, 그걸 안 시장이 이참에 만우절 기획을 세웠다는 것이다. 그야말로 어린아이들 입에서나 나올 법한 거짓말이었다. 나는 뒤를 돌아보며 동료들을 살폈다. 화환을 뒤집어쓴 그들은 일렬로 로비를 빠져나가고 있었다. 나는 동료들을 바라보면서 베리야의 손을 뿌리치려 했다. 하지만 그는 내 손을 놓아주지 않았다.

오히려 처음보다 더 거세게 내 팔을 붙잡고 늘어졌다. 그는 계속해서 행정체계에 대한 말도 안 되는 소리를 늘어놓았다. 하지만 나는 그런 말에 속지 않았다. 애초에 회사에 속한 사람치고 이런 말에 속을 사람이 어디 있으랴? 나는 베리야에게 쏘아붙였다.

"베리야 씨. 계속 장난이었다고 말씀하시는데요. 저희 쪽으로 접수된 경보는 단순한 경보가 아니었어요. 결코 장난으로 울릴 수 있는 경보도 아니었고요. 독립된 각기 다른 세 개의 인공지능과 특별히 선정된 연구 단지, 그리고 회사 간부 2인 이상이 승인해야 회사소속 구조대인 우리에게 하달되는 경보였다고요. 그리고 이곳에는 연구부서장님과 보안실장님이 있으셨죠. 베리야 씨, 당신은 거짓말을 하고 있어요. 금방 들통날 거짓말을 하는 거라고요."

내가 쏘아붙이자, 베리야는 웃음기를 거뒀다. 한순간에 시체처럼 굳어버린 얼굴로 그가 내게 말했다.

"거짓말이라뇨. 하하. 그리고 거짓말이면 좀 어때요? 계속 우리랑 같이 있어요. 여기서 나갈 필요가 없어요. 여기에선 뭐든 됩니다. 뭐든지 원하기만 하면 다 이루어진다고요. 전부 다!"

베리야는 넋 나간 사람처럼 실실 웃었다. 그러더니 자기가 쓰고 있던 작은 화환을 벗어 내 머리에 씌우려 했다. 나는 그의 손을 제지하면서 말했다.

"원칙적으로 비상 퇴거 명령이 떨어졌으니까 일단 퇴거하셔야 해요. 여기 계시는 모든 분도 마찬가지입니다. 곧 수송선이 올 겁니다. 그러면……."

나는 퇴거 후 다시 재정착에 대해 고지를 하려 했다. 하지만 베리야는 내 말은 듣는 척도 하지 않았다. 그는 계속 내 머리에 화환을 씌우려 했다. 나는 그의 손을 정중히 뿌리치면서 입을 열었다.

"베리야 씨, 지금 상황이 심각합니다. 아시겠어요? 이 기지 어딘가에 상당히 심각한 문제가 발생했습니다."

"문제 따위 없다니까 그러네!"

베리야는 목소리를 높였다. 얼굴이 종잇장처럼 구겨지고 입가는 으르렁거리는 불독처럼 걸쭉한 침방울을 줄줄 흘리고 있었다. 그는 두꺼운 손으로 내 목을 잡아챘다. 우주복이 우그러지는 소리가 들릴 정도였다. 정말이지 이게 사람의 손인가 싶을 만큼 엄청난 악력이었다. 나는 곧장 그의 팔을 주먹으로 내리쳤다. 하지만 눈을 희번덕거리던 그는 내 머리 위에 화환을 올리려고 했다. 나는 잽싸게 우주복에 달린 외골격의 출력을 높여 그의 손을 뿌리쳤다.

베리야는 뒤로 물러섰다. 그의 손에서 떨어진 화환이 바닥에 떨어졌다. 나는 화환에서 흘러나오는 소리를 똑똑히 들을 수 있었다. 철퍼덕거리는 소리였다. 마치 걸쭉한 액체가 바닥에 떨어지는 소리와도 비슷했다. 결코 화환에서 날 수 없는 소리였다.

나는 화환을 똑바로 노려보았다. 그러자 꽃잎들은 시들어가듯 사라지고 이내 검붉은색 촉수들이 꽃잎 대신 제 몸을 뒤틀어대고 있었다. 피다 만 꽃망울처럼 보였던 장식은 길쭉한 연체동물처럼 생긴 몸을 뒤틀고 있었다. 그것 주위로 검은 액체가 꿈틀거리면서 몸을 뒤틀었다. 내가 비명을 지르자 베리야는 내 팔을 붙잡았다.

나는 베리야를 바라보았다. 그는 무표정하게 입을 열었다.

"당신, 어리석네요."

베리야가 입을 다물던 그때였다. 그의 정수리가 갈라지더니 검은 액체가 흘러내렸다. 액체 몇 방울이 내 뺨을 후려쳤다. 마치 이 모든 것이 눈 앞에 펼쳐진 현실이란 것을 상기시키듯이 말이다. 내가 눈을 껌뻑이며 뒤로 물러서자, 간헐적으로 꿈틀거리던 베리야는 비틀거리며 뒤로 물러났다. 그는 비척비척 벽 쪽으로 걸음을 옮기더니 벽에 기대고 섰다.

베리야는 발작을 일으키듯 몸을 뒤틀었다. 하얀 원피스처럼 보였던 옷이 꿈틀거리기 시작했다. 옷은 서서히 여러 겹의 막으로 분리되더니 제 몸을 털기 시작했다. 체액을 사방에 흩뿌린 투명한 그것은 세 쌍의 날개로 변했다.

날개가 베리야의 가슴과 배 위에서 퍼덕거리자 등과 어깨에서 돋아난 곤충의 다리가 벽을 움켜쥐었다. 어깨에서 돋아난 길쭉한 낫처럼 생긴 다리를 쭉 편 그것은 벽을 짚었다. 그러자 한 마리의 벌레로 변한 베리야는 벽을 기어올랐다. 그가 신고 있던 구두가 떨어졌고 청바지도 찢어졌다. 그러자 하반신이 있어야 할

곳에 길게 늘어선 촉수들이 기지개를 켜듯 제 몸을 한껏 늘어뜨리고 있었다.

나는 머리를 망치로 얻어맞은 사람처럼 베리야를 바라보았다. 도망가야 한다는 생각조차 들지 않았다. 오히려 너무 어처구니없어서 눈이 의심스러울 지경이었다. 벌레로 변한 베리야는 2층 난간까지 기어 올라가면서 내 얼굴을 바라보았다. 그는 표정 하나 변하지 않고서 내게 말했다.

"날 원망하지는 말아요. 난 그래도 당신에게 기회를 줬어요."

베리야는 등에 돋아난 수많은 다리를 까딱거리다 날개를 퍼덕이며 날아올랐다. 그러자 2층에 서 있던 하얀 옷을 입은 이들도 서서히 사람의 탈을 벗어던지기 시작했다. 그들은 모두 베리야와 비슷한 모습으로 변했다. 세 쌍의 그물맥 날개와 날카로운 낫처럼 생긴 앞다리가 팔뚝에서 돋아나 있었다. 등에서 뻗어 나온 기다란 다리들이 구부정하게 휘어버린 몸을 끌고 천장으로 기어올랐다. 나신의 하반신에서 돋아난 촉수들은 벽에 점액질을 묻히고 지나갔다.

무엇이 저들을 저렇게 만들어놓은 걸까? 도저히 감도 잡히지 않았다. 그들은 새로이 돋아난 집게 입을 쳐들었다. 그리고 원래 입으로 노래를 불렀다. 가래 끓는 소리가 묘한 화음을 자아내자 기묘한 노랫소리가 날아올랐다.

장담컨대 그들이 내뱉은 노랫소리는 이 세상 어떤 노래와도 닮지 않았다. 이 세상과는 어떤 연결점도 없는 순수한 외계의 노래였다. 노래는 스피커를 타고, 복도를 가로질러, 입에서 입으로 전해졌다. 하지만 그 노랫소리는 단순히 내 귓가에 들리기만 한 것이 아니었다. 그것은 내 오감 깊숙이 파고들었다.

그 소리는 하얀 뭉게구름과도 같았다. 비유가 아니었다. 정확히 뭉게구름과도 같은 형상을 띠고 있었다. 너무나도 화창한 날에나 볼 수 있을 만큼 새하얀 뭉게구름이었다. 나는 그 뭉게구름 속에 비치는 수많은 그림자를 볼 수 있었다.

그들은 하나같이 먹고 마시고 몸을 뒤섞었다. 내가 놈들을 더 자세히 보려 하자, 내 뺨을 관통한 소리가 내 혀를 가볍게 때리고 지나갔다. 진동이 맴돌고 간 혀끝에서는 바닐라와 상큼한 레몬 향이 돌았다. 소리가 심장을 어루만질 때면 나는 두둥실 몸이 떠오르는 감각을 지울 수 없었다. 온몸이 이대로 떠올라 구름 속으로 빨려들어 갈 것 같았다.

나는 몸을 돌려 동료들에게로 향했다. 어서 다른 사람들을 데리고 나가야 한다는 생각뿐이었다. 하지만 몸을 돌리자 푸른빛이 내 얼굴에 달려들었다. 잠시 눈을 찌푸린 나는 손으로 빛을 가렸다. 눈이 강렬한 빛에 적응하자, 내 앞에는 푸른색 정육면체가 나타났다. 그것 아래에는 축 늘어진 구조대원들이 널어놓은 빨래처럼 허공에 걸려 있었다.

구조대원들이 나타나자, 천장을 가득 채운 인간벌레들은 인간의 입으로 합창하듯 소리쳤다.

"육신은 끝없는 고통 속에서 영원히 살아가리라! 정신은 끝없는 쾌락 속에서 영원히 번창하리라! 쾌락은 쾌락에게로! 고통은 고통에게로!"

푸드덕거리는 날갯소리와 박수 소리가 날아오르자 푸른 상자는 서서히 대원들에게 다가갔다. 놈이 제일 먼저 택한 이는 대장이었다. 놈은 대장의 머리 쪽으로 날아가 대장의 머리를 집어삼켰다. 나는 아직도 대장이 내지른 비명을 기억한다. 갈라지고 투박한 비명이었다. 곧이어 물이 끓는 소리가 부글부글 끓어올랐다.

소리가 끝나기도 전에 나는 곧장 에어록을 향해 몸을 던졌다. 그러자 갑자기 몸이 붕 뜨는 감각이 내 몸을 움켜쥐었다. 나는 몸을 버둥거리면서 뒤를 돌아보았다. 그러자 푸른 상자가 내게 다가오고 있었다. 나는 손을 휘저으며 상자를 밀어내려 했다. 하지만 상자는 내 손을 가뿐히 피해 곧장 내 얼굴로 달려들었다.

내가 눈을 질끈 감던 그 순간, 어디선가 산들거리는 바람이 밀려들었다. 움츠린 어깨를 풀고서 고개를 들자 끝없이 펼쳐진 푸르른 대지가 눈에 들어왔다. 발목까지 자란 이름 모를 풀들 너머로 시선을 던지자 들판 너머 아득히 높은 산이 우뚝 솟아 있었다. 하늘에서 쏟아지는 오렌지색 태양과 생동감이 넘치는 수많은 외계 생명체가 내 주위를 알짱거렸다.

그 초원 위에서 수많은 사람이 저마다의 세계를 차리고 살아가고 있었다. 어떤 이는 가족과 함께 설산을 올랐고, 어떤 이는 마약을 하면서 해변에서 수많은 사람들과 몸을 섞고 있었다. 먹을 것이 산처럼 쌓인 곳에서 실컷 음식을 즐기는 이들도 있었다. 모두 하나같이 행복한 표정을 짓고 있었다.

마치 천국 속에 사는 사람들이나 지을 법한 표정들이었다. 나는 당황스러운 풍경에 고개를 돌렸다. 주변을 두리번거리자 어느새 인공적으로 조성된 해변과 야자수가 멋들어지게 자란 산책로가 내 주위를 감싸고 있었다. 나는 곧장 산책로를 따라 내달렸다.

이건 다 가짜야. 속으로 되뇌었지만, 가짜라고 되뇔수록 풍경은 더욱더 현실감 넘치게 눈 속으로 파고들었다. 우주복을 입었는데도 발가락 사이를 파고드는 모래 알갱이와 파도 소리가 점점 더 선명해지고 있었다. 거기다 불안한 감각이 서서히 느슨해지고 있었다. 마치 불안감을 다른 감각으로 덮어씌우는 느낌이 들었다.

나는 거의 반쯤 정신 나간 사람처럼 몸부림을 쳤다. 어서 빨리 깨어나야 했다. 그러자 문득 모래사장 위에 머리를 내민 바위 하나가 눈에 들어왔다. 나는 곧장 바위로 달려가 머리를 박았다. 충격 때문인지 정수리를 타고 아찔한 감각이 온몸을 꿰뚫었다. 하지만 아직도 오렌지 태양과 바닷가는 여전히 눈앞에 맴돌고 있었다. 이 평온한 악몽 속에서 벗어나기 위해 나는 연달아 바윗돌을 머리로 들이받았다.

그때였다. 머리 위로 벼락이 내리치는 감각과 함께 나는 간신히 정신을 차릴 수 있었다. 어떻게 그것이 가능했는지는 알 수 없었다. 그저 운이 좋았다는 말 밖에는 달리 서술할 방법이 없었다. 어쨌든 정신을 차린 나는 발버둥 치며 푸른 상자를 때렸다. 주먹을 날리고 발길질을 한 끝에 상자는 날 바닥에 패대기쳤다. 등줄기를 타고 고통스러운 감각이 흘러내렸다.

어쨌거나 기회였다. 나는 자리에서 일어나 곧장 출구 쪽으로 내달렸다. 등 뒤에서 푸드덕거리는 날갯짓 소리가 시끄럽게 따라붙었다. 나는 잽싸게 에어록으로 뛰어들어 문을 잠갔다. 천천히 회전하는 에어록 문이 열리자, 우리가 타고 온 구조선이 정박해 둔 자리에 우두커니 서 있었다.

뒤도 돌아보지 않고 구조선으로 뛰어들자 에어록을 열고 나온 인간벌레들이 스멀스멀 활주로 위로 기어 나왔다. 놈들이 구조선 쪽으로 다가오자 나는 급하게 시동을 걸고 조종간을 잡아당겼다.

구조선을 몰고 공항을 빠져나왔을 때, 나는 행성을 집어삼킨 거대한 정육면체를 보았다. 정육면체는 서서히 몸을 뒤틀면서 푸르스름한 광채를 흩뿌리고 있었다. 광채는 푸르스름한 고리처럼 뻗어 나와 검은 우주를 가로질러 별빛의 바다를 향해 물결치며 뻗어갔다.

광채가 어디로 향하는지 나로서는 알 수 없었다. 다만, 광채에 닿기 무섭게 내가 몰던 구조선의 동력이 꺼졌다는 것뿐이었다. 선체가 뒤흔들렸다. 마치 거인의 손에 붙잡히기라도 한 듯 마구 흔들리기 시작했다. 계기판이 불똥을 토해냈고 나는 곧장 전방 유리창을 향해 튕겨 나갔다. 기억은 나지 않지만, 아마 그때 기절한 모양이었다.

깨어나 보니 나는 병원 침대에 누워 있었다.

사람들은 내가 발견된 것이 거의 기적이나 다름없다고 말했다. 드워프 스타가 있던 좌표에서 얼마 떨어지지 않은 곳에 표류 중이었다고 한다. 다행히도 후속 구조대가 발견한 덕에 곧장 응급처치를 할 수 있었다고. 간호사는 내 상태를 기적이라 불렀다.

거의 2주 넘게 머리에 피를 쏟으면서 기절한 사람이 살아남았으니 그럴 만도 했다.

나는 간호사에게 드워프 스타 7번 행성에 관해 물었다. 다른 사람들은 구했느냐고 말이다. 하지만 간호사는 영문을 모르겠다는 얼굴로 고개를 저었다. 간호사는 안정을 취해야 한다는 말을 남기고서 자리를 떴다. 나는 한 달 뒤에나 회사 조사관을 통해 내가 던진 질문의 답을 들을 수 있었다.

이제 더 이상 드워프 스타라는 항성계는 존재하지 않는다는 것이다. 수십만이 살았던 삶의 터전은 한순간 어디론가 사라진 뒤였다. 회사와 정부가 나서서 식민지를 찾으려 했지만, 식민지의 흔적은 어디에도 남지 않았다. 정체불명의 정육면체도 마찬가지였다.

그 때문에 수많은 사람들이 내게 달려들어 현장에서 벌어진 일에 관해 물었다. 이 사건의 유일한 생존자이자, 유일한 목격자였으니까 당연한 일이었다. 하지만 내가 그들에게 해줄 말은 별로 없었다. 나도 베리야와 똑같은 사람이었다.

내가 침묵으로 일관하자, 사람들은 이제 내게 의사들을 붙여주었다.

의사들은 하나같이 내게 안정을 취해야 한다고 말했다. 맞는 말이었다. 일단은 생각을 정리할 시간이 필요했다. 그리고 회사와 정부도 의사들의 소견에 어쩔 수 없다는 듯 한발 물러섰다. 제아무리 잘난 그들도 지금 상황에서는 할 수 있는 것이 없다는 점을 잘 알고 있으리라. 결국, 나는 요양을 위해 휴양 행성에서 하루하루를 보내고 있다.

오렌지색 태양 아래 생동감이 넘치는 곳이었다. 바다는 아직도 오염이 되지 않았고, 인간에게 위해가 될 수 있는 생물은 없었다. 인공적으로 조성된 해변과 야자수가 멋들어지게 자란 산책로가 사방으로 뻗어 있다. 나는 이곳에서 낮에는 브런치를 먹고 산책하다 잠자리에 든다. 살면서 이토록 편했던 나날이 있을까 싶어질 정도다.

이 휴양 시설에서도 회사는 여전히 내게 보고서를 요구하고 있다. 그들은 여전히 광산 행성에서 일어난 일을 알고 싶어 했다. 난 그들에게 광산 행성에서 있었던 그 짧은 이야기를 조금도 숨기지 않았다. 그런데도 그들은 날 믿지 않았다.

하긴, 믿지 못하는 건 당연하리라.

우리는 그곳에서 천국을 캐냈다. 의심할 여지가 없는 천국이었다. 하지만 인간이 살기에는 버거운 외계의 천국이었다. 아마, 나는 이계의 천국을 본 처음이자 마지막 인간이리라. 그럼, 이제 보고서에는 뭐라고 적어야 할까? 사람들과 항성계가 전부 이름 모를 외계의 천국 속으로 가버렸다고 말하면 누가 믿으랴? 벌써부터 머릿속이 복잡해진다.

뭐, 보고서 따위 개나 줘버리라지. 지금은 보고서보다 더 중요한 문제가 있었다. 내 곁을 떠나질 않는 환청과 환각이 바로 그것이었다. 잠시만 생각을 비워도 내 눈은 뼈와 썩어가는 내장으로 세상을 덧칠하고 만다. 이제는 그 특유의 비릿한 썩은 내까지 풀풀 풍기곤 한다.

한번은 잼으로 가득 찬 유리병을 열자 노랫소리가 흘러나온 적도 있었다. 도저히 사람의 구강 구조로는 낼 수 없는 기이한 소리였다. 나는 노랫소리를 애써 외면하면서 잼 뚜껑을 덮었다. 그러자 뚜껑을 비집고 나온 수많은 촉수가 내 팔뚝을 붙잡았다. 촉수 위로 수많은 얼굴과 뒤틀린 몸뚱이들이 달려 있었다. 나는 촉수 위에 박힌 얼굴 중 몇몇 얼굴을 알아볼 수 있었다.

그중에는 베리야의 얼굴도 있었다. 그가 웃자 입 안에 돋아난 촉수들이 이빨 대신 드러났다. 구역질이 치밀었다. 나는 곧장 촉수를 뿌리치고서 가게 밖으로 뛰쳐나갔다. 길바닥에 토악질하고 자리에 고꾸라졌지만 계속 달렸다. 그러다 언덕 위에서 쓰러진 뒤에야 마경은 내 눈에서 사라졌다.

처음에는 온종일 우느라 정신이 없었지만, 이제는 눈물도 나오지 않았다. 점점 감정이 무뎌져 가고 있었다. 때로는 어떤 것이 현실이고 어떤 것이 환상인지 구별이 되지 않았다. 이제는 커피 맛이 무슨 맛인지도 기억나지 않는다.

그런데도 그런 지옥 같은 순간이 지나면 다시금 알 수 없는 환희가 찾아든다. 고양감과 묘한 쾌감이 가슴을 꿰뚫고 지나간다. 그러고 나면 기다렸다는 듯 수많은 손이 내게 손짓한다. 내가 구하지 못한 이들, 오래전에 죽은 가족들이 계속해서 날 부른다. 하지만 그들이 진짜 사람이 아님은 단번에 알 수 있었다.

그들은 언제나 너무 비대하거나, 너무 왜소했다. 마치 누군가 그들의 살가죽을 벗겨내고 뒤집어쓴 것처럼 그들은 하나같이 섬뜩하게 보일 뿐이었다.

그들은 언제나 저주받은 성가를 부른다. 아침에 눈을 뜰 때마다 인간벌레들의 행렬이 펼쳐진다. 그들은 화장실이고 침실이고 가리지 않고 기어오른 뒤에 내 눈을 피해 사라진다. 그런데도 역겨운 기분은 들지 않는다.

거기다 알 수 없는 시선이 밤마다 따라붙는 바람에 이제는 약 없이는 잠을 이룰 수도 없다. 약이 아니면, 그 빌어먹을 노랫소리가 벌 떼처럼 날아오른다. 기이한 불협화음은 점점 더 강렬해지고 더더욱 신명 나게 음울한 노랫가락을 자아낸다. 어떤 날은 잠에서 깨어난 뒤에도 노랫소리가 계속 머리를 맴돌 때가 있다.

대체 이 빌어먹을 환청과 환상은 언제쯤 끝나게 될까? 의사는 PTSD(외상 후 스트레스 장애)라고 했다. 약만 잘 먹으면 별일 없을 거라 말했지만, 환청과 환시는 날 놓아주질 않는다.

아마, 산 자가 천국을 엿본 흉터인 모양이리라. 그래서 요즘에는 침대맡에 와인과 총을 놓아두고 잠을 청한다. 언젠가 손짓에 굴복하는 날이 온다면. 광기 어린 성가와 수많은 촉수의 천국에서 벗어나지 않으면 버틸 수 없는 날이 오면, 그때는.

클레이븐

1991년 서울에서 태어났고, 대학에서 기계공학과를 전공했다. 중학교 국어시간에
처음으로 단편소설 쓰기를 접한 이래로 꾸준히 작품 활동을 하고 있다. 2019년에
웹진 거울의 독자우수단편으로 〈마지막 러다이트〉와 〈컴플레인〉이 뽑혀 필진이
되었다. 2021년 거울 총서에 〈마지막 러다이트〉와 〈컴플레인〉이 수록되었다. 장편
소설 《FTL에 어서 오세요》를 출간하였고, 《감정을 할인가에 판매합니다》라는 앤
솔로지에 참여하였다. 현재는 새로운 작품을 집필 중이다. 개인적으로는 괴상한
괴물들과 암담하고 기괴한 배경, 그 속에서 발버둥치는 주인공의 모습을 담담한
어조로 그리는 것을 좋아한다.

이기적이다 유이럽

사정이 있어 숨어 살고 있었다. 그렇다고 숨어 사는 곳이 누추하지는 않았다. 깔끔한 바닥에는 새하얀 매트가 깔렸고, 한쪽 벽면은 유리 디스플레이로 되어 있어서 빽빽한 도시 전경과 나뭇잎 위로 햇빛이 요동치는 녹지공원을 내려다볼 수 있었다. 아늑해서 반은 우리 집 같고, 반은 남의 건물 같은 이런 복합공간을 프라이빗 타운이라 불렀다. 전염병 예방 혹은 특별한 편리와 사생활 보호를 위해, 생활 수준 맞는 계층들끼리 신용과 보증을 통해서 사무실 겸 주거 공간으로 나누어 썼다. 하지만 숨어 살면 매시간 공포가 발작하거나, 더 두려워하라고 내 안의 목소리가 충동질했다. 나와 같이 숨어 있는 연은 내 속마음을 모르고 타운 지하층 미용실에서 다듬은 단발을 만지작거리며 눈웃음쳤다.

　"여보, 나 어울려?"

　선이 고운 밝은 외모와 달리 목소리는 가늘고 약간 쉰 소리를 냈다. 태평한 사람을 굳이 두렵게 할 필요 있을까? 내 두려움을 얘기하지 않고, 연의 손을 이끌어 방을 나왔다. 엘리베이터와 현관 앞에 있는 로비 겸 거실은 고대 그리스 극장처럼 층층이 계단식으로 되어 있었다. 현관과 마주 보는 벽면은 수족관이었다. 닭 벼슬처럼 화려한 긴 지느러미를 달고 있는 열대어들이 수족관 안에서 춤을 추었다. 거실 한가운데는 계단식 구조의 최하단이어서 시선이 자연히 내려가게 만들었다. 숨어 산다고 움츠러들지는 않았다. 오늘은 아는 친구 부부를 불러서 같이 식사하기로 했다. 남자 목소리가 크게 들려왔다.

"나 10년간 말이야, 한 사람이 한 사람에게 줄 수 있는 건 다 줬어. 당신에게 더는 줄 게 없어. 생각해봐. 당신은 더 받을 게 있어?"

친구 부부는 자연스럽게 사생활이 공유되는 이곳에 벌써 적응했는지 편하게 굴고 있었다. 연령대는 우리 커플과 비슷한 30대 후반으로 남자는 눈자위가 깊지만 대체로 이목구비가 또렷해 미남형이었다. 여자는 눈썹이 짙어서 답답해 보이지만, 고집이 세 보여 싸움을 피해 가게 만드는 인상에 안경을 쓰고 있었다. 남자의 말에 밀려오는 정서가 진한 사랑 이야기라는 걸 알 수 있었다. 연은 그 말에 실려 있는 헤어지려는 뜻을 미처 감지하지 못했는지 사랑 정서만 느끼고는 폴짝 뛰며 기뻐하는 듯했다. 그 남자와 여자는 마치 가족 앞에서 싸우듯, 남 보라는 듯이 거실 한가운데에 있었다. 분위기를 보아하니 요 며칠간 자기들끼리 주고받았던 문제를 잠시 억눌렀는데, 무게를 못 참고 툭 터져버린 듯했다. 남자가 계속 이야기했다.

"잘 들어봐."

"그래, 잘 듣고 있어."

여자의 말은 감정적으로 끝이 올라가지 않고, 평평하게 끝나 이성적인 대답처럼 보였지만, 속까지 그렇다고 내가 장담할 수는 없었다.

"10년간, 우린 다 해봤으니 더 할 게 없는 게. 그러니 사랑이 식는 게 당연하지 않아?"

남자는 나를 보고 살짝 목례했고, 나 역시 목례하여 아는 체했다. 연은 수줍게 눈인사했고, 여자도 집게손가락으로 안경을 살짝 올리며 눈인사했다. 나와 연은 층층이 파여 있는 관람석 같은 계단에 앉았다. 우리 옆으로 수족관 열대어들이 이제 막 극장에 들어온 관객들처럼 부산하게 자리를 찾는 걸로 보였다. 남자가 말했다.

"120세 시대에 10년 같이 살고 헤어져서 새 출발 하는 건 흠이 아냐."

"알아. 거창하게 설득 안 해도 우리가 더 할 게 있을까? 없어. 그리고 요즘 꼬부랑 할아버지, 할머니 때까지 같이 사는 사람이 어딨어? 그런데 애는 어떻게 해?"

친구 부부의 SNS에 늘 함께하는 남자아이를 떠올리게 하며 침묵이 시작됐다. 침묵은 서로 어떤 말을 하고, 어떤 행동을 하고, 어떤 반응을 보일지 연극처럼 미리 약정된, 남들 그러니까 우리를 의식한 인공적인 느낌이 있었다. 침묵으로 시작된 이 공백을 연과 내가 채워야 하는 느낌이 들었다. 마치 학창 시절 친구의 가벼운 연애담에 끼어들어 쉽게 판결 내릴 수 있을 때처럼 오지랖이 간질거렸다. 연도 우리 역할을 눈치챘는지 쉽게 들어가지는 않았지만 들떠 있는 게 느껴졌다.

"사랑은 시작했으면 끝나는 게 당연하고, 고집부리면 당사자도 메마르게 해. 우린 메마르고 있어. 애 문제는 따로 봐야지. 따로 해법을 찾아야지."

관객에게서 반응이 나오지 않자, 뒤늦게 흘러나오는 대사처럼 남자가 말했다. 여자는 남자의 말에 우리를 향해 양손을 내밀어 우리의 뜻을 구했다. 친구 사이에 싸울 때 누구 한쪽 편을 들기 애매하기에 연과 나는 어설프게 웃으며 대답을 지연했다. 남자가 말했다.

"더 받을 게 없는데도 헤어지지 않으면 끝이 추해."

"과연 헤어지는 게 우리 자신에게 치료제가 될까? 헤어진 후의 보장을 누가 알아? 누가 거기까지 가봤어?"

같은 사랑 이야기여도 연은 자신이 기대한 톤이 아니었기에 기운 없는 강아지처럼 금세 시무룩해졌다. 내가 가봤다.

"내가 가봤어요. 예전에 사귀었던 연인하고 헤어지기 전에 이런 약속을 했어요. 우리 헤어진 후 5년 단위로 서로에게 근황을 전하자고."

커플은 숨소리를 죽이고 집중하고, 연은 눈을 가늘게 하며 내 과거 애인 이야기를 받아들였다.

"별 대단한 이야기는 나누지 않아요. 그땐 어렸기에 잘못으로 헤어졌다. 서로에게 더 잘할 것 같았다. 같이 나이 먹어 가면서 아쉬웠던 순간이나 함께하지 못한 아쉬움에 대해서 이야기해요. 대단한 이야기나 극적인 드라마는 없지만, 서로를 좋게 봐주기에 장단이 잘 맞아요."

연은 가늘어진 눈을 강아지처럼 동그랗게 세우고는 경청했다.

"헤어진 후에야 진심으로 베스트 프렌드가 될 수 있었어요. 끝났지만 모든 게 끝난 건 아니었어요. 아마….”

난 연의 초롱초롱한 눈을 쳐다보며 말했다.

“각자 사랑하는 사람과 함께하니 예전 사랑을 좋게 봐줄 여유
가 생겨서라고 생각해요.”

나는 연의 눈동자에 대고 깊숙이 말했다. 연은 이런 얘기를 하
는 나를 좋아한다. 내가 좋은 사람인 줄 안다. 나쁜 사람은 아니
지만, 실은 이혼한 내 전처와의 이야기이다. 던져진 내 이야기를
받아보는 커플 사이로 연과 나는 초콜릿 과자처럼 바삭하지만 끈
끈한 눈빛을 주고받았다. 윙~. 이 좋은 순간에 진동과 함께 연의
폰으로 문자가 왔다. 연은 문자를 살짝 열람하더니 숨소리와 눈
동자가 미세하게 위아래로 떨었다. 어떤 문자인지 알 수 없지
만… 우린 쫓기는 사람들이니 우릴 쫓는 문자인 게 분명했다. 폰
을 바꿨는데도 기어이 알아냈나 보다.

“친구요?”

여자가 말했다.

“우리 지금도 친구예요.”

“예?”

나의 물음에 여자는 선생이 학생에게 하는 웃음을 보이고는
설명했다.

“우린 결혼한 것 아니에요. 부부 아니고 사랑이 2할이고, 우정
이 8할이어서 10년간 우정으로 동거했어요.”

‘사랑이 2할이고, 우정이 8할이어서’라고 말할 때 여자는 약간
기계적인 말투였다. SNS에서 직업이 AI 연구원이라고 했다. SNS
사진 사이에 직접 적은 글들을 보면 딱 방금의 기계적인 말투와
잘 겹쳤다. 남자는 여자가 ‘사랑이 2할이고, 우정이 8할이어서’라

고 말할 때 중요한 계약 내용을 떠올리듯 눈빛이 한순간 진지해졌다가 느슨하게 풀어졌다. 나는 이제 막 초등학교에 들어간 두 사람의 애가 SNS에서 '엄마, 아빠에게'라고 쓴 댓글을 떠올렸다.

"그럼 애는요?"

"같이 살다 보니 애도 생겼죠."

남자가 수많은 시간을 덤덤하게 압축했다.

"오프라인 동거는 끝이지만, 아직 애가 어려서 우리 관계를 이해 못 할 테니 디지털 온라인은 유지하려고요. 요즘은 몸은 떨어져도 연결 안 되는 건 못 참으니까요. 아이 정서를 위해서 SNS나 클라우드, 전자코인 양육계좌, 가족 메신저 링크는 계속 유지할 생각이에요."

"많이 생각했구나?"

남자의 설명에 여자가 품평했다. 여자가 잠시 숨을 고르더니,

"우리도 이분 이야기처럼… 헤어지더라도, 헤어진 후 소식을 듣거나, 혹시나 다시 볼 수 있는 약속 필요하지 않아?"

"다시 봐? 왜?"

여자는 대답하지 않고 시선을 수족관 내의 열대어에게로 향했다. 남자는 의아한 제안에 잠시 멈춰 섰다가, 단단하게 굳은 목소리로 입을 열었다.

"그럼 만약에 당신이 나보다 좋은 남자를 만나서 행복하더라도, 내가 원하면 다시 나를 만나러 올 거야?"

여자는 사랑이 2할이라고 했지만 더 크게 거는 게 분명했다. 그러나 남자의 나 말고도 사랑하는 사람이 생긴다면? 더 행복하다면? 나를 위해 그 행복을 포기할 수 있어? 라는 질문을 받자,

침묵했다.

그런가? 아닌가? 참으로 솔직하고, 단순하고, 복잡하면서 참되기에 모두가 모를 수 없는 대답이었다. 어떤 게 더 좋은 건가? 속으로 계산하는 게 분명했다. 사랑의 본질을 보여주는 이기적인 침묵이었다. 사랑은 예전부터 너와 나를 말해왔다지만 이기적이다. 아무리 세상이 변해도, 사랑의 모습이 변해도… 앞으로도 계속 이기적일 터였다.

"흐응….."

연이 미묘한 대립에 긴장했는지 의미 없는 소리를 냈다. 연의 어깨를 감싸 안았다.

"여보. 왜에~."

눈앞에서 아무 일도 안 일어난 척, 나는 연의 응석을 받아주는 투로 대답했다. 여자가 긴장증 환자처럼 뺨 한쪽을 구기며 힘겹게 웃었다.

"보기 좋네요. 두 분 다 실물이 훨씬 나아요."

우리의 SNS 속 사진들보다 더 나은 관계라고 칭찬받았다.

"감사합니다~."

연이 어리고 싹싹한 말투로 대답하자 순박한 모습에 잠시 웃음꽃이 피어났다. 웃음꽃이 지자마자, 여자는 남자 쪽으로 고개를 돌렸다. 남자는 맞받듯이 응시하고는 입을 열었다.

"헤어질 거야?"

"조건을 보고 헤어질게."

"그래. 공증서를 만들자. 공증인이 되어 주실래요?"

남자의 말에 나와 연은 얼굴을 마주 봤다. 갑자기 이래도 되나? 싫어서….

"우리 오늘 처음 봤는데 이래도 되나요?"

우리는 SNS 친구였다. 실제로 보는 건 오늘이 처음이었다.

"평소 모르는 사이가 낫지 않을까요? 주변에 아는 사람에게 부탁하기가 오히려 좀 그렇잖아요?"

친구가 낯설기에 사생활이 존중된다. 사생활을 위해 낯선 서로를 소비한다. 이러려고 우리 앞에서 헤어지니 마니 했구나. 연은 헤어지려는 상황에 이름을 남긴다는 게 내키지 않은 지 어깨를 좁히며 움츠러들었다. 내가 대신 나섰다.

"이이 대신에 제가 할게요."

내 폰을 꺼내어 QR코드를 내보였다. 남자와 여자의 폰이 각자한 번씩 내 QR코드를 찍어갔다. 나를 앞에 두고 두 사람은 각자 돈은 왔던 때와 똑같이 각자 챙기고, 사는 집은 아이를 위하여 내버려두고, 돌아가면서 한 명이 나가고 들어오는 식으로 아이와 집을 돌볼까? 라는 이성적인 논의가 시작됐다. 연은 자신의 폰을 들여다보며 입을 오물오물했다. 내가 어깨에 손을 올리자 연은 어깨를 기울이며 내 손을 피했다. 뭔가 이상해서 쳐다보자 그 짧은 순간 내가 아는 여리고 순한 연은 사라지고 눈빛을 읽을 수 없는 낯선 사람이 있었다. 연이 손가락으로 폰을 가리키며 입 모양으로 뭐라고 하지만 들리지 않았다. 연의 폰 화면에 새로운 문자 메시지 표시가 떠올라 있었다. 우릴 쫓는 문자들인 게 분명했다. 내가 엄지손가락으로 우리 방문을 가리키자 연이 일어섰다.

"잠시 실례하겠습니다."

"괜찮습니다."

"괜찮아요."

남자와 여자가 대답했다. 우리 방으로 향하는데, 모두가 공유하는 공간이니 누군가 거실을 지나갔다. 또각또각 발자국 소리가 들렸다. 누군가 복도를 지나 우리가 있는 로비 겸 거실을 지나 엘리베이터 앞에 섰다. 모델처럼 키가 크고 스타일이 화려한 아가씨가 며칠 전부터 혼자서 머물고 있었다. 왜 혼자 왔지? 무슨 사연일까? 따위의 사생활을 묻지는 않았다. 단, 같은 공간에 들어왔으니 믿을 만한 경제력이나 사회적 위치인 건 확실했다. 그저 그뿐이었다.

"안녕하세요."

인사하며 가볍게 지나쳐서 우리 방으로 들어섰다. 이 공간에 있으면 모두 딱 팔 길이만큼만 친하다. 평소에 주위에 없기에 평판 걱정 없이 헤어지는 이야기 하는 사이로, 도대체 뭐 하는 사람인지, 어떤 직업을 가지고 있는지 몰라도 이곳에 있을 수 있는 같은 수준이기에 그냥 믿는다. 같은 공간을 점유하지만 서로 낯설고 낯선 상태로, 서로에게 미지의 부분을 남기기에 사생활이 유지된다. 서로에게 벌린 팔 길이만큼만 친해진다. 더는 들어가지 않는다.

방에 들어가 문을 닫자마자 연이 뾰족하게 말했다.

"나한테 거짓말한 거 있어?"

평소 나이에 비해 어린 태도에서 말끔히 벗어나지 못해 어설픈 감이 있었지만 그래도 충분히 날카로웠다. 쫓기다가 드디어 잡혔다. 우리를 잡을 사람은 먼 곳의 추적자가 아니라 바로 이곳에 있었다. 나는 거짓말이 들통났기에 먼저 말해버렸다.

"여보네 남편 언제 와?"

"금방 도착할 거래."

나와 연은 돌싱남과 유부녀였다. 우린 부부인 척 사랑의 도피 중이었다. 그쪽이 친구 사이인 걸 몰랐듯 우리도 부부 사이가 아니라는 걸 모른다. 숨어다니기에 우리도 우리를 잘 모르는 사람이 필요했다. 아무도 안 만나는 게 심심했다. 우리도 낯설은 누군가를 팔 길이만큼 예의를 갖추면서 소비하고 싶었다. 내가 연의 남편에게 이곳에 우리가 숨어 있다는 걸 알려줬다. 남편이 이곳으로 온다는 걸 알았으면서도 모르는 척했다. 들킬까 봐 떨었는데 벌써 들켜버렸다.

"이 거짓말쟁이! 날 속였어! 내가 얼마나 무서워했는지 알아? 야비해!"

내가 왜 남편에게 우리 위치를 알려 만나러 오게 하는지, 왜 연을 속였는지 설명할 시간이 됐다. 폴리아모리라는 관계.

동시에 두 사람을 사랑할 수 있다.

'우리만'이라는 울타리를 세우면, 그 안에 내부 구성원들끼리 관계를 용인하면, 동시에 두 사람을 사랑할 수 있다.

"그간 말해왔잖아. 이렇게 도망칠 필요 없다고. 네 남편과는 얘기가 잘 됐어. 남편 쪽도 다른 사람이 있대."

"뭐?"

"각자 사랑하는 사람끼리 살고 싶은 게 당연한 것 아니냐고 했어."

"누가 그 말 했어?"

"남편이…."

"……."

연은 대답하지 않았지만 남편에게 배신감을 느낀 듯했다. 실은 내가 했다.

"네 남편이 말했어. 우리 각자의 상대를 허락한다면… 떳떳하지는 않지만 그래도 이제 흠이 되는 세상이 아니니까, 라고. 하긴 남편 말이 맞아. 가장 큰 걸림돌은 우리 자신들의 결단이야."

"어떤 여자야?"

"그런 얘기는 안 했어."

진짜 친구면 미안해서 비유하지도 않겠지만,

"밖에 저 친구들을 봐. 한 사람이 한 사람만 사랑하는 모노아모리의 한계야. 일대일로 경직되게 사랑하고 살다 보니 틀에 갇혀버렸어. 꼭 헤어질 필요 없잖아. 사랑은 제곱하듯이 늘어날 수 있어. 아이를 위해 중요한 사람은 남기고 차분하게 우정을 유지하며, 다른 사람과 사랑하면 되는데… 쿨하다 못해 드라이해져서 아예 끊어버리는 게 상책이 돼버렸잖아. 자기도 그런 사랑을 하고 싶어? 중요한 합의는 내가 다 해놨어. 자기는 지금 오는 남편한테 동의만 하면 돼."

연은 바깥의 친구들이 지금 하고 있는 어떻게 헤어져서, 무엇을 가를까? 이성적인 논의가 두려운지 문을 쳐다보며 인상을 찡그렸다. 이렇게 감정이 풍부하고, 감성적인 여자다. 그래서 대가 약하고 우유부단하다.

"지금 같이 사는 남편이 네 마지막 사랑이었으면 해?"

질려버린 사랑, 질려버린 사람과 평생 함께 살고 싶냐? 고 살며시 압박했다. 연은 그래도 남편이어서 NO라고 쉽게 말할 수 없다. 우물우물 귀여운 입이 뭔가 말하려 하지만 끝내 제대로 된 말을 하지 못하는 짧은 찰나에, 자상하고 친절하게, 네가 가는 길

편해지라고 나를 깔아 걸어가기 쉽게 해준다.

"난 그 사람이 네 마지막 사랑이 아니길 빌어. 자기도 나와 같이 빌 수 없을까? 우리 서로에게 한 번 더 기회가 왔다고 좋아하면 안 될까?"

연은 이렇게 감성적으로 말하는 나를 좋아한다. 연은,

침묵했다.

좋으면 좋았지 나쁜 건 하나도 없는 말이지만, 말하지 않은 연의 속마음을 알 수 없었다. 어린애같이 엉뚱한 면이 고개를 들었는지 불쑥,

"그런데 남편에게 위치를 알려주고 오는 걸 모르는 척 거짓말할 필요까지 있었을까. 거짓말은 나쁘지 않아?"

나도 침묵했다.

우유부단한 연을 압박하려 남편에게 우리 위치를 알리고 모르는 척 거짓말했다. 어떤 게 나한테 더 좋은지 금방 답이 나오는 쉬운 계산이었다. 사랑의 형태가 바뀌었더라도, 본질은 변하지 않는다. 사랑은 너와 나, 그리고 폴리아모리를 통해 당신까지 말하게 됐지만 여전히 이기적이다.

"……."

"……."

우리 둘의 침묵 사이로 똑똑 노크 소리가 파문을 일으켰다. 문을 여니 남자가 서 있었다.

298

"1차 합의에 이르렀어요. 공증 서주셔서 감사합니다. 나가서 식사라도 대접할까 하는데요."

이제 곧 남편이 온다. 남편을 기다리고 받아들일 건가? 아니면 외면하고 나갈 건가? 연은 아직도 침묵 중이었다.

"……."

나도 침묵 중이다.

"……."

"요 앞에 근사한 레스토랑이 있는데 벌써 폰으로 예약했어요. 함께 나가실까요?"

"아니요. 저희는 기다리는 사람이 있어서요."

연이 말했다. 어떤 게 더 좋은지 결정을 내렸다.

"미안해요."

연의 목소리는 벌거벗듯이 부끄러운 투였다.

"누군데요? 그분도 같이 가시죠. 저희가 내는 겁니다."

남자는 고지식하게 물어봤다. 팔 길이 거리를 보여줘야 했다. 우리 사생활을 위해 물러날 차례라고. 그런데 나는 너무 기뻐서 배설하는 충동으로 사생활을 시시콜콜 다 말해버렸다.

"그럴 수 없네요. 저와 이이. 그리고 이이의 세컨드가 함께하는 자리이거든요."

사실은 내가 세컨드이지만… 사랑은 이기적이다. 하지만 연은 정정하지 않고 양 입꼬리를 빙그레 올렸다.

"아아."

남자는 알겠다는 듯이 웃으며 예의 있게 자리를 비켜줬다.

유이립

2014 《한국 공포 문학 단편선—돼지가면 놀이》, 〈돼지가면놀이〉

2014 《신기한 과학도구》 앤솔로지 〈스키마 리셋기〉

2017 한중SF교류프로젝트 〈치킨헤드〉

2018 자음과모음 계간지 여름호 〈그날로부터의 긴수로〉

2019 《아직은 끝이 아니야》, 〈피그말리온 넷은 왜 다운됐는가?〉

2019 안전가옥 세나개 공모전 수상 〈한밤과 새벽사이〉

2020 《살을 섞다》, 〈하트 투 하트〉

2021 아작 출판 20년 거울 중단편선집 《누나노릇》에 〈비극의 주인공〉 수록

2022 네오픽션 출판 《감정을 할인가에 팝니다》에 〈스키마 리셋터〉 수록

　　　《감정을 할인가에 팝니다》는 22년 세종도서 교양부문에 선정됐습니다.

2023 북오션 출판 《글루미 선데이 음악이 흐르고》에 〈산동네의 mz〉 수록

영애　　곽재식

고조선 말에 장당낭(藏唐娘)이라는 사람이 있었다. 그는 큰 성에서 똑똑하고 재주가 뛰어나며 아는 것이 많기로 대단히 이름이 높았다. 그리하여, 그 성의 어린이들이 노래를 부르기를,

　"장당낭이 모르는 것이 무엇이 있을꼬. 세상에 아는 것이 많다고 우쭐대는 높은 분이라 할지라도 장당낭에 비하면 멍청이구나."

　라고 하며 돌아다녔다. 이 노래는 그 곡이 즐겁고 노래를 부르며 서로 주고받는 것이 재미있어 널리 퍼져나갔다. 그래서 곧 도성에 사는 임금의 귀에도 들어갔다.

　임금은 장당낭을 불러 여러 가지 궁금한 것을 물어보았다.

　"세상에서 가장 큰 나무는 얼마나 큰가?"

　"바다에서 가장 깊은 곳은 얼마나 깊은가?"

　"하늘의 해와 달은 왜 땅에 떨어지지 않는가?"

"불을 붙잡아 가두어놓을 수는 없는가?"

장당낭은 모든 물음에 답했다. 그 답하는 것은 막힘이 없었으며, 내용 또한 듣는 사람마다 옳다고 여길 만했다.

궁중의 사람들이 모두 감탄하자, 다음 날 임금이 아끼는 대부(大夫) 한 사람이 주위 사람들에게 이렇게 말했다.

"아무리 장당낭의 재주가 뛰어나다고 한들, 갖가지 나무와 풀을 샅샅이 따지고 살펴보는 일을 물어본다면 그 일을 10년 동안 해 온 나보다 뛰어날 수가 있겠는가?"

그러자, 사람들을 술을 마시고 노래를 부르며 놀다가 그의 말을 들먹이게 되어 이렇게 말했다.

"그렇다면, 대부가 장당낭과 함께 솜씨를 겨루어보면 어떻겠는가?"

여러 사람이 부추기자 대부는 거절하지 못했다. 대부는 자신의 집에서 장당낭과 함께 누가 더 풀과 나무에 대해서 아는 것이 많은가 서로 겨루어보기로 했다. 대부는 나라 안에서 자라는 온갖 풀과 나무들에 대해서 알고 그 풀과 나무 중에 득이 되는 것이 무엇인지도 알고 있었다. 그는 그런 풀이나 나무를 어떻게 기르는지에 대해서도 세상 어느 사람들보다도 잘 알고 있다고 했다.

"이런 일은 나보다 잘 아는 사람이 없다. 이런 일을 두고 서로 겨루면 이것은 너에게 너무 불리하니, 다섯 번 문제를 내어 두 번만 네가 먼저 맞히면 네가 이기는 것으로 하자."

대부가 장당낭에게 말했다. 그러나 장당낭은 웃으며 이렇게 답했다.

"어찌, 대부와 같이 높으신 분과 함께 겨루면서 그와 같이 험하게 다투도록 하겠습니까? 그런 것 없이 같이 겨루어도 좋습니다."

대부의 부인이 문제를 내고, 두 사람은 그 문제를 맞히고자 겨루기 시작했다. 그런데 장당낭은 두 번 먼저 맞혔을 뿐만 아니라, 다섯 문제를 모두 먼저 맞혔다. 대부는 한 문제도 이기지 못하고 말았다.

대부는 부끄러워 얼굴이 새빨개졌다. 그는 견디다 못해, 자신이 아는 사람 중에 셈을 하는 데 가장 밝은 사람, 짐승에 대해 가장 잘 아는 사람, 의술에 대해 잘 아는 사람을 찾아 다가 각자 셈, 짐승, 의술에 대하여 장당낭과 겨루게 했다.

그런데, 장당낭은 그들 또한 모두 이기고 말았다.

대부는 너무나 화가 나서 견딜 수 없었다. 대부가 답답해서 가슴을 치며 괴로워하는 것을 보고 대부의 부인이 말했다.

"대부는 너무 상심하지 마시오. 좋은 음식과 훌륭한 술을 갖추어두고, 좋은 음악을 들으며 아름다운 춤을 즐기며 상심한 가슴을 달래어보면 어떻겠소?"

대부의 부인은 나라 안에서 가장 좋은 음악을 연주하는 사람들을 모아 두고, 대부와 함께 밤을 새워 즐기며 놀도록 했다. 새벽이 밝아 올 때쯤이 되자, 대부는 모여 있는 사람들에게 이렇게 외쳤다.

"세상에 아는 것이 많고 셈을 잘하고 이치를 잘 밝힌다고 하는 것이 다 무슨 소용인가? 사람의 삶은 결국 좋은 일에 웃고자 하는 것이요, 기쁜 마음에 같이 즐기고자 하는 것 아닌가? 아는 것이 아무리 많아도, 마음을 즐겁게 할 줄을 모르고, 춤과 노래로 사람의 성정을 깊이 뒤흔드는 것을 모른다면, 그런 사람을 어찌 뛰어난 사람이라고 하겠는가?"

모여 있는 사람은 다들 대부의 말이 맞다고 해주었다.

그런데 대부의 말이 끝나자, 음악을 연주하던 사람 중에 큰 모자를 쓰고 있던 사람이 모자를 벗었다. 등불에 얼굴이 드러나니 그 사람은 다름 아닌 장당낭이었다.

장당낭이 말했다.

"제가 음악의 재주도 익힌 바가 없지 않으니, 한번 들어 보시겠습니까?"

장당낭은 자신이 들고 있던 공후(箜篌)라는 악기를 연주했다.

그 음악이 너무 황홀하여 자리에 있던 사람들은 다른 말을 한 마디도 하지 못하고 다들 소리 내는 것을 멈추었다. 음악을 연주하던 다른 사람들은 처음에는 부끄러워 고개를 숙이고 숨을 곳을 찾다가, 나중에는 그저 무릎을 꿇고 장당낭이 연주하는 모습을 우러러볼 뿐이었다.

그 모습을 보고 대부는 기가 막히고 화가 났으며, 나중에는 참다못해 눈물을 흘리고 말았다. 그 모습을 곁에서 보고 있던 부인이 대부에게 물었다.

"지금 장당낭은 그대를 놀리려고 하는 것이오. 왜 이 꼴을 보고 계시오? 얼른 방 안으로 들어가는 것이 어떠하오?"

그러나 대부는 고개를 저었다. 그러면서 말하기를,

"나 또한 그것을 알고 있으므로 자리를 피하고 싶소. 그러나 지금 이 자리를 피한다면, 세상에 이런 아름다운 음악을 다른 곳에서는 결코 들을 수 없지 않겠다는 생각이 들어서 떠날 수가 없소."

라고 말했다.

그것을 본 장당낭은 빙그레 웃으면서, 점차 음악을 흥겹고 즐거운 곡조로 바꾸었는데, 그러자 대부는 여전히 부끄럽고 화나는 것 때문에 눈물을 줄줄 흘리면서도, 그 음악의 흥을 견딜 수 없어 그만 자리에서 일어나 춤을 추고야 말았다.

대부의 이야기가 세상에 알려지자, 사람들은 장당낭이 무서운 사람이라고 생각하게 되었다. 특히 군사들을 많이 부리던 장군들은 장당낭이 사람을 모은 뒤에 뛰어난 재주로 그 무리를 이끌고 싸움을 걸면 위험할 수도 있다고 생각했다. 그래서 몇몇 사람들은 장당낭에게 죄를 덮어씌워 처형하고자 하였다.

"나라의 법이 삼천 가지나 되니, 첫 번째부터 삼천 번째까지 헤아리다 보면 분명히 어긴 것처럼 보일 만한 법은 하나는 있을 것입니다. 일단 장당낭이 죄를 지은 것 같아 보이는 것이 하나만 나오면, 장군께서 잡아다가 죄를 밝힐 때까지 매질하면서 사실을 말하라고 하면 어떻겠습니까? 모질게 매질을 하기를 백 대만 하면 견디지 못하고 죽을 것입니다. 아는 것이 많다고 몸을 쇳덩어리로 만드는 법을 알겠습니까?"

대부는 우연히 그 말을 들었다. 대부는 처음에는 장당낭이 나쁜 일을 당한다고 생각해 기뻐하였다. 그러나 그 생각을 하며, 아침을 먹고, 점심을 먹고, 저녁을 먹을 때가 되자 그토록 재주가 많은 장당낭이 죽는다는 것이 너무 아깝다는 생각이 들었다.

결국 대부는 그날 밤에 장당낭에게 찾아갔다.

"지금 장군들이 그대를 죽이려고 하네. 살고자 하거든 얼른 몸을 피하게."

장당낭은 그 말에 대답하지 않았다. 대신 장당낭은 술을 한 잔 마시라고 하면서 먼저 대부에게 술을 따라주었다. 그리고 술맛과 세상일과 음악과 춤에 관한 이야기를 길게 나누었다. 그런 다음에 대부에게 이렇게 말했다.

"제가 장군들이 저를 죽이러 올 것을 몰랐겠습니까? 다만 어떻게 싸울지를 궁리하고 있었을 뿐입니다."

그러자 대부는 장당낭의 손을 붙잡았다.

"그 장군들은 수가 틀리면 그저 제 부하 중의 한 명을 보내어 앞뒤 따지지도 않고 그대의 목을 일단 치라고 할 사람들이네. 아무리 그자들이 잘못했다고 세상 사람들이 모두 따진다고 해도 그 말을 듣기 전에 칼부터 휘두르는 사람이란 말일세."

장당낭은 답 없이 빙그레 웃을 뿐이었다. 그러자 대부는 다른 이야기를 꺼내는 것 같았다.

"그대가 사람이 하는 모든 일에 밝으며, 세상사 삼백육십 가지 일에 대해 모두 재주가 뛰어나다는 것은 내가 누구보다 잘 알고 있네."

대부는 말을 이었다.

"그러니, 이제 그대는 세상 바깥의 일까지 모두 깨우치는 일에 나서 보면 어떻겠는가? 듣자 하니, 많은 사람이 세상에서 가장 신령스러운 산이라고 하는 웅심산(熊心山)이라는 곳이 있다고 하네. 그대도 그곳을 들어보았을 것이네. 세상의 일을 벗어나 도를 닦으려 하는 사람들이 그 산 깊숙한 곳에 들어가 산에 있는 나무 열매와 풀만 먹으며 지내면서 다른 일은 하지 않고 그저 곰곰이 마음속으로 생각하고 또 생각하다보면 마침내 깨달음을 얻어, 세상사의 모든 고민과 세상 바깥의 일까지 모두 깨우칠 수 있다고 하지 않는가? 그대는 몇 달 동안만이라도 그런 일에 몰두해보면 어떻겠는가?"

그 말을 듣고 장당낭은 소리 내어 웃었다.

"대부께서는 저에게 도를 닦으며 세상 바깥의 깨우침을 얻으라고 하시지만, 사실은 장군들을 피해 산속에 몇 달 숨어 있으라는 이야기 아닙니까?"

"지금 길을 떠난다면, 내가 떠나는 길에 필요한 것들은 무엇이든 대주겠네."

그러면서 대부는 장당낭에게 간곡히 부탁했다. 그리하여 장당낭은 웅심산으로 떠나게 되었다.

웅심산에 도착해보니, 과연 듣던 대로 근처 고을에는 산에 들어가서 지내다가 깨달음을 얻었다는 학자나 도 닦는 사람들에 대한 이야기가 많이 돌고 있었다. 사람들은 이렇게 이야기했다.

"전에 어떤 사람이 웅심산에 들어갔다가 득도했는데, 그 사람은 그 후로 한마디도 말을 하지 않고 오직 항상 빙그레 웃고만 있었습니다. 나중에 그 사람은 병이 들어 온몸이 극히 아프게 되어 죽었는데, 그렇게 아파서 죽는 중에도 조금도 두려워하지 않고 계속 웃기만 했습니다. 그러니, 사람들은 그를 지상 신선이라고 하면서, 이승과 저승을 마음대로 오갈 수 있는 경지가 되었기에 그 모든 것을 두려워하지 않게 되었다고 했습니다."

"전에 어떤 사람이 웅심산에 들어갔다가 득도했는데, 그는 세상일에 조금도 거리낌이 없어, 임금이나 장군들이 잘못한 일에 대해서도 거침없이 이야기했습니다. 마침내 군사들이 그를 쫓아가 죽이려고 했으나 그는 산꼭대기에서 갑자기 사라지고 말았습니다. 군사들은 산꼭대기에서 떨어진 것이라고 했지만, 사람들은 그를 지상 신선이라고 하면서, 이제 하늘을 날아다닐 수 있는 경지가 되어 하늘나라로 올라간 것이라고 했습니다."

"전에 어떤 사람이 웅심산에 들어갔다가 득도했는데, 그가 산에서 내려와 말하기를 '하나는 둘이고 둘은 셋이며 하나 속에 둘과 셋이 있으니, 셋은 하나도 둘도 아니다'와 같이 너무나 뜻이 깊

어 아무도 그 말을 알아들을 수 없는 이야기를 평생 늘어놓으며
세상 사람들이 알아듣지 못하는 것을 안타까워했습니다. 사람들
은 그를 지상 신선이라고 하면서, 그가 얻은 깨우침은 사람의 말
로는 쉽사리 알아듣기 어려운데 그 깊은 지혜를 그만이 깨닫고
있다고 했습니다."

그런 이야기들을 듣고 보니 장당낭은 제법 신기하다는 생각이
들었다. 장당낭은 사람들이 말하는 대로, 도를 닦으러 가는 사람
들이 항상 들른다는 샘물에서 우선 몸을 정갈히 씻고, 깨끗한 흰
옷을 준비하여 그것을 입고 산속 깊은 곳으로 들어갔다.

산골짜기에 들어가 보니, 곳곳에 도를 닦는다고 들어 온 남녀
들이 가득하였다. 그러나 산속에서 지내는 것이 힘들어서 며칠
지내다 나가는 사람이 절반을 넘었다. 남은 절반 중에서는 산속
에서 도 닦는 생각만 하는 것이 지겨워서 견디다 못해 나가는 사
람들이 대단히 많았다.

장당낭은 그런 여러 사람의 모습을 보고 웃으며, 산의 가장 깊
은 곳으로 조금씩 더 들어갔다.

그렇게 몇 날 며칠을 보내는 동안, 장당낭은 산에서 살다 보니
소금기가 있는 음식을 매우 간절히 먹고 싶게 되었다. 소금을 전
혀 먹지 못하면 사람은 죽게 되는 법이기에, 소금이 부족하면 짠
음식이 그리워질 수밖에 없다.

장당낭은 산 밖으로 나갈까 하다가 조금만 더 참고 버텨보기
로 했다.

그러다가 장당낭은 산속의 가장 깊고 험한 곳에서 쑥이나 달
래와 비슷하게 생겼지만 훨씬 이상한 형체를 한 풀이 가득 나 있
는 것을 보게 되었다. 그것은 산에 들어 온 사람들 사이에 동해지

애(東海之艾)라는 이름으로 불리는 풀이었다. 근처에 가보니 그 풀에서는 강한 향기가 났다. 그것을 먹으면 그 강한 향 때문에 짠맛이 나는 음식을 먹는 것과 비슷하지 않을까 하는 생각이 들었다. 그렇게 생각하니 먹고 싶은 마음이 강하게 치밀었다. 장당낭은 그것을 뜯어 씹어 먹으려고 했다.

그러나 입에 넣기 직전에 그 모습을 가만히 보니, 아무리 보아도 그 풀은 한 번도 본 적이 없는 풀이었다. 장당낭은 세상의 삼천 삼백 가지 풀에 대해 알고 있었으나, 그런 풀은 알지 못한다는 사실을 떠올렸다. 가만 생각해보니 그와 비슷한 풀에 대한 이야기가 생각이 났다.

장당낭은 자신이 그 풀을 먹기 전에, 토끼에게 먼저 먹여보았다.

토끼가 그 풀을 먹자, 토끼는 갑자기 사방으로 이리저리 쏘다니더니, 데굴데굴 구르기도 했다. 또한 나중에는 갑자기 물속에 들어가 첨벙대며 뛰어다니더니, 곧 높다랗게 튀어 오르는 것이 마치 하늘을 날아오르려고 애쓰는 것 같아 보였다. 그러기를 토끼는 끝없이 반복했다.

그것을 보고, 장당낭은 그 풀이 무엇인지 알게 되었다.

"이것은 먹는 풀이 아니라, 사실은 독초로구나. 독한 술을 마시다보면 사람이 취하여 두려움이 없어지게 되고, 더 많이 마시다보면 정신을 잃고 쓰러지게 되는데, 이 풀에는 사람의 마음을 해치는 강한 독이 있어서 사람을 깨어나지 못할 정도로 취하게 만든다."

장당낭은 풀의 향기를 살짝 맡아보았다. 그리고 이렇게 중얼거렸다.

"이 풀을 먹으면 그 독이 이치를 따지는 정신을 잃고, 두려워할 줄 아는 마음을 잃고, 옳은 생각을 하지 못하도록 만드는 것이다. 그 독에 마음이 상하고 취하여, 엉뚱한 소리를 하고, 함부로 몸을 쓰고, 몸이 아파져 오며 죽을 때가 되었는데도 자기가 아파 죽는 것도 모르게 되어 그저 히죽히죽 웃기만 하게 되는 것인데, 세상 사람들은 그런 사람을 보고, 득도했다, 깨우침을 얻었다고 하는 것뿐이로구나."

그리고 주위를 둘러보니, 산에서 지내며 도를 닦는다고 들어온 남녀 넷이 마침 그 풀이 피어 있는 곳까지 와서 막 풀을 뜯어 먹으려 하고 있었다. 장당낭은 그 사람들을 말렸다.

"그 풀을 먹지 마십시오. 이 산은 깨달음을 얻을 수 있는 산이 아니라, 지독한 독초가 피어서 사람을 망치게 하는 산입니다. 바로 그 풀이 바로 사람들의 정신을 잃게 만드는 독초입니다."

사람들은 그래도 그 풀을 뜯어 먹으려 했다. 그들은 이렇게 말했다.

"이것은 신령스러운 풀이라고 하여 영애(靈艾)라고도 부르는 것으로, 산에서 먹을 것이 없어 견디기 어려울 때 사람을 살려주는 귀한 풀입니다. 인간 세상과 멀어져서 이런 것만 먹고 지내며 항상 산과 물 속에서 살다 보면 온몸이 깨끗해지고 그러면 마침내 신선과 같은 깨달음을 얻게 되는 것 아니겠습니까? 옛날이야기에 산 좋고 물 맑은 곳에서 이런 풀과 같이 좋은 것만 먹으면서 살면 미련한 곰이라고 할지라도 사람과 같이 말을 할 수 있게 되어 지혜를 갖게 된다고 하였습니다. 그러니 사람이 이렇게 지내다 보면 오히려 더욱 지혜로워져 큰 깨달음을 얻는 것 아니겠습니까?"

그 말을 듣고 장당낭은 그 사람들이 잘못 생각하는 바를 조목 조목 짚어주며 다시 따졌다. 그리고 결코 그 풀을 뜯어 먹으면 안된다는 점을 강하게 휘몰아치면서도 차근차근 쌓아 가듯이 이야기했다. 그러자 풀을 먹으러 온 사람들은 울면서 돌아갔다.

장당낭은,

"드디어 세상 바깥의 깨달음을 준다는 산의 이치도 이와 같이 알게 되었구나."

라고 말하며, 노래를 부르며 산에서 내려갔다.

그러나 산을 내려가는 길에, 한 무리의 사람들이 장당낭을 막아섰다.

장당낭의 말을 듣고 풀을 뜯어 먹지 못한 사람들이 더 많은 무리를 거느리고 온 것이었다. 그 무리 중에는 이미 그 풀을 뜯어 먹고 나서 주위 사람들에게 깨달음을 얻었다고 존경 받고 있는 사람들도 몇 섞여 있었다.

그 사람들은 장당낭에게 달려들었다. 장당낭은 여러 가지 말로 그들을 설득했으나 이미 말을 알아듣지 못하게 된 사람이 있는지라 소용이 없었다.

마침내 그 무리는 장당낭을 때려죽여 버렸다.

나중에 장당낭이 죽었다는 소식을 듣고 대부는 웅심산에 찾아갔다.

대부는 안타까워하며 장당낭의 시체를 찾아다녔다. 유해는 이곳저곳에 흩어져 있었으므로 그는 결국 시체를 찾지 못했다. 다만 그러는 중에 독초가 피어 있는 곳을 발견했으므로, 대부는 그곳을 모두 갈아엎고 불을 질러 그 풀을 다 없애버렸다.

세월이 흐르자 사람들은 장당낭이 마지막으로 웅심산에서 깨달음을 얻어 지상 신선이 되었다고 이야기했다. 그런데 장당낭을 시기한 대부가 산에 불을 질렀으므로, 부정을 타서 그 후로는 더이상 웅심산에서 신선이 나오지 않는다고 했다.

—2022년, 강남대로에서

곽재식

2006년 단편 〈토끼의 아리아〉가 MBC TV에서 영상화된 이후 소설가로도 꾸준히 활동을 이어 오고 있다. 쓴 책으로는 소설 《고래 233마리》, 《지상최대의 내기》, 《빵 좋아하는 악당들의 행성》과 글 쓰는 이들을 위한 책 《항상 앞부분만 쓰다가 그만두는 당신을 위한 어떻게든 글쓰기》, 한국 전통 괴물을 소개하는 《한국 괴물 백과》, 과학 논픽션 《지구는 괜찮아, 우리가 문제지》, 《곽재식의 세균 박람회》 등이 있다. MBC 〈심야괴담회〉, SBS 〈당신이 혹하는 사이〉 등 대중매체에서도 활약 중이다. 공학박사로, 현직 숭실사이버대 환경안전공학과 교수로 학생들을 가르치고 있다.

코로나 호캉스의 추억

엄길윤

드디어 회사에 휴가를 낼 수 있게 됐다. 짧은 2박 3일 동안이지만 승낙받으려고 얼마나 야근을 해댔는지 원. 끝날 듯 끝나지 않는 코로나 시국이라서 기분 전환이 필요한 시점이었다. 요새 관광지에 사람들이 몰리고 있다는데, 무턱대고 욕할 수만은 없는 게 확진자 수가 내려갈 만하면 여기저기에서 집단 확진이 터졌기 때문이었다. 덕분에 다시 확진자 수가 올라가는 걸 보면 사람들이 지칠 만도 하지. 나도 마찬가지였다. 밖을 제대로 못 돌아다니니까 몸이 쑤셨다. 너무 답답해 무턱대고 휴가계를 들이민 터라 당장 며칠 후부터가 휴가였다. 당일에 뭘 할지 몰라 헤매기 전에 얼른 계획을 짜놓아야 한다.

스마트폰으로 어떤 휴가를 보내면 좋을지 검색하다가 요새 사람들이 호캉스를 자주 간다는 사실을 떠올렸다. 호캉스 후기에 관한 글이 인터넷 커뮤니티 사이트나 블로그 등에 가득했다. 호캉스는 호텔과 바캉스를 합친 말로 휴가지에 가서 사람들 등쌀에 떠밀리고 바가지요금에 고생하느니 차라리 편안한 호텔이 낫다는 의미로 만들어진 합성어였다. 하긴, 생각해보니 사람들하고 마주치는 게 부담스러운 요즘 시대에 딱 맞는 휴가이기는 했다.

스마트폰으로 여기저기 호캉스 후기를 살펴봤다. 대부분이 만족하는 추세였다. 코로나로 인한 부담감도 없고, 또 편안히 빈둥거리기만 하니 이보다 더 좋을 순 없겠지. 무엇보다 갈만한 곳이 마땅치 않은 요즘엔 호캉스가 유일하게 안전한 휴가일지도 몰랐다. 호텔은 한 번도 가본 적이 없기에 좀 부담스러웠지만, 그거야 인터넷에서 검색하면 되니까.

대충 호텔에 대해 알아본 후 스마트폰에 깔린 숙박시설 앱으로 들어갔다. 장소는 집에서 그나마 가까운 서울이어야 했다. 비싼 호텔일수록 만족감이 크다고 했던가? 이번만큼은 가격 보지 않고 맘에 드는 거로 골라야지. 호텔 숙박 패키지들을 훑어보다가 생맥주와 와인 무한 패키지를 발견했다. 좀 비싸긴 해도 이만하면 쓸만하겠다 싶어 안내 정보를 찾아봤다. 생맥주와 와인을 무한으로 즐기기 위해서는 호텔 방에서 나와 따로 마련된 시설까지 올라가야 했다. 번거롭기도 하고 최대한 사람들과 거리 두기를 해야 하는 상황인지라 별로 내키지 않았다. 하는 수 없이 다른 숙박 패키지를 찾다가 디럭스룸에 조식이 딸린 상품을 구매하기로 했다. 분명 맥주를 사 와서 밤새도록 마실 텐데 아침에 일어날 수 있을까?

그거야 모르는 일이지. 누군가가 이야기하기로는 호텔의 꽃은 조식이라고 하고, 식당가기도 부담스러운 시국이니 꼭 일어나서 그때만이라도 밥을 챙겨 먹어야 한다. 가격을 확인하니 평일인데도 2박 3일 동안 60만 원이었다. 살짝 비싼 게 사실이었지만, 이럴 때 아니면 언제 돈을 쓸까? 괜히 고민만 하다 기분을 잡치느니 결정했으면 바로 실행에 옮기는 게 낫다. 앱에서 디럭스룸과 조식 패키지를 과감히 결제했다.

　휴가 당일 늦은 아침에 일어났다. 침대 옆 책상에 놓인 시계를 보니 오전 11시 20분이었다. 호텔 체크인 시간이 오후 3시라서 아직 시간은 많다. 화장실에 들어가 샤워를 하고 나오니 창문을 통해 밝은 햇볕이 쏟아졌다. 얼마만의 여유로운 아침일까? 창문 밖을 확인해보니 날씨가 화창했다. 아무리 호캉스라고 해도 비가 오는 것보단 훨씬 나았다.

　느긋하게 아침 겸 점심을 챙겨 먹고, TV 앞에 앉아 가방을 싸기 시작했다. 어차피 호텔에서도 최소한의 외출만 할 예정이라 챙겨야 할 짐이 많지 않았다. 중요한 건 손소독제와 여분의 마스크 같은 코로나 위생용품을 빠뜨리지 않는 거였다. 쓸데없는 옷가지들을 넣는 것보다 그것들을 하나라도 더 챙기는 게 이득이었다.

　가방을 다 싼 후 TV와 연결된 PS5로 게임을 했다. 오랜만이라 정신없이 열중하다가 스마트폰으로 시간을 확인하니 벌써 1시가 넘었다. 지금쯤 일어나 천천히 출발하면 딱 맞았다. 옷을 가볍게 챙겨 입고 백팩을 멘 후 집을 나섰다.

　호텔로 가는 버스를 타기 위해 버스 정류장으로 향했다. 집 앞 골목을 걸으며 다시 한번 호캉스 계획을 점검했다. 먼저 체크인을 하고, 사전에 예약한 서울국립현대미술관을 다녀온 후, 아침에 조식을 먹고는, 코로나 때문에 밖을 돌아다니기가 좀 뭐하니까 최대한 호텔 객실 안에서 시간을 보내면서 자세한 건 그때 고민하는 거로 하자.

원래 휴가란 게 자세하게 계획을 잡을수록 어그러지기도 쉬운 법이었다. 코로나 때문에 전시회를 못 간 지 너무 오래됐다. 사람들 때문에 좀 꺼려져도 서울국립현대미술관은 워낙 크고 넓어 코로나로부터 안전한 편이었다. 최대한 거리 두기를 하면 되니까. 물론 걱정이 되는 건 사실이었지만, 이럴 때 아니면 또 언제 대놓고 밖을 돌아다닐 수 있을까. 어쩌면 그게 진짜 목적인지도 몰랐다. 가끔은 사람들 사이에 섞여 소속감과 함께 안도감을 느끼는 것도 나쁘지 않았다. 대충이나마 할 일을 정리하니 마음이 편해졌다. 오랜만의 휴가라 기분이 좋았다. 그것도 처음 해보는 호캉스라 한껏 설레었다.

들뜬 마음에 콧노래가 절로 나왔다. 노래를 흥얼거리면서 버스 정류장으로 가는 길목으로 나왔다. 백팩을 고쳐 메고 걷다 보니 어느새 마스크를 쓴 사람들이 이상하다는 눈길로 쳐다봤다. 몇 명의 사람은 가던 길을 멈추고 나를 봤다. 뭔가 잘못된 걸까? 느낌이 안 좋아 주위를 두리번거리다가 문득, 얼굴이 허전하다는 걸 깨달았다. 손으로 얼굴을 더듬었다. 아무것도 잡히지 않았다. 아차! 마스크를 착용하고 나오는 걸 깜빡했다. 호캉스를 한다는 사실에 정신이 팔려 마스크를 쓰지 않았는데도 까맣게 몰랐다.

얼른 손으로 입을 막고 집으로 뛰었다. 물론 가방 안에 여분의 마스크를 넣어놨지만, 이 자리에서 바로 착용하는 건 비난을 자초하는 일이었다. 빨리 자리를 피해야 그나마 욕을 덜 먹었다. 밖으로 나온 지 얼마 되지 않아서 금방이면 되돌아갈 수 있었다.

허겁지겁 마스크를 착용한 후 집에서 나왔다. 다시 버스 정류장으로 향하는 길목을 걸으면서 마스크를 쓴 사람들을 살폈다. 코로나19 팬데믹 사태가 처음 발생했을 때로부터 벌써 일 년 반이 지났다. 사람들은 지쳐만 가는데 코로나는 아직도 진정될 기미가 보이지 않았다. 잡힐 듯 말 듯 확진자 수가 많아졌다가 줄어들었다가를 반복하더니만, 요즘은 오히려 다시 늘어나는 추세였다. 물론 우리나라가 다른 나라들보다 코로나로 인한 사망자도 적고, 상황은 좋은 편이었다. 그래도 직접 체감하는 국민들의 심정은 다르겠지. 마스크 없이 살던 때가 너무 그리웠다. 아마도 내년까지는 마스크를 써야 하지 않을까?

마스크가 조금 내려간 게 느껴져 손으로 올리다가 길거리에서 턱스크를 한 남자와 마주쳤다. 카악! 가래침을 내뱉던 남자는 마스크를 시원하게 턱 끝까지 내린 채 주변을 서성이며 담배를 피우는 중이었다. 담배 연기 냄새가 코끝으로 들어와 목구멍에 턱 막혔다. 최대한 숨을 참으며 그 자리를 빠르게 지나쳤다. 아예 담배를 배우지 않은 나로서는 길거리에서 담배를 피우는 게 나쁜지, 아니면 저렇게 마스크를 제대로 쓰지 않는 게 나쁜지 판단이 서질 않았다. 진짜 뭐가 나쁠까? 길거리에서 담배빵? 아니면 턱스크?

버스 정류장에서 5분을 기다리니 호텔이 있는 시내 쪽으로 운행하는 버스가 도착했다. 대충 승객들이 없는 뒤쪽 창가 좌석에 앉은 후 버스가 출발하길 기다렸다. 창문 너머로 보이는 상가의 모습이 왠지 어두워 보였다. 그럴 만도 한 게 코로나 때문에 제일 큰 타격을 받은 건 아무래도 자영업이었다.

버스가 출발하자 앞좌석의 손잡이를 잡은 후 스마트폰을 봤다.

앞으로 네 정거장만 더 가면 되니 체크인 시간은 충분했다. 버스가 다음 정거장에 정차하자 머리가 희끗희끗한 할아버지가 출입구에 올라섰다. 연신 기침을 하며 교통카드를 버스 단말기에 갖다 댔다. 마스크는 코를 노출한 채 입만 가린 상태였다. 버스 기사가 얼굴을 찌푸리더니 참지 않고 한마디 내뱉었다.

"어르신, 마스크는 제대로 쓰셔야죠. 코까지 올려주세요."

할아버지가 비틀거리며 뒷문 쪽에 있는 좌석으로 향하다 갑자기 뒤돌아섰다. 얼굴이 벌겋게 달아오른 상태였다.

"뭐? 지금 나한테 그러는 거야? 마스크가 뭐 어째?"

할아버지가 휘청거리며 버스 운전석 바로 옆 좌석에 앉더니 마스크를 내리고 고래고래 소리쳤다.

"나이도 어린 게 어디 싸가지 없이 말을 함부로 해? 네가 뭔데 마스크를 올리라 마라 난리야? 네 부모가 그리 가르치더냐?"

마스크를 보란 듯이 힘껏 끌어내린 할아버지가 버스 운전석 칸막이를 주먹으로 쾅쾅 쳤다. 몇 번 두드리더니 힘에 부쳤는지 비틀거리며 의자에 앉았다. 잠시 숨을 고르고는 침을 튀기며 버스 기사에게 호통쳤다. 마스크를 쓴 다른 사람들이 버스 출입구에 올라서다가 할아버지의 행동을 보고는 다시 내려가 뒤로 멀찌감치 물러섰다.

"신고해라 이놈아! 마스크 똑바로 안 썼다고 경찰에 신고하라고!"

버스 운전석 옆에 앉아 발광하는 할아버지를 보고 있자니 정신이 아득해지는 기분이었다. 이유는 뻔했다. 단순히 지적을 받아 기분이 나쁘다는 거겠지. 본인이 느끼는 부당함만이 중요할 뿐, 혹시 발생할지도 모를 코로나 감염이나 다른 사람들의 안전은 안중에도 없었다. 사람은 때에 따라서 자기 기분만 생각하는 이기적인 동물이었다. 뉴스만 봐도 흔한 광경이었다. 하루에도 마스크 미착용 시비가 몇 차례나 일어나곤 했었다.

할아버지의 난동은 경찰이 버스에 올라오고 나서야 마무리됐다. 풀이 죽은 채 경찰의 뒤를 따르는 걸 보니 이제야 자신이 잘못한 걸 깨달은 모양이었다. 아니면 어떻게든 금융치료를 피하기 위해 그런 척만 하는 비겁한 사람이거나.

버스에서 내려 조금 걸으니 도심 한가운데에 고급스러운 장식물로 수놓은 건물이 보였다. 앞으로 2박 3일 동안 푹 쉬게 될 앰배서더 카운티 호텔이었다. 입구를 통과해 로비에 들어서자 마스크를 착용한 채 유니폼을 입은 호텔 직원이 다가왔다. 잠시 양해를 구한다는 듯 꾸벅 인사를 하고는 손에 들린 발열체크기를 내 얼굴에 갖다 댔다. 잠시 후 삑! 소리가 나자 호텔 직원이 웃으며 물러났다.

"고객님, 온도 체크 했고요. 아무 이상 없으십니다."

프론트 데스크로 걸어가니 마스크를 쓴 남자 직원이 환한 얼굴로 반겼다.

"환영합니다, 고객님. 늘 편안한 앰배서더 카운티 호텔입니다. 예약 사항 있으신가요?"

인터넷에서 검색한 정보를 떠올렸다. 요즘은 대부분 호텔 예약도 앱으로 하는 터라 예약 화면만 보여주면 된다고 했었다. 주머니에서 스마트폰을 꺼내 숙박시설 예약 앱을 실행했다. 예약 화면을 보여주자 스마트폰을 건네받은 프론트 직원은 QR코드 스캐너로 화면을 찍었다. 데스크 앞의 모니터 화면을 콕 콕 누른 직원이 스마트폰을 되돌려주며 책자로 된 호텔 시설 안내문과 조식 쿠폰, 객실 카드키를 함께 건넸다. 먼저 호텔 시설 안내문과 조식 쿠폰을 주머니에 넣었다. 객실 카드키 뒷면을 보니 1203이란 숫자가 쓰였다. 아마도 객실 번호가 1203호인 모양이었다. 맞다. 조식이 몇 시부터였지?

나름 중요사항이라 프런트 직원에게 물어보려고 고개를 드니 프런트 직원이 손소독제를 손에 듬뿍 짜는 게 보였다. 미간까지 찌푸리는 걸 보니 기분이 좋지 않았다. 뭐야, 내 스마트폰이 더럽나? 조금 생각해보니 충분히 그럴만했다. 어쨌든 지금은 코로나 시국이었다. 프런트 데스크 위쪽을 보니 체크인할 때 손소독제를 이용 부탁한다는 안내문이 붙어 있었다. 조심하는 게 맞았다.

"고객님, 문의 사항 있으신가요?"

프런트 직원이 손소독제로 손을 박박 문지르며 물었다. 신경질적인 몸짓을 보고 있자니 씁쓸했다. 이제는 코로나 때문에 신체 접촉은 물론이고, 주고받는 물건까지 조심해야 했다. 여러모로 불편한 세상이 되고 만 것이다.

"아무것도 아니에요."

조식 시간표는 나중에 호텔 시설 안내문에서 찾기로 하고 로비 끝의 엘리베이터로 향했다. 코로나가 사람들 간의 온정도 시들게 하는 걸까? 한숨이 나왔다. 이 코로나가 언제쯤 잠잠해질지 아무도 모를 지경이었다. 시간이 꽤 지났는데도 이렇다 할 기약이 없었다.

1203호 안으로 들어오니 큼지막한 공간이 눈에 확 들어왔다. 현관에서 탁자와 의자가 놓인 거실까지의 거리가 상당했다. 무슨 터널이라도 펼쳐진 것 같았다. 시야가 탁 트이자 코로나 때문에 가라앉은 기분이 좀 살아났다. 현관문 옆의 카드리더기에 객실 카드키를 꽂고는 거실로 향했다. 쭉 내뻗은 공간을 걷다 보니 옆에 욕실 문이 보였다. 주위에 화장실이 따로 없는 거로 보아 그 두 개가 합쳐진 모양이었다.

욕실 안으로 들어와 사방을 둘러봤다. 내부가 모텔에 비교해서 상당히 넓었다. 천장과 벽은 모두 은은한 베이지색 타일로 이루어졌고, 바닥은 미끄럼 방지를 위해 분홍색 매트를 깔았다. 한쪽에 따로 미니바 같은 게 있어서 살펴보니 다용도 세재와 유막제 거재 같은 욕실 청소용품들이 다양한 크기의 브러쉬들과 함께 차례대로 놓여 있었다. 그걸 보고 좀 뜬금없다는 생각이 들었다. 청소하는 직원이 그대로 두고 갔나? 아니면 원래 호텔이라는 곳은 그런 건가. 그럼 욕실용품은 어디에 있을까?

은은한 조명이 내려앉은 욕실 내부를 살폈다. 한가운데에 공중전화 부스처럼 투명한 칸막이로 만들어놓은 샤워실이 보였다. 문을 열고 들어가니 샤워기 밑의 받침대에 바디워시와 샴푸 등의 욕실용품이 가득했다.

샤워실 밖으로 나와 커다란 거울이 달린 세면대를 바라봤다. 실제 사물과 유리를 통해 비치는 사물 중 무엇이 진짜인지 구분하기 힘들 정도로 거울이 깨끗했다. 손때 하나 묻지 않은 세면대 서랍장을 열어보니 둘둘 말린 하얀 수건들이 열을 맞춰 수납됐다. 더 대박인 건 하얀 대리석으로 만들어진 욕조가 생각보다 어마무시하게 크다는 거였다. 마치 고급 목욕탕에 온 기분이었다. 이 모든 시설이 구석에 자리 잡은 변기와 상당히 떨어져 화장실과 욕실이 각각 독립된 공간인 것처럼 느껴졌다. 코로나 때문에 동네 목욕탕도 못 간 지 오래됐다. 미술관에 다녀와서 제대로 뜨거운 물에 몸을 담그자고 생각하니 벌써 온몸이 시원해지는 느낌이었다. 처음 온 호텔치고 지금까지는 너무나 만족스러웠다.

욕실 구경은 이만하면 됐다 싶어 문을 닫고 밖으로 나왔다. 거실로 걸어와 주변을 살폈다. 여기도 생각보다 넓은 편이었다. 현관에서부터 보이던 탁자 위에는 화사한 꽃들을 담은 유리병이 놓여 있었다. 이름 모를 알록달록한 꽃들은 모두 생화였다. 그 밑으로 두 개의 의자가 서로 마주 보며 자리했다. 옆에는 소파가 있고, 그 뒤로 커다란 침대와 맞은편에는 벽걸이 TV가 보였다.

바로 침대로 가 백팩을 아무렇게나 벗어 던지고 뛰어들었다. 비스듬히 누워 얼마나 푹신푹신한지 엉덩이를 들썩거리다가 다시 주위를 살폈다. 탁자 앞에 화장대가 보이고, 그 옆의 옷장에 호텔 가운 두 개가 걸려 있다. 다시 두리번거리다가 벽걸이 TV 위에 네모난 종이가 떡 하니 붙은 걸 발견했다. 큼지막하게 손글씨가 쓰여 있어 천천히 읽어봤다.

'실내에선 꼭 마스크를 착용하세요.'

내용을 확인하고는 기가 찼다. 아무리 코로나 때문에 아우성이어도 이건 너무 깐깐한 것 아닌가? 취지는 충분히 알겠는데 정도껏 해야. 혼자인데 마스크를 착용하라는 게 말이나 될까. 더구나 다른 사람들과 완벽히 차단된 호텔 객실인데 말이다. 편히 쉬러 왔는데 기분이 별로 좋지 않았다. 질병관리청에서 발표한 코로나 예방 수칙에도 그런 사항은 없을 터였다.

벌떡 일어나 말도 안 되는 문구가 적힌 종이를 뜯어냈다. 처음 와보는 호텔이라 이게 이상한 건지 아니면 자연스러운 건지 판단이 서지 않았다. 거실 한가운데로 가 구석에 마련된 휴지통에 종이를 힘껏 구겨서 버렸다. 괘씸한 마음이 들어 스마트폰을 꺼냈다. 숙박시설 예약 앱에 올라온 호텔 방 내부 사진과 실제 모습을 번갈아 비교했다. 각도와 방향 때문에 앱에 올린 사진이 더 넓어 보이는 것 빼고는 거의 비슷했다. 트집을 잡기엔 구도상의 문제라 뭐라고 하기가 애매했다.

코로나를 조심하라는 의미로 받아들이자며 화를 삭였다. 어차피 휴가를 왔는데 기분이 상하면 나만 손해였다. 마음을 가라앉히고 침대 밑의 백팩을 집어 소파 위에 내려놓았다. 안에서 손소독제와 여분의 마스크 등 위생용품이 가득 든 손가방을 따로 챙겼다. 얼른 미술관에서 작품을 관람하며 기분 전환을 하고 싶었다.

객실에서 나와 호텔 로비를 가로지르며 입구로 향했다. 부쩍 사람이 많아진 데스크에는 손소독제를 사용하라던 직원은 보이지 않고, 다른 여자 직원이 고객과 상담 중이었다. 아마도 다른 직원에게 안내를 맡겨 놓은 채 잠시 화장실에 간 모양이었다. 프런트 직원이 열심히 손소독제를 사용하던 모습이 떠올랐다. 그렇게라도 하지 않으면 코로나로부터 버틸 수 없는 세상이 됐다.

지하철에서 내려 서울국립현대미술관에 도착했다. 코로나로 인한 거리 두기 관람 때문에 온라인에서 사전 예약한 사람만 관람이 가능했다. 매표소에서 사전 예약 QR코드를 찍고 티켓을 받았다. 지하로 내려가 2전시실 안으로 들어서니 연인들이나 가족끼리 온 관람객들 사이로 혼자 다니는 관람객이 많았다. 다행히 모두 마스크를 잘 쓰고 거리 두기를 지켜 코로나 감염에 대한 걱정은 조금 덜 수 있었다.

2전시실에 전시된 작품들을 본 후 3전시실을 지나 4전시실로 들어갔다. 천천히 작품들을 살피며 걷는데 앞에 가던 연인들이 멈춰 섰다. 거리 두기 때문에 따라 멈췄다. 뭐 하나 싶어 고개를 빼고 지켜보니 연인들은 서로 얼굴을 맞대며 뭔가를 속삭였다. 부끄러운 듯 주변을 살피던 둘은 살짝 마스크를 내려 서로 뽀뽀를 쪽, 하고는 다시 마스크를 올렸다. 원래 사람들이 모인 실내에서 마스크를 내리면 안 된다. 잘 알지만, 금방 마스크를 다시 쓰기도 했고, 저 정도는 귀엽게 봐줘도 되지 않을까 하는 생각이 들었다. 한창 뜨거울 때니 주체를 못 하는 것도 이해가 됐다.

다시 걸음을 옮기는 연인을 보며 헤어진 전 여친이 생각났다. 결혼을 빨리하고 싶다던 그 애는 내가 뜨뜻미지근한 반응을 보이자 냉정하게 돌아섰다. 어쩌면 서로 이해관계로 헤어진 터라 다시 연락할 수는 없었다. 전화번호를 아예 삭제하기도 했고, 그건 전 여친도 마찬가지일 터였다. 아마도 지금은 다른 남자와 결혼을 했겠지.

"이봐요. 왜 저런 모습을 보고도 자리를 피하지 않죠?"

뒤에서 들리는 화난 목소리에 화들짝 놀랐다. 얼른 돌아보니 누군가 휙 방향을 틀어 걷다가 코너를 돌아 4전시실 출구로 나갔다. 뒷모습을 보니 남자였다. 어이가 없어 바라보기만 하다가 정신을 차리고 뒤쫓았다. 이건 억울해서라도 가만히 듣고 있을 수는 없었다. 뉘앙스가 코로나 방역 수칙을 어기는 것보다 코로나에 확진되는 게 더 나쁘다는 식이었다.

사라진 남자를 찾아 4전시실 출구로 나왔다. 갈 만한 곳을 찾아 두리번거리다가 행방을 쫓기가 쉽지 않다는 걸 깨달았다. 주변에 마스크를 쓴 관람객이 많아 누가 누군지 구분할 수 없었다. 물론 그 사람의 심정이 이해가 가지 않는 건 아니었다. 끝날 것 같지 않은 코로나 시국 때문에 답답해서 한소리 내뱉었을 것이다. 그렇다고 그걸 왜 피하지 않느냐고 비난하는 건 다른 문제였다. 요새 들어 코로나로 인한 사람들 간의 갈등이 더 심해진 것 같았다. 점점 쌓이던 코로나 분노가 한 방향으로 한꺼번에 쏟아지는 느낌이랄까? 이제는 코로나 확진자보다 그들에게 감염된 다른 사람이 더 혐오의 대상으로 분류되는 기분이었다.

지하 1층에서 지상 2층까지의 전시실을 돌고 나니 체력 소모가 심했다. 배가 고파 뭐라도 먹어야겠다고 생각하며 1층 카페로 향했다. 내부에 아직 푸드코트가 들어오지 않아 카페만이 유일한 선택지였다.

카페 계산대에서 아이스 아메리카노와 샌드위치를 주문한 후 추가로 뺑오쇼콜라를 선택했다. 진동벨을 받고 어떤 자리가 좋을지 살폈다. 코로나 방역 수칙을 지키기 위해서는 최대한 다른 사람과 떨어져야 한다. 테이블에 앉아 커피를 마시는 사람들이나 주문한 음식을 받아 오는 사람들을 피해 여기저기 돌아다녔다. 한참을 둘러보다가 딱 알맞은 자리를 찾았다. 화장실과 가까워 사람들이 피하는 2인용 테이블이었다. 이 정도면 남에게서 코로나가 옮거나 혹, 내가 남에게 코로나를 옮길 걱정은 안 해도 된다. 마음이 좀 가벼워졌다.

주문한 음식들과 음료를 받아 오다가 소변이 마려웠다. 어차피 화장실이 바로 앞이라 굳이 마스크를 안 써도 상관없었다. 금방 나올 테니 다른 사람 눈치는 안 봐도 된다. 얼른 손에 든 아이스 아메리카노와 음식들을 테이블에 올려놓고 계산대에서 가져온 티슈를 그 옆에 펼쳐놓았다. 잠깐이니까 누가 건드리지는 않겠지. 뒤돌아서 화장실로 향했다. 변기 칸에서 소변을 보고 손을 박박 씻은 후 다시 테이블에 앉았다. 주문한 음식 중에 뭘 먹을까 고민하다가 샌드위치 포장을 뜯은 후 한입 베어먹으려는데 어지럽게 펼쳐진 냅킨이 눈에 들어왔다. 그중 하나에 시커먼 뭔가가 묻어 있는 것 같았다. 고개를 숙여 확인해보니 냅킨에 볼펜으로 휘갈겨 쓴 글씨가 보였다.

'그래도 마스크는 써야죠?'

누군가가 남긴 경고 메시지였다. 가슴이 철렁해 얼른 카페 안을 살폈다. 이쪽을 쳐다보는 사람은 아무도 없었다. 누가 냅킨에다가 이런 메모를 적어 놓았을까? 비뚤비뚤 써진 글씨를 보다가 다시 카페 안을 둘러봤다. 코로나 시국임에도 카페는 손님들로 가득했다. 이 정도로 사람이 모일 줄은 예상하지 못했다. 서로의 지인들과 이야기를 하는 사람들은 다른 이에게 눈길조차 주지 않았다.

분명히 글씨를 쓴 사람은 카페 안의 누군가였다. 마스크를 착용하지 않은 걸 목격하고 너무 화가 난 나머지 경고를 남긴 게 분명했다. 물론 내가 잘했다는 건 아니었다. 그래도 그렇지, 딱 한 번 실수했는데 바로 지적이 들어오자 서운함을 넘어 살짝 무섭기까지 했다. 코로나 사태에서 사람들은 다른 사람을 신경 쓰지 않는 것처럼 행동하면서도 실제로는 눈에 불을 켜고 서로 감시하는 것 같았다.

내가 잘못한 부분이 있기에 화를 낼 수도 없었다. 기분이 씁쓸했다. 입맛이 떨어져 샌드위치와 뺑오쇼콜라를 조금 먹다가 한쪽으로 치웠다. 아이스 아메리카노를 마시며 얼른 호텔로 돌아가야겠다고 생각했다. 아무리 코로나 방역 수칙을 잘 지켜도 한 번 실수하면 그걸로 죽일 놈이 되는 게 요즘의 추세였다.

착잡한 기분으로 지하철을 타고 호텔로 향했다. 몇 정거장 가기도 전에 아이스 아메리카노를 너무 많이 마셨는지 소변이 마려웠다. 최대한 참다가 호텔 인근의 지하철역에 내리자마자 바로 화장실로 뛰었다. 제발 변기 칸이 비어 있어야 할 텐데. 서서 소변을 보면 굉장히 찝찝했다. 소변 줄기가 소변기 안쪽 벽에 맞고 바지에 튀기 때문이었다. 유튜브에서 그런 내용의 영상을 시청한 후로는 변기에 앉아서 일을 보는 걸 선호했다.

지하철 화장실로 뛰어와 안을 살폈다. 다행히 사람들이 몇 명 보이지 않았다. 한 명은 소변기에서 볼일을 봤고, 다른 한 명은 세면대에서 열심히 손을 씻는 중이었다. 얼른 화장실 안쪽을 바라봤다. 네 개의 변기 칸은 모두 문이 활짝 열린 상태였다. 손가방을 옆으로 돌려 멘 후 두 번째 칸으로 향했다. 문을 닫고는 가방에서 물티슈를 꺼냈다. 먼저 변기 커버를 최대한 닦고, 다시 휴지를 꺼내 물기를 제거했다. 혹시 제거하지 못한 이물질이 있나 살핀 후 변기에 앉자마자 누군가가 밖에서 문을 두드렸다.

똑, 똑, 똑

사람이 있다는 표시로 문을 두 번 두드렸다.

똑, 똑

곧바로 다시 밖에서 문을 두드렸다.

똑, 똑, 똑

짜증이 나 아까보다 더 힘을 주어 네 번 두드렸다.

똑! 똑! 똑! 똑!

가만히 귀를 기울이자 사방이 조용했다. 누가 됐든지 더는 문을 두드리지 않았다. 아마도 다른 칸으로 들어간 모양이었다.

금방 소변을 보고 밖으로 나왔다. 화장실 내부에는 아무도 없었다. 불쾌한 기분으로 세면대로 향하다 문득, 이미 들어왔을 때부터 사람이 몇 명 없었다는 걸 깨달았다. 그건 변기 칸도 마찬가지였다. 두 번째 칸에 들어온 지 얼마 안 돼 문을 두드렸으니 나머지 칸도 비어 있을 게 뻔했다. 그러면 거기로 가면 그만이었다. 꼭 내가 들어온 변기 칸에 와서 문을 두드릴 이유가 없었다. 황당해 뒤를 돌아봤다. 비어 있는 다른 칸들을 바라보다가 내가 나온 두 번째 칸 문에 뭔가가 붙은 걸 발견했다. 그건 노란색 포스트잇이었다. 볼펜으로 깨알 같은 글씨를 적어 놓았다. 가까이 가서 내용을 확인했다.

'코로나 예방을 위해 흐르는 물에 30초 이상 손 씻기.'

또 코로나였다. 혹시나 해서 다른 변기 칸을 살폈다. 문에는 아무것도 붙어 있지 않았다. 이건 뭔가 이상했다. 아무리 코로나 때문에 사람들이 예민하다고 해도 이렇게 대놓고 신경질적인 반응을 보인다고? 이제껏 한 번도 이런 일이 없었는데 하필 오늘 연속으로 벌어진다는 것도 이상했다. 미술관의 카페에서도 경고성 메모를 적어놓는다는 것이 말이 안 됐다. 굳이 그럴 필요가 있을까? 어차피 마스크를 쓰고 갔어도 샌드위치를 먹기 위해 금방 다시 벗었을 터였다. 이 경우에도 마찬가지였다. 지적하려면 손을 안 씻고, 화장실 밖으로 나오는 걸 확인한 후에 하는 게 맞지 않나? 왜 내가 마치 손을 안 씻을 것처럼 단정할까? 4전시실에서 마스크를 내린 커플을 보고 왜 피하지 않느냐는 비난은 또 어떻고. 더 이상한 건 어째서 누군가 메모를 남겨 놓거나 경고를 하는 와중에 나는 아무도 보지 못한 걸까?

세면대로 걸어가 가방에서 핸드워시를 꺼냈다. 수도꼭지를 돌려 흐르는 물에 손을 박박 씻으며 생각했다. 코로나 때문에 다들 미친 게 틀림없다. 코로나 예방 수칙도 중요하지만, 이렇게까지 민감하게 반응할 필요가 있을까? 이러다 코로나 예방 수칙을 안 지키면 집단 린치라도 당하는 게 아닐까?

손을 다 씻고 손가방에서 손수건을 꺼냈다. 손을 닦은 후 손소독제로 다시 한번 꼼꼼히 양손을 문질렀다. 왠지 불길했다. 얼른 호텔 객실로 돌아가야겠다. 아마도 별다른 일이야 없겠지. 그래도 이 코로나 시국에 밖을 돌아다니는 건 결코 현명한 행동이 아니었다.

지하철 화장실을 나와 호텔 근처 편의점에서 맥주와 안줏거리를 가득 샀다. 이제는 호텔로 돌아가는 일만 남았다. 별로 한 것도 없는데 벌써 저녁이었다. 앞으로도 자주 올 수 없는 호캉스인 만큼 2박 3일 동안 최대한 즐겨야 한다. 미술관은 이미 다녀왔고, 호텔로 돌아가 그동안 못 본 밀린 영화들을 보며 맥주를 진탕 마시고, 그 후에는 욕실에서 반신욕도 즐기고, 뜨거운 물에 몸을 푹 담그면서 묵은 때도 벗겨야 한다. 당연히 그래야지. 그러려고 회사에 미친 척하며 휴가를 낸 거니까.

양손 가득 캔맥주와 안주가 담긴 비닐봉지를 들고 객실에 들어왔다. 신발을 벗고 거실로 향하다가 옷장 옆에 냉장고가 있다는 걸 확인했다. 비닐봉지가 무거워 낑낑대며 거실에 들어오다 옆을 돌아보고는 멈춰 섰다. 화장대 거울 한가운데에 웬 A4용지가 안내문처럼 붙어 있었다. 그 자리에 선 채 내용을 살폈다.

'마스크를 착용했는지 확인하세요.'

하얀 종이 위에 바탕체로 인쇄된 글씨들을 곱씹으며 왜 마스크를 써야 하는지 생각했다. 어차피 혼자고, 주위에 아무도 없는데 꼭 그래야 할까? 호텔은 원래 이런 건가, 아니면 혹시 다른 이유라도 있을까. 그게 아니라면 지금 상황이 도무지 이해되지 않았다. 아무리 사방이 꽉 막힌 실내라도 혼자라면 마스크를 쓸 이유가 없었다. 뭔가 미심쩍었다.

고개를 갸웃거리며 맥주와 안주를 양손에 들고 냉장고로 향했다. 바닥에 비닐봉지를 내려놓고는 냉장고를 열었다. 몸을 숙여 안을 확인하니 안쪽 깊숙이 플라스틱 물병이 가득했다. 보통 모텔 냉장고에 구비된 물은 두 병이 전부였다. 아마도 비싼 호텔이라서 이렇게 많이 준비된 것 같았다. 어차피 맥주 때문에 물 마실 일은 많지 않기에 딱히 기분이 좋지는 않았다.

사 온 맥주캔들을 물병들 앞으로 차곡차곡 밀어 넣고, 남은 맥주는 냉장고 문에 붙은 트레이에 넣었다. 문을 닫고 소파로 걸어갔다. 팔걸이 옆에 놓인 백팩을 연 후 메고 있던 손가방을 집어넣었다. 뭐 볼 만한 TV 프로그램이라도 있을까. 침대로 가 스탠드 옆에 있는 리모컨을 집어 드는데 선반 위에 비스듬히 놓인 작은 종이가 보였다. 이번에도 누군가의 메모였다. 화장대 거울에 붙어 있던 것과는 달리 손으로 또박또박 쓴 글씨였다.

'덥다고 느끼면 코로나로 인한 발열 의심 바람.'

확실했다. 이건 이치에 맞지 않았다. 호텔 측의 공지사항이라고 하기에는 너무 허술했다. 지금껏 객실에서 봤던 모든 문구가 정말 호텔에서 붙인 걸까? 미술관과 지하철 화장실에서도 그렇고, 아까의 상황이 끝나지 않은 채 뭔가 연장선에 있는 기분이었다. 생각해보니 그 모든 경고의 강도는 조심하라는 정도가 아니었다. 마치 코로나에 걸리면 절대 안 된다고 강요하는 것만 같았다. 기분이 이상했다. 내가 모르는 뭔가가 있다는 느낌이 들었다.

선반의 종이를 떼어내 손에 쥐고는 화장대 거울에 붙은 A4용지를 잡아챘다. 성큼성큼 걸어가 탁자 옆에 마련된 휴지통에 같이 넣어버렸다. 멍하니 서서 생각했다. 혹시 누군가가 나를 지켜보고 있나? 서둘러 객실 안을 둘러봤다. 누군가 숨어 있기에는 너무 탁 트인 공간이었고, 몸을 숨길 만한 장소도 없었다. 어쩌면 처음 객실에 들어왔을 때 실내에서 마스크를 꼭 쓰라는 문구처럼 애초에 화장대와 선반에 붙어 있던 걸 그 당시에는 확인하지 못했을 수도 있다. 한숨이 나왔다. 프런트 데스크에 이런 거로 민원을 넣어도 될까? 어쨌든, 코로나 시국이라서 조심해야 하는 건 맞았다. 만약에 확진자라도 나오면 호텔 영업에 타격이 크겠지. 기분 좋게 호캉스를 왔는데 귀찮게 이런 일로 시간을 낭비하고 싶지 않았다.

탁자에서 화장대 옆 옷장으로 향했다. 옷걸이에 걸린 호텔 가운 중에 하나를 골라 손에 들었다. 옷장 바닥을 보니 비닐로 포장된 호텔 슬리퍼 한 짝이 놓여 있었다. 호텔 가운으로 갈아입고, 호텔 슬리퍼 포장을 뜯은 후 슬리퍼를 침대 밑에 던져 놓았다. 나중에 조식 먹으러 갈 때나 신으면 될 것 같았다. 냉장고로 걸어가 문 쪽 트레이에서 맥주캔 네 개를 꺼냈다. 이제는 좀 쉬자. 안주와 함께 맥주를 침대로 들고 가 선반 위에 올려놓았다.

넓은 침대에 대자로 누워 리모컨으로 TV 채널을 이리저리 돌렸다. 이 호텔만의 서비스인지 영화 전용 채널이 따로 있어 극장에서 내린 지 얼마 안 된 최신 영화도 유료 결제 없이 보는 게 가능했다. 회사에서 개고생하며 일하느라 그동안 못 봤던 영화 중 하나를 골랐다. 타이틀 화면이 시작되자 선반에 있던 맥주캔 중에 하나를 들어 벌컥벌컥 마셨다. 역시 이런 게 호캉스지! 어제였다면 지금도 정신없이 보고서를 작성할 시간대였다. 침대가 너무 크고 편안해 마치 구름 위에 누운 기분이었다. 이미 세 캔을 비웠고, 나머지 한 캔도 절반 정도 비우니 낮에 먹은 샌드위치 때문인지 뱃속이 더부룩했다. 살짝 짜증이 났다. 에이, 분위기 깨지게 왜 하필 이때 신호가 오냐고.

하는 수 없이 욕실로 가 볼일을 본 후 손을 씻고 나왔다. 수건에 양손을 문질러 물기를 제거하다가 고개를 드니 문 앞에 플라스틱병에 담긴 손소독제와 마스크가 보였다. 마치 누가 갖다 놓기라도 하듯 한가운데에 떡하니 놓여 있었다.

놀라서 멍하니 서 있다가 퍼뜩 정신을 차렸다. 이 방에 나 말고 누군가가 있다. 객실 안을 이리저리 돌아다니며 주변을 살폈다. 혹시나 해 방금 나왔던 욕실에서부터 아예 들어갈 틈도 없는 침대 밑까지 온 방 안을 샅샅이 들여다봤다. 아무도 없었다. 안타깝게도 이번엔 착각이 아니었다. 분명히 욕실에 들어가기 전에는 손소독제와 마스크가 없었다. 누가 가져다 놓은 게 분명했다. 귀신이라도 있는 걸까? 그럴 리가 없다. 하지만 그렇다고 다른 사람이 들어온 흔적도 없었다.

기분이 나빠 얼른 손소독제와 마스크를 집어 휴지통에 버렸다. 다시 주위를 꼼꼼히 살피는데 화장대 옆의 옷장이 이상했다. 뭔가 아까와 달라진 듯한 기분이었다. 다가가 옷장 안을 확인했다. 옷걸이에 걸린 남은 호텔 가운 하나가 아까와는 완전히 달랐다. 위아래가 거꾸로 뒤집혀서는 앞뒤로 천천히 흔들리는 중이었다. 가운 속에서 삐져나온 허리띠가 축 늘어졌다. 이건 뭘까? 분명히 아까 호텔 가운을 몸에 걸칠 때만 하더라도 남은 가운은 옷걸이에 제대로 걸린 상태였다. 이렇게 뒤집히지 않았다.

프런트 데스크에 연락할까 고민하다가, 아직 아무런 일도 벌어지지 않았는데 이런 거로 클레임을 걸어도 될까 걱정됐다. 낮에 집에서 출발할 때부터 코로나 때문에 피곤한 일이 많았으니까. 그래서 신경이 예민해진 걸지도 몰랐다. 살짝 취기가 올라온 게 느껴졌다. 그럼 어떻게 해야 할까? 그렇다고 당장 퇴실하기에는 확실히 위협적인 상황이 벌어진 것도 아니었다. 다시 주위를 살피는데 이상한 기분이 들었다. 아까부터 누군가가 쳐다보는 것 같았다. 분명히 주위엔 아무도 없었다. 한참을 제자리에 서서 빙글빙글 돌며 주변을 두리번거리다가 침대를 바라봤다. 분명히 뭔가 변화가 일어났다. 침대 옆의 우산 모양을 한 스탠드가 어느새 목이 구부러진 채 방향을 틀었다. 머리 쪽이 내가 있는 옷장으로 향한 상태였다. 이건 뭔가 싶어 탁자 쪽으로 시선을 돌렸다. 탁자 밑에서 서로 마주 보던 의자들이 어느새 나를 향해 돌려졌고, 유리병에 담긴 꽃들도 일제히 줄기가 꺾여 한데 뭉쳐진 채로 나를 가리켰다. 모두 내가 서 있는 쪽이었다. 심지어 침대 옆에 아무렇게나 던져놓은 호텔 슬리퍼도 가지런히 모여 나를 향해 방향이 바뀌었다.

이게 뭐지? 마치 저 물건들이 날 관찰하기라도 하는 것처럼 몸을 틀었다. 저것들은 생물이 아니었다. 날 지켜볼 리가 없었다. 아마도 손소독제와 마스크를 누가 가져다놓았는지 찾는 과정에서 우연히 이것저것 건들어서 방향이 틀어진 것 같았다.

따가운 시선을 느끼며 주변을 돌아봤다. 아무리 생각해봐도 그건 아니었다. 우연이라고 하기에는 의심스러운 부분이 많았다. 실제로 정신없이 돌아다녀 저것들을 건드렸다고 해도 한쪽으로

만 돌리는 게 가능할까? 그것도 내가 옷장 앞에 있다는 걸 미리 알았다는 듯 모두 나를 향한 상태였다. 그건 불가능하다. 대체 무슨 일이 벌어지는 걸까?

뭔가 쳐다본다고 느끼자 괜히 불편했다. 생각할수록 소름 끼쳤다. 가만히 두고 볼 수 없다고 생각하며, 먼저 스탠드 머리를 다시 똑바로 세우고, 옷장을 향한 호텔 슬리퍼를 다시 침대 쪽을 바라보게끔 방향을 바꿨다. 줄기가 꺾인 꽃송이를 다시 유리병 안에 세워놓은 후 탁자 밑의 의자들을 서로 마주 보게 돌렸다. 그 와중에 의자가 잘 돌아가지 않아 낑낑대며 힘을 줬다. 뭔가 이상했다. 가만히 들여다보니 양옆의 의자들이 서로 두 개씩 겹쳐진 걸 발견했다. 의자 위에 또 의자를 얹은 셈이었다. 맞물린 의자를 빼려고 보니 탁자도 두 개가 겹친 상태였다. 그걸 보자 열이 확 뻗쳤다. 객실 여기저기에 붙어 있던 문구들은 코로나 때문에 그렇다고 쳐도, 이건 도저히 가만히 두고 볼 수 없었다. 지금 일어나는 이상한 일들뿐만 아니라 지금 같은 경우는 누가 봐도 호텔의 잘못인 게 명백했다.

침대 옆에 구비된 유선전화기로 향했다. 잠시 전화기 옆의 안내 사항을 살핀 후 프런트 데스크에 전화를 걸었다. 여자 직원이 친절한 목소리로 전화를 받았다.

"앰배서더 카운티 호텔 프런트입니다. 무엇을 도와드릴까요?"

"여기 1203호인데요. 탁자와 의자를 두 개씩 갖다놓는 경우가 있나요? 혹시 제가 이상한 건가요? 불편한 걸 떠나서 깜짝 놀랐어요. 아니, 이런 게 한두 번이어야지. 이게 대체 무슨 일이죠?"

직원이 가만히 듣다가 차분히 말했다.

"죄송합니다. 고객님. 많이 불편하셨죠? 먼저 사과의 말씀을

드리며 고객님이 불편하셨을 일에 대한 경위를 설명드리겠습니다. 괜찮으신가요?"

"어떻게 된 일인데요?"

"우리 호텔에서는 예약하실 때 추가 서비스를 주문할 수 있는데요. 간혹 탁자와 의자를 더 요구하시는 고객님들이 계시거든요. 그렇게 서비스 주문이 들어오면 직원이 탁자나 의자를 겹쳐서 가져다놓고 따로따로 세팅하는 경우가 있습니다. 그 부분에서 문제가 생긴 것 같아요. 전에 머물던 고객님이 퇴실할 때 직원이 제대로 원상 복귀를 안 해놓은 것 같습니다. 변경 사항을 인지 못한 모양이에요. 정말 죄송합니다."

"아니 그게 아니라 원래 하나씩인데 갑자기 더 생겨난 것 같다고요. 혹시 누가 이 객실에 몰래 들어오는 거 아니에요? 뭔가가 이상해요. 누군가 돌아다니지 않고서야 이런 일이 벌어질 리 없잖아요. 만약에 이상한 사람이 침입해서 손소독제와 마스크 같은 걸 놔두면 어떻게 하냐고요. 네?"

직원이 높은 목소리로 또박또박 대답했다.

"죄송합니다. 고객님. 호텔 보안 시스템상 우려하시는 상황은 불가능합니다. 외부인은 호텔에 출입할 수 없고요. 객실 문은 절대 카드키 말고 다른 걸로는 열 수가 없습니다. 전에 쓰던 카드키도 마찬가지고요. 새 고객님이 오실 때마다 프런트 데스크에서 카드키를 새로 발급하고 있습니다. 더 궁금한 점은 없으신가요?"

이 정도로 답변을 들으니 딱히 대꾸할 말이 떠오르지 않았다. 직원은 잠시 기다리다가 말을 이었다.

"탁자와 의자는 직원을 보내 바로 치워드리겠습니다. 불편을 드려 죄송합니다."

"됐어요. 그냥 놔두세요. 지금 좀 바빠서요."

알몸에 호텔 가운만 걸친 것도 그렇고, 호캉스 와중에 다른 사람을 들인다는 게 영 찝찝했다.

"알겠습니다. 고객님. 더 불편한 게 있으시면 언제든 연락 주세요. 성심껏 도와드리겠습니다."

전화를 끊자마자 투덜거렸다. 의자와 탁자는 그냥 단순한 실수였나? 지금 이 상황에 대한 실마리를 잡을 수 있다고 기대했는데 프런트 여자 직원의 안내에 맥이 빠졌다. 그렇다고 증거도 없는데 다른 사람이 있다고 호들갑을 떨기엔 조금 창피했다. 진짜 아무도 없다는 걸까? 그럼 이런 짓을 누가 했단 말인가? 주위를 살피다 고개를 돌리니 창문에 드리워진 커튼이 확 젖혀진 상태였다. 밖은 어느새 밤이었다. 언제 커튼을 열었을까 의아해하며 창문을 봤다. 유리에 비친 내 모습을 확인한 순간, 얼굴이 일그러졌다. 창문 한가운데에 기름기 묻은 손바닥 수십 자국이 이리저리 찍힌 상태였다. 인상을 찌푸리며 바로 욕실로 향했다. 내가 한 게 아니었다. 아마도 전에 투숙한 지저분한 손님 짓이거나 청소 담당 직원의 부주의일지도 몰랐다. 세면대 서랍장을 열어 흰 수건을 가지고 나왔다. 신경질을 내며 창문을 닦는데 아무리 팔을 휘둘러도 손자국들이 닦이지 않았다. 몇 번 더 수건으로 창문을 훔치다가 손자국이 밖에서 찍혔다는 사실을 깨달았다. 슬그머니 창문을 열어 밖을 내다봤다. 창문 주위에는 밖에서 몸을 지탱할 만한 구조물이 아무것도 없었다. 도시의 야경이 펼쳐진 허공뿐이었다. 창문 밑의 도로에서 차가 지나갔다. 소름이 끼쳐 얼른 팔을 밖으로 구부려 창문의 손자국들을 닦고는 쾅! 창문을 닫았다. 수건을 거실 휴지통에 내던지고 다시 돌아와 창문을 살폈다. 설마 누군가 밖에서 안으로 들어오려고 발버둥이라도 쳤을까?

불안한 마음에 창문을 잠그고 아예 커튼까지 쳐버렸다. 그럴 리가 없다. 방금 봤듯이 창문 밖에는 아무것도 없었다. 별일 아니라고 생각하다가 다시 커튼을 열어 창문이 제대로 잠겼나 확인하고는 커튼을 친 후 침대에 걸터앉았다.

처음 와본 호텔에서 이런 찜찜한 일을 겪을 거라곤 예상하지 못했다. 무엇이 진실이든 생각할수록 소름이 끼치는 건 마찬가지였다. 이런 호캉스를 원한 게 아니었다. 마음 편하게 쉬려고 온 것 아닌가? 그렇다고 단순 변심만으로는 환불도 안 될 것 같았다. 이미 시간도 많이 지난 후였다. 목이 컬컬해 침대 선반을 살폈다. 다 마셔 찌그러진 맥주캔들이 보였다. 일단 시원한 맥주를 꺼내와야 겠다고 생각하며 냉장고로 향했다. 문을 열어 안쪽에 넣어둔 맥주를 꺼내기 위해 허리를 숙이는데 뒤편의 플라스틱 물병들이 뭔가 이상했다. 전부 윗부분에 납작한 뚜껑 대신 꼭지 같은 게 달렸다. 자세히 보니 손으로 눌러 안에 있는 액체류를 배출시킬 때 사용하는 부품이었다. 그런 걸 디스펜서라고 불렀나. 보통 카페에서 사용하는 시럽 용기에 달렸거나, 아니면 헤어젤이나 손소독제에도 붙은 부위였다. 절대 물병에서 볼 만한 물건이 아니었다.

맥주를 옆으로 치운 후 플라스틱 물병을 꺼냈다. 한눈에 봐도 이건 물이 아니었다. 병을 옆으로 돌려보니 점착성 강한 액체가 출렁였다. 앞면과 뒷면에는 영어로 hand clear gel이란 글자가 쓰여 있었다. 코로나 사태에 필수품인 손소독제였다. 그것도 한두 개가 아니라 냉장고에 들어 있던 것 전부가 손소독제였다. 아까까지 있던 물은 온데간데없이 사라진 상태였다. 어이가 없어서 헛웃음이 나왔다. 미쳤나? 만약 물이라고 생각하고 마셨으면 어떻게 책임지려고?

손소독제들을 하나하나 꺼내 냉장고 위에 올려놓으며 생각했다. 굳이 냉장고에 손소독제를 가져다놓은 이유가 뭘까? 마실 수도 없고, 냉장고 안에만 있으면 사용하지도 못할 텐데 말이다. 조금 고민하니 답이 나왔다. 코로나였다. 어쨌든 코로나 조심하라는 거겠지. 오늘 있었던 일을 돌이켜보면 처음부터 끝까지 온통 코로나였다. 코로나가 모든 걸 집어삼켜 버렸다.

이쯤 되자 화가 나는 걸 넘어서 오기가 치밀어 올랐다. 결론은 하나였다. 코로나만 안 걸리면 그만이었다. 이대로는 억울해서라도 집에 갈 수 없었다. 나름 코로나 예방 수칙을 철저하게 준수하는 상황이었으니까. 될 대로 되라지. 어차피 나한테 무슨 일이 벌어진 것도 아니었다. 휴가를 오려고 얼마나 야근을 많이 했는지 몰랐다. 이런 거로 프런트 데스크와 얼굴을 붉히면서까지 호캉스를 망치고 싶지 않았다.

냉장고를 열어 꺼내다 만 맥주들을 끄집어냈다. 침대로 가져가 선반에 올려놓았다. 침대에 누워 TV를 보며 홀짝홀짝 마시다가 다시 상체를 일으켰다. 혹시나 하는 마음에 주위를 살폈다. 아무런 일도 일어나지 않았다. 당연하지. 내가 코로나에 걸리지 않았는데 누가 뭐라고 할까? 다시 맥주캔을 들어 입에 갖다 대다가 벌떡 일어나 욕실로 향했다. 안으로 들어가 내부를 꼼꼼히 살폈다. 아무도 없었다. 욕실을 나오다 한쪽 구석에 마련된 미니바를 바라봤다. 다양한 청소도구들이 구비된 걸 보고 있자니 청소 직원의 신경질적인 강박증이 느껴졌다. 욕실만큼은 곰팡이나 작은 물때조차 허용하지 않겠다는 의지였다. 역시 고급 호텔은 달라도 뭔가가 다른 모양이었다.

욕실에서 나와 거실로 되돌아오다 옷장에 거꾸로 걸린 호텔 가운을 살폈다. 다시 뒤집어 똑바로 걸어놓고는 침대로 와 뛰어들 듯 누웠다. 역시 이 객실에는 아무도 없었다. 그냥 요새 하도 코로나가 심각한 상황이라 사회 분위기가 전체적으로 예민해져 있을 뿐이었다. 나도 그 영향으로 별것도 아닌 일을 심각하게 받아들이는 걸 수도 있었다. 괜히 클레임을 건 프런트 여자 직원에게 미안했다. 상황이 상황인 만큼 어쩔 수 없는 일이긴 했다. 어쨌든 그게 중요한 게 아니었다. 스트레스를 조금이라도 풀기 위해서 호캉스를 왔으니 제대로 푹 쉬다 가는 게 맞다.

한창 맥주를 마시며 TV를 보다 슬슬 졸리는 걸 느꼈다. 눈이 감긴다. 자기 전에 씻어야 하는데, 이대로 자면 찝찝한데, 억지로 눈을 뜨고 몸을 일으키려다가 다시 누웠다. 어차피 나중에 욕조에서 제대로 몸도 지지고 반신욕도 즐길 거였다. 지금은 푹 자고 그때 씻으면 된다. 조금 게으르고 지저분해도 상관없다. 그게 호캉스니까. 나중에 퇴실하고 작성할 후기에서 별점은 5점 만점에 3점이 적당하지 않을까? 처음 와본 호캉스 후기! 다른 건 다 별로였는데 욕실만큼은 맘에 듦. 특히 청결 상태와 시설이 좋음. 뭐, 이런 식으로 말이지.

흐려지는 머릿속에서 따뜻한 물이 넘실대는 욕조가 보였다. 그 안에서 내가 온몸을 푹 담근 채 눈을 감고 있다. 너무나 편안하다. 마치 천국에 온 것 같다. 가벼워지는 기분을 느끼며 나도 모르게 깜빡 잠이 들었다.

잠결에 시끄러운 소리가 들렸다. 뭔가를 질질 끄는 소리, 부스럭거리는 소음, 끙끙거리는 신음까지. 자다가 일어나 하품을 하며 거실로 나갔다. 고개를 들어 거실에서부터 현관까지의 긴 공간을 쫓다가 현관문 앞이 탁자 두 개와 의자 네 개가 서로 뒤엉킨 채 소파와 함께 차곡차곡 쌓인 걸 발견했다. 그것들이 한데 모여 앞을 가로막고 있었다. 잠이 확 달아났다. 다시 눈을 부릅뜨고 살펴봐도 마찬가지였다. 문 앞에 이런 걸 쌓아놓았다? 이건 뭔가가 안으로 들어오려는 걸 막으려는 행위였다. 그게 아니라면 밖으로 빠져나가는 걸 막기 위해서거나.

불길한 예감에 현관문 앞으로 뛰었다. 정신이 번쩍 들었다. 누군가 들어오는 걸 막기 위해서라면 이렇게 하면 안 됐다. 그냥 이중 잠금장치를 걸어놓으면 그만이었다. 이건 분명히 밖으로 나가는 걸 막는 행위였다. 그럼 누가 이런 짓을 했을까? 이대로는 객실 안에 갇혀 꼼짝도 할 수 없었다. 무슨 상황인지는 모르겠지만, 함정이 확실했다. 빨리 밖으로 나가야 한다! 이리저리 뒤엉킨 소파와 탁자 사이로 뛰어들었다. 끙끙대며 의자 하나를 빼내자 뒤에서 욕실 문이 열렸다. 깜짝 놀라 의자를 내려놓고 뒤를 돌아봤다. 한 남자가 얼굴과 손에 묻은 물기를 수건으로 닦고, 거기에다가 손소독제를 손에 묻혀 양손을 박박 문질렀다. 낯익은 얼굴을 보고는 가슴이 덜컥 내려앉았다. 뒤로 주춤주춤 물러섰다. 눈앞에 서 있는 사람은 프런트 데스크에서 내 스마트폰을 만진 후 미친 듯이 손소독제를 사용하던 남자 직원이었다. 체크인을 한 후에는 어딘가로 사라져 보이지 않았었다. 그가 내 얼굴을 보고 씩 웃더니 다시 욕실로 들어가 마스크를 쓴 채 회칼을 들고나왔다. 주위를 둘러보던 프런트 직원이 눈을 빛내며 말했다.

"어땠어? 이 방에서 일어난 이상한 일들 말이야. 다 내가 만든 거야. 나름의 예술이랄까. 작품명이라면 그래, '현실과 비현실의 경계'라고 정할까? 주제는… 맞네! 현대인의 불안과 두려움을 호텔의 일상적인 물건들을 통해 표현하고 싶었지."

겁이 난 나머지 나도 모르게 소리쳤다.

"지금 여기서 뭐 하시는 건데요?"

프런트 직원이 웃음을 터뜨리며 대답했다.

"알면서 왜 그러실까. 스탠드가 구부러진 거 하며 의자가 너를 향하던 것도 그렇고, 거꾸로 뒤집힌 호텔 가운 등등 익숙하지 않아? 이 모든 게 다 설치 미술이라고. 네가 서울국립현대미술관에서 관람한 현대미술과 닮았잖아. 시국이 시국인지라 나도 너처럼 문화생활을 즐겨야 하지 않겠어?"

말을 끝낸 프런트 직원이 내 눈을 바라봤다. 대체 무슨 말을 하는 걸까? 아무리 생각해도 이해할 수 없었다. 그가 왜 객실에 있는지, 그리고 앞으로 무엇을 하려는 건지도. 얼굴을 살피던 프런트 직원이 흡족한 듯 고개를 끄덕였다.

"뭐, 네가 어떻게 받아들이든 상관없지. 나와 마주친 상황 자체가 이미 세팅이 끝났단 의미니까. 어쨌든, 들키지 않게 작품을 설치하는 과정 하며 너한테서 바로바로 받는 피드백도 상당히 재밌었어. 이제 나도 편안히 호텔 방에서 호캉스를 즐길 차례네. 내가 그래서 너를 콕 찍은 거거든. 2박 3일 동안 할 일이 참 많단 말이야. 사람의 몸을 해체한다는 게 보통 일이 아니잖아."

프런트 직원의 손에 들린 회칼을 바라봤다. 그 말은 곧 저걸로 나를 찌른다는 소리였다. 공포심으로 온몸이 떨렸다. 두 손을 앞으로 뻗어 무의식적으로 방어 자세를 취했다.

"그게 무슨 소리예요? 제발요. 하지 마세요! 나한테 왜 그러는 거예요?"

프런트 직원이 눈을 동그랗게 뜨고 물었다.

"왜 그렇게 억울해하지? 이게 그럴 일이니? 애초에 이건 내 호캉스야. 오늘 오후부터 시작해 내일 모레까지 휴가를 냈단 말이야. 코로나 시국이라서 어디 밖에서 사람을 고를 수가 있어야지. 딱 2박 3일 동안인데 지금 몇 시야? 벌써 밤이잖아. 잠자는 시간도 아까운 마당에."

너무 억울했다. 하필 처음 온 호텔에서 영화에서만 존재한다고 생각했던 사이코패스 살인마를 만났다. 이게 가능한 일일까? 이 모든 게 말도 안 되는 비현실적인 상황이었다. 마치 현재의 코로나19 팬데믹을 보는 것 같았다.

"왜 하필 나예요? 왜? 왜 나를 골랐는데요."

"하룻밤만 자면 그게 호캉스니? 그냥 숙박이지. 넌 혼자잖아. 연인이나 가족끼리 온 사람들은 일이 복잡해진단 말이야. 그래서 거르고 걸렀는데 하필 네가 딱 예약을 했네? 난 그걸 확인한 거고. 이런 게 호텔 직원의 특권 아니겠어?"

말을 마친 프런트 직원이 언제 그랬냐는 듯 걱정스러운 얼굴로 내 모습을 살폈다.

"혹시 열이 난다거나 기침이 나오거나 그러진 않지? 복통과 설사 증상은 없고? 기분 좋게 호캉스를 즐겨야 하는데 코로나에 걸리면 안 되잖아? 잘못하다가 죽을 수도 있다는데. 그게 아니라도 적어도 자가격리는 해야 하는 거고. 시체를 처리하는 것보다 그게 더 귀찮고 번거롭거든. 그래서 너한테 계속 경고를 했던 거고."

몸을 잔뜩 움츠린 채 프런트 직원을 바라봤다. 너무 긴장한 나머지 입이 떨어지지 않았다. 우물거리다가 다시 심호흡을 반복했다. 이대로 죽을 수는 없었다. 정신을 차려야 한다. 땀이 비 오듯 쏟아졌다. 그가 내 행동을 보고는 피식 웃었다.

"보니까 대충 상황 파악은 끝난 모양이네. 자, 이제 갑시다. 우리나라 호텔 중 제일 좋기로 소문 난 욕실로."

프런트 직원이 회칼을 들고 다가왔다. 나는 주춤주춤 물러서다 뒤를 돌아봤다. 이리저리 뒤엉킨 탁자와 의자들 앞에 방금 꺼낸 의자를 발견했다. 얼른 두 손으로 집어 들었다. 죽을 때 죽더라도 무력하게 죽고 싶지는 않았다. 용기를 내 소리쳤다.

"와봐! 어서 덤비라고! 가만히 당할 것 같아?"

프런트 직원이 뭔가에 깜짝 놀란 듯 얼굴을 찌푸렸다. 걸음을 멈추더니 회칼을 바닥에 내려놓았다. 그 자리에 선 채 황급히 앞주머니와 뒷주머니를 뒤지다가 오른쪽 바지 주머니에서 무언가를 꺼냈다. 아직 포장도 뜯지 않은 새 마스크였다. 그가 고개를 들어 나를 보더니, 포장을 뜯어 새하얀 마스크를 꺼냈다. 그러고는 다시 허리를 숙여 회칼을 집어 들고 성큼성큼 걸어왔다. 어느새 눈앞에 다가온 그가 새 마스크를 들이밀었다.

"큰일 날뻔했네. 하여튼 사람들이 말이야. 본인은 그렇다고 쳐도 다른 사람을 위해서는 방역 수칙을 지켜야지. 자, 이건 혹시 모르니까 코로나 예방!"

나는 엉겁결에 의자를 내려놓고, 마스크를 받았다. 뒤로 돌려 양쪽 귀걸이에 두 손을 집어넣고는 마스크를 얼굴로 가져가 착용했다. 혹시 코나 입 일부분이 노출됐는지 더듬었다. 마스크가 흘러내린 것 같아 얼른 올려 썼다. 그리고 다시 한번 꼼꼼히 마스크를 매만진 후 놀란 얼굴로 프런트 직원을 바라봤다.

엄길윤

호러 창작 집단 '괴이학회'의 창립 멤버이며 환상문학웹진 거울의 필진이다. 괴이학회와 나비클럽의 콜라보 《괴이한 미스터리-범죄편》, 환상문학 웹진 거울 대표중단편선 《아직은 끝이 아니야》, 《살을 섞다》, 《끝내 비명은》, 《그리고 문어가 나타났다》 등의 앤솔러지에 단편을 수록했고, 거울×아작 환상문학총서 《거울아니었던들》에는 〈닫히다〉, 〈자동차〉, 〈저는 사람이라니까요〉를 실었다. 그리고 요괴호러 앤솔로지 《요괴도시》에는 〈요괴가 태어나는 세상〉으로 참여했다.

하
얀
색
음
모

초판 1쇄 발행 2023년 12월 1일

지은이   김청귤, 고타래, 곽재식, 구한나리, 김산하, 남세오,
             빗물, 엄길윤, 유이립, 지현상, 진정현, 클레이븐
펴낸이   박은주
기획   환상문학웹진 거울
디자인   김선예, 이수정
마케팅   박동준

발행처   (주)아작
등록   2015년 9월 9일 (제2023-000057호)
주소   07236 서울특별시 영등포구 의사당대로 38 102동 1309호
전화   02.324.3945-6   **팩스** 02.324.3947
이메일   arzaklivres@gmail.com
홈페이지   www.arzak.co.kr

ISBN   979-11-6668-749-5 03810